史記選譯

司馬遷　著
李國祥
李長弓　譯注
張三夕

商務印書館

本書由江蘇鳳凰出版社
有限公司授權出版

史記選譯

作　　者：司馬遷
譯　　注：李國祥　李長弓　張三夕

責任編輯：甘麗華
封面設計：涂　慧
出　　版：商務印書館（香港）有限公司
　　　　　香港筲箕灣耀興道三號東滙廣場八樓
　　　　　http://www.commercialpress.com.hk
發　　行：香港聯合書刊物流有限公司
　　　　　香港新界大埔汀麗路三十六號中華商務印刷大廈三字樓
印　　刷：永利印刷有限公司
　　　　　黃竹坑道五十六至六十號怡華工業大廈三字樓
版　　次：二〇一八年七月第一版第一次印刷

　　　　　ISBN 978 962 07 4575 1
　　　　　Printed in Hong Kong

前言

《史記》的作者司馬遷，字子長，西漢左馮翊夏陽（今陝西韓城）人。夏陽東北有座龍門山，極富形勝之麗，所以司馬遷自稱是生於龍門。

司馬遷的生卒年代已不可確考。根據有關記載作大致的推算，他可能是出生於漢景帝中元五年（前 145 年），卒年當在漢武帝末年。司馬遷幼年時期在家鄉耕牧勞作，十歲時便開始誦讀用古文寫的書籍。在這以後，他還向當時著名的今文經學家董仲舒學習《公羊春秋》，向古文經學家孔安國學習《古文尚書》。從而掌握了比較堅實的古代文獻知識。

根據司馬遷《太史公自序》裏的說法，他的祖先多居官任職，特別是充任史官的多。司馬遷的父親司馬談，於漢武帝的建元、元封年間被任命為太史令。太史令的職責是，不治理民政，而專門掌管國家圖書檔案及天文曆算，是直接為天子及朝廷奔走效命的。司馬談盡力職事，他曾向星象專家唐都學習天文知識，向淄川人楊何學習《易》，向黃生學習有關黃老學派的理論；他熟悉國家收藏到的書籍，又廣泛搜求文獻資料，積累了豐富的知識。對先秦學術流派及各派的思想特徵，他以自己的體察和心得，寫出了《論六家要旨》，作了精要的評述，表現了他作為一個太史令確實具有非同凡響的才能和見識；他編次史料舊文，準備撰寫一部史書，雖由於在元封元年（前110）病逝，未能竟成，但他在臨終前將這一宏大志向未能完成的遺恨，向司馬遷傾吐了，並囑咐司馬遷紹繼史職之後，不可忘記完成撰著史書的大業。

司馬遷從小受他父親的教誨，做學問踏實勤敏，特別重視考信史料和從事實地調查考察。二十歲時，他離開長安，南遊江淮等地，先後到過屈原自沉的汨羅江畔、傳說中舜南巡病逝後安葬之地九嶷山，渡過浙江登會稽山探「禹穴」，考察了春申君黃歇的宮殿遺址，訪問了韓信的故鄉淮陰，瞻仰了曲阜孔子的故里，登上鄒城的嶧山察看秦始皇東巡到達過的地方，滯留於古地鄱（今滕州）、薛（今薛城）、彭城（今徐州），過豐、沛，路過戰國時的魏都大梁（今開封），然後返回長安。這次出遊訪問，是司馬遷卓有成效的舉動。他接觸到了傳說中的舜南巡、禹治水，乃至春秋戰國、秦漢之際有關的歷史與地理，調查了許多歷史人物的故里及史跡。開拓了眼界，體察了風俗民情，大大地增長了歷史知識，為撰寫《史記》做了充分的準備。

司馬遷第一次出遊之後，被任命為郎中，從而有機會跟隨漢武帝巡遊和封禪祭祀，因而又到過崆峒山等地。後來奉命出使西南少數民族聚居的地區，足涉巴蜀之南。這樣，司馬遷的足跡遍及了當時全國大部分地區。

司馬遷是在元封三年繼承太史令職務的。他整理石室金匱的圖書（國家的藏書），遵照司馬談的遺訓編著史書，並且參加了改訂曆法的工作，完成了太初曆的訂立。天漢二年（前99），西漢名將李陵在與匈奴激戰後兵敗而投降匈奴，司馬遷在朝廷上為李陵辯護，觸怒了漢武帝，被下獄治罪，第二年被處以腐刑。天漢五年，司馬遷出獄，做了中書令。他忍受了遭受腐刑的恥辱，發憤繼續著述史書，前後經過十多年的努力，終於完成了《史記》的寫作。

《史記》原來稱為《太史公書》或《太史公記》，後來才簡稱為《史記》。它記事上起黃帝軒轅氏，下迄漢武帝時，是一部貫通三千年的通史，計五十二萬六千五百字。全書共有一百三十篇。其中「本紀」十二篇，以各代帝王為中心，記述每一朝代的興衰和重要政治事件；「表」十篇，有「世表」、「年表」、「月表」，以表格的形式，標明錯綜複雜的史實；「書」八篇，敘述和記載政治、經濟、天文、地理等方面制度的源流和變化；「世家」三十篇，記述諸侯事蹟及其世系；「列傳」七十篇，大多數是人物傳記，有單傳，也有二人的合傳，還有以類相從的類傳，記載了貴族、將相、官吏、策士、政治家、軍事家、文學家、經學家、隱士、刺客、遊俠、滑稽、卜者、醫生、商人等各階層人物的活動。有一部分列傳記載了我國各少數民族的情況及周邊鄰國的歷史。列傳的最後一篇是《太史公自序》，其中一部分內容是司馬遷對先祖世系的概述及自己簡歷的陳說；另一部分內容則是縷述了《史記》一百三十篇的次第及各篇的提要。

《史記》中的「本紀」、「表」、「書」、「世家」、「列傳」五種體例，是司馬遷借鑒歷史上已有的書籍體例加以發展推拓的。我們從《史記》的行文中可以得知司馬遷讀過《禹本紀》、《諜記》、《春秋曆譜諜》、《世家言》等等，那麼，「本紀」、「世家」、「表」等，就是沿用了已往本有的名目。至於「書」、「傳」，更是古代著述中所習見的名稱。司馬遷參照古代著述的各種體例，加以完善和發展，形成了對後世史學編纂有重大影響的紀傳史體例。這充分表明了司馬遷在整理文獻時，既善於繼承傳統，更富於發展、創造的精神。

司馬遷撰著《史記》一書，十分注意內容的充實，文獻史料的真確。他「網羅天下放失舊聞」，「厥協六經異傳」，「整齊百家雜語」，搜集遺文古事，還把實地考察所得的見聞，熔鑄到《史記》裏面去，成為一部百科全書式的通史。

司馬遷寫《史記》有明確的指導思想，那就是「究天人之際，通古今之變，成一家之言」。對於天道與人事，他雖然受了「天人感應」說的影響，但他卻能擯棄一些荒誕不經之說，譏諷了迷信鬼神的可笑行為。他以通變的觀點看待歷史事件，如對秦始皇完成統一六國，他給予了高度的評價，認為是「世變異，成功大」。他擅長排比史料，用通俗流暢、生動活潑的文字表述事件的過程，描寫人物行為及形象，寓褒貶於敍事之中，字裏行間灌注了個人的感慨與體驗，全書渾然一體，確實成為了「一家之言」。司馬遷是文獻撰作的巨擘。他對《詩》、《書》、《左傳》、《國語》、《世本》、《戰國策》、《楚漢春秋》及諸子百家之書，做到了博觀約取，縝密剪裁，匯輯為翔實的古史新篇。他那簡潔精練的文筆，確實是「辯而不華，質而不俚」，文直而事核，表現了高超的寫作技巧。從《史記》一書中我們看到了司馬遷作為一個傑出史學家的秉賦。漢初以來，文章述作的質樸沉着、覃思深慮及行文的明快敏捷之風，熏陶了司馬遷，造就了司馬遷，而司馬遷的《史記》，也正是一代述作的典範。我們可以這樣説，《史記》既是一部優秀的歷史著作，又是一部完美的文學著作。誠如魯迅在《漢文學史綱要》裏所讚譽的，它是「史家之絕唱，無韻之離騷」。亙二千年來，它對我國的史學和文學的影響，是多麼的深刻，多麼的悠長啊！

司馬遷死後，《史記》一書在漢宣帝時由司馬遷的外孫楊惲公佈於世。根據《漢書．司馬遷傳》中的記載，東漢時已缺少十篇，有錄而無書。後世傳佈的一百三十篇《史記》，其中有的為後人的續作，如書中標明褚先生補的文篇等，有的則是後人羼雜而成的，但全書絕大部分的內容，都是司馬遷的原作。《史記》問世後，作為一部開創性的史著傑構，一直受到學者們的稱譽和重視，有的為之作「音義」，有的從事研究、訓釋文句，取得顯著成就的代有其人。先是徐廣作《史記音義》，繼之南朝宋裴駰在《史記音義》的基礎上，推拓範圍，撰成《史記集解》八十卷。到了唐代司馬貞作《史記索隱》三十卷，既考辨音義，又闡述研究的見解，張守節撰《史記正義》三十卷，把對《史記》的訓釋又推進了一步。自唐朝以後，研究《史記》蔚然成風。清代學者梁玉繩的《史記志疑》，對《史記》所載的史事作了系統的考證，極富參考價值。日本學者瀧川資言撰著的《史記會注考證》及水澤利忠的《史記會注考證校補》，匯集了舊注及前人考證的成果，是從事《史記》研究不可缺的參考書。

《史記》的版本較多，其中南宋黃善夫的家塾刻本享有善本的聲譽，商務印書館的百衲本《二十四史》中的《史記》，即係據該善本影印的。此外明嘉靖、萬曆時南北監《二十一史》刻本、毛氏汲古閣的《十七史》刻本，乾隆時武英殿的《二十四史》刻本，都屬於較好的刻本，流傳廣，影響也大。

《史記》一書，在世界文化寶庫中也佔有重要的地位，它的著名篇章，已有多種外語文本，日本學者從事《史記》研究的更是大有人在。1956年，司馬遷已被列為世界文化名人，得到了崇高的歷史地位。

司馬遷是封建時代的歷史學家，在《史記》中，他也宣揚了當時佔統治地位的封建思想和唯心主義的偏見，這些都是不可避免的，也是我們今天不應苛求於司馬遷的。但是，我們在閱讀《史記》時，卻要有批判地加以鑒別，摒棄其封建性的糟粕，光大其民主性的精華。

《史記》流傳至今已有二千多年，它的名篇早已膾炙人口，為廣大讀者所熟知。《史記》全書，也已由中華書局於1959年重新整理出版，新版本是以張文虎精校的金陵書局刻本為底本進行校點的，最為完備，便於讀者閱讀。我們這次編譯的這本《史記選譯》，其原文即錄自中華書局出版的點校本，篇目則依照王伯祥的《史記選》，有一些篇章在譯注時作了部分刪節。注釋和譯文除參考了傳統的舊注成説外，對於現代專家學者們的整理研究成果，也多有汲取。古今學者研究《史記》的精闢見解，對我們雖大有啟迪，但由於我們水準有限，不能盡取諸家所長融會於譯注文字中，可能在注譯中存在不少缺點錯誤，敬祈專家學者及廣大讀者批評指正。

李國祥（華中師範大學歷史文獻研究所）
李長弓
張三夕（華中師範大學文學院）

目錄

項羽本紀

《史記》裏的本紀，本以各代帝王為中心，敍述各朝代的興亡及重大政治事件。項羽沒有成就帝業，但因為在秦末農民戰爭中，在秦漢鼎革之際的一段時間裏，他發政令，稱霸王，權同帝王，所以司馬遷列項羽於本紀。

本篇敍述了項羽一生的經歷。司馬遷以飽滿的熱情歌頌了項羽在滅秦過程中建立的豐功偉績，也如實地記載了他在戰爭中屠城殺人的殘暴行為。劉、項互爭天下，劉勝而項敗，但司馬遷不以成敗論英雄，對項羽由於政治措施錯誤，軍事謀略失當，以及個人性格上的缺陷而導致的失敗，寄予了無限的同情之心和惋惜之情。

《項羽本紀》既是歷史名著，又是文學傑作。司馬遷對戰爭場面的描繪，出神入化，逼真地再現了當時的歷史氛圍。記鉅鹿之戰，極縱雄健之筆，寫得豪氣薄人，驚心動魄。敍鴻門之宴，行文迭宕起伏，有聲有色。寫垓下之戰，則文勢迴異，極盡悲壯哀惋之能事。

這篇本紀，以項羽為歷史中心人物，以重要戰事為關節，詳細地記載了楚漢戰爭發展的全過程。可以說，這是一部生動的史詩。

項籍者，下相人也①。字羽。初起時，年二十四。其季父項梁，梁父即楚將項燕②，為秦將王翦所戮者也。項氏世世為楚將，封於項，故姓項氏。

項籍少時，學書不成，去；學劍，又不成，項梁怒之。籍曰：「書足以記名姓而已。劍一人敵，不足學，學萬人敵。」於是項梁乃教籍兵法，籍大喜，略知其意，又不肯竟學。項梁嘗有櫟陽逮③，乃請蘄獄掾曹咎書抵櫟陽獄掾司馬欣④，以故事得已。項梁殺人，與籍避仇於吳中⑤，吳中賢士大夫皆出項梁下。每吳中有大繇役及喪，項梁常為主辦，陰以兵法部勒賓客及子弟，以是知其能。秦始皇帝遊會稽，渡浙江，梁與籍俱觀。籍曰：「彼可取而代也。」梁掩其口，曰：「毋妄言，族矣！」梁以此奇籍。籍長八尺餘，力能扛鼎，才氣過人，雖吳中子弟，皆已憚籍矣。

【注釋】❶下相：秦代所置縣，地在今江蘇省宿遷西。❷項燕：公元前 223 年，王翦等秦將攻破楚軍，項燕自殺。一說被殺。❸櫟（yào）陽：秦所置縣，地在今陝西省臨潼東北。❹蘄（qí）：秦所置縣，地在今安徽省宿州南。❺吳中：縣名，秦置。地在今江蘇省蘇州。

秦二世元年七月，陳涉等起大澤中①。其九月，會稽守通謂梁曰②：「江西皆反③，此亦天亡秦之時也。吾聞先即制人，後則為人所制。吾欲發兵，使公及桓楚將④。」是時桓楚亡在澤中。梁曰：「桓楚亡，人莫知其處，獨籍知之耳。」梁乃出，誡籍持劍居外待。梁復入，與守坐，曰：「請召籍，使受命召桓楚。」守曰：「諾。」梁召籍入。須臾，梁眴籍曰：「可行矣！」於是籍遂拔劍斬守頭。項梁持守頭，佩其印綬。門下大驚，擾亂，籍所擊殺數十百人。一府中皆慴伏，莫敢起。梁乃召故所知豪吏，諭以所為起大事，遂舉吳中兵。使人收下縣⑤，得精兵八千人。梁部署吳中豪傑為校尉、候、司馬⑥。有一人不得用，自言於梁。梁曰：「前時某喪使公主某事，不能辦，以此不任用公。」眾乃皆伏。於是梁為會稽守，籍為裨將，徇下縣。

【注釋】❶大澤：在今安徽省宿州西南大澤鄉。❷會稽（kuài jì）：古郡名，地在今江蘇東部、浙江西部一帶。❸江西：與江東對稱，泛指長江以北，包括中原地區。❹桓楚：生平不詳，據《漢書》，是「吳中奇士」。❺下縣：郡下屬縣。❻校尉：次於將軍的軍官。候：軍需官。司馬：軍法官。

廣陵人召平於是為陳王徇廣陵①，未能下。聞陳王敗走，秦兵又且至，乃渡江矯陳王命，拜梁為楚王上柱國②。曰：「江東已定③，急引兵西擊秦。」項梁乃以八千人渡江而西。聞陳嬰已下東陽④，使使欲與連和俱西。陳嬰者，故東陽令史，居縣中，素信謹，稱為長者。東陽少年殺其令，相聚數千人，欲置長，無適用，乃請陳嬰。嬰謝不能，遂強立嬰為長，縣中從者得二萬人。少年欲立嬰便為王，異軍蒼頭特起⑤。陳嬰母謂嬰曰：「自我為汝家婦，未聞汝先古之有貴者，今暴得大名，不祥。不如有所屬，事成猶得封侯，事敗易以亡，非世所指名也。」嬰乃不敢為王。謂其軍吏曰：「項氏世世將家，有名於楚。今欲舉大事，將非其人，不可。我倚名族，亡秦必矣。」於是眾從其言，以兵屬項梁。項梁渡淮，黥布、蒲將軍亦以兵屬焉⑥。凡六七萬人，軍下邳⑦。

【注釋】 ❶陳王：即陳勝。廣陵：秦時屬九江郡，地在今江蘇省揚州市。❷上柱國：楚國上卿官名，相當於六國的相。❸江東：與江西對稱，指長江以南地區。大致包括今江蘇省南部和浙江省北部一帶。❹東陽：秦置縣名，地在今安徽省天長西北。❺蒼頭：軍隊名，士卒以青巾裹頭，故名。❻黥（qíng）布：即英布，古時在罪犯臉上刺字塗墨，叫黥刑，英布曾受黥刑，故名。蒲將軍：姓名與生平事蹟不詳，當時起義軍領袖之一。❼下邳：秦置縣名，地在今江蘇省邳州東。

當是時，秦嘉已立景駒為楚王①，軍彭城東②，欲距項梁。項梁謂軍吏曰：「陳王先首事，戰不利，未聞所在。今秦嘉倍陳王而立景駒，逆無道。」乃進兵擊秦嘉。秦嘉軍敗走，追之至胡陵③。嘉還戰一日，嘉死，軍降。景駒走死梁地④。項梁已并秦嘉軍，軍胡陵，將引軍而西。章邯軍至栗⑤，項梁使別將朱雞石、餘樊君與戰。餘樊君死。朱雞石軍敗，亡走胡陵。項梁乃引兵入薛⑥，誅雞石。項梁前使項羽別攻襄城⑦，襄城堅守不下。已拔，皆坑之。還報項梁。項梁聞陳王定死，召諸別將會薛計事。此時，沛公亦起沛往焉。

【注釋】❶景駒：楚國貴族。❷彭城：秦置縣名，地在今江蘇省徐州市。❸胡陵：秦置縣名，地在今山東省魚台縣東南。❹梁地：戰國時魏國境內。❺栗：秦置縣名。地在今河南省夏邑縣。❻薛：秦置縣名。地在今山東省滕州東南。❼襄城：秦置縣名。地在今河南省襄城縣。

居鄛人范增①，年七十，素居家，好奇計。往說項梁曰：「陳勝敗固當。夫秦滅六國，楚最無罪。自懷王入秦不反②，楚人憐之至今，故楚南公曰『楚雖三戶，亡秦必楚』也③。今陳勝首事，不立楚後而自立，其勢不長。今君起江東，楚蠭午之將皆爭附君者④，以君世世楚將，為能復立楚之後也。」於是梁然其言，乃求楚懷王孫心民間，為人牧羊，立以為楚懷王，從民所望也。陳嬰為楚上柱國，封五縣，與懷王都盱台⑤。

項梁自號為武信君。

【注釋】❶居鄛（cháo）：秦置縣名。地在今安徽省巢湖西南。❷懷王入秦不反：楚懷王於公元前 299 年（楚懷王三十年）受秦昭王欺騙，到武關會盟，被扣，死於秦。反，通「返」。❸楚南公：戰國時楚國的陰陽家。❹蠭：同「蜂」。❺盱台（xū yí）：秦置縣名。地在今江蘇省盱眙縣東北。

居數月，引兵攻亢父①，與齊田榮、司馬龍且軍救東阿②，大破秦軍於東阿。田榮即引兵歸，逐其王假。假亡走楚，假相田角亡走趙。角弟田間故齊將，居趙不敢歸。田榮立田儋子市為齊王。項梁已破東阿下軍③，遂追秦軍，數使使趣齊兵，欲與俱西。田榮曰：「楚殺田假，趙殺田角、田間，乃發兵。」項梁曰：「田假為與國之王，窮來從我，不忍殺之。」趙亦不殺田角、田間以市於齊。齊遂不肯發兵助楚。項梁使沛公及項羽別攻城陽④，屠之。西破秦軍濮陽東⑤，秦兵收入濮陽。沛公、項羽乃攻定陶⑥。定陶未下，去，西略地至雝丘⑦，大破秦軍。斬李由，還攻外黃⑧，外黃未下。

【注釋】❶亢父（gāng fǔ）：秦置縣名。地在今山東省濟寧市南。❷司馬龍且（jū）：楚將，擔任司馬，故名。東阿（ē）：戰國時齊國阿邑，秦稱東阿。地在今山東省陽谷縣東北。❸下軍：周制，諸侯大國三軍，分為上中下。這裏是説秦軍三軍中的下軍。❹城陽：古縣名，地在今山東省鄄城縣。❺濮陽：古邑名。一作帝丘邑。地在今河南省濮陽。❻定陶：秦置縣名。地在今山東省定陶縣西北。❼雝丘：即雍丘。秦置縣名。地在今河南杞縣。❽外黃：秦置縣名。地在今河南省杞縣東北。

項梁起東阿，西，比至定陶，再破秦軍，項羽等又斬李由，益輕秦，有驕色。宋義乃諫項梁曰：「戰勝而將驕卒惰者敗。今卒少惰矣，秦兵日益，臣為君畏之。」項梁弗聽。乃使宋義使於齊。道遇齊使者高陵君顯①，曰：「公將見武信君乎？」曰：「然。」曰：「臣論武信君軍必敗。公徐行即免死，疾行則及禍。」秦果悉起兵益章邯，擊楚軍，大破之定陶，項梁死。沛公、項羽去外黃攻陳留②，陳留堅守不能下。沛公、項羽相與謀曰：「今項梁軍破，士卒恐。」乃與呂臣軍俱引兵而東，呂臣軍彭城東，項羽軍彭城西，沛公軍碭③。

【注釋】❶高陵君顯：封號為高陵，名顯，姓不詳。❷陳留：秦置縣名。在今河南省開封。❸碭（dàng）：秦置縣名。地在今安徽省碭山南。

章邯已破項梁軍，則以為楚地兵不足憂，乃渡河擊趙，大破之。當此時，趙歇為王，陳餘為將，張耳為相，皆走入鉅鹿城①。章邯令王離、涉間圍鉅鹿，章邯軍其南，築甬道而輸之粟。陳餘為將，將卒數萬人而軍鉅鹿之北，此所謂河北之軍也。

楚兵已破於定陶，懷王恐，從盱台之彭城，并項羽、呂臣軍自將之。以呂臣為司徒，以其父呂青為令尹②。以沛公為碭郡長，封為武安侯，將碭郡兵。

【注釋】❶鉅鹿：秦置縣名。地在今河北省平鄉縣西南。❷令尹：楚國官名，相當於首相，掌軍政大權。

初，宋義所遇齊使者高陵君顯在楚軍，見楚王曰：「宋義論武信君之軍必敗，居數日，軍果敗。兵未戰而先見敗徵，此可謂知兵矣。」王召宋義與計事而大說之，因置以為上將軍①。項羽為魯公，為次將，范增為末將，救趙。諸別將皆屬宋義，號為卿子冠軍②。行至安陽③，留四十六日不進。項羽曰：「吾聞秦軍圍趙王鉅鹿，疾引兵渡河，楚擊其外，趙應其內，破秦軍必矣。」宋義曰：「不然。夫搏牛之虻不可以破蟣蝨④，今秦攻趙，戰勝則兵罷，我承其敝；不勝，則我引兵鼓行而西，必舉秦矣。故不如先鬥秦趙。夫披堅執銳，義不如公；坐而運策，公不如義。」因下令軍中曰：「猛如虎，很如羊⑤，貪如狼，強不可使者，皆斬之！」乃遣其子宋襄相齊，身送之至無鹽⑥，飲酒高會。天寒大雨，士卒凍飢。項羽曰：「將戮力而攻秦，久留不行。今歲饑民貧，士卒食芋菽，軍無見糧⑦，乃飲酒高會，不引兵渡河因趙食，與趙并力攻秦，乃曰『承其敝』。夫以秦之強，攻新造之趙，其勢必舉趙。趙舉而秦強，何敝之承！

且國兵新破，王坐不安席，掃境內而專屬於將軍，國家安危，在此一舉。今不恤士卒而徇其私⑧，非社稷之臣⑨！」項羽晨朝上將軍宋義，即其帳中斬宋義頭，出令軍中曰：「宋義與齊謀反楚，楚王陰令羽誅之。」當是時，諸將皆慴服，莫敢枝梧⑩，皆曰：「首立楚者，將軍家也。今將軍誅亂。」乃相與共立羽為假上將軍。使人追宋義子，及之齊，殺之。使桓楚報命於懷王。懷王因使項羽為上將軍，當陽君、蒲將軍皆屬項羽⑪。

【注釋】❶上將軍：官名。古代天子將兵稱上將軍。這裏指主將、統帥。❷卿子：尊稱，即公子。冠軍：上將。在上將前加尊稱，表示特別尊敬。❸安陽：故城在今山東曹縣東。❹搏牛之虻不可以破蟣（jǐ）蝨：吸牛血的虻，不會去咬蝨子。比喻鉅鹿城小而堅，秦不能卒破。參看顧炎武《日知錄》卷二十七。❺很：違拗，不聽從。❻無鹽：春秋時的宿國，戰國時齊邑，地在今山東省東平縣東。❼見糧：存糧。見為「現」的本字。❽徇其私：遷就他的私人願望。按：田榮與項梁有怨隙，項梁死後楚弱，宋義想跟田榮拉交情，故以其子宋襄為齊相。❾社稷：本為封建帝王祭祀的土神和穀神，舊時常用作國家的代稱。❿枝梧：即支吾，說話搪塞應付、含糊其辭。⓫當陽君：黥布當時的封號。

項羽已殺卿子冠軍，威震楚國，名聞諸侯。乃遣當陽君、蒲將軍將卒二萬渡河，救鉅鹿。戰少利，陳餘復請兵。項羽乃悉引兵渡河，皆沉船，破釜甑①，燒廬舍，持三日糧，以示士卒必死，無一還心。於是至則圍王離，與秦軍遇，九戰，絕其甬道，大破之，殺蘇角，虜王離。涉間不降楚，自燒殺。當是時，楚兵冠諸侯。諸侯軍救鉅鹿下者十餘壁，莫敢縱兵。及楚擊秦，諸將皆從壁上觀。楚戰士無不一以當十，楚兵呼聲動天，諸侯軍無不人人惴恐。於是已破秦軍，項羽召見諸侯將，入轅門②，無不膝行而前，莫敢仰視。項羽由是始為諸侯上將軍，諸侯皆屬焉。

章邯軍棘原③，項羽軍漳南④，相持未戰。秦軍數卻，二世使人讓章邯。章邯恐，使長史欣請事⑤。至咸陽，留司馬門三日⑥，趙高不見，有不信之心。長史欣恐，還走其軍，不敢出故道。趙高果使人追之，不及。欣至軍，報曰：「趙高用事於中，下無可為者。今戰能勝，高必疾妒吾功；戰不能勝，不免於死。願將軍孰計之。」陳餘亦遺章邯書曰：「白起為秦將，南征鄢郢⑦，北坑馬服⑧，攻城掠地，不可勝計，而竟賜死。蒙恬為秦將，北逐戎人⑨，開榆中地數千里，竟斬陽周⑩。何者？功多，秦不能盡封，因以法誅之。今將軍為秦將三歲矣，所亡失以十萬數，而諸侯並起滋益多。彼趙高素諛日久，今事急，亦恐二世誅之，故欲以法誅將軍以塞責，使人更代將軍以脫其禍。夫將軍居外久，多內郤，有功亦誅，無功亦誅。且天之亡秦，無愚智皆知之。今將軍內不能直諫，外為亡國將，孤特獨立而欲常存，豈不哀哉！將軍何不還兵與諸侯為從，約共攻秦，分王其地，南面稱孤；此孰與身伏鈇質，妻子為僇乎？」章邯狐疑，陰使候始成使項羽，欲約。約未成，項羽使蒲將軍日夜引兵渡三户⑪，軍漳南⑫，與秦戰，再破之。項羽悉引兵擊秦軍汙水上⑬，大破之。

【注釋】❶釜甑（zèng）：古代炊具。釜，鍋；甑，如蒸籠。❷轅門：軍隊的營門。轅，車前的直木，用以駕馭牛馬；軍隊駐紮，以戰車為營，以轅木對立為門，故叫轅門。❸棘原：地名，地當今河北省平鄉縣南。❹漳南：漳水之南，離當時棘原不遠的地方。❺長史：官名，秦置。軍中幕僚之長。❻司馬門：皇帝宮廷外門。因有司馬把守，故名。❼鄢：在今湖北省宜城。郢：在今湖北省江陵縣，楚國先後以鄢、郢為都，被白起攻破。❽馬服：趙國大將趙奢被封為馬服君，後由其子趙括襲封。北阬馬服事在趙孝成王六年（前260年），趙中秦反間計，用趙括代廉頗為將，在長平（今山西高平西北）一戰，趙軍被秦將白起軍隊包圍，趙括被射死，趙軍四十萬都被俘坑殺。❾戎人：這裏指匈奴。❿陽周：秦置縣名，地在今陝西省子長縣。從：通「縱」。戰國後期六國聯合抗秦稱「合縱」。⓫三戶：三戶津，漳水的渡口，在今河北省磁縣西南古漳水上。⓬漳南：河北省臨漳縣附近。⓭汙（yū）水：發源於太行山，東南流入漳水，今已乾涸。

章邯使人見項羽，欲約。項羽召軍吏謀曰：「糧少，欲聽其約。」軍吏皆曰：「善。」項羽乃與期洹水南殷墟上①。已盟，章邯見項羽而流涕，為言趙高。項羽乃立章邯為雍王，置楚軍中。使長史欣為上將軍，將秦軍為前行。

到新安②。諸侯吏卒異時故繇使屯戍過秦中，秦中吏卒遇之多無狀。及秦軍降諸侯，諸侯吏卒乘勝多奴虜使之，輕折辱秦吏卒。秦吏卒多竊言曰：「章將軍等詐吾屬降諸侯。今能入關破秦，大善；即不能，諸侯虜吾屬而東，秦必盡誅吾父母妻子。」諸將微聞其計，以告項羽。項羽乃召黥布、蒲將軍計曰：「秦吏卒尚眾，其心不服，至關中不聽，事必危。不如擊殺之，而獨與章邯、長史欣、都尉翳入秦。」於是楚軍夜擊坑秦卒二十餘萬人新安城南。

行略定秦地。函谷關有兵守關，不得入。又聞沛公已破咸陽，項羽大怒，使當陽君等擊關，項羽遂入，至於戲西③。沛公軍霸上④，未得與項羽相見。沛公左司馬曹無傷使人言於項羽曰：「沛公欲王關中，使子嬰為相，珍寶盡有之。」項羽大怒，曰：「旦日饗士卒，為擊破沛公軍！」當是時，項羽兵四十萬，在新豐鴻門⑤；沛公兵十萬，在霸上。范增說項羽曰：「沛公居山東時，貪於財貨，好美姬，今入關，財物無所取，婦女無所幸，此其志在不小。吾令人望其氣，皆為龍虎，成五采，此天子氣也。急擊勿失。」

【注釋】 ❶洹（huǎn）水：又名安陽河，源出河南省林州，流經安陽市北。殷墟：原是商代的都城，地在今河南安陽市小屯村。 ❷新安：古地名，地在今河南省澠池縣東。 ❸戲：戲水，在今陝西省臨潼東。 ❹霸上：又作灞上。地在今陝西省西安市東。 ❺新豐：秦代為驪邑，地在今陝西省臨潼區東。鴻門：古地名，在今陝西臨潼區東北。當地稱為項王營。

楚左尹項伯者①，項羽季父也，素善留侯張良。張良是時從沛公，項羽乃夜馳之沛公軍，私見張良，具告以事。欲呼張良與俱去，曰：「毋從俱死也。」張良曰：「臣為韓王送沛公②，沛公今事有急，亡去不義，不可不語。」良乃入，具告沛公。沛公大驚，曰：「為之奈何？」張良曰：「誰為大王為此計者？」曰：「鯫生說我曰③：『距關，毋內諸侯，秦地可盡王也。』故聽之。」良曰：「料大王士卒足以當項王乎？」沛公默然，曰：「固不如也，且為之奈何？」張良曰：「請往謂項伯，言沛公不敢背項王也。」沛公曰：「君安與項伯有故？」張良曰：「秦時與臣遊，項伯殺人，臣活之。今事有急，故幸來告良。」沛公曰：「孰與君少長？」良曰：「長於臣。」沛公曰：「君為我呼入，吾得兄事之。」張良出，要項伯。項伯即入見沛公。沛公奉卮酒為壽，約為婚姻，曰：「吾入關，秋毫不敢有所近，籍吏民，封府庫，而待將軍。所以遣將守關者，備他盜之出入與非常也。日夜望將軍至，豈敢反乎！願伯具言臣之不敢倍德也④。」項伯許諾，謂沛公曰：「旦日不可不蚤自來謝項王⑤。」沛公曰：「諾。」於是項伯復夜去，至軍中，具以沛公言報項王，因言曰：「沛公不先破關中，公豈敢入乎？今人有大功而擊之，不義也，不如因善遇之。」項王許諾。

【注釋】❶左尹：楚官名，令尹之佐。項伯：名纏，字伯，項羽的族叔，入漢朝封射陽侯。❷臣為韓王送沛公：秦二世三年，張良建議項梁立韓國公子成為韓王，又跟從沛公攻下韓地十餘城，讓韓王成留守韓地，自己和沛公西入武關。所謂為韓王送沛公即指此事。❸鯫（zōu）生：即小生，是輕視人的稱呼。鯫，本義為小雜魚，引申為小、賤。❹倍：通「背」，背叛。❺蚤：通「早」。

沛公旦日從百餘騎來見項王，至鴻門，謝曰：「臣與將軍戮力而攻秦，將軍戰河北，臣戰河南，然不自意能先入關破秦，得復見將軍於此。今者有小人之言，令將軍與臣有郤。」項王曰：「此沛公左司馬曹無傷言之，不然，籍何以至此。」項王即日因留沛公與飲。項王、項伯東向坐，亞父南向坐。亞父者，范增也。沛公北向坐，張良西向侍。范增數目項王，舉所佩玉玦以示之者三①，項王默然不應。范增起，出召項莊，謂曰：「君王為人不忍，若入前為壽，壽畢，請以劍舞，因擊沛公於坐，殺之。不者②，若屬皆且為所虜。」莊則入為壽。壽畢，曰：「君王與沛公飲，軍中無以為樂，請以劍舞。」項王曰：「諾。」項莊拔劍起舞，項伯亦拔劍起舞，常以身翼蔽沛公，莊不得擊。於是張良至軍門見樊噲③，樊噲曰：「今日之事何如？」良曰：「甚急！今者項莊拔劍舞，其意常在沛公也。」噲曰：「此迫矣，臣請入，與之同命。」噲即帶劍擁盾入軍門，交戟之衛士欲止不內，樊噲側其盾以撞，衛士仆地，噲遂入，披帷西向立，瞋目視項王，頭髮上指，目眥盡裂。項王按劍而跽曰④：「客何為者？」張良曰：「沛公之參乘樊噲者也。」項王曰：「壯士，賜之卮酒。」則與斗卮酒。噲拜謝，起，立而飲之。項王曰：「賜之彘肩。」則與一生彘肩⑤。樊噲覆其盾於地，加彘肩上，拔劍切而啗之。項王曰：「壯士，能復飲乎？」樊噲曰：「臣死且不避，卮酒安足辭！夫秦王有虎狼之心，殺人如不能舉，刑人如不恐勝，天下皆叛之。懷王與諸將約曰：『先破秦入咸陽者王之。』今沛公先破秦入咸陽，豪毛不敢有所近，封閉宮室，還軍霸上，以待大王來。故遣將守關者，備他盜出入與非常也。勞苦而功高如此，未有封侯之賞，而聽細說，欲誅有功之人，此亡秦之續耳，竊為大王不取也。」項王未有以應，曰：「坐！」樊噲從良坐。坐須臾，沛公起如廁，因招樊噲出。

沛公已出，項王使都尉陳平召沛公。沛公曰：「今者出，未辭也，為之奈何？」

樊噲曰：「大行不顧細謹，大禮不辭小讓。如今人方為刀俎，我為魚肉，何辭為！」於是遂去。乃令張良留謝。良問曰：「大王來何操？」曰：「我持白璧一雙，欲獻項王，玉斗一雙，欲與亞父。會其怒，不敢獻。公為我獻之。」張良曰：「謹諾。」當是時，項王軍在鴻門下，沛公軍在霸上，相去四十里。沛公則置車騎，脫身獨騎，與樊噲、夏侯嬰、靳強、紀信等四人持劍盾步走。從酈山下，道芷陽間行⑥。沛公謂張良曰：「從此道至吾軍，不過二十里耳。度我至軍中，公乃入。」沛公已去，間至軍中。張良入謝，曰：「沛公不勝桮杓⑦，不能辭。謹使臣良奉白璧一雙，再拜獻大王足下；玉斗一雙，再拜奉大將軍足下。」項王曰：「沛公安在？」良曰：「聞大王有意督過之，脫身獨去，已至軍矣。」項王則受璧，置之坐上。亞父受玉斗，置之地，拔劍撞而破之，曰：「唉！豎子不足與謀。奪項王天下者，必沛公也，吾屬今為之虜矣！」沛公至軍，立誅殺曹無傷。

【注釋】❶玦（jué）：半圓形玉環。❷不（fǒu）者：相當於「否則」。❸樊噲（kuài）：沛人，以屠狗為業。後封舞陽侯。❹跽（jì）：跪，雙膝着地，上身挺直。❺彘（zhì）肩：即豬蹄，古代稱豬為彘。❻芷（zhǐ）陽：秦置縣名。地在今陝西省長安區東。❼桮杓（bēi sháo）：這裏指酒。桮，同「杯」；杓，同「勺」。

居數日，項羽引兵西屠咸陽，殺秦降王子嬰，燒秦宮室，火三月不滅，收其貨寶婦女而東。人或說項王曰：「關中阻山河四塞，地肥饒，可都以霸。」項王見秦宮室皆以燒殘破，又心懷思欲東歸，曰：「富貴不歸故鄉，如衣繡夜行，誰知之者！」說者曰：「人言楚人沐猴而冠耳，果然。」項王聞之，烹說者。

項王使人致命懷王。懷王曰：「如約。」乃尊懷王為義帝①。項王欲自王，先王諸將相，謂曰：「天下初發難時，假立諸侯後以伐秦。然身披堅執銳首事，暴露於野三年，滅秦定天下者，皆將相諸君與籍之力也。義帝雖無功，故當分其地而王之。」諸將皆曰：「善！」乃分天下，立諸將為侯王。項王、范增疑沛公之有天下，業已講解，又惡負約，恐諸侯叛之，乃陰謀曰：「巴、蜀道險，秦之遷人皆居蜀。」乃曰：「巴、蜀亦關中地也。」故立沛公為漢王，王巴、蜀、漢中，都南鄭②。而三分關中，王秦降將以距塞漢王。項王乃立章邯為雍王，王咸陽以西，都廢丘③。長史欣者，故為櫟陽獄掾，嘗有德於項梁；都尉董翳者，本勸章邯降楚。故立司馬欣為塞王，王咸陽以東至河，都櫟陽；立董翳為翟王，王上郡，都高奴④。徙魏王豹為西魏王，王河東，都平陽。瑕丘申陽者⑤，張耳嬖臣也，先下河南⑥，迎楚河上，故立申陽為河南王，都雒陽⑦。韓王成因故都，都陽翟⑧。趙將司馬卬定河內，數有功，故立卬為殷王，王河內，都朝歌⑨。徙趙王歇為代王。趙相張耳素賢，又從入關，故立耳為常山王，王趙地，都襄國⑩。當陽君黥布為楚將，常冠軍，故立布為九江王，都六⑪。鄱君吳芮率百越佐諸侯⑫，又從入關，故立芮為衡山王，都邾⑬。義帝柱國共敖將兵擊南郡，功多，因立敖為臨江王，都江陵⑭。徙燕王韓廣為遼東王。燕將臧荼從楚救趙，因從入關，故立荼為燕王，都薊。徙齊王田市為膠東王。齊將田都從共救趙，因從入關，故立都為齊王，都臨菑⑮。故秦所滅齊王建孫田安，項羽方渡河救趙，田安下濟北數城，引其兵降項羽，故立安為濟北王，都博陽⑯。田榮者，數負項梁，又不肯將兵從楚擊秦，以故不封。成安君陳餘棄將印去，不從入關，然素聞其賢，有功於趙，聞其在南皮⑰，故因環封三縣。番君將梅鋗功多，故封十萬户侯。項王自立為西楚霸王，王九郡，都彭城。

【注釋】❶義帝：這裏的「義」字，與「義父」、「義子」的「義」字相同。❷南鄭：秦置縣名，治所在今陝西漢中市東。❸廢丘：周朝叫犬丘，秦改為廢丘。地在今陝西省興平東南。❹高奴：秦置縣名。地在今陝西省延安東北。❺瑕丘申陽：瑕丘，本為春秋魯國地名，地在今山東省曲阜滋陽城西；申陽是人姓名。❻河南：這裏指秦三川郡。❼雒陽：即洛陽。❽陽翟：秦置縣名，地在今河南省禹州。❾朝歌：曾為商代都城。地在今河南省湯陰縣朝歌鎮南。❿襄國：古邢國，春秋屬晉，戰國屬趙，秦置信都縣。地在今河北省邢台西南。⓫六：秦置縣名。地在今安徽省六安北。⓬百越：楚滅越國，遺族散居今廣東、福建、浙江各地，隨地立君，故稱百越。⓭邾：戰國時楚滅邾國，遷其君於此。地在今湖北省黃岡西北。⓮江陵：地即今湖北省江陵縣。⓯臨菑：戰國時齊都，秦滅齊，置郡。地在今山東臨淄西北。⓰博陽：春秋時齊國博邑，地在今山東泰安東南。一說為齊博陵邑，地在今山東省博平縣西北的博平鎮。⓱南皮：秦置縣名。地在今河北省南皮縣東北。

漢之元年四月①，諸侯罷戲下，各就國。項王出之國，使人徙義帝曰：「古之帝者地方千里，必居上游。」乃使使徙義帝長沙郴縣②，趣義帝行，其羣臣稍稍背叛之，乃陰令衡山、臨江王擊殺之江中。韓王成無軍功，項王不使之國，與俱至彭城，廢以為侯，已又殺之。臧荼之國，因逐韓廣之遼東，廣弗聽，荼擊殺廣無終③，並王其地。

田榮聞項羽徙齊王市膠東，而立齊將田都為齊王，乃大怒，不肯遣齊王之膠東，因以齊反，迎擊田都。田都走楚。齊王市畏項王，乃亡之膠東就國。田榮怒，追擊殺之即墨④。榮因自立為齊王，而西擊殺濟北王田安，並王三齊⑤。榮與彭越將軍印，令反梁地。陳餘陰使張同、夏說說齊王田榮曰：「項羽為天下宰，不平。今盡王故王於醜地，而王其羣臣諸將善地，逐其故主，趙王乃北居代，餘以為不可。聞大王起兵，且不聽不義，願大王資餘兵，請以擊常山，以復趙王，請以國為扞蔽。」齊王許之，因遣兵之趙。陳餘悉發三縣兵，與齊并力擊常山，大破之。張耳走歸漢。陳餘迎故趙王歇於代，反之趙。趙王因立陳餘為代王。

【注釋】❶漢之元年：公元前 206 年。劉邦於這年二月稱王，《史記》從這年起用漢紀年。❷長沙郴縣：長沙，郡名，秦置，包括今湖南資水以東及廣東北部部分地區。郴，縣名，秦置，屬長沙郡，地在今湖南省郴州。❸無終：秦置縣名，韓廣遼東國國都，故址在今河北省薊縣。❹即墨：戰國齊邑，地在今山東平度東南。❺三齊：項羽分原來的齊地為三：中部為齊，東為膠東，西北為濟北，故稱三齊。

是時，漢還定三秦①，項羽聞漢王皆已并關中，且東，齊、趙叛之，大怒。乃以故吳令鄭昌為韓王，以距漢。令蕭公角等擊彭越②。彭越敗蕭公角等。漢使張良徇韓，乃遺項王書曰：「漢王失職，欲得關中，如約即止，不敢東。」又以齊、梁反書遺項王曰：「齊欲與趙并滅楚。」楚以此故無西意，而北擊齊。徵兵九江王布。布稱疾不往，使將將數千人行。項王由此怨布也。漢之二年冬，項羽遂北至城陽，田榮亦將兵會戰。田榮不勝，走至平原③，平原民殺之。遂北燒夷齊城郭室屋，皆坑田榮降卒，係虜其老弱婦女。徇齊至北海④，多所殘滅。齊人相聚而叛之。於是田榮弟田橫收齊亡卒得數萬人，反城陽。項王因留，連戰未能下。

【注釋】❶三秦：關中秦故地，項羽封秦降將為雍、塞、翟三國，故稱。包括今陝西大部及甘肅東部地區。❷蕭公角：蕭縣長官，名角。楚制，縣令稱公。❸平原：本戰國齊地，秦屬齊郡。地當今山東省平原縣南。❹北海：地當今山東省濰坊市及安丘、昌樂、壽光、昌邑一帶。

春①，漢王部五諸侯兵，凡五十六萬人，東伐楚。項王聞之，即令諸將擊齊，而自以精兵三萬人南從魯出胡陵。四月，漢皆已入彭城，收其貨寶美人，日置酒高會。項王乃西從蕭，晨擊漢軍而東，至彭城，日中，大破漢軍。漢軍皆走，相隨入穀、泗水②；殺漢卒十餘萬人。漢卒皆南走山，楚又追擊，至靈壁東睢水上③。漢軍卻，為楚所擠，多殺，漢卒十餘萬人皆入睢水，睢水為之不流。圍漢王三匝。於是大風從西北而起，折木發屋，揚沙石，窈冥晝晦，逢迎楚軍。楚軍大亂，壞散，而漢王乃得與數十騎遁去。欲過沛，收家室而西；楚亦使人追之沛，取漢王家；家皆亡，不與漢王相見。漢王道逢得孝惠、魯元，乃載行。楚騎追漢王，漢王急，推墮孝惠、魯元車下，滕公常下收載之，如是者三，曰：「雖急，不可以驅，奈何棄之！」於是遂得脫。求太公、呂后不相遇。審食其從太公、呂后間行④，求漢王，反遇楚軍。楚軍遂與歸，報項王，項王常置軍中。

是時呂后兄周呂侯為漢將兵居下邑⑤，漢王間往從之，稍稍收其士卒。至滎陽，諸敗軍皆會。蕭何亦發關中老弱未傅悉詣滎陽⑥，復大振。楚起於彭城，常乘勝逐北，與漢戰滎陽南京、索間⑦，漢敗楚，楚以故不能過滎陽而西。

【注釋】❶春：指漢二年春。❷穀、泗水：穀水和泗水，都流經彭城東北。❸靈壁：在秦符離縣境內。符離縣地在今安徽省宿州。睢（suī）水：故水名，原稱睢河。故道自河南開封東流入靈璧等地。❹審食其（yì jī）：沛人，後一度為丞相，封辟陽侯。❺周呂侯：名澤，封於呂縣。下邑：秦置縣名，地在今安徽省碭山縣。❻傅：通「附」，這裏指登名字於簿籍。❼京、索：京，本春秋鄭邑，故治在今河南省滎陽東南，境內有索亭，故址當今滎陽縣治。

項王之救彭城，追漢王至滎陽，田橫亦得收齊，立田榮子廣為齊王。漢王之敗彭城，諸侯皆復與楚而背漢。漢軍滎陽，築甬道屬之河，以取敖倉粟①。漢之三年，項王數侵奪漢甬道，漢王食乏，恐，請和，割滎陽以西為漢。

項王欲聽之。歷陽侯范增曰：「漢易與耳，今釋勿取，後必悔之。」項王乃與范增急圍滎陽。漢王患之，乃用陳平計間項王。項王使者來，為太牢具②，舉欲進之，見使者，詳驚愕曰：「吾以為亞父使者，乃反項王使者。」更持去，以惡食食項王使者。使者歸報項王，項王乃疑范增與漢有私，稍奪之權。范增大怒，曰：「天下事大定矣，君王自為之，願賜骸骨歸卒伍。」項王許之。行未至彭城，疽發背而死。

漢將紀信說漢王曰：「事已急矣，請為王誑楚為王，王可以間出。」於是漢王夜出女子滎陽東門被甲二千人，楚兵四面擊之。紀信乘黃屋車，傅左纛，曰：「城中食盡，漢王降。」楚軍皆呼萬歲。漢王亦與數十騎從城西門出，走成皋③。項王見紀信，問：「漢王安在？」信曰：「漢王已出矣。」項王燒殺紀信。

漢王使御史大夫周苛、樅公、魏豹守滎陽。周苛、樅公謀曰：「反國之王，難與守城。」乃共殺魏豹。楚下滎陽城，生得周苛。項王謂周苛曰：「為我將，我以公為上將軍，封三萬户。」周苛罵曰：「若不趣降漢，漢今虜若，若非漢敵也！」項王怒，烹周苛，并殺樅公。

【注釋】❶敖倉：秦時在敖山上建的糧倉，故址在今河南省鄭州市西北的邙山上。❷太牢：盛牲的食器，大的叫太牢，太牢盛牛、羊、豕三牲，因此把宴會或祭祀時並用三牲的叫太牢。具：指酒餚與食器。❸成皋：古代的東虢國，春秋時鄭國制邑，又名虎牢，地在今河南省滎陽北。

漢王之出滎陽，南走宛、葉①，得九江王布，行收兵，復入保成皋。漢之四年，項王進兵圍成皋，漢王逃，獨與滕公出成皋北門，渡河走修武②，從張耳、韓信軍。諸將稍稍出成皋，從漢王。楚遂拔成皋，欲西。漢使兵距之鞏③，令其不得西。

是時，彭越渡河擊楚東阿，殺楚將軍薛公。項王乃自東擊彭越。漢王得淮陰侯兵，欲渡河南。鄭忠說漢王，乃止壁河內。使劉賈將兵佐彭越，燒楚積聚。項王東擊破之，走彭越。漢王則引兵渡河，復取成皋，軍廣武④，就敖倉食。項王已定東海來⑤，西，與漢俱臨廣武而軍，相守數月。

當此時，彭越數反梁地，絕楚糧食，項王患之。為高俎⑥，置太公其上，告漢王曰：「今不急下，吾烹太公！」漢王曰：「吾與項羽俱北面受命懷王，曰『約為兄弟』，吾翁即若翁，必欲烹而翁，則幸分我一桮羹⑦。」項王怒，欲殺之。項伯曰：「天下事未可知，且為天下者不顧家，雖殺之無益，祇益禍耳。」項王從之。

【注釋】❶葉（shè）：古邑名，春秋時楚地。地在今河南葉縣南。❷修武：周代名南陽，秦改名修武，故城在今河南獲嘉縣內。❸鞏：秦置縣名，故治在今河南鞏義西南。❹廣武：山名，在今河南滎陽東北，山上築有東西兩城，相距二百餘步，中有深澗。❺東海：這裏泛指東方。❻俎（zǔ）：切肉用的砧（zhēn）板。❼栝：即杯。

楚、漢久相持未決，丁壯苦軍旅，老弱罷轉漕①。項王謂漢王曰：「天下匈匈數歲者②，徒以吾兩人耳，願與漢王挑戰，決雌雄，毋徒苦天下之民父子為也。」漢王笑謝曰：「吾寧鬥智，不能鬥力。」項王令壯士出挑戰。漢有善騎射者樓煩③，楚挑戰三合，樓煩輒射殺之。項王大怒，乃自被甲持戟挑戰。樓煩欲射之，項王瞋目叱之④，樓煩目不敢視，手不敢發，遂走還入壁，不敢復出。漢王使人間問之，乃項王也。漢王大驚。於是項王乃即漢王相與臨廣武間而語。漢王數之，項王怒，欲一戰。漢王不聽。項王伏弩射中漢王。漢王傷，走入成皋。

【注釋】❶罷轉漕：罷，同「疲」；轉，陸路運輸；漕，水路運輸。❷匈匈：同「洶洶」，動盪戰亂。❸樓煩：北方部族名。❹瞋（chēn）：即嗔，發怒時瞪眼。

項王聞淮陰侯已舉河北，破齊、趙，且欲擊楚，乃使龍且往擊之。淮陰侯與戰，騎將灌嬰擊之，大破楚軍，殺龍且。韓信因自立為齊王。項王聞龍且軍破，則恐，使盱台人武涉往說淮陰侯。淮陰侯弗聽。是時，彭越復反，下梁地，絕楚糧。項王乃謂海春侯大司馬曹咎等曰：「謹守成皋，則漢欲挑戰，慎勿與戰，毋令得東而已。我十五日必誅彭越，定梁地，復從將軍。」乃東，行擊陳留、外黃。

外黃不下。數日，已降，項王怒，悉令男子年十五已上詣城東，欲坑之。外黃令舍人兒年十三，往說項王曰：「彭越強劫外黃，外黃恐，故且降，待大王。大王至，又皆坑之，百姓豈有歸心？從此以東，梁地十餘城皆恐，莫肯下矣。」項王然其言，乃赦外黃當坑者。東至睢陽①，聞之皆爭下項王。

漢果數挑楚軍戰，楚軍不出。使人辱之，五六日，大司馬怒，渡兵汜水②。士卒半渡，漢擊之，大破楚軍，盡得楚國貨賂。大司馬咎、長史翳、塞王欣皆自剄汜水上。大司馬咎者，故蘄獄掾，長史欣亦故櫟陽獄吏，兩人嘗有德於項梁，是以項王信任之。當是時，項王在睢陽，聞海春侯軍敗，則引兵還。漢軍方圍鍾離眛於滎陽東，項王至，漢軍畏楚，盡走險阻。

是時，漢兵盛食多，項王兵罷食絕。漢遣陸賈說項王，請太公，項王勿聽。漢王復使侯公往說項王，項王乃與漢約，中分天下，割鴻溝以西者為漢③，鴻溝而東者為楚。項王許之，即歸漢王父母妻子。軍皆呼萬歲。漢王乃封侯公為平國君，匿弗肯復見，曰：「此天下辯士，所居傾國，故號為平國君。」項王已約，乃引兵解而東歸。

【注釋】❶睢陽：秦置縣名，地在今河南省商丘。❷汜（sì）水：源於河南省鞏義，流經滎陽，北注黃河。❸鴻溝：古渠名，故道大部循今河南賈魯河東流，至淮陽入潁水。

漢欲西歸，張良、陳平說曰：「漢有天下太半，而諸侯皆附之。楚兵罷食盡，此天亡楚之時也，不如因其機而遂取之。今釋勿擊，此所謂『養虎自遺患』也。」漢王聽之。漢五年，漢王乃追項王至陽夏南①，止軍，與淮陰侯韓信、建成侯彭越期會而擊楚軍。至固陵②，而信、越之兵不會。楚擊漢軍，大破之。漢王復入壁，深塹而自守。謂張子房曰：「諸侯不從約，為之奈何？」對曰：「楚兵且破，信、越未有分地，其不至固宜。君王能與共分天下，今可立致也。即不能，事未可知也。君王能自陳以東傅海，盡與韓信；睢陽以北至穀城③，以與彭越：使各自為戰，則楚易敗也。」漢王曰：「善。」於是乃發使者告韓信、彭越曰：「并力擊楚。楚破，自陳以東傅海與齊王，睢陽以北至穀城與彭相國。」使者至，韓信、彭越皆報曰：「請今進兵。」韓信乃從齊往，劉賈軍從壽春並行④，屠城父⑤，至垓下⑥。大司馬周殷叛楚，以舒屠六⑦。舉九江兵，隨劉賈、彭越皆會垓下，詣項王。

【注釋】
❶陽夏（jiǎ）：秦為陽夏鄉，故地在今河南省太康縣。❷固陵：古地名，故地在今河南省淮陽西北。❸穀城：春秋時齊國穀邑，秦稱穀城，地在今山東省東阿縣境內。❹壽春：秦置縣名，地在今安徽省壽縣。❺城父（fǔ）：古邑名，地在今安徽省亳州。❻垓下：古地名，在今安徽省靈壁縣東南。❼舒：春秋時國名，故地在今安徽省舒城縣。

項王軍壁垓下，兵少食盡，漢軍及諸侯兵圍之數重。夜聞漢軍四面皆楚歌，項王乃大驚曰：「漢皆已得楚乎？是何楚人之多也！」項王則夜起，飲帳中。有美人名虞，常幸從；駿馬名騅，常騎之。於是項王乃悲歌慷慨，自為詩曰：「力拔山兮氣蓋世，時不利兮騅不逝，騅不逝兮可奈何，虞兮虞兮奈若何！」歌數闋①，美人和之。項王泣數行下，左右皆泣，莫能仰視。

於是項王乃上馬騎，麾下壯士騎從者八百餘人，直夜潰圍南出，馳走。平明，漢軍乃覺之，令騎將灌嬰以五千騎追之。項王渡淮，騎能屬者百餘人耳。項王至陰陵②，迷失道，問一田父，田父紿曰「左」。左，乃陷大澤中，以故漢追及之。項王乃復引兵而東，至東城③，乃有二十八騎。漢騎追者數千人。項王自度不能脫，謂其騎曰：「吾起兵至今八歲矣，身七十餘戰，所當者破，所擊者服，未嘗敗北，遂霸有天下。然今卒困於此，此天之亡我，非戰之罪也。今日固決死，願為諸君快戰，必三勝之，為諸君潰圍，斬將，刈旗，令諸君知天亡我，非戰之罪也。」乃分其騎以為四隊，四向。漢軍圍之數重。項王謂其騎曰：「吾為公取彼一將。」令四面騎馳下，期山東為三處。於是項王大呼馳下，漢軍皆披靡，遂斬漢一將。是時赤泉侯為騎將，追項王，項王瞋目而叱之，赤泉侯人馬俱驚，辟易數里。與其騎會為三處。漢軍不知項王所在，乃分軍為三，復圍之。項王乃馳，復斬漢一都尉，殺數十百人，復聚其騎，亡其兩騎耳。乃謂其騎曰：「何如？」騎皆伏曰：「如大王言！」

【注釋】❶闋（què）：量詞，用於歌曲或詞，一闋即一節。❷陰陵：秦置縣名，地在今安徽省定遠縣西北。❸東城：秦置縣名，故治在今安徽省定遠縣東南。

於是項王乃欲東渡烏江①。烏江亭長檥船待②，謂項王曰：「江東雖小，地方千里，眾數十萬人，亦足王也。願大王急渡。今獨臣有船，漢軍至，無以渡。」項王笑曰：「天之亡我，我何渡為！且籍與江東子弟八千人渡江而西，今無一人還，縱江東父兄憐而王我，我何面目見之？縱彼不言，籍獨不愧於心乎？」乃謂亭長曰：「吾知公長者，吾騎此馬五歲，所當無敵，嘗一日行千里，不忍殺之，以賜公。」乃令騎皆下馬步行，持短兵接戰。獨籍所殺漢軍數百人。項王身亦被十餘創。顧見漢騎司馬呂馬童，曰：「若非吾故人乎？」馬童面之③，指王翳曰：「此項王也。」項王乃曰：「吾聞漢購我頭千金，邑萬户，吾為若德。」乃自刎而死。王翳取其頭，餘騎相蹂踐爭項王，相殺者數十人。最其後，郎中騎楊喜、騎司馬呂馬童，郎中呂勝、楊武，各得其一體。五人共會其體，皆是。故分其地為五：封呂馬童為中水侯，封王翳為杜衍侯，封楊喜為赤泉侯，封楊武為吳防侯，封呂勝為涅陽侯。

【注釋】❶烏江：水名，今名烏江浦。在安徽省和縣東北。❷亭長：秦、漢時鄉官名，十里一亭，設亭長一人。檥（yǐ）：指船靠岸。❸面之：背對他。面，通「偭」，以背相向。

項王已死，楚地皆降漢，獨魯不下。漢乃引天下兵欲屠之，為其守禮義，為主死節，乃持項王頭示魯，魯父兄乃降。始，楚懷王初封項籍為魯公，及其死，魯最後下，故以魯公禮葬項王穀城。漢王為發哀，泣之而去。諸項氏枝屬，漢王皆不誅，乃封項伯為射陽侯。桃侯、平皋侯、玄武侯皆項氏，賜姓劉。

太史公曰①：吾聞之周生曰：「舜目蓋重瞳子。」又聞項羽亦重瞳子。羽豈其苗裔邪？何興之暴也！夫秦失其政，陳涉首難，豪傑蠭起，相與並爭，不可勝數。然羽非有尺寸，乘勢起隴畝之中，三年，遂將五諸侯滅秦，分裂天下，而封王侯，政由羽出，號為「霸王」，位雖不終，近古以來未嘗有也。及羽背關懷楚，放逐義帝而自立，怨王侯叛己，難矣。自矜功伐②，奮其私智而不師古，謂霸王之業，欲以力征經營天下，五年卒亡其國，身死東城，尚不覺寤而不自責③，過矣。乃引「天亡我，非用兵之罪也」，豈不謬哉！

【注釋】❶太史公曰：是司馬遷的議論，用以總結通篇內容或補充史實，或闡明寫作主旨，或評論史事、人物。太史公即司馬遷。❷伐：即功勳。❸寤：同「悟」。

【翻譯】

項籍是下相人，字羽。初起兵時，年二十四歲。他的叔父是項梁，項梁的父親就是楚國將軍項燕，是被秦將王翦所殺死的。項氏世代做楚將，封於項地，因此姓項。

項籍年輕時，讀書習字不很認真，沒有學成，離開了；去學習劍術，又沒有學成。項梁對他很生氣。項籍說：「讀書寫字只要能用來記姓名就行了，擊劍只能對付一個人，不值得學，我要學對付萬人的本領。」於是項梁就教項籍學兵法，項籍很高興，略微知道了兵法的大意，但又不肯學完。項梁曾與櫟陽地方某案件有牽連，於是請托蘄地的主獄官曹咎寫一封說情信，給櫟陽縣的主獄官司馬欣，因此被牽累的事得以了結。項梁殺了人，為躲避仇家與項籍居住在吳中。吳中賢明的士大夫都不及項梁。每逢吳中有大的徭役差事和喪事，項梁常常主持辦理，他暗地裏用兵法組織操練賓客子弟，因此了解了他們的才能，秦始皇巡遊會稽，渡錢塘江，項梁和項籍一起去觀看，項籍說：「那人我可取而代之！」項梁連忙捂住項籍的嘴說：「不要亂說，要滅族的！」項梁因此而賞識項籍。項籍身高八尺多，力大能舉起鼎來，才氣超人，即使是吳中當地的子弟，都敬畏項籍。

秦二世元年七月，陳涉等人在大澤鄉起義。這年九月，會稽郡守殷通對項梁說：「長江以北都反了，這也是上天要滅亡秦國的時候了。我聽說先發制人，後發就被人所制。我要發兵，讓你同桓楚帶領軍隊。」這時桓楚還逃亡在大澤中。項梁回答說：「桓楚還逃亡在外，人們不知道他在哪裏，只有項籍知道。」項梁就出來，吩咐項籍拿劍等候在外。項梁再進去，陪郡守坐，說道：「請召項籍，讓他接受命令宣召桓楚。」郡守說：「行。」項梁傳項籍進來，不一會兒，項梁對項籍使了個眼色，說：「可以行事了！」於是項籍就拔劍斬下郡守的頭，項梁拎着郡守的頭，佩帶上官印綬帶。郡守府裏的人大驚，恐慌混亂，被項籍所擊殺的有幾十上百人。一府的人都畏懼而伏倒在地上，不敢起來。項梁於是召集他平日熟悉的豪吏，把起兵的事告訴他們，於是徵集吳中的士兵，又派人徵發所屬各縣兵員，得到精兵八千人。項梁分別委派吳中的豪傑擔任校尉、軍候、司馬。有一個人沒有任用，他向項梁為自己申說。項梁說：「前些時某一次辦喪事，讓你主辦某件事，你不能辦理，因此不能任用你。」大家於是信服了。項梁便自任會稽郡守，項籍做副將，巡行攻取所屬各縣。

廣陵人召平這時替陳王巡行攻取廣陵，沒能攻下。這時，聽說陳王失敗逃走，秦兵又將追來，便渡長江假冒陳王命令，授給項梁為楚國上柱國的官銜，說：「江東已經平定，快領兵向西進攻秦兵！」項梁便帶領八千子弟兵渡長江向西進兵。聽說陳嬰已經攻佔東陽，派遣使者想要和陳嬰一起西進。陳嬰原是東陽縣的令史，家住縣城裏，一向講信用而且為人謹慎，被稱為長者。東陽縣的年輕人殺掉縣令，聚集了幾千人，要立個首領，沒合適的人選，就請陳嬰擔任。陳嬰以沒有能力為由謝絕，大家終究強立他做了首領。縣裏隨從起事的有兩萬人。年輕人想使陳嬰立即稱王，士兵都用玄青色布包頭以表示異軍突起。陳嬰的母親對陳嬰說：「自從我做了你陳家的媳婦，從沒聽說你家先代有過甚麼貴人。現在突然獲得大名，是不吉利的。不如從屬他人，事情成功了還能封侯，事情失敗了容易逃亡，不為人們所注意。」陳嬰於是不敢稱王，對他部下說：「項氏是世代的將門，在楚國有名，現在想要幹大事，領頭的人選得不好，成不了事。我們依靠名門大族，就一定能滅亡秦國了。」於是大家聽從了他的話，把軍隊歸屬於項梁。項梁渡過淮河，黥布、蒲將軍也率領軍隊來歸屬。共計六七萬人，駐紮在下邳。

就在這時，秦嘉已經立景駒做楚王，軍隊駐在彭城東邊，打算抗拒項梁。項梁對軍官們說：「陳王首先起義，戰爭失利，沒有聽說他的下落。現在秦嘉背叛陳王另立景駒，大逆不道！」於是進兵攻秦嘉。秦嘉的軍隊敗走，一直追擊到胡陵地方。秦嘉回軍激戰了一天，秦嘉戰死，軍隊投降。景駒逃走，死在梁地。項梁收編了秦嘉的軍隊以後，駐紮在胡陵，將要發兵西征。章邯軍隊到了栗地，項梁派部將朱雞石、餘樊君迎戰。餘樊君戰死，朱雞石軍戰敗，逃往胡陵。項梁就領兵進入薛縣，殺了朱雞石。項梁在這之前曾派項羽分兵攻打襄城，襄城堅守，攻打不下。等到攻下以後，就把守城軍民全部坑殺。回來報告項梁。項梁得知陳王確實已死，召集各路將領，聚會於薛縣商議大事。這時沛公也在沛地起兵前往薛縣。

居鄛人范增，年滿七十，一向居住在家裏，喜歡考究奇謀計策。他去給項梁出主意說：「陳勝失敗本是應當的。秦滅六國，楚國最無罪。自從懷王受騙入秦沒有回來，楚國人到今天還在憐憫懷念他。所以楚南公說：『楚國即使剩下三戶人家，滅秦的也必是楚人。』現在陳勝首先起義，不立楚王後代而自立為王，他的王業長不了。現在你起兵江東，楚國這麼多將領爭先恐後前來投奔你，是因為你項氏世代為楚將，能再扶立楚王後代的緣故。」項梁認為他的話很對，就在民間訪求到楚懷王的孫子名叫心的，他給人牧羊，便立他為楚懷王，以順從民眾的願望。陳嬰做了楚國的上柱國，封給他五個縣的封地，同懷王在盱台建都。項梁自己號稱武信君。

過了幾個月，項梁帶兵進攻亢父，與齊國的田榮、司馬龍且合軍救東阿，在東阿大敗秦軍。田榮就領兵回去，驅逐齊王假。假逃奔楚國，他的相國田角逃奔趙國。田角的弟弟田間原是齊國將軍，留在趙國不敢回去。田榮扶立田儋的兒子田市做齊王。項梁已經擊敗東阿秦軍的下軍，繼續追擊秦軍，幾次派遣使者催促齊兵，想與他們一軍西進。田榮說：「楚國殺掉田假，趙國殺掉田角、田間，我才發兵。」項梁說：「田假是盟國的國君，在窮途末路的情況下投奔我，我不忍心殺他。」趙國也不肯殺田角、田間以討好齊國。齊國因此不肯發兵協助楚軍。項梁派沛公同項羽另行攻打城陽，大肆屠殺。向西在濮陽之東擊敗秦軍，秦軍退入濮陽，沛公、項羽便進攻定陶。定陶沒有攻破，便撤兵離去，向西攻城掠地到雝丘，大敗秦軍，斬了李由。再回師攻外黃，外黃未能攻下。

項梁軍從東阿出發，西進，等到達定陶，第二次擊敗秦軍，加上項羽等在這之前又殺了李由，就更加輕視秦軍，驕傲起來。宋義於是勸項梁道：「打了勝仗而將驕兵怠就必然失敗。現在士兵有些懈怠渙散了，秦兵又每天得到增援，我替您感到害怕。」項梁不聽，派宋義出使齊國。路上遇到齊國使者高陵君顯，問道：「你要去見武信君嗎？」回答道：「是的。」宋義說：「我看武信君軍隊必敗。你慢行可免一死，快走正好碰上災禍。」秦果然動員全部兵力增援章邯，進攻楚軍，在定陶大敗楚軍，項梁戰死。沛公、項羽放棄外黃進攻陳留，陳留守軍堅守，不能攻破。沛公、項羽共同商量道：「現在項梁軍失敗，士兵很恐慌。」便會同呂臣軍隊一齊向東撤，呂臣軍隊駐紮在彭城東面，項羽軍隊駐紮在彭城西面，沛公軍隊駐紮在碭地。

章邯已經打敗項梁軍隊，就以為楚地軍隊不用擔心了，便渡過黃河進攻趙國，大破趙軍。正當這時，趙歇做了趙王，陳餘做將軍，張耳做相國，都退入鉅鹿城。章邯命令王離、涉間包圍鉅鹿，章邯軍隊駐紮在鉅鹿南邊，築起一條兩旁有牆垣保護的通道運糧。陳餘做將軍，統兵幾萬人，駐紮在鉅鹿的北邊，這就是所謂河北之軍。

楚軍在定陶吃了敗仗，懷王感到恐懼，就從盱台來到彭城，合併了項羽、呂臣的軍隊自己統領。用呂臣做司徒，用他的父親呂青做令尹。任沛公做碭郡長，封為武安侯，統領碭郡軍隊。

當初，宋義遇到的齊國使者高陵君顯在楚軍，見到楚王說：「宋義預料武信君的軍隊必敗，過了幾天，軍隊果然失敗了。軍隊未戰就能預先見到失敗的徵兆，這可以說是精通用兵之道了。」懷王召見宋義同他討論國家大事，十分高興，因而任命他做上將軍。項羽封為魯公，做次將，范增做末將，一齊去援救趙國。所有統兵將官都歸宋義指揮。

號稱卿子冠軍。軍隊開到安陽，逗留四十六天不向前推進。項羽說：「我聽說秦軍圍困趙王在鉅鹿城內，我們趕快率領軍隊渡過黃河，楚軍在外面攻擊，趙軍在裏面接應，一定能擊破秦軍。」宋義說：「不對！牛虻能叮咬牛但是不能咬小蝨子。目前秦軍進攻趙國，戰勝的話它的軍隊也就精疲力盡了，我們利用他們疲困的機會；若戰敗，我就大張旗鼓向西進軍，也能把秦攻下，所以不如先讓秦、趙交戰。要講衝鋒陷陣，我不如你，要講出謀劃策，你可不如我了！」說完就下令全軍說：「兇猛像虎，違拗如羊，貪酷似狼，倔強而不聽差遣的，一律殺頭！」接着就委派他的兒子宋襄做齊國的相國，親自送到無鹽縣，大擺筵席宴請賓客。這時天寒大雨，士兵又凍又餓。項羽說：「將要齊心協力攻打秦軍，卻一直留在這裏不走。今年年歲饑荒百姓貧窮，士兵們吃的是芋豆之類，軍隊沒有存糧，卻還擺酒宴客，不領軍渡黃河去取用趙地的糧食，會同趙軍合力攻秦軍，反而說甚麼利用其疲困。以秦軍之強，進攻新建立的趙國，其趨勢必定會攻下趙國。趙國敗亡，秦就更強，有甚麼疲困可利用！況且我國軍隊新近失敗，大王坐立不安，把全部兵力交給上將軍，國家安危，在此一舉。可是上將軍不愛惜士兵而只顧自己私情，不是保衛國家的大臣！」項羽早上參見上將軍宋義，就在參見的營帳中砍下宋義的頭，出來號令全軍說：「宋義私通齊國合謀反楚，楚王密令我殺掉他。」這時，所有將官都震駭順服，不敢稍有抗拒，齊聲說：「首先扶立楚王，就是將軍一家人，現在又是將軍平叛！」於是共同拜立項羽做代理上將軍，派人追趕宋義的兒子，在快到齊國的地方，把他殺了。又派桓楚向懷王報告，懷王同意任命項羽做上將軍，當陽君黥布和蒲將軍都歸屬項羽統率。

項羽殺了卿子冠軍後，威震楚國，名聞諸侯。於是派遣當陽君、蒲將軍帶兵二萬渡過漳水救援鉅鹿，戰事沒有多大進展，陳餘又要求增援。項羽便率領所有軍隊渡過漳水，全部沉掉渡船，打破炊具，燒掉營房，只帶三天的糧食，以此表示士卒們必須死戰，不許有絲毫後退的念頭。因此楚軍一過河就包圍了王離的軍隊，與秦軍遭遇，激戰多次，斷絕了秦軍運糧的甬道，把秦軍打得大敗，殺死蘇角，俘虜王離。涉間不肯投降楚軍，自焚而死。這時，楚兵的威勢壓倒諸侯的軍隊，諸侯軍隊來救援鉅鹿的有十多座營壘，沒有一個敢派兵出戰。楚軍進攻秦軍的時候，諸侯將士都從壁壘上觀戰。楚軍士兵無不以一當十，楚兵呼聲動天，諸侯軍無不人人驚懼惶恐。等到擊敗秦軍，項羽召見諸侯將軍，他們進入轅門，每人都曲膝而進，不敢抬頭仰視。項羽從這時開始做諸侯的上將軍，諸侯們的軍隊都歸他指揮。

章邯軍隊駐紮在棘原，項羽軍隊駐紮在漳水之南，兩軍相持沒有交戰。秦軍多次退卻，二世派使者責備章邯。章邯恐懼，派長史司馬欣去陳述原委。司馬欣到達咸陽，在司馬門等候了三天，趙高不見，有不信任的意思。長史司馬欣害怕，逃回自己軍隊，不敢走原路。趙高果然派人追趕，沒有追上。司馬欣回到軍營中，報告說：「趙高在朝廷掌權，在下面的人做不成事情。現在出戰能夠勝利，趙高必定嫉妒我們的功勞；出戰不能勝利，免不了一死。希望將軍仔細考慮。」陳餘也送一封信給章邯說：「白起做秦的將軍，南征得楚國的鄢、郢，在北面坑殺趙國馬服君的軍隊，攻克城市佔領土地，不計其數，然而結果卻是被命令自殺。蒙恬做秦的將軍，北驅匈奴，開發榆中地區幾千里，結果還是在陽周被斬首。為甚麼呢？功勞太大了，秦國無法全部封賞，因而只能借法令來殺掉他們。現在你做秦國將軍已三年，損失了數以十萬計的士兵，而諸侯們的兵卻越來越多。那趙高長期以來一向阿諛蒙蔽，現在事情危急，也擔心二世殺他，所以想要用法令來殺掉將軍以便搪塞自己的責任。另外派人代替你，以便逃脱禍害。將軍長期在外，與朝廷內部有很多矛盾，你有功勞也得被殺，沒有功勞也得被殺。上天要滅亡秦，無論聰明愚笨的人都知道這一點。現在將軍在朝廷內既不能直言規勸皇帝，在朝廷外面帶兵也不過是亡國之將，孤立無援而想保全性命，豈不可悲！將軍何不回兵與諸侯們訂立縱約，約定一同進攻秦國，分了它的地盤，自己為王，南面而坐，稱孤道寡，這和身受刀斧、妻子兒女被殺相比，哪個好呢？」章邯遲疑不決，暗地裏派軍候叫始成的去見項羽，打算要求訂約投降。盟約沒有訂成，項羽派蒲將軍不分晝夜帶兵渡過三戶津，紮營漳水南岸，與秦軍交戰，又把它打敗。項羽自己統率全軍從汙水上進攻，把秦軍打得大敗。

章邯派人求見項羽，要求訂約。項羽召集軍吏們商量說：「糧食缺少，我想接受締約的請求。」軍吏們說：「很好。」項羽便與章邯約定日期在洹水之南的殷墟上相會。盟約訂立後，章邯見了項羽，痛哭流涕，訴說受趙高陷害之事。項羽就立章邯為雍王，安置在楚軍中。委任長史司馬欣為上將軍，統率秦軍做先鋒。

軍隊到達新安，諸侯軍的軍吏士兵，過去為服徭役駐守邊疆路過秦中，當時秦中的軍吏士兵對他們往往加以虐待。等到秦軍投降諸侯，諸侯們的軍吏士兵乘戰勝的機會也都把他們當作奴隸和俘虜那樣役使，隨意折磨凌辱。秦軍的軍吏士兵大多私下議論說：「章將軍等人騙我們投降諸侯。如今能夠進關打敗秦國，那是大好事；倘若不能，諸侯們就要把我們像俘虜那樣押到東方去，秦國必定會把我們的父母妻兒全部殺掉。」將官們對這些議論稍有所聞，報告項羽。項羽召集黥布和蒲將軍商量說：「秦軍的軍吏士兵為數不少，他們並不心服。進了關中不服從命令，事情就必然危險。不如殺掉他們，只帶章邯、長史司馬欣和都尉董翳進關吧。」於是楚軍連夜在新安城活埋秦兵二十多萬人。

楚軍進兵去攻取平定秦關中之地。函谷關有兵守關，不能進去。又聽說沛公已攻破咸陽，項羽大為發怒，命令當陽君等攻打下函谷關，項羽軍隊入了關，到達戲水西岸。沛公這時駐軍霸上，沒有能同項羽見面。沛公的左司馬曹無傷，差人通報項羽說：「沛公打算做關中王，叫秦王子嬰做相國，秦國的珍寶都歸他所有了。」項羽大怒，說：「明天早上讓士兵吃飽，去消滅沛公的軍隊。」這時，項羽兵有四十萬，駐在新豐鴻門；沛公有兵十萬，駐軍霸上。范增勸項羽說：「沛公在山東的時候，貪財好色，如今進了關，財物也不要了，美女也不愛了，此人的志向不小呵！我叫人望過他的氣，都是龍虎之形，形成五彩，這是天子氣呵，要趕快進攻，不要失掉良機。」

楚國左尹項伯，是項羽的叔父，向來同留侯張良友好。張良這時跟隨沛公，項伯連夜騎馬奔到沛公駐軍的營地，私下會見張良，一一告訴他這些事。想要招呼張良同自己一道離去。說：「別跟着一起死呵！」張良說：「我因為韓王的緣故相送沛公，沛公現在有了急難之事，我要跑掉是不義的，不可不告訴他。」張良進帳，把所有情況稟告沛公。沛公大驚，說：「怎麼辦呢？」張良說：「誰給大王出這個主意的？」沛公說：「有個淺陋的小人勸我說：『守住函谷關別讓諸侯進來，秦地就全歸你稱王了。』所以我聽了他的話。」張良說：「大王估計一下，你的軍隊能抵得住項王嗎？」沛公默不作聲，過了一會才說：「當然不如了，但是怎麼辦呢？」張良說：「只有去對項伯講清楚，說沛公是不敢違抗項王的。」沛公說：「你是怎麼同項伯有交情的？」張良說：「秦時他同我結交，他殺了人，我救了他的命。現在事情危急，幸虧他來通知我。」沛公說：「你們兩人年齡哪個大？」張良說：「他比我年長。」沛公說：「你給我招呼他進來，我要像侍候兄長那樣接待他。」張良出去邀請項伯，項伯立即進帳會見沛公。沛公捧酒致意，約定同他做兒女親家，說：「我進了關，絲毫都不敢佔有，登記好官民的戶籍，查封好公府的庫房，為的是等候將軍駕到。之所以派遣將領把守函谷關，是為了防備其他盜賊出入及意外的事變。我日夜盼望將軍駕到。怎麼敢反叛呢？希望你一一為我解釋，決不敢背信棄義。」項伯答應了，對沛公說：「明天不可不早些親自來向項王致意。」沛公說：「是。」於是項伯又乘夜回去，到達軍中，把沛公的話全都向項王報告了，並且說：「沛公要不是先攻破關中，你豈敢入關呢？人家有大功反而去攻打他，這是不義的，不如就此好好地對待他。」項王同意了。

第二天早晨，沛公帶了一百多騎隨從來見項王，到達鴻門，向項王表示歉意說：「我與將軍協力攻打秦軍，將軍轉戰黃河以北，我攻打黃河以南，但想不到能先進關攻破秦國，得以在這裏重見將軍。現在有小人挑撥，使得將軍與我之間產生了嫌隙。」項王說：「這是沛公左司馬曹無傷講的，不然的話，我哪會這樣呢？」項王當天就留下沛公，舉行宴飲。項王、項伯朝東坐，亞父朝南坐。亞父，就是范增。沛公朝北坐，張良朝西站着侍候。范增幾次使眼色暗示項王，再三用掛在身上的玉玦朝項王示意，項王沉默着不理會。范增離席而起，出外招呼項莊，對他說：「君王為人下不了狠心，你進去到席前敬酒，敬過酒，請求表演舞劍，乘機把沛公殺死在座位上。否則，你們都將被他俘虜。」項莊隨即進帳敬酒，敬完酒，說：「君王同沛公宴飲，軍中沒有甚麼可娛樂的，請讓我表演舞劍吧！」項王說：「好。」項莊拔劍起舞，項伯也拔劍起舞，不時用身體去掩護沛公，項莊沒有機會行刺。張良到軍門門口去找樊噲，樊噲問：「今日的情況怎麼樣？」張良說：「危急得很！現在項莊正表演舞劍，他注意的經常是沛公。」樊噲說：「這太危險了！讓我進去，同沛公生死與共！」樊噲立刻帶劍持盾闖進軍門，守門的衛士把雙戟交叉想攔住不讓進去，樊噲把盾牌橫着一撞，衛士們跌倒在地，樊噲沖了進去，揭開帷幕向西一站，瞪着眼睛盯住項王，頭髮直豎起來，眼眶都要裂開了。項王按住劍半跪半起，問：「你是甚麼人？」張良說：「是沛公的隨車衛士樊噲。」項王說：「好個壯士，賜他一杯酒。」但拿給他的是一斗酒。樊噲俯地拜謝，立起身站着，一口氣喝完。項王說：「賞他一條豬腿。」可是拿給他的是一條生豬腿。樊噲把盾牌反放在地上，再把豬腿放在盾牌上，拔出劍來一邊割一邊吃，項王說：「壯士還能飲酒嗎？」樊噲說：「我就是死都不回避，一杯酒還值得推辭？那秦王有虎狼之心，殺人唯恐不多，罰人唯恐不夠，天下的人都背叛他。懷王同諸侯約定：『誰先破秦進入咸陽的在那裏為王。』現在沛公先破秦進入咸陽，東西絲毫不敢佔有，封閉好宮室，把軍隊撤到霸上駐紮，等候大王的到來。至於派遣將領把守函谷關，為的是防備盜賊和意外事變。像這樣勞苦功高，不僅沒有封侯的獎賞，你反而聽信讒言，要誅殺有功的人。這是已滅亡了的暴秦的繼續，我個人認為大王的做法不可取。」項王一時無話回答，就說：「坐下！」樊噲挨着張良坐下。坐了一會兒，沛公起來上廁所，趁機招呼樊噲出去。

沛公離席出去，項王就叫都尉陳平去召回沛公。沛公說：「如今出走，不告辭，行嗎？」樊噲說：「做大事顧不了細節，行大禮免不了小的責難。如今人家準備好刀和砧板，我們卻是刀下的魚肉，有甚麼好告辭的！」於是決定不辭而別，叫張良留下辭謝。張良問道：「大王來時帶了甚麼禮物？」答道：「我帶了一付白璧，打算獻給項王；一對玉斗，打算送給亞父。碰到他們正在發怒，所以沒有敢獻上去。你替我代獻吧！」張良說：「遵命。」當時，項王軍隊駐在鴻門，沛公軍隊駐在霸上，相隔四十里。沛公把車輛棄置不用，獨自騎馬脱身而逃，樊噲、夏侯嬰、靳強、紀信四個人手持刀劍盾牌步行追隨，從酈山腳下，經過芷陽抄小路走。走前沛公囑咐張良說：「走這條路到我們的駐地，不過二十里罷了。你估計我們回到了軍營時，你再進營帳辭謝。」沛公已經離去，從小路回到軍營中。張良這時才進帳向項王辭謝道：「沛公經受不了酒力，不能親自告辭了。他命小臣張良恭敬地奉上白璧一對，拜獻給大王足下；玉斗一對，拜送給大將軍足下。」項王說：「沛公在哪裏？」張良說：「聽説大王有意要責備他，所以一個人脱身回去，已經到駐地了。」項王也就接受了白璧，放在座位上。亞父接過玉斗，丟在地上，拔出劍來將它砍碎，說：「唉，這小子不值得替他出謀劃策！奪取項王天下的人，一定是沛公。

我們這些人如今都要被俘虜了！」沛公回到駐地，立刻殺了曹無傷。

過了幾天，項羽帶兵向西進入咸陽大肆屠殺，殺了秦降王子嬰，焚燒秦宮室，大火三個月不熄，搜括秦的財貨、寶物、婦女東歸。有人勸項王說：「關中地區山河險要四面可守，土地肥沃富饒，可以建都稱霸。」項王看到秦的宮室都已焚毀殘破，又懷戀故鄉想要東歸，說：「富貴了不回故鄉，就像穿了錦繡衣裳去走夜路，誰能知道！」勸告的人說：「人家說楚人像獼猴戴帽，果然不錯。」項王聽說這話後，就烹殺了這個進言的人。

項王派人通報懷王。懷王說：「照以前約定的辦。」於是尊立懷王為義帝。項王想自己稱王，就先封諸將相為王。對他們說：「天下初起義時，暫且扶立諸侯的後代來討伐秦。但親自披堅執鋭首先起兵，風餐露宿在草野之中達三年之久，消滅秦國平定天下的，都是各位將相和我項籍的力量。義帝雖沒有功勞，但也還是應讓他分地為王。」全體將領都說：「對！」於是分封天下，立各位將領為諸侯王。項王、范增疑忌沛公想得天下，但是已經同他和解，又不願意擔當背約的名聲，怕諸侯們叛亂，便暗中策劃道：「巴蜀道路艱險，秦朝流放罪犯，都安置在蜀地。」就揚言說：「巴蜀也屬於關中地區。」因此封沛公為漢王，領有巴、蜀、漢中等地，都城設在南鄭。把秦關中地區分為三部分，封秦朝降將為王，用來阻擋漢王。項王於是封章邯為雍王，管轄咸陽以西，定都廢丘。

長史司馬欣，原是櫟陽縣主獄官，曾對項梁有恩德；都尉董翳，曾勸章邯投降楚軍。因此封司馬欣為塞王，轄咸陽以東至黃河，定都櫟陽；封董翳做翟王，轄上郡，定都高奴。遷移魏王豹做西魏王，轄河東，定都平陽。瑕丘人申陽是張耳的寵臣，先打下河南，在黃河邊接應楚軍，因此封申陽為河南王，定都雒陽。韓王成仍居舊都，都城在陽翟。趙將司馬卬平定河內，屢建戰功，故封司馬卬為殷王，轄河內，定都朝歌。遷移趙王歇為代王。趙相國張耳一向賢明，又跟隨項王進關，因此封張耳為常山王，轄趙地，定都襄國。當陽君黥布任楚將，常勇冠諸軍，因此封黥布為九江王，定都六。鄱君吳芮率領百越族人，輔佐諸侯，又跟從項王入關，因此立吳芮為衡山王，定都邾。義帝的柱國共敖帶兵進攻南郡，有很多戰功，因此封共敖為臨江王，定都江陵。遷移燕王韓廣做遼東王。燕將臧荼協同楚軍救趙，又隨從入關，因此封臧荼為燕王，定都薊。遷移齊王田市為膠東王。齊將田都隨項羽一同救趙，又隨從入關，因此封田都為齊王，定都臨淄。原來被秦滅亡的齊王建的孫子田安，當項羽渡黃河救趙的時候，田安攻克濟水以北好幾座城池，帶兵投降項羽，因此封田安做濟北王，定都博陽。田榮幾次得罪項梁，又不肯帶兵跟從楚軍攻打秦軍，因此不封。成安君陳餘棄將印而去，又沒有隨從進關，但是平素名聲好，對趙國有功，聽說他在南皮，也就封給他南皮周圍的三個縣。番君將領梅鋗功多，因此封為十萬戶侯。項王自封為西楚霸王，轄九個郡，定都彭城。

漢元年四月，諸侯罷兵於戲水之下，各往封國。項王出行到自己封國，派人遷徙義帝說：「古代帝王擁地千里，必定居住在上游地方。」便派人遷義帝到長沙郴縣，催逼義帝立即上路，義帝的臣子漸漸叛逃了，於是密令衡山王和臨江王在江上襲殺了義帝。韓王成沒有軍功，項王不讓他到封國去，讓他跟隨自己到彭城，廢去王號降封為侯，接着又殺了他。臧荼到了自己的封國，乘機驅趕韓廣去遼東，韓廣不聽從，臧荼就在無終殺了韓廣，一併統治了他的封地。

田榮得悉項羽把齊王田市遷往膠東，而且封齊將田都為齊王，大怒，不肯讓齊王去膠東，就據齊地反抗，迎頭攻擊田都。田都逃到楚國。齊王田市懼怕項王，便逃亡到膠東的封國去。田榮發怒，追到即墨將他殺了。田榮於是自立為齊王，向西攻殺濟北王田安，吞併了三齊。田榮給彭越將軍印，令他據梁地造反。陳餘暗中派張同、夏說對齊王田榮說：「項羽主持分封天下，不公平。他把原來的王全封到壞地方為王，而把他的羣臣諸將封到好地方為王。驅逐我的故主，趙王於是往北居住到代地，我陳餘認為不該這樣。現在聽說大王起兵，要是不響應則不義，希望大王借給我部眾人馬，去攻打常山王張耳，以便趙王復位。請用我們的封國作為護衛。」齊王答應了他，因此派兵去趙國。陳平調發三縣所有兵卒，會同齊軍並力進攻常山王，把他打得大敗。張耳逃亡歸附漢王。陳餘從代地迎回原來的趙王歇返回趙國。趙王於是封陳餘為代王。

這時，漢王已經回來平定了三秦。項羽聽説漢王全部併吞完了關中，而且將引兵東進，齊、趙又都叛變，大怒。於是封原來的吳令鄭昌為韓王，來抵抗漢軍。命令蕭公角等進攻彭越。彭越擊敗了蕭公角等。漢王差遣張良曉喻韓王，於是送給項王一封信說：「漢王沒能遵行前約，只求得到關中，得到關中便止兵，不敢向東擴展。」又把齊、梁反叛的事寫信給項王說：「齊打算同趙合力消滅楚國。」楚國因為這個緣故，打消了西進的念頭，而向北去攻打齊國。向九江王黥布徵調兵員。黥布推託有病不親自前往，派將領率領幾千人去。項王因此怨恨黥布。漢二年冬，項羽揮兵北上到城陽，田榮也率兵來會戰。田榮兵敗，逃到平原，平原百姓殺了他。項羽於是北進燒毀夷平了齊國的城郭房屋，活埋了田榮投降的士兵，掠取了齊國的老弱婦女。攻略齊國直到北海，不少地方被摧殘毀滅。齊人集合起來反抗項羽，於是田榮的弟弟田橫收編齊軍逃散的士兵得到幾萬人，在城陽起兵。項王於是留下來，連續多次戰鬥沒能攻下。

春天，漢王統率了五個諸侯的軍隊共五十六萬人，東進征討楚國。項王得到這個消息，隨即命令將領們抵抗齊軍，自己帶領精兵三萬，向南經魯地出兵胡陵。四月，漢軍和諸侯軍隊都已打進彭城，搜括城內財物、珍寶、美人，每天備酒大宴。項王軍隊於是從西面的蕭地一早進擊漢軍，向東推進，直到彭城，到正午時分，把漢軍打得大敗。漢軍全線退卻，楚軍緊追到穀水、泗水岸邊，殺傷漢軍士兵十多萬人。漢軍都向南退卻逃進山裏，楚軍又追擊到靈壁東面的睢水。漢軍潰退，被楚軍沖擠，多遭殺傷。漢兵十多萬人，都跳入睢水，睢水因此不流。楚軍把漢王團團圍住。就在此時，從西北刮起了一陣大風，摧折樹木，掀掉屋頂，飛沙走石，天昏地暗如同黑夜，撲面向楚軍吹來。楚軍大亂而潰散。漢王乘機同幾十個隨從騎馬逃脱。打算過沛縣帶了家眷一起西逃，但楚軍也派人追到沛縣，搜捕漢王家屬；家眷都已逃亡，無法同漢王見面。漢王在路上遇見兒子孝惠和女兒魯元，就把他們載上車子。楚軍騎兵追趕漢王，漢王發急，把孝惠、魯元推下車去。滕公夏侯嬰每次都下去把他們拉上車來，像這樣反復三次，說：「雖然危急，車子跑不快，怎麼可以甩掉他們！」這樣孝惠和魯元才得以逃命。又到處尋找太公、呂后，沒有遇上。審食其陪同太公、呂后走小道，尋找漢王，反而碰上楚軍，楚軍就把他們帶回，報告項王，項王把他們安置在軍中。

這時呂后的哥哥周呂侯，統領一支漢軍駐在下邑，漢王從小路去投奔他，逐漸收編他的士兵。到達滎陽，一些潰敗的軍隊重新會合起來，蕭何也徵集關中沒有登入服役名籍的老弱，一起送到滎陽，兵力重又大振。楚興兵於彭城，常乘勝追擊敗軍，同漢軍在滎陽南面京縣、索亭之間交戰，漢軍打敗了楚軍，楚軍因此不能過滎陽西進。

正當項王去救彭城，追擊漢王到滎陽，田橫也乘機收復齊地，扶立田榮的兒子田廣做齊王。當漢王在彭城戰敗，諸侯們重又歸向楚而背叛漢。漢軍駐紮滎陽，築起甬道，一直連接到黃河南岸，用來運輸敖倉的糧食。漢三年，項王不斷襲擊漢軍甬道，漢王糧食缺乏，恐懼，求和，要求把滎陽以西的地方分割給漢。

項王打算接受漢王的要求。歷陽侯范增說：「現在漢軍容易對付，但如果放棄機會不消滅它，以後必定懊悔。」項王聽從范增的意見加緊包圍滎陽。漢王為此感到憂愁。便採納陳平的計謀離間項王。等到項王的使者來到漢軍，就準備了豐盛的酒食，正要進上酒食，看見使者，裝出驚訝的樣子說：「我以為是亞父的使者，哪知是項王的使者！」便把酒食撤掉，又端出粗陋的飲食給項王使者吃。使者回去報告項王，項王就疑心范增同漢王私下有來往，稍稍削奪了他的權力。范增大怒，說：「天下事已定局了，君王好自為之！請允許我保全這副老骨頭回家做老百姓吧！」項王准許他的請求。他上了路，沒到彭城，背上毒瘡發作死了。

漢將紀信勸告漢王說：「形勢緊急了，為了你，讓我冒充你矇騙楚軍，大王你可以乘機逃出。」於是漢王趁夜間從滎陽東門放出兩千個披着甲冑的婦女，楚兵於是四面圍擊。紀信乘一輛用黃綢做篷蓋的車子，在左轅上張一把用羽毛編織的旌旗，說：「城中糧盡，漢王投降。」楚軍都歡呼萬歲。漢王也就帶了幾十個騎兵從西城門逃出，往成皋奔去。項王見到紀信，問：「漢王在哪裏？」紀信說：「漢王已經脫身了。」項王於是燒死了紀信。

漢王派御史大夫周苛、樅公、魏豹駐守滎陽。周苛、樅公商量說：「魏豹是叛國之王，難於同他守城。」於是兩人就殺死了魏豹。楚軍攻下滎陽城，活捉周苛。項王對周苛說：「你做我的部將，我讓你做上將軍，封三萬戶。」周苛罵道：「你要是不趕快降漢，漢軍就要俘虜你，你不是漢王的對手！」項王發怒，烹殺了周苛。並殺了樅公。

漢王逃出滎陽，往南奔向宛、葉二地，得到九江王黥布接應，一路收集殘兵，重新進入成皋守衛。漢四年，項王進兵圍成皋，漢王逃命，單獨同滕公出成皋北門，渡黃河到了修武，投奔張耳、韓信軍隊。一些將領陸續逃出成皋，追上漢王。楚軍攻佔成皋，準備向西進軍。漢王派兵在鞏地阻截，使楚軍不能西進。

這時，彭越渡過黃河進攻東阿的楚軍，殺楚將軍薛公。項王於是親自東征彭越。漢王得到了淮陰侯的兵員，打算渡黃河南進。鄭忠勸阻，漢王就在河內紮營。派劉賈率兵支援彭越，焚燒楚軍糧草。項王東征擊敗劉賈，打跑彭越。漢王隨即帶兵渡黃河，重新收復成皋，駐軍廣武，就以敖倉儲糧作為軍食。項王已經平定東海，揮兵向西，與漢軍同時在廣武紮營，相持幾個月。

正當這時，彭越屢次從梁地反攻，斷絕楚軍糧草，項王很憂慮。他置辦了高大的几案，把太公放在上面，通知漢王說：「你再不趕快投降，我就要烹殺太公了！」漢王說：「我和你項羽都作為臣子受命於懷王，立誓『約為兄弟』，我父親就是你父親，果真要烹煮你的父親，那就希望分一杯肉羹給我！」項王發怒，真要殺死太公。項伯說：「天下事還不可預料，況且要爭奪天下的人不顧念家庭，雖殺了他父親也沒有用，只會增加禍害。」項王聽從了他的話。

楚漢相持日久，不分勝負，丁壯苦於軍旅征戰，老弱疲於輸糧運餉，項王對漢王說：「天下戰亂紛擾，已有幾年了，就是因為我們兩人的緣故，我願意同漢王當面挑戰決一雌雄，別再無故讓天下百姓老小受苦！」漢王笑着辭謝道：「我只能鬥智，不能鬥力。」項王命壯士出陣挑戰。漢軍中有一個樓煩族神射手，楚軍挑戰三次，每次都被樓煩射手射死。項王大怒，於是親自披甲執戟出陣挑戰，樓煩射手正要射他，項王瞪眼大喝一聲，樓煩射手眼不敢看項王，手不敢發箭，回馬就走，躲進營壘，不敢再出。漢王叫人打聽是誰，原來是項王。漢王大驚。於是項王和漢王兩人隔着廣武山的一條深澗對話。漢王數落項王的罪過，項王發怒，要決一死戰。漢王不理睬他，項王這邊埋伏的弓箭手射中漢王。漢王受傷，退入成皋。

項王聽說淮陰侯已經佔領黃河以北，攻破齊、趙軍隊，接着就要進攻楚軍，便派龍且去迎擊淮陰侯，淮陰侯與龍且交戰，騎將灌嬰進攻楚軍，大敗楚軍，殺了龍且。韓信乘機自封為齊王。項王獲悉龍且軍隊打敗，就很恐慌，叫盱台人武涉出使去策反淮陰侯。淮陰侯沒有聽從。這時，彭越又反，攻克梁地，斷絕楚軍糧草。項王就對海春侯大司馬曹咎等人說：「好好守住成皋，要是漢軍來挑戰，小心別與它交戰，不讓它東進就行了。我十五天內必殺彭越，平定梁地，再同將軍會合。」於是向東進軍，攻打陳留、外黃。

外黃不肯降服。數日以後，投降了，項王發怒，命令所有十五歲以上男子到城東去，打算活埋他們。外黃縣令門客的十三歲的兒子，去見項羽說：「彭越以強力劫持外黃，外黃人害怕，所以暫且投降，等候大王。大王來了，又把他們都活埋，百姓哪會有歸順之心？從這裏往東，梁地十餘座城的人都要害怕，沒有人肯降附你了。」項王同意他的說法，於是赦免了準備活埋的外黃百姓。東進到睢陽，其他各城聽說這事爭相投降了項王。

漢軍果然多次向楚軍挑戰，楚軍閉營不出。漢軍派人侮辱叫罵楚軍，接連有五六天，大司馬曹咎發怒，從汜水渡兵。士兵渡過一半，漢軍進攻他們，大敗楚軍，取得了楚國的全部財貨。大司馬曹咎、長史董翳、塞王司馬欣都在汜水上自刎而死。大司馬曹咎，原是蘄縣主獄官，長史司馬欣也是前櫟陽的獄吏，兩人都曾對項梁有恩德，所以項王信任他們。這時，項王在睢陽，聽到海春侯軍隊敗亡，立即引兵還師。漢軍正在滎陽東圍困鍾離眛，項王軍隊一到，漢軍畏懼楚軍，全軍退守到險要地方。

這時，漢兵勢盛糧多，項王軍隊兵疲糧盡。漢王派遣陸賈勸說項王請求放回太公，項王不答應。漢王又派侯公去勸說項王，項王便與漢王約定：雙方平分天下，分割鴻溝以西的地方歸漢，鴻溝以東的地方歸楚。項王表示同意，隨即遣返漢王的父母妻兒。士兵們都高呼萬歲。漢王便封侯公為平國君，安置藏匿他使他不再與世人來往，說：「這人是天下有名的辯士，所到之處可以傾覆別人的家國，所以封他為平國君。」項王訂好條約，就帶領軍隊去圍而東歸。

漢王準備西歸，張良、陳平勸他說：「漢已佔有一大半天下，諸侯們也都歸順。楚國兵疲糧盡，這是上天滅亡楚國的時機，不如乘機奪取天下。現在停手不打，這是所謂『養虎給自己留下禍患』啊！」漢王接受了他們的計策。漢五年，漢王便追擊項王到達陽夏南面，屯兵暫駐，與淮陰侯韓信、建成侯彭越，約定日期會戰楚軍。行軍到固陵，而韓信、彭越的軍隊沒有如期會合。楚軍進攻漢軍，大敗漢軍。漢王又退入營壘，深挖濠塹固守，對張子房說：「諸侯不來赴約，怎麼辦呢？」答道：「楚軍就要敗了，但韓信、彭越還沒有封地，他們不來本是情理之中的事。大王要是能同他們共分天下，現在馬上就可使他們前來。要是不能，那事情就難於預料了。大王要是能把陳地以東直到近海的地區，全部給韓信；把睢陽以北到穀城的地區，給予彭越。使他們各為自己戰，那麼打敗楚國是不難的。」漢王說：「好！」於是就派使者去通知韓信、彭越說：「大家合力進攻楚軍，殲滅了楚軍，自陳地以東到近海地區封給齊王，睢陽以北到穀城的地區封給彭相國。」使者一到，韓信、彭越都回報說：「現在就立即進兵。」韓信就從齊地出兵，劉賈的軍隊從壽春出發，兩路並行，屠滅城父，到達垓下。大司馬周殷叛楚，率領舒地士兵屠殺六地的軍民，徵調九江士兵，隨同劉賈、彭越，一起會師垓下，直指項王軍隊的駐地。

項王軍隊駐紮在垓下，兵少糧盡，漢軍會同諸侯軍隊重重加以包圍。夜間聽到漢軍從四面唱起楚地的歌聲，項王大驚道：「漢軍都已佔領楚國了嗎？怎麼楚人這麼多呢？」項王深夜起來，在軍帳中飲酒。有一美人名虞，常陪伴項王出征；有一匹駿馬叫騅，項王常騎着它。這時項王就慷慨悲歌，自己做了一首詩道：「力能拔山啊豪氣壓倒一世，天時不利啊騅馬也不奔馳，騅馬不奔馳啊如何辦，虞啊虞啊怎麼辦呵！」歌唱幾遍，美人也和詩歌唱。項王禁不住傷心流淚，侍衛也都哭泣，抬不起頭來。

於是項王跨上馬背，部下壯士八百多人騎着馬跟從，當夜朝南沖出包圍，縱馬奔馳。天快亮的時候，漢軍方才覺察，命令騎將灌嬰率領五千騎兵追趕。項王渡過淮河，能跟上的隨騎只有一百多人了。項王走到陰陵地方，迷失道路，問一個農夫，農夫騙他說：「往左！」項王往左走，就陷入一片沼澤地裏，所以被漢軍追上了。項王只得又引兵東走，到了東城地方，只剩下二十八個隨騎了。追趕的漢軍騎兵幾千人，項王估計不能脱身，對部下說：「我自起兵到現在八年了，身經七十餘戰，攻無不破，戰無不勝，沒有打過敗仗，故而稱霸天下。然而今天終於受困在這個地方，這是天要亡我，不是我用兵打仗的過失啊！今日定要決一死戰，願為諸君痛快地打一仗，定要打勝三次，為各位突破包圍，斬殺漢軍將領，砍倒漢軍大旗，讓諸君知道這是天要亡我，不是我用兵打仗的過失！」於是將隨從分為四隊，朝四個方向。漢軍重重包圍他們，項王對他們的騎兵說：「我為你們斬他一將。」命令四隊騎兵各向下衝擊，約定在山的東面分三處集合。於是項王大聲呼喝向下直沖，漢軍都望風披靡，果然斬殺漢軍一將。這時赤泉侯楊喜任騎將追項王，項王瞪眼對他大喝一聲，赤泉侯連人帶馬驚慌失措，一連退了好幾里路。項王同他的騎兵在三處會合。漢軍不知項王在哪一處，便把軍隊一分為三，重又包圍起來。項王往來馳突，又斬漢軍一個都尉，殺死數十百人。再一次集合隊伍，只不過損失了兩騎而已，便問他的隨騎道：「怎麼樣？」騎兵們都敬服地說：「正如大王所說的那樣！」

這時項王想東渡烏江。烏江亭長備下船隻等待，對項王說：「江東雖小，還有方圓千里的地域，幾十萬的民眾，也足夠稱王啊！請大王急速渡江。現在只有我有船，漢軍追來，沒有船隻可渡。」項王笑道：「天要亡我，我渡江幹甚麼？況且我項籍帶領江東子弟八千人渡江西進，今天無一人生還，縱然江東父老愛憐而擁我為王，我有何面目見他們？縱然他們不說甚麼，我項籍難道不感到內心有愧嗎？」接着對亭長說：「我知道你是忠厚長者。我騎這匹馬五年了，所向無敵，經常日行千里，不忍殺它，把它賞給你吧！」於是命令騎兵都下馬步行，手持刀劍交戰。僅項籍一人所殺死的漢軍就有幾百人。項王自己身上也受傷十多處，回頭看見漢軍騎兵司馬呂馬童，說：「你不是我的老相識嗎？」呂馬童掉過頭去，背對項王，用手指示告訴王翳道：「這就是項王！」項王便說道：「我聽說漢王懸賞千金要我的頭，並給封邑一萬戶，我為你們做好事吧！」說罷就自刎而死。王翳割下他的頭，別的騎兵為爭奪項王的屍體互相踐踏，自相殘殺的有幾十人。最後，郎中騎楊喜，騎司馬呂馬童，郎中呂勝、楊武，各搶到一段肢體。五個人把所得肢體合在一起，拼成項王的整體。因此把項王的領地分成五塊：封呂馬童做中水侯，封王翳為杜衍侯，封楊喜為赤泉侯，封楊武為吳防侯，封呂勝為涅陽侯。

項王死後，楚地紛紛降附漢，獨有魯地不歸順。漢王於是帶領天下諸侯兵要屠殺魯地；因為魯人恪守禮義，為主盡忠死節，就拿了項王的頭顱傳示魯地，魯地民眾才降附歸服。當初，楚懷王最初給項籍的封號是魯公，他死後，魯地又最後投降，因而用魯公的禮儀把項王葬在穀城。漢王為他舉行喪禮，哀悼流淚然後離去。

所有項氏宗族，漢王一律不殺。便封項伯為射陽侯。桃侯、平皋侯、玄武侯，都是項氏宗室，賜姓劉。

太史公說：我聽周生說過：「舜的眼睛據說有兩個瞳仁。」又聽說項羽也是雙瞳仁。項羽難道是舜的後裔嗎？為甚麼會這樣突然地興起發跡呢？秦朝政治昏暗無道，陳涉首先發難，豪傑蜂擁起兵響應，互相爭奪天下，不可勝數。然而項羽沒有絲毫的憑藉，卻乘勢興起於民間，三年時間就率領五個諸侯滅亡秦朝，分割天下，封賞王侯，天下政事由項羽主宰，號稱「霸王」，王位雖然沒有能保全始終，但也是近古以來所沒有的了。等到項羽放棄關中，懷念楚地，放逐義帝，自封霸王，卻埋怨王侯背叛自己，想要全功立業，難呵！項王自傲，誇耀功勳，逞着一個人的心志而不師法往古，為了建立霸王的事業，想依仗武力征討來一統天下。時僅五年終於亡國，身死於東城，還不覺悟，又不反躬自責，真不應該呵！還要藉口說甚麼「這是天要亡我，不是用兵打仗的過失」，這難道不是很荒謬嗎？

陳涉世家

按照《史記》的體例，「世家」一般是述諸侯王的世系及其興亡事蹟的。司馬遷把出身僱農的陳勝列入「世家」，是因為陳勝有傾覆秦王朝的首事之功。這是尊重歷史事實的表現。本篇詳細地記述了陳勝起義的全過程，以及相繼而起的各路起義軍的勝敗興替，展現了秦末農民起義波瀾壯闊的歷史場面，揭示了各階層人物間錯綜複雜的關係。司馬遷還論述了陳勝起義失敗的原因。起義領袖缺乏指揮全局的能力、蛻化、用人不當，導致了起義軍內部眾叛親離、軍事上失利。陳勝、吳廣死於自己的隨從或部下之手，其結局具有深刻的悲劇意義。

陳勝者，陽城人也①，字涉。吳廣者，陽夏人也②，字叔。陳涉少時，嘗與人傭耕，輟耕之壟上③，悵恨久之，曰：「苟富貴，無相忘。」傭者笑而應曰：「若為傭耕，何富貴也？」陳涉太息曰：「嗟乎，燕雀安知鴻鵠之志哉④！」

【注釋】❶陽城：秦縣名，舊城在今河南省登封東南三十五里的告成鎮。❷陽夏（jiǎ）：秦縣名，今河南省太康縣。❸輟（chuò）耕：指停止耕作，歇息。❹「燕雀」句：比喻志小者不了解志大者的志向。鴻鵠（hú）：即天鵝，比喻英雄。

二世元年七月①，發閭左適戍漁陽②，九百人屯大澤鄉③。陳勝、吳廣皆次當行④，為屯長。會天大雨，道不通，度已失期⑤。失期，法皆斬。陳勝、吳廣乃謀曰：「今亡亦死，舉大計亦死，等死，死國可乎？」陳勝曰：「天下苦秦久矣。吾聞二世少子也，不當立，當立者乃公子扶蘇。扶蘇以數諫故⑥，上使外將兵。今或聞無罪，二世殺之。百姓多聞其賢，未知其死也。項燕為楚將，數有功，愛士卒，楚人憐之。或以為死，或以為亡。今誠以吾眾詐自稱公子扶蘇、項燕，為天下唱，宜多應者。」吳廣以為然，乃行卜。卜者知其指意，曰：「足下事皆成，有功。然足下卜之鬼乎！」陳勝、吳廣喜，念鬼，曰：「此教我先威眾耳。」乃丹書帛曰「陳勝王」，置人所罾魚腹中⑦。卒買魚烹食，得魚腹中書，固以怪之矣。又間令吳廣之次所旁叢祠中⑧，夜篝火，狐鳴呼曰：「大楚興，陳勝王。」卒皆夜驚恐。旦日，卒中往往語，皆指目陳勝。

【注釋】❶二世元年：即公元前209年。二世皇帝，名胡亥，始皇第十八子，在李斯、趙高等的策劃下，取代公子扶蘇繼位。❷閭（lǘ）左：閭，里門。閭左是居住里門左邊的平民。秦時以居閭右為貴，閭左為賤。適（zhé）：同「謫」，徵發。漁陽：秦縣名，舊治在今河北密雲縣西南。❸大澤鄉：在今安徽省宿州境。❹次當行（háng）：編在徵發的隊伍裏。次，編次，安排；行：行列。❺度（duó）：估計。❻數（shuò）：屢次。❼罾（zēng）：捕魚用的網具，這裏指「捕獲」。❽間（jiàn）：暗地裏。

吳廣素愛人，士卒多為用者。將尉醉，廣故數言欲亡，忿恚尉①，令辱之，以激怒其眾。尉果笞廣②。尉劍挺，廣起，奪而殺尉。陳勝佐之，并殺兩尉。召令徒屬曰：「公等遇雨，皆已失期，失期當斬，藉弟令毋斬③，而戍死者固十六七。且壯士不死即已，死即舉大名耳，王侯將相寧有種乎！」徒屬皆曰：「敬受命。」乃詐稱公子扶蘇、項燕，從民欲也。袒右，稱大楚。為壇而盟，祭以尉首。陳勝自立為將軍，吳廣為都尉。攻大澤鄉，收而攻蘄④。蘄下，乃令符離人葛嬰將兵徇蘄以東⑤。攻銍、酇、苦、柘、譙皆下之⑥。行收兵。比至陳⑦，車六七百乘，騎千餘，卒數萬人。攻陳，陳守令皆不在⑧，獨守丞與戰譙門中⑨。弗勝，守丞死，乃入據陳。數日，號令召三老、豪傑與皆來會計事⑩。三老、豪傑皆曰：「將軍身披堅執銳，伐無道，誅暴秦，復立楚國之社稷，功宜為王。」陳涉乃立為王，號為張楚⑪。

【注釋】❶忿恚（huì）尉：使將尉惱怒。恚，恨。❷笞（chī）：用竹板或鞭條打人。❸藉弟：即使。❹蘄（qí）：秦縣名，縣治在今安徽省宿州東北。❺符離：秦縣名，縣治在今安徽省宿州東北。❻銍（zhì）：秦縣名，今安徽省宿州西南。酇（cuó）：秦縣名，今河南省永城西南。苦（hù）：秦縣名，今河南省鹿邑縣東。柘（zhè）：秦縣名，今河南省柘城縣西北。譙（qiáo）：秦縣名，在今安徽省亳州。❼陳：秦縣名，縣治在今河南省淮陽縣。❽守令：這裏指守陳的縣令。❾守丞：佐助縣令的官員。譙門：上有譙樓的城門。❿三老：秦制十里一亭，亭有亭長；十亭一鄉，鄉有三老，掌管教化。豪傑：當地有名望、有勢力的人物。⓫張楚：即大楚。張，大。

當此時，諸郡縣苦秦吏者，皆刑其長吏①，殺之以應陳涉。乃以吳叔為假王②，監諸將以西擊滎陽③。令陳人武臣、張耳、陳餘徇趙地④，令汝陰人鄧宗徇九江郡⑤。當此時，楚兵數千人為聚者，不可勝數。

【注釋】❶刑：名詞作動詞用，判罪，這裏指懲辦。長（zhǎng）吏：長官。❷吳叔：即吳廣。假王：暫時設置的王。❸滎（xíng）陽：秦縣名，今河南省滎陽西北。❹趙：這裏的趙地指今河北省西南部，陝西東北部及山西省中部一帶。❺汝陰：秦縣名，在今安徽省阜陽一帶。九江郡：秦郡名，轄今江西、安徽二省的淮南江北和江西省大部分地區。郡治壽春（今安徽省壽縣）。

葛嬰至東城①，立襄強為楚王。嬰後聞陳王已立，因殺襄強，還報。至陳，陳王誅殺葛嬰。陳王令魏人周市北徇魏地②。吳廣圍滎陽。李由為三川守③，守滎陽，吳叔弗能下。陳王徵國之豪傑與計，以上蔡人房君蔡賜為上柱國④。

【注釋】❶東城：秦縣名，在今安徽省定遠縣。❷魏地：據顏師古説，就是梁地，即今河南省開封一帶。❸李由：秦朝丞相李斯的兒子。三川：秦郡名，轄境有今河南省西部黃河、伊河、洛河三水流域，三川郡以此為名。郡治在今洛陽。❹上蔡：秦縣名，縣治在今河南省上蔡西南。房君：是封號。上柱國：戰國時楚國武官官名，以軍功顯著的人充當。

周文，陳之賢人也，嘗為項燕軍視日①，事春申君②，自言習兵，陳王與之將軍印，西擊秦。行收兵至關③，車千乘，卒數十萬，至戲④，軍焉。秦命少府章邯免酈山徒、人奴產子生⑤，悉發以擊楚大軍，盡敗之。周文敗，走出關，止次曹陽二三月⑥。章邯追敗之，復走次澠池十餘日⑦。章邯擊，大破之。周文自剄，軍遂不戰。

【注釋】❶項燕：戰國末楚國將軍。視日：主管占卜時日吉凶。視，辨理、治理。❷春申君：戰國時楚國相黃歇的封號，與孟嘗君、平原君、信陵君並稱。❸關：函谷關，在今河南省三門峽南。❹戲（xī）：戲亭，因戲水流經其下而得名，在今陝西省臨潼東。❺少府：官名，管全國税收。人奴產子生：家庭奴婢生育之子。❻曹陽：地名，今河南省靈寶東。❼澠（miǎn）池：秦縣名，縣治在今河南省澠池縣西。

武臣到邯鄲①，自立為趙王，陳餘為大將軍，張耳、召騷為左右丞相。陳王怒，捕繫武臣等家室，欲誅之。柱國曰：「秦未亡而誅趙王將相家屬，此生一秦也。不如因而立之。」陳王乃遣使者賀趙，而徙繫武臣等家屬宮中，而封耳子張敖為成都君，趣趙兵亟入關②。趙王將相相與謀曰：「王王趙，非楚意也。楚已誅秦，必加兵於趙。計莫如毋西兵，使使北徇燕地以自廣也。趙南據大河，北有燕、代，楚雖勝秦，不敢制趙。若楚不勝秦，必重趙。趙乘秦之弊，可以得志於天下。」趙王以為然，因不西兵，而遣故上谷卒史韓廣將兵北徇燕地③。

燕故貴人豪傑謂韓廣曰：「楚已立王，趙又已立王。燕雖小，亦萬乘之國也④，願將軍立為燕王。」韓廣曰：「廣母在趙，不可。」燕人曰：「趙方西憂秦，南憂楚，其力不能禁我。且以楚之強，不敢害趙王將相之家，趙獨安敢害將軍之家！」韓廣以為然，乃自立為燕王。居數月，趙奉燕王母及家屬歸之燕。

【注釋】❶邯鄲（hán dān）：古都邑，秦縣名。在今河北省邯鄲市西南。❷趣（cù）：催促。亟（jí）：急，火速。❸上谷：秦郡名，郡治沮陽，在今河北懷來南。卒史：即曹史，是郡守的屬官。❹萬乘之國：本指戰車萬乘，這裏指國力強大。

當此之時，諸將之徇地者，不可勝數。周市北徇地至狄①，狄人田儋殺狄令②，自立為齊王，以齊反，擊周市。市軍散，還至魏地，欲立魏後故寧陵君咎為魏王③。時咎在陳王所，不得之魏。魏地已定，欲相與立周市為魏王，周市不肯。使者五反，陳王乃立寧陵君咎為魏王，遣之國。周市卒為相。

將軍田臧等相與謀曰：「周章軍已破矣④，秦兵旦暮至，我圍滎陽城弗能下，秦軍至，必大敗。不如少遺兵，足以守滎陽，悉精兵迎秦軍。今假王驕，不知兵權，不可與計，非誅之，事恐敗。」因相與矯王令以誅吳叔，獻其首於陳王。陳王使使賜田臧楚令尹印⑤，使為上將。田臧乃使諸將李歸等守滎陽城，自以精兵西迎秦軍於敖倉⑥。與戰，田臧死，軍破。章邯進兵擊李歸等滎陽下，破之，李歸等死。

【注釋】❶狄：秦縣名，縣治在今山東省高青東南。❷田儋（dān）：齊王族，後為秦將章邯所殺。❸魏後故寧陵君咎：魏國的後代過去封為寧陵君的魏咎。寧陵君，封號。咎，即魏咎，原為魏國的公子，秦滅魏以後，降為平民。❹周章：按漢人服虔的說法，周章即周文。❺令尹：官名，春秋、戰國時楚國所設，是最高的官職，掌軍、政大權。❻敖倉：地名，秦朝在這裏設立了儲藏糧食的大倉庫，在今河南省滎陽東北的敖山上。

陽城人鄧說將兵居郟①，章邯別將擊破之，鄧說軍散走陳。銍人伍徐將兵居許②，章邯擊破之，伍徐軍皆散走陳。陳王誅鄧說。陳王初立時，陵人秦嘉、銍人董緤、符離人朱雞石、取慮人鄭布、徐人丁疾等皆特起③，將兵圍東海守慶於郯④。陳王聞，乃使武平君畔為將軍，監郯下軍。秦嘉不受命，嘉自立為大司馬⑤，惡屬武平君⑥。告軍吏曰：「武平君年少，不知兵事，勿聽！」因矯以王命殺武平君畔。章邯已破伍徐，擊陳，柱國房君死。章邯又進兵擊陳西張賀軍。陳王出監戰，軍破，張賀死。

臘月⑦，陳王之汝陰⑧，還至下城父⑨，其御莊賈殺以降秦。陳勝葬碭⑩，諡曰隱王。

【注釋】❶鄧說（yuè）：陳勝起義軍的將領。郯（tán）：據《史記正義》說，郯應作郟。郯在今山東省郯城北，在陳縣東，相距很遠，章邯軍不可能突然到達這裏。郟，即今河南省郟縣，位於滎陽的南面，陳縣的西面，與當時章邯進軍路線相符合。❷許：秦縣名，縣治在今河南許昌市東。❸陵：應作凌，秦縣名，縣治在今江蘇泗陽西北。取慮（qiū lú）：秦縣名，縣治在今江蘇睢寧西南。徐：秦縣名，縣治在今江蘇泗洪縣南。❹東海守慶：秦朝的東海郡太守名叫慶的，東海郡的郡治在郯。❺大司馬：周代官名，掌管全國軍務。❻惡（wù）：厭惡。❼臘月：陰曆十二月為臘月。❽汝陰：秦縣名，縣治在今安徽阜陽。❾下城父：古代邑名，在今安徽渦陽東南下城父聚。❿碭（dàng）：秦縣名，在今河南永城東北。

陳王故涓人將軍呂臣為倉頭軍①，起新陽②，攻陳下之，殺莊賈，復以陳為楚。初，陳王至陳，令銍人宋留將兵定南陽③，入武關④。留已徇南陽，聞陳王死，南陽復為秦。宋留不能入武關，乃東至新蔡，遇秦軍，宋留以軍降秦。秦傳留至咸陽，車裂留以徇。秦嘉等聞陳王軍破出走，乃立景駒為楚王，引兵之方與⑤，欲擊秦軍定陶下⑥。使公孫慶使齊王，欲與並力俱進。齊王曰：「聞陳王戰敗，不知其死生，楚安得不請而立王！」公孫慶曰：「齊不請楚而立王，楚何故請齊而立王！且楚首事，當令於天下。」田儋誅殺公孫慶。秦左右校復攻陳，下之。呂將軍走，收兵復聚。鄱盜當陽君黥布之兵相收，復擊秦左右校，破之青波⑦，復以陳為楚。會項梁立懷王孫心為楚王⑧。

【注釋】❶涓人：即中涓，為王者管理灑掃、洗滌等內務。倉頭軍：起義部眾以頭裹青巾為標誌，故稱倉頭軍。又一種說法認為，起義部眾多為奴隸（蒼頭），故稱倉頭軍。倉，也作蒼。❷新陽：秦縣名，縣治在今安徽界首北。❸南陽：秦郡名，郡治宛，即今河南南陽市。❹武關：在今陝西商南東南。❺方與（fáng yǔ）：秦縣名，縣治在今山東魚台西。❻定陶：秦縣名，縣治在今山東定陶縣西北。❼青波：秦縣名，縣治在今河南新蔡西南。❽立楚懷王孫心為楚王：立楚懷王的孫子叫心的為楚王，事在公元前 208 年六月。楚懷王，名槐，戰國末楚國國君，公元前 328—前 299 年在位。

陳勝王凡六月。已為王，王陳。其故人嘗與傭耕者聞之，之陳，扣宮門曰：「吾欲見涉。」宮門令欲縛之①。自辯數，乃置，不肯為通。陳王出，遮道而呼涉。陳王聞之，乃召見，載與俱歸。入宮，見殿屋帷帳，客曰：「夥頤②！涉之為王沈沈者③！」楚人謂多為夥，故天下傳之，夥涉為王④，由陳涉始。客出入愈益發舒，言陳王故情。或說陳王曰：「客愚無知，顓妄言⑤，輕威。」陳王斬之。諸陳王故人皆自引去，由是無親陳王者。陳王以朱房為中正⑥，胡武為司過，主司羣臣。諸將徇地，至，令之不是者⑦，繫而罪之，以苛察為忠。其所不善者，弗下吏，輒自治之。陳王信任之。諸將以其故不親附，此其所以敗也。陳勝雖已死，其所置遣侯王將相竟亡秦，由涉首事也。高祖時為陳涉置守冢三十家碭，至今血食⑧。

【注釋】❶宮門令：掌管守衛宮門的官員。❷夥頤（huǒ yí）：表示驚羨的感歎詞。❸沈沈（tán tán）：形容宮室深邃的樣子。❹夥涉為王：「夥頤！涉之為王沈沈者」的縮語。這裏是說陳涉首先起義滅秦而稱王，受他影響，繼之而起為王侯將相的很多。❺顓：通「專」。❻中正：官名，是主管人事的官。❼不是：不順從，不符合。❽血食：祭祀用牲，因為帶有血毛，所以叫血食。

【翻譯】

陳勝，是陽城人，字涉。吳廣，是陽夏人，字叔。陳涉年輕時曾同別人一起被雇傭耕作，歇息時他們走上田間壟上，陳勝深懷悵恨地說：「倘若以後富貴了，不要彼此忘記啊！」在一起耕作的同伴笑着回答說：「你給別人耕地，怎能富貴呢？」陳涉長歎，說：「哎呀！燕雀怎麼能了解天鵝的遠大志向啊！」

秦二世皇帝繼位的第一年七月，徵發貧苦壯丁，發配他們去屯守漁陽，一行九百人走到大澤鄉駐留下來。陳勝、吳廣都編在徵發的隊伍裏，並被任命為屯戍隊的隊長。正趕上了連日大雨，道路不通，隊伍不能開拔，估計已經超過了規定的到達期限。按照秦朝的法律，誤期的要處斬。陳勝、吳廣於是商量說：「現在逃亡也是死，造反失敗了也是死，同樣是死，為國事而死不是更好嗎？」陳勝又說：「天下的百姓被秦王朝奴役已經許久了！我聽說二世胡亥是秦始皇的小兒子，不當繼位，應當立為皇帝的是始皇的長子公子扶蘇，扶蘇因為多次向始皇直言勸諫的緣故，冒犯了皇上，皇上派遣他到外地領兵去了，現在有傳聞說他並沒有罪過，二世卻殺了他。老百姓大都聽說他很有才能，還不知道他已經被殺害。項燕是楚國的大將，屢立戰功，愛護士卒，楚國人都很懷念他。楚亡以後，有些人認為他已死了，有些人認為他已逃亡。現在如果把我們的隊伍假稱是公子扶蘇或項燕的部屬，以號召天下百姓，響應的人一定很多。」吳廣也以為這樣做很好。於是前去卜卦，以測算吉凶。主卜的人揣測到了他們的意圖，便說：「你們想要做的事都會如願、成功。然而你們何不向鬼神問卜呢！」陳勝、吳廣心中暗暗地欣喜，思忖卜人所說向鬼神問卜的用意，說：「這是教我們假託鬼神，在人們面前先樹立威信呵。」於是便用朱砂在白綢上寫了「陳勝王」三個字，預先放入別人網到的魚肚裏面。士卒買魚烹煮，竟得見了魚肚裏寫有字的白綢，本來就已驚奇不已了。而陳勝又暗中指使吳廣到駐地旁樹叢裏的神祠中，深夜點起了篝火，並裝着狐狸的叫聲高喊：「大楚興起啦，陳勝要稱王！」士卒們夜間都驚慌恐懼起來。第二天天明時，士卒之間竊竊私語，都用手指點、用眼睛注視陳勝。

吳廣平常很關愛士卒，因此士卒大都願意替他出力。當軍尉酒醉時，吳廣故意地一再說要逃走，以激怒軍尉，使他來侮辱自己，藉以引起眾人的憤怒。軍尉果然被激怒了，鞭打吳廣，軍尉拔劍出鞘，吳廣乘機而起，奪取利劍，殺死了軍尉。陳勝協助吳廣，一舉殺死兩名軍尉。於是召集眾人說道：「你們遇到了大雨，都已經延誤了到達漁陽的日期，延誤了日期就要處以死刑。即使能倖免斬首，而駐守邊地而死的人本來就要占十分之六七。況且壯士不死則已，死就應該是舉義旗成大業，做王侯將相的，難道有其天生的種屬嗎！」徒眾們都應聲說：「聽從你的號令。」於是假稱是公子扶蘇、項燕的部眾，以順從人們的願望。袒露右臂，作為起義軍的標誌，號稱大楚。築起土壇舉行宣誓，將軍尉的頭顱告祭蒼天。陳勝自己號稱將軍，以吳廣為都尉。攻佔了大澤鄉，收集了大澤鄉的壯士們，又去攻打蘄。一舉攻下了蘄縣，於是命令符離人葛嬰率領軍隊到蘄縣以東巡行號召人民起義，相繼攻佔了銍、酇、苦、柘、譙等地方。起義軍一邊乘勝進軍，一邊擴大隊伍。到達陳地時，起義軍已有戰車六七百乘，騎兵一千多，士卒幾萬人。於是攻陳縣縣城，陳的縣令不在城內，只有守丞與起義軍戰於城門中，守丞戰敗被殺，起義軍攻佔了陳縣。在這之後的幾天裏，陳勝發佈號令召集三老、豪傑一起來商量大事，他們異口同聲地說：「將軍披堅執銳，討伐暴虐無道的秦朝，復立楚國的社稷，功勞卓著，應立為王。」陳勝於是自立為王，定國號為「張楚」。

當時，各郡縣痛恨秦朝官吏的人們，紛紛起來懲辦當地的秦官吏，並格殺他們以響應陳勝。於是以吳廣為假王，監督各將領率兵西進攻打滎陽。並命令陳縣人武臣、張耳、陳餘等巡行原趙國的一些地方，命令汝陰人鄧宗收取九江郡一帶地方。在這時，楚兵以幾千人為營伍的，數不勝數。

葛嬰攻進東城，擁立襄強為楚王。事後，葛嬰聽說陳勝已稱王，於是殺了襄強，並回來報告陳勝。到了陳縣，陳勝誅殺葛嬰。陳勝命令魏人周市向北進軍以攻取魏地。吳廣圍攻滎陽。當時李由是秦三川郡的郡守，駐守滎陽，吳廣久攻不下。陳勝召見境內的豪傑共同商量國事，任命上蔡人房君蔡賜為上柱國。

周文是陳縣的賢人，曾做過項燕軍中占卜時日吉凶的官，侍奉過楚國的春申君，自稱能指揮打仗，陳勝給予他將軍的印信，率領部眾向西進兵，攻打秦軍。他一邊西進一邊招兵，到達函谷關時，擁有戰車千乘，士卒幾十萬人，一直攻打到戲地，軍隊駐紮在這裏。秦朝廷命令少府章邯免除在酈山服役的刑徒及家庭奴婢所生之子不能充當軍士的限制，全部徵發以迎擊張楚的大軍，大獲全勝。周文兵敗後，退守函谷關外，駐紮在曹陽兩三個月。章邯尾追而至，再敗周文軍，周文又退至澠池駐守十多天。章邯軍進擊，大敗周文軍。周文自殺，軍隊於是失去了戰鬥力。

武臣到了邯鄲，自己立為趙王，以陳餘為大將軍，張耳、召騷為左、右丞相。陳勝得知後非常憤怒，拘捕了武臣等人的家屬，想把他們全部殺掉。柱國蔡賜說：「秦朝還沒有滅亡而又誅殺趙王將相的家屬，這等於又生出了一個秦王朝。不如趁此機會封立趙王。」陳勝於是派遣使者去祝賀趙王，並把拘禁的武臣等人的家屬遷進宮內，同時封張耳的兒子張敖為成都君，以催促趙王的軍隊迅速入關。趙王的將、相們商量說：「大王在趙地稱王，並非出自大楚的本意，大楚如果消滅了秦朝，一定會進軍攻伐趙國。現在最好的對策不如不向西進軍，派遣使者率軍北攻燕地，以擴大自己的地盤。這樣，趙國南面據守黃河，北面佔有燕地、代地，大楚即使戰勝了秦朝，也不敢來制服趙國。如果大楚不能勝秦，必然會看重趙國。趙國趁着秦朝弊敗不堪的局面，就可以在天下得志稱雄。」趙王以為這謀略很對，因而不向西進軍，卻派遣曾當過上谷卒吏的韓廣率軍向北進取燕地。

燕國過去的貴族和當地有名望的人對韓廣說：「楚已立了王，趙也已立了王。燕地雖小，但也曾是一個強國，希望將軍也自立為燕王。」韓廣說：「我的母親還在趙國，不可稱王。」燕人又說：「趙王現在西面擔心秦朝，南面擔心楚，他的軍力不可能遏制我們。況且以大楚那樣的強大，尚且不敢殺害趙王將相的家屬，趙王難道敢殺害將軍的家屬嗎！」韓廣認為這些話有理，於是自稱為燕王。過了幾個月，趙王便把燕王的母親及其家屬送到了燕地。

那時，攻城掠地的起義將領不可勝數。周市向北攻戰到了狄縣，狄縣人田儋殺了狄縣縣令，自稱為齊王，佔據齊地造反，攻打周市軍。周市的軍隊潰散，只得退兵至魏地，想擁立魏國的後代即原來的寧陵君咎為魏王。當時咎在陳勝的駐地裏，不能脫身前往魏地。到了魏地完全平定之後，眾人想共同擁立周市為魏王，周市不肯立為王。派遣使者向陳勝請封咎為魏王，使者往返五次，陳勝於是立寧陵君咎為魏王，遣送他回到魏國。周市最後當了魏王的相。

將軍田臧等人相聚謀事說：「周章的軍隊已經敗潰，秦軍很快就會到來，我軍圍攻滎陽，久攻不下，秦軍如果攻來，我軍定當大敗。不如留下少許部隊，使足以守住滎陽的外圍，而把全部精銳部眾去迎擊秦軍。現在假王吳廣驕慢，不懂得軍機策略，不可和他商議大事，不殺掉他，我們的大事恐怕要失敗。」於是田臧等共同假稱陳王的命令殺死了吳廣，並把他的頭顱獻給了陳勝。陳勝派遣使者賞賜給田臧楚令尹的大印，使他任上將軍。田臧於是使李歸等將領留守滎陽外圍，自己親率精銳的部眾西進至敖倉迎擊秦軍。部眾與秦軍相戰，田臧戰死，部眾敗潰。章邯乘勝進軍至滎陽城下，攻擊李歸等指揮的留守軍，又大敗這支留守軍，李歸等將領戰死。

陽城人鄧說率領軍隊駐守郟地，被章邯屬下的別部將領打敗，鄧說軍四散奔逃到了陳縣。銍人伍徐率軍駐守許縣，被章邯親率的軍隊打得大敗，伍徐軍也是四散奔逃到了陳縣。陳勝因軍事失利誅殺了鄧說。

陳勝初稱王時，陵地人秦嘉、銍地人董緤、符離人朱雞石、取慮人鄭布、徐人丁疾等都各自起義，他們率領兵眾在郯地圍攻東海郡太守慶。陳勝聽說之後，即任命武平君畔為將軍，前去監督和指揮圍攻郯城的起義軍。秦嘉不接受陳王的這個命令，自稱大司馬，反對隸屬於武平君。並在軍吏中宣告：「武平君年輕，不懂得領軍打仗的事，你們不要聽他的！」因而假稱陳王的命令殺害了武平君畔。章邯已擊潰了伍徐軍，進而攻陳，柱國房君戰死。

章邯又進軍攻打陳縣西張賀的軍隊。陳勝親自出陣督戰，軍隊大敗，張賀兵敗戰死。

臘月，陳勝退往汝陰，又返回到下城父，陳勝的車夫莊賈殺害了陳勝而投降了秦軍。陳勝被埋葬在碭，後世人追諡陳勝叫隱王。

曾當過陳勝的涓人後來成為將軍的呂臣組成倉頭軍。在新陽起義，一舉攻下了陳縣，殺死了莊賈，再度以陳地為張楚國。

當初，陳王到達陳地時，命令銍地人宋留率領軍隊前去平定南陽，並進入武關。宋留已攻佔南陽，聽說陳勝已死，南陽郡又為秦軍所據有。宋留不能攻入武關，於是率軍東進到新蔡，和秦軍遭遇，宋留便率部眾降附秦軍。秦軍把宋留用傳車押解到咸陽，處以車裂的酷刑以示眾。

秦嘉等人聽說陳勝兵敗，從陳地出走，於是擁立景駒為楚王，率軍到達方與，想在定陶附近阻擊秦軍。派遣公孫慶出使去面見齊王，希望和齊王協力出兵共同進攻秦軍。齊王說：「聽說陳王戰敗，現在不知他是生是死。楚怎麼不與我們商議竟擁立了新王呢？」公孫慶反駁道：「齊未經楚允許而立了王，楚為甚麼要向齊請求允諾而立王呢？況且楚國是首先舉起義旗反秦的，應當發號施令於天下。」田儋於是誅殺了公孫慶。

秦朝派遣左右校尉再次攻下陳縣。呂臣將軍兵敗出走，收集散兵重新聚合部眾。和已歸屬於鄱君的江上羣盜叫當陽君黥布的部隊相會合，再次攻打秦朝的左右校尉。在青波大獲全勝，又一次以陳為楚政權的所在地。正值這時，項梁也擁立楚懷王的孫子名叫心的為楚王。

陳勝稱王一共六個月。稱王以後，定都陳地。他的那些曾經在一起被雇傭耕作的舊友聽説之後，來到了陳地，敲着宮庭大門説道：「我們想見一見陳涉。」守衛宮門的官員打算捆綁拘禁他們，經他們再三分辯訴説，才免於拘禁，但也不替他們通報陳王。陳王出宮門，他們便攔住去路呼喊陳涉。陳王聽見呼喊，便召見了他們，並讓他們上車一起回宮。進入陳王的王宮，看到宮殿的帷帳陳設，這些客人驚歎不已：「夥頤！陳涉做王多麼闊綽富麗啊！」楚地的人稱「多」為「夥」，所以天下的人傳着這「夥頤」的美談。「夥涉為王」，是從陳涉開始的。這些客人出入宮廷更加無拘無束，常談論陳王過去傭耕時的情況。宮廷裏有人報告陳王説：「那些客人愚昧無知，專門輕妄胡言，這樣會降低你的威嚴。」陳王於是斬殺了那些談論傭耕往事的客人。那些陳王過去的朋友看到這種情形都紛紛離去，因此再也沒有親近陳王的人。陳王任命朱房為中正官，胡武為伺察百官過失的官，以督察羣臣。派往各地攻城掠地的將領，回到陳地後，凡是有與陳王的命令稍有不合的，就加以拘捕懲辦，把能苛刻監察各將領當作忠誠，他們對於自己不喜歡的人，不交給主管法令的官吏審理，便擅自審判處置。陳王卻信任他們。領兵的將領們因此就不親附陳王，這是陳勝失敗的原因。

陳勝雖然已經死去，但是他置立派遣去各地的王侯將相終於滅亡了秦王朝，這是由於陳涉首先發動起義造成的。漢高祖劉邦時在碭地安置三十戶人家看管陳涉的墳墓，至今仍然殺牲祭祀。

留侯世家

張良，字子房，生年不詳，卒於公元前186年。據傳為成父（今河南郟縣東）人。祖父與父親相繼為韓昭侯、宣惠王等五世之相。秦滅韓後，張良招募刺客謀刺秦始皇，未遂逃匿。在下邳遇見黃石公，得到《太公兵法》。後來成為劉邦的主要謀臣，受到劉邦的信賴和尊重，在劉邦奪取和鞏固政權的過程中發揮了重要作用。漢朝建立後，封為留侯。

司馬遷在本篇選擇了一些有關天下存亡的大事來刻畫張良的性格特徵，如幫助沛公解鴻門之危表現了他的忠貞勇毅，奉勸漢王利用英布、彭越、韓信反映了他能胸懷戰爭全局和知人善任，以諫止劉邦復立六國刻畫了他的明察事勢，以勸呂澤迎四皓扭轉太子的危機刻畫了他的機謀委婉，而以功成後急流勇退刻畫了他的全身避禍。這些性格特徵使他成為歷史上謀略過人而又善於明哲保身的代表人物。

本篇筆調舒緩，首尾呼應，讀起來平易感人。

留侯張良者①，其先韓人也②。大父開地③，相韓昭侯、宣惠王、襄哀王④。父平，相釐王、悼惠王⑤。悼惠王二十三年⑥，平卒。卒二十歲，秦滅韓。良年少，未宦事韓。韓破，良家僮三百人⑦，弟死不葬，悉以家財求客刺秦王，為韓報仇，以大父、父五世相韓故。

【注釋】❶留侯：張良的封號，侯爵。留，地名，在今江蘇省沛縣東南。❷先：祖先，先世。韓人：韓國人。❸大父：祖父。❹韓昭侯：名武，公元前 358—前 333 年在位。宣惠王：昭侯之子，公元前 332—前 312 年在位。韓國君稱王自他始。襄哀王：即襄王，名倉，公元前 311—前 296 年在位。❺釐（xī）王：名咎，襄王子，公元前 295—前 273 年在位。悼惠王：又稱桓惠王，釐王子，公元前 272—前 239 年在位。❻悼惠王二十三年：公元前 250 年。❼僮：僕人。

良嘗學禮淮陽①。東見倉海君②。得力士，為鐵椎重百二十斤。秦皇帝東遊，良與客狙擊秦皇帝博浪沙中③，誤中副車④。秦皇帝大怒，大索天下⑤，求賊甚急，為張良故也。良乃更名姓，亡匿下邳⑥。

良嘗閒從容步遊下邳圯上⑦，有一老父⑧，衣褐，至良所，直墮其履圯下⑨，顧謂良曰：「孺子⑩，下取履！」良鄂然⑪，欲毆之⑫。為其老，強忍，下取履。父曰：「履我！」良業為取履⑬，因長跪履之⑭。父以足受，笑而去。良殊大驚，隨目之。父去里所⑮，復還，曰：「孺子可教矣。後五日平明⑯，與我會此。」良因怪之，跪曰：「諾。」五日平明，良往。父已先在，怒曰：「與老人期⑰，後，何也？」去，曰：「後五日早會。」五日雞鳴，良往。父又先在，復怒曰：「後，何也？」去，曰：「後五日復早來。」五日，良夜未半往。有頃⑱，父亦來，喜曰：「當如是。」出一編書⑲，曰：「讀此則為王者師矣。後十年興。十三年孺子見我濟北⑳，穀城山下黃石即我矣㉑。」遂去，無他言，不復見。旦日視其書㉒，乃《太公兵法》也㉓。良因異之，常習誦讀之。居下邳，為任俠。項伯常殺人㉔，從良匿。

【注釋】❶嘗：曾經。淮陽：故陳地，即今河南省淮陽縣。❷倉海君：當時的隱士。❸狙（jū）：猿猴之類的動物。狙擊，意思是說像狙擊物一樣，暗中埋伏，突然襲擊。博浪沙：地名，在今河南省原陽縣東南。❹副車：隨從的車輛。❺索：搜索，通緝。❻下邳：秦置縣名，治所在今江蘇睢寧西北古邳鎮東。❼圯（yí）：橋樑。東楚謂橋為「圯」。❽老父：年老的男子，猶老丈。❾墮（duò）：落下，掉下。❿孺子：小子，後生。⓫鄂然：鄂通「愕」，驚訝。⓬毆：揍，打。⓭業：既然，已經。⓮長跪：挺直上身跪着，以示恭敬。⓯里所：一里許，猶言約莫一里地。⓰平明：天剛亮的時候。⓱期：相約，約會。⓲有頃：不久，一會兒。⓳編：通「篇」。一編書猶後世所謂一卷書或一本書。⓴濟北：地名，在今山東省茌平縣。㉑穀城山：一名黃山，在今山東平陰縣西南。

㉒旦日：明日。㉓《太公兵法》：據《史記正義》引梁阮孝緒《七錄》說，全書共三卷。太公是周代的呂尚的稱號，為周文王師。㉔項伯：名纏，項羽的族叔，入漢朝封為射陽侯。常：通「嘗」，曾經。

後十年①，陳涉等起兵②，良亦聚少年百餘人。景駒自立為楚假王③，在留④。良欲往從之，道遇沛公⑤。沛公將數千人，略地下邳西⑥，遂屬焉。沛公拜良為廄將⑦。良數以《太公兵法》說沛公，沛公善之，常用其策。良為他人言，皆不省⑧。良曰：「沛公殆天授。」故遂從之，不去見景駒。及沛公之薛⑨，見項梁⑩。項梁立楚懷王⑪。良乃說項梁曰：「君已立楚後，而韓諸公子橫陽君成賢⑫，可立為王，益樹黨⑬。」項梁使良求韓成，立以為韓王。以良為韓申徒⑭，與韓王將千餘人西略韓地，得數城，秦輒復取之，往來為遊兵潁川⑮。

【注釋】❶後十年：即博浪沙狙擊後十年，公元前209年。❷陳涉：即陳勝。❸景駒：楚國的後裔，為秦嘉所立。這裏說自立為假王，是自立為臨時之王。❹留：秦置縣名，故城在今江蘇省沛縣東南。❺沛公：即劉邦。❻略：攻取。❼廄（jiù）將：管理車馬的官吏。廄，馬房。❽省：領悟，理解。❾薛：地名，在今山東省滕州東南。❿項梁：項羽叔父，楚貴族項燕之子。陳勝起義後，在會稽郡（今江蘇省東南和浙江東北部）起兵反秦，戰敗於秦將章邯。⓫楚懷王：戰國時楚懷王槐的孫子，名心。楚滅後為人牧羊，公元前209年被項梁擁立為王，都盱台（今江蘇省盱眙東北）。公元前206

年被項羽殺害。⓬橫陽君：封號，食邑在橫陽。原韓王的公子，名成。公元前 208 年被立為韓王，數月後被項羽殺害。⓭益樹黨：益，增加。樹，樹立。黨，黨援，這裏指同盟之國。⓮申徒：即司徒，職位相當於丞相。⓯潁川：郡名，秦置，韓故地。治陽翟（今河南省禹州），轄境約當今河南省東南大部。

沛公之從雒陽南出轘轅①，良引兵從沛公，下韓十餘城，擊破楊熊軍。沛公乃令韓王成留守陽翟②，與良俱南，攻下宛③，西入武關④。沛公欲以兵二萬人擊秦嶢下軍⑤，良説曰：「秦兵尚強，未可輕。臣聞其將屠者子⑥，賈豎易動以利⑦。願沛公且留壁⑧，使人先行，為五萬人具食，益為張旗幟諸山上，為疑兵，令酈食其持重寶啗秦將⑨。」秦將果畔⑩，欲連和俱西襲咸陽⑪，沛公欲聽之。良曰：「此獨其將欲叛耳，恐士卒不從。不從必危，不如因其解擊之⑫。」沛公乃引兵擊秦軍，大破之。「逐」北至藍田⑬，再戰，秦兵竟敗。遂至咸陽，秦王子嬰降沛公⑭。

【注釋】❶雒陽：地名，在今河南洛陽市東北。轘（huán）轅：山名，在今河南省偃師東南。山路險阻，共有十二曲。❷陽翟：地名，今河南禹州。❸宛：地名，即今河南省南陽市。❹武關：秦之南關，在今陝西省丹鳳縣東南。❺嶢（yáo）：即嶢關，在陝西省藍田縣東南。❻屠者：屠戶，屠夫。❼賈（gǔ）豎：賈，商人。孜孜一味圖利的商人。❽且留壁：姑且留下，堅守自己的壁壘。壁，壁壘。❾酈食其

（lì yì jī）：姓酈，名食其。辯士，高陽（今河南杞縣）人，從沛公，號廣野君，後被齊王田廣烹殺。啗（dàn）：同「啖」，吃。這裏是以利引誘的意思。❿畔：通「叛」。⓫咸陽：地名，秦王朝都城，在今陝西省咸陽西。⓬解：通「懈」。⓭藍田：秦置縣，故城在今陝西省藍田縣西三十里。⓮秦王子嬰：秦始皇孫，秦二世三年被趙高立為秦王，沛公攻陷咸陽後投降，後來被項羽殺害。

沛公入秦宮，宮室帷帳狗馬重寶婦女以千數，意欲留居之。樊噲諫沛公出舍①，沛公不聽。良曰：「夫秦為無道，故沛公得至此。夫為天下除殘賊，宜縞素為資②。今始入秦，即安其樂，此所謂『助桀為虐』③。且『忠言逆耳利於行，毒藥苦口利於病』④。願沛公聽樊噲言。」沛公乃還軍霸上⑤。項羽至鴻門下⑥，欲擊沛公，項伯乃夜馳入沛公軍，私見張良，欲與俱去。良曰：「臣為韓王送沛公，今事有急，亡去不義。」乃具以語沛公。沛公大驚，曰：「為將奈何？」良曰：「沛公誠欲倍項羽邪⑦？」沛公曰：「鯫生教我距關無內諸侯⑧，秦地可盡王，故聽之。」良曰：「沛公自度能卻項羽乎？」沛公默然良久，曰：「固不能也，今為奈何？」良乃固要項伯⑨。項伯見沛公。沛公與飲為壽，結賓婚⑩。令項伯具言沛公不敢倍項羽，所以距關者，備他盜也。及見項羽後解，語在《項羽》事中。

【注釋】❶樊噲：沛人，原以屠狗為業，反秦起義後，跟從劉邦，屢立戰功，封舞陽侯。❷縞素：未染色的白絹。這裏指艱苦樸素的生活。❸助桀為虐：協助惡人為非作歹。是當時成語。桀，夏朝末代的暴君，這裏泛指壞人。❹「忠言」句：這是當時人慣用的成語格言。據《說苑・正諫篇》等的引載，「毒藥」作「良藥」。❺霸上：在今陝西省長安東。❻鴻門：地名，在今陝西臨潼東。❼倍：通「背」，背叛。❽鯫（zōu）生：淺薄無知的人。鯫，小魚，這裏指淺薄。距：通「拒」。內：通「納」。❾要：通「邀」。❿結賓婚：預約聯姻。

漢元年正月①，沛公為漢王②，王巴蜀③。漢王賜良金百溢④，珠二斗，良具以獻項伯。漢王亦因令良厚遺項伯，使請漢中地⑤。項王乃許之，遂得漢中地。漢王之國，良送至褒中⑥，遣良歸韓。良因說漢王曰：「王何不燒絕所過棧道⑦，示天下無還心，以固項王意。」乃使良還，行，燒絕棧道。良至韓，韓王成以良從漢王故，項王不遣成之國，從與俱東。良說項王曰：「漢王燒絕棧道，無還心矣。」乃以齊王田榮反書告項王⑧。項王以此無西憂漢心，而發兵北擊齊。

【注釋】❶漢元年正月：即公元前206年正月。❷漢王：公元前206年項羽自立為西楚霸王，立劉邦為漢王，轄地有巴、蜀、漢中等地。❸巴蜀：秦朝置巴、蜀二郡。巴治所在今重慶北嘉陵江北岸，轄地當今四川東部。蜀治所在今四川省成都市，轄地約有當今四川省中、西部。❹溢：通「鎰」。金屬重量單位，二十兩為一溢。百溢，二千兩。❺漢中：原秦郡，治所在今陝西省南鄭縣東，轄地約當今陝西省南部和湖北省西北部。❻褒中：古褒國。故治在今陝西省漢中。❼棧（zhàn）道：在險絕的山巖上用竹木架成的道路。❽齊王田榮：齊國貴族田氏的後裔。陳勝起兵後，從田儋起兵反秦。

項王竟不肯遣韓王，乃以為侯，又殺之彭城①。良亡。間行歸漢王②，漢王亦已還定三秦矣③。復以良為成信侯④，從東擊楚。至彭城，漢敗而還。至下邑⑤，漢王下馬踞鞍而問曰⑥：「吾欲捐關以東等棄之⑦，誰可與共功者？」良進曰：「九江王黥布⑧，楚梟將⑨，與項王有郤⑩；彭越與齊王田榮反梁地，此兩人可急使。而漢王之將獨韓信可屬大事⑪，當一面。即欲捐之，捐之此三人，則楚可破也。」漢王乃遣隨何說九江王布⑫，而使人連彭越。及魏王豹反⑬，使韓信將兵擊之，因舉燕、代、齊、趙。然卒破楚者，此三人力也。張良多病，未嘗特將也，常為畫策臣，時時從漢王。

【注釋】❶彭城：地名，在今江蘇省徐州市。❷間行：悄悄地，隱蔽地進行。❸三秦：秦故地關中，項羽曾封雍、塞、翟三王，合稱三秦。❹成信侯：劉邦授予張良的封號，無食邑，只褒獎他的棄楚歸漢，守信義。❺下邑：秦置縣。故治在今安徽省碭山縣東。❻踞鞍：蹲坐在卸下的馬鞍上。❼捐：棄。❽九江王黥布：即英布，因犯秦法，受黥刑，故有此稱。英布依附項羽，受封九江王，楚漢之戰時反楚從漢。❾梟將：猛將，驍將。❿郤（xì）：同「隙」。怨隙，嫌隙。⓫屬：託付。⓬隨何：漢初辯士，受命遊說英布歸漢。與陸賈齊名。⓭魏王豹：陳勝起兵後率兵佔領魏地，楚懷王時立為王，後背叛歸漢。

漢三年①，項羽急圍漢王滎陽②，漢王恐憂，與酈食其謀橈楚權③。食其曰：「昔湯伐桀，封其後於杞④。武王伐紂，封其後於宋⑤。今秦失德棄義，侵伐諸侯社稷，滅六國之後，使無立錐之地。陛下誠能復立六國後世，畢已受印，此其君臣百姓必皆戴陛下之德，莫不鄉風慕義⑥，願為臣妾。德義已行，陛下南鄉稱霸，楚必斂衽而朝⑦。」漢王曰：「善。趣刻印，先生因行佩之矣。」

【注釋】❶漢三年：公元前204年。❷滎陽：地名，在今河南省滎陽東北。❸橈（náo）：通「撓」，削弱。❹杞：即今河南省杞縣。❺宋：約當今河南商丘。❻鄉：通「向」。❼斂衽：整斂衣襟，這裏是恭敬的意思。衽，衣襟。

食其未行，張良從外來謁。漢王方食，曰：「子房前！客有為我計橈楚權者。」具以酈生語告，曰：「於子房何如？」良曰：「誰為陛下畫此計者？陛下事去矣。」漢王曰：「何哉？」張良對曰：「臣請藉前箸為大王籌之①。」曰：「昔者湯伐桀而封其後於杞者，度能制桀之死命也。今陛下能制項籍之死命乎？」曰：「未能也。」「其不可一也。武王伐紂封其後於宋者，度能得紂之頭也。今陛下能得項籍之頭乎？」曰：

「未能也。」「其不可二也。武王入殷，表商容之閭②，釋箕子之拘③，封比干之墓④。今陛下能封聖人之墓，表賢者之閭，式智者之門乎？」曰：「未能也。」「其不可三也。發鉅橋之粟⑤，散鹿台之錢⑥，以賜貧窮。今陛下能散府庫以賜貧窮乎？」曰：「未能也。」「其不可四矣。殷事已畢，偃革為軒⑦，倒置干戈，覆以虎皮，以示天下不復用兵。今陛下能偃武行文，不復用兵乎？」曰：「未能也。」「其不可五矣。休馬華山之陽⑧，示以無所為。今陛下能休馬無所用乎？」曰：「未能也。」「其不可六矣。放牛桃林之陰⑨，以示不復輸積。今陛下能放牛不復輸積乎⑩？」曰：「未能也。」「其不可七矣。且天下遊士離其親戚，棄墳墓，去故舊，從陛下遊者，徒欲日夜望咫尺之地。今復六國，立韓、魏、燕、趙、齊、楚之後，天下遊士各歸事其主，從其親戚，反其故舊墳墓，陛下與誰取天下乎？其不可八矣。且夫楚唯無強，六國立者復橈而從之，陛下焉得而臣之？誠用客之謀，陛下事去矣。」漢王輟食吐哺⑪，罵曰：「豎儒⑫，幾敗而公事！」令趣銷印。

【注釋】❶藉：借。箸（zhù）：筷子。❷商容：商紂時的貴族，為大夫，因諫紂，被貶。閭：里門。❸箕子：名胥餘，紂之諸父，官太師，諫紂不聽，便佯狂為奴，被紂囚禁。拘：拘囚。❹比干：紂王的叔父，官少師，屢次勸諫紂王，不聽，被紂王剖心。❺鉅橋：紂王的糧倉，故址在今河北省曲周縣東北。❻鹿台：也稱南單台，是紂儲存財物的地方，故址在今河南省淇縣。❼偃革為軒：停用軍車，改為平時乘用的車。革，兵車。軒，供乘坐的車子，車前頂較高，並有帷幕。❽華山：即今陝西省華陰東南的華山。陽：山南。❾桃林：在今河南省靈寶西。陰：山北。❿輸：輸送，封運。積：聚積。⓫輟：停止。⓬豎儒：這儒生小子。

漢四年，韓信破齊而欲自立為齊王，漢王怒。張良說漢王，漢王使良授齊王信印，語在《淮陰》事中。其秋①，漢王追楚至陽夏南②，戰不利而壁固陵③，諸侯期不至。良說漢王，漢王用其計，諸侯皆至。語在《項籍》事中。

漢六年正月④，封功臣。良未嘗有戰鬥功，高帝曰：「運籌策帷帳中，決勝千里外，子房功也。自擇齊三萬戶。」良曰：「始臣起下邳，與上會留，此天以臣授陛下。陛下用臣計，幸而時中，臣願封留足矣，不敢當三萬戶。」乃封張良為留侯，與蕭何等俱封⑤。

【注釋】❶其秋：即漢三年秋季。❷陽夏：地名，在今河南省登封東南的告成鎮。❸固陵：地名，在今河南省太康縣南。❹漢六年：即公元前201年，漢王即帝位的次年。❺蕭何：江蘇沛縣人，劉邦的重要謀臣，漢王朝的第一任丞相。

上已封大功臣二十餘人，其餘日夜爭功不決，未得行封。上在雒陽南宮，從復道望見諸將往往相與坐沙中語①。上曰：「此何語？」留侯曰：「陛下不知乎？此謀反耳。」上曰：「天下屬安定②，何故反乎？」留侯曰：「陛下起布衣，以此屬取天下，今陛下為天子，而所封皆蕭、曹故人所親愛，而所誅者皆生平所仇怨。今軍吏計功，以天下不足遍封，此屬畏陛下不能盡封，恐又見疑平生過失及誅，故即相聚謀反耳。」上乃憂曰：「為之奈何？」留侯曰：「上平生所憎，羣臣所共知，誰最甚者？」上曰：「雍齒與我故③，數嘗窘辱我。我欲殺之，為其功多，故不忍。」留侯曰：「今急先封雍齒以示羣臣，羣臣見雍齒封，則人人自堅矣。」於是上乃置酒，封雍齒為什方侯④，而急趣丞相、御史定功行封。羣臣罷酒，皆喜曰：「雍齒尚為侯，我屬無患矣。」

【注釋】❶復道：樓閣間上下有通道稱為復道。❷屬（zhǔ）：近，適值，剛剛。❸雍齒：沛人，隨劉邦起兵，一度叛去，後復歸，立過戰功。❹什方：在今四川省什邡，漢高祖以封雍齒為侯國。

劉敬說高帝曰①：「都關中②。」上疑之。左右大臣皆山東人③，多勸上都雒陽：「雒陽東有成皋，西有殽澠④，倍河，向伊雒⑤，其固亦足恃。」留侯曰：「雒陽雖有此固，其中小，不過數百里，田地薄，四面受敵，此非用武之國也。夫關中左殽函，右隴蜀⑥，沃野千里，南有巴蜀之饒，北有胡苑之利⑦，阻三面而守，獨以一面東制諸侯。諸侯安定，河渭漕輓天下⑧，西給京師；諸侯有變，順流而下，足以委輸。此所謂金城千里，天府之國也，劉敬說是也。」於是高帝即日駕，西都關中。

【注釋】❶劉敬：齊人，本姓婁。因獻策西都關中，漢高祖賜姓劉氏，號奉春君。後封關內侯，號建信侯。❷關中：當今陝西省。❸山東：指函谷關以東地區。❹殽澠：殽，殽山，在河南西部，為函谷關的東端。澠，池水，源於河南熊耳山，向東入洛水。❺伊雒：即伊水和洛水，都在洛陽之南。❻隴蜀：隴指陝西省隴縣以東的隴山，它南連蜀中。蜀，約當今四川省。❼胡苑之利：關中北接胡地，利於放牧，且可引入胡馬，故稱「胡苑之利」。❽河：黃河。渭：渭河。輓：同「挽」，引。

留侯從入關。留侯性多病，即道引不食穀①，杜門不出歲餘。上欲廢太子②，立戚夫人子趙王如意③。大臣多諫爭，未能得堅決者也。呂后恐④，不知所為。人或謂呂后曰：「留侯善畫計筴⑤，上信用之。」呂后乃使建成侯呂澤劫留侯⑥，曰：「君常為上謀臣，今上欲易太子，君安得高枕而臥乎？」留侯曰：「始上數在困急之中，幸用臣筴。今天下安定，以愛欲易太子，骨肉之間，雖臣等百餘人何益。」呂澤強要曰：「為我畫計。」留侯曰：「此難以口舌爭也。顧上有不能致者，天下有四人⑦。四人者年老矣，皆以為上慢侮人，故逃匿山中，義不為漢臣。然上高此四人。今公誠能無愛金玉璧帛，令太子為書，卑辭安車⑧，因使辯士固請，宜來。來，以為客，時時從入朝，令上見之，則必異而問之。問之，上知此四人賢，則一助也。」於是呂后令呂澤使人奉太子書，卑辭厚禮，迎此四人。四人至，客建成侯所。

【注釋】❶道引不食穀：道引，即導引，道家調運氣息、吐納修養的保健法。不食穀，不進五穀煙火之食。❷太子：即劉盈，呂后生，後繼位，即惠帝。❸戚夫人：戚姬，高祖的寵姬。趙王如意：高祖第三子，戚姬生。高祖死後，母子都被呂后殺死。❹呂后：高祖妻，名雉。劉邦稱帝，立為皇后。惠帝死後，臨朝稱制。❺筴：同「策」。❻建成侯呂澤：「澤」，疑當作「釋之」。呂澤為呂后長兄，封周呂侯。呂釋之為呂后次兄，封建成侯。❼四人：即當時隱居在商山（今陝西省商縣東部）的東園公、綺里季、夏黃公、甪里先生。❽安車：一種供乘坐用的小車，單馬獨駕，車內乘坐一人。

漢十一年①，黥布反，上病，欲使太子將，往擊之。四人相謂曰：「凡來者，將以存太子。太子將兵，事危矣。」乃說建成侯曰：「太子將兵，有功則位不益太子，無功還，則從此受禍矣。且太子所與俱諸將，皆嘗與上定天下梟將也，今使太子將之，此無異使羊將狼也，皆不肯為盡力，其無功必矣。臣聞『母愛者子抱』②，今戚夫人日夜侍御，趙王如意常抱居前，上曰『終不使不肖子居愛子之上』，明乎其代太子位必矣。君何不急請呂后承閒為上泣言：『黥布，天下猛將也，善用兵，今諸將皆陛下故等夷③，乃令太子將此屬，無異使羊將狼，莫肯為用，且使布聞之，則鼓行而西耳④。上雖病，強載輜車⑤，臥而護之，諸將不敢不盡力。上雖苦，為妻子自強。』」於是呂澤立夜見呂后，呂后承間為上泣涕而言，如四人意。上曰：「吾惟豎子固不足遣，而公自行耳。」於是上自將兵而東，羣臣居守，皆送至灞上。留侯病，自強起，至曲郵⑥，見上曰：「臣宜從，病甚。楚人剽疾⑦，願上無與楚人爭鋒。」因說上曰：「令太子為將軍，監關中兵。」上曰：「子房雖病，強臥而傅太子⑧。」是時叔孫通為太傅⑨，留侯行少傅事⑩。

【注釋】❶漢十一年：公元前196年。❷母愛者子抱：意為母親被寵愛，那麼她的孩子也受到疼愛。❸等夷：同輩。❹鼓行：擊鼓行軍。古人行軍，擊鼓則進，鳴金則止，因此稱行進為鼓行。❺輜車：有帷帳蔽護的車輛。❻曲郵：為一處行路歇腳的地方，在陝西省臨潼東七里。❼剽疾：勇猛敏捷。❽傅：輔導。❾叔孫通：薛人，為博士，號稷嗣君。高帝時制訂朝儀，拜為奉常，又遷為太子太傅。❿少傅：即太子少傅，與太傅同負輔導太子的職責。太傅：即太子太傅，是輔導太子的官員。

漢十二年①，上從擊破布軍歸，疾益甚，愈欲易太子。留侯諫，不聽，因疾不視事。叔孫太傅稱說引古今，以死爭太子。上詳許之②，猶欲易之。及燕③，置酒，太子侍。四人從太子，年皆八十有餘，鬚眉皓白，衣冠甚偉。上怪之，問曰：「彼何為者？」

四人前對，各言名姓，曰東園公、甪里先生、綺里季、夏黃公④。上乃大驚，曰：「吾求公數歲，公辟逃我，今公何自從吾兒遊乎？」四人皆曰：「陛下輕士善罵，臣等義不受辱，故恐而亡匿。竊聞太子為人仁孝，恭敬愛士，天下莫不延頸欲為太子死者，故臣等來耳。」上曰：「煩公幸卒調護太子。」

四人為壽已畢，趨去。上目送之，召戚夫人指示四人者曰：「我欲易之，彼四人輔之，羽翼已成，難動矣。呂后真而主矣。」戚夫人泣，上曰：「為我楚舞，吾為若楚歌。」歌曰：「鴻鵠高飛⑤，一舉千里。羽翮已就⑥，橫絕四海。橫絕四海，當可奈何！雖有矰繳⑦，尚安所施！」歌數闋⑧，戚夫人噓唏流涕⑨，上起去，罷酒。竟不易太子者，留侯本招此四人之力也。

【注釋】❶漢十二年：即公元前 195 年。❷詳：通「佯」，假裝。❸燕：通「宴」，宴飲。❹甪（lù）里先生：商山四皓之一。❺鴻鵠：即天鵝。❻羽翮（hé）：羽翼。翮，鳥翅。❼矰繳：弋射的工具，用來仰射飛鳥而可以引繩回收。矰（zēng），短箭。繳（zhuó），繫短箭的繩。❽歌數闋（què）：唱了幾遍。闋，一曲終了為闋。❾噓唏：通「歔欷」，歎氣聲。

留侯從上擊代①，出奇計馬邑下②，及立蕭何相國③，所與上從容言天下事甚眾，非天下所以存亡，故不著。留侯乃稱曰：「家世相韓，及韓滅，不愛萬金之資，為韓報仇強秦，天下振動。今以三寸舌為帝者師，封萬户，位列侯，此布衣之極，於良足矣。願棄人間事，欲從赤松子遊耳④。」乃學辟穀⑤，道引輕身⑥。會高帝崩⑦，呂后德留侯，乃強食之，曰：「人生一世間，如白駒過隙⑧，何至自苦如此乎？」留侯不得已，強聽而食。後八年卒⑨，謚為文成侯。子不疑代侯。

【注釋】❶擊代：指高祖十年（前 197）秋，代相陳豨反，並自立為代王，劉邦率兵討伐。❷馬邑：西漢所置縣，故治在今山西省朔城東北四十里桑乾河北岸。❸相國：西漢時輔佐皇帝的最高官職。❹赤松子：古代傳説中的仙人。❺辟穀：又叫「絕穀」，即不食五穀。❻道引輕身：即導引輕身，中國古代強身除病的一種養生方法。導引，本是導氣使和，引體使柔的意思。❼高帝崩：在公元前 195 年。❽白駒過隙：比喻光陰迅速消逝，如駿馬奔馳越過縫隙一樣。❾卒：張良死於惠帝六年（公元前 189 年）。

子房始所見下邳圯上老父與《太公書》者，後十三年從高帝過濟北，果見穀城山下黃石，取而葆祠之①。留侯死，并葬黃石，每上冢伏臘②，祠黃石。留侯不疑，孝文帝五年坐不敬③，國除。

太史公曰：學者多言無鬼神，然言有物④。至如留侯所見老父予書，亦可怪矣。

高祖離困者數矣⑤，而留侯常有功力焉，豈可謂非天乎？上曰：「夫運籌筴帷帳之中，決勝千里外，吾不如子房。」余以為其人計魁梧奇偉，至見其圖，狀貌如婦人好女。蓋孔子曰：「以貌取人，失之子羽⑥。」留侯亦云。

【注釋】❶葆：同「寶」，珍愛。❷上冢：掃墓。伏臘：不同時間的兩種祭祀，伏為夏季祭日，臘為冬季祭日。❸孝文帝：名恆，高帝中子，呂后死，大臣迎立。在位二十三年（公元前 179—前 157 年）。❹物：物怪。這裏指怪異的事物。❺離：通「罹（lí）」，遭遇。❻「以貌取人」句：語出《韓非子·顯學》。子羽，孔丘弟子，據傳他貌醜，但有賢德。

【翻譯】

留侯張良，先世是韓國人。祖父名叫開地，在韓昭侯、宣惠王、襄哀王時任為相。父親名平，在釐王和悼惠王時任為相。悼惠王二十三年，張平去世。去世後二十年，秦國滅亡了韓國。張良年少，未曾在韓國擔任官職。韓國破滅後，張良家尚有僮僕三百人，弟弟死了不安葬，而傾盡全部家產訪求刺客以謀殺秦王，為韓國報仇。就因為祖父、父親歷任韓國五朝國君的相位的緣故。

張良曾在淮陽學習禮儀。遊歷到東夷見過倉海君。他招募到一位大力士，鑄造了重一百二十斤的椎。秦始皇東巡，張良和刺客伏擊秦始皇於博浪沙中，誤中隨從的車輛。秦始皇大怒，在全國大肆搜捕，急於要抓到刺客，這是因為張良伏擊的緣故。張良便改名換姓，逃亡到下邳隱匿起來。

張良曾經悠閒從容地漫步在下邳的一座橋上，有一位老人，穿着粗布短衣，走到張良漫步的地方，特地把鞋子掉在橋下，對張良吩咐說：「小子，下去拾取鞋子！」張良十分驚愕，本想毆打他，但因為他年老，便強忍住怒氣，下橋拾鞋。老人說：「給我穿鞋！」張良已經替他拾取了鞋子，便索性長跪着替他穿鞋。老人伸出腳讓張良給他套上鞋子，笑着走了。張良非常驚奇，目送他離去。老人走出約一里路，又返回來，說：「小子值得教導呵！五天後天剛亮時，同我在這裏見面。」張良因此覺得奇怪，跪着回答：「是。」後五天天剛亮時，張良前往橋上，老人已經先在那裏等候了，氣憤地說：「同長輩約會，遲到，這算甚麼？」說罷就走，說：「後五日清早來會面。」後五天雞叫時，張良又前往橋上，老人又先在那裏等候了，又氣憤地說：「又遲到，這是為甚麼？」說罷就走，說：「後五日清早再來。」後五日，張良不到半夜就趕到橋上。一會兒，老人也來了，高興地說：「應當這樣。」拿出一冊書，說：「熟讀這本書就可以做帝王的老師了。十年以後能發跡。十三年後你小子到濟北來見我，穀城山下的黃石就是我。」說完便走，沒有其他話，從此不再見到。天明時看這書，竟是《太公兵法》。張良因此十分驚異，經常誦讀它。張良居住在下邳，行俠仗義。項伯曾經殺了人，於是跟從張良隱居在下邳。

十年以後陳勝等起兵反秦，張良也聚結了青年一百多人。景駒自立為楚國的臨時國君，駐紮在留地。張良打算前往投靠景駒，途中遇見沛公劉邦。沛公率領數千人馬，攻取下邳以西的地方，張良於是歸屬了他。沛公任命張良為廄將。張良多次用《太公兵法》向沛公出謀獻策，沛公認為很好，常用他的計策。張良向其他人談論兵法，他們都不能領會。張良感慨地說：「沛公大概是上天造就的。」於是就跟定了沛公，不去拜見景駒。

當沛公到了薛地時，會見項梁。項梁擁立了楚懷王。張良便向項梁建議說：「你已經立了楚國的後人，而韓國的公子橫陽君韓成很賢明，可以立他為王，以增加楚國的勢力。」項梁就派張良訪尋韓成，立為韓王。讓張良任韓國的申徒，同韓王率兵千餘人向西攻取韓國原來的轄地，佔領了幾座城池，秦軍卻又把它奪走，韓軍在潁川一帶往來打遊擊。

當沛公從洛陽南部向轘轅道行進時，張良帶兵跟從沛公，攻下了韓地十多座城，擊破了秦將楊熊的軍隊。沛公便命令韓王成在陽翟留守，而同張良一道南下，攻克了宛城，向西進入武關。沛公想用兩萬兵卒攻擊秦嶢關的守軍，張良進言道：「秦軍還很強盛，不可輕敵。我聽說嶢關的守將是屠戶的兒子，商販出身的人容易利誘。希望沛公暫且按兵不動，留駐營地，派些人員先出發，為五萬人準備給養糧食，並在各個山頭上多多張掛旗幟，作為疑兵，命令酈食其帶着珍寶去引誘秦軍的將領。」秦軍果然反叛，要求聯合起來西進襲擊咸陽。沛公打算接受這一建議。張良說：「這只是將領想叛秦罷了，恐怕部下的士卒不聽從指揮。部下不聽從必然會出危險，不如乘其軍隊懈怠時攻擊他們。」沛公於是領兵襲擊秦軍，大敗秦軍，乘勝向北追逐到藍田，再一次與秦軍交戰，秦軍終於大敗。於是到達咸陽，秦王子嬰投降了沛公。

沛公一進入秦宮，看到宮殿、帷帳、狗馬、珍寶、婦女等珍奇玩物數以千計，心想留住在宮殿裏。樊噲勸諫沛公離開宮殿在外面居住，沛公不聽勸諫。張良進言說：「秦國暴虐無道，所以你沛公才能來到這裏。既是為了天下除滅殘害百姓的暴政，就該以身體力行、節儉樸素來號召百姓。現在剛剛攻入秦都咸陽，便安享秦廷的逸樂，這正是常言所謂『助桀為虐』。而且『忠言逆耳利於行，良藥苦口利於病』，希望沛公聽從樊噲的話。」沛公於是走出秦宮，返回到霸上駐營。

項羽到了鴻門阪下，打算進擊沛公，項伯於是連夜急忙趕到沛公軍中，私下會見張良，想與他一起離開沛公營地。張良說：「我替韓王陪送沛公，現在軍事有了危難，逃亡出走不合道義。」於是將情況全部告訴了沛公，沛公大驚，問：「那該怎麼辦？」張良說：「沛公你真的想背叛項羽嗎？」沛公回答道：「一個淺陋的人教我封鎖關隘不要放諸侯進來，秦的故地就可以全由我主宰，因此我聽從他的話。」張良又問：「沛公你自己忖度能擊退項羽嗎？」沛公默不作聲，沉思良久，說：「實在不能，現在該怎麼辦？」張良於是堅決邀請項伯會見沛公。項伯會見了沛公。沛公與項伯同飲，並為他敬酒，約為聯姻。請項伯向項羽詳細說明沛公不敢背叛，之所以在這裏把守關口，是為了防範其他人的侵擾。到了會見項羽後，危難便解除了，具體情節記載在《項羽本紀》中。

漢元年正月，沛公被封為漢王，統轄巴蜀一帶地區。漢王賜給張良黃金二千兩，珍珠二斗，張良將全部賞賜奉獻給項伯。漢王也備厚禮令張良饋贈項伯，托他向項羽請求漢中之地。項王便許諾了這一請求，於是，漢王得到了漢中地。漢王赴轄地，張良送別到了褒中，漢王遣送張良回歸韓國，張良向漢王建議道：「大王何不燒毀所過的棧道，向天下表示自己沒有東回的意圖，以此來穩定項王的心意。」漢王於是讓張良返回韓地。張良走了以後，漢王燒毀了棧道。

張良回到韓國，韓王成由於張良追隨漢王的原故，項王不放他回到韓國就封，要他隨從一道東進。張良勸說項王：「漢王燒斷了棧道，沒有返回秦故地的打算了。」便以齊王田榮謀反的文書稟告項王。項王因此不再擔憂西邊的漢王，而率軍北進攻打齊國。

項王終不肯遣送韓王前往韓地，竟貶他為侯爵，接着又在彭城將他殺害。張良逃亡出走，隱蔽地返回歸屬漢王，漢王這時也已經從漢中還兵，平定了三秦。重新封張良為成信侯，跟隨東進攻擊楚國。到了彭城，漢王兵敗受挫而回師。到下邑，漢王下馬解鞍置地，蹲坐在馬鞍上問：「我打算把函谷關以東等地方拋棄，讓給別人，誰人可以同我一起建立滅楚功業？」張良進言道：「九江王黥布，是楚國的一員驍將，同項王有怨隙；彭越和齊王田榮在梁地反叛項王，這兩個人可儘快利用。而漢王你的將領中，只有韓信可托以大事，獨當一面。假如打算放棄關東之地，就讓給這三個人，如此，就可以消滅楚國了。」漢王便派隨何去遊說九江王黥布，而派人去聯絡彭越。當魏王豹叛漢時，派韓信領兵前去攻打，大獲全勝，因而佔領了燕、代、齊、趙等國的全部領地。然而，最終破滅楚國，也是這三個人的功勞。

張良多病，不曾單獨出任領兵之將，常常作為出計獻策的謀臣，時時跟隨着漢王。

漢三年，項羽緊緊地把漢王圍困在滎陽，漢王恐懼憂慮，同酈食其商議削弱楚國的力量。酈食其建議道：「往昔商湯伐桀，封夏的後人於杞。武王伐紂滅殷，封殷的後人於宋地，現在秦失德棄義，侵伐諸侯各國，誅滅六國的後代，使他們沒有立錐之地。陛下若能重新封立六國後代，使他們全部接受到封主的印璽，這樣，六國的君臣百姓一定都對大王感恩戴德，無不嚮往陛下的雄風而敬慕陛下的德義，甘願做陛下的臣僕。恩義既已深入人心，陛下再南面稱霸，楚王必然會恭敬地朝見你。」漢王說：「很好。趕快刻治印璽，先生你可以起程把印璽帶上。」

酈食其尚未動身，張良從外面回來謁見。漢王正在用餐，說：「子房你過來！有一位客人替我計議了削弱楚國勢力的辦法。」說着就將酈生的意見全部告訴張良，並問：「子房，在你看來怎麼樣？」張良問：「誰給陛下出的這個主意？陛下的大事完了。」漢王問：「為甚麼？」張良回答說：「請允許我借用食几上的筷子為大王計算這計謀的失誤。」張良接着說：「從前商湯伐滅夏桀，卻仍然把桀的後代分封在杞，是料到能夠制桀於死命。現在陛下能夠制項籍於死命嗎？」漢王答：「不能。」「這是不能這樣做的第一個原因。周武王伐滅商紂，把他的後代封在宋，是料到能夠取下紂王的頭顱。現在陛下能得到項籍的頭顱嗎？」漢王答：「不能。」「這是不能這樣做的第二個原因。武王攻入商都以後，旌表殷代賢人商容里巷的門楣，釋放被紂囚禁的箕子，在比干墓上培土致敬。

現在陛下能夠在聖人的墓上培土，在賢士的門前旌表，在智者門前致敬嗎？」漢王答：「不能。」「這是不能如此做的第三個原因。武王發放鉅橋的儲糧，散發鹿台的錢財，施予貧窮的百姓。現在陛下能發放錢府倉庫的財物恩賜給貧窮百姓嗎？」答道：「不能。」「這是不能這樣做的第四個原因。武王在滅商戰事結束後，廢除戰車改作乘車，把兵器倒放着，蒙上虎皮，以昭示天下不再用兵。現在陛下能夠偃息武事，施行文治，不再用兵嗎？」答道：「不能。」「這是不能這樣做的第五個原因。武王放馬於華山南麓，表示駿馬不再馳騁於戰場了，現在陛下能放養駿馬不用於作戰嗎？」漢王答：「不能。」「這是不能這樣做的第六個原因。武王放牛於桃林山之北，昭示天下不需要再運輸糧草。現在陛下能放牛而不再運輸糧草嗎？」答道：「不能。」「這是不能這樣做的第七個原因。而且如今天下遊士離別他們的親戚，捨棄祖先的墳墓，離開故交與舊友，追隨陛下南征北戰，只是朝夕想望有尺土寸地的封賜。假如現在復立六國，立韓、魏、燕、趙、齊、楚的後代為王，那麼天下的遊士各自回國事奉他們的君王，跟隨他們的親戚，返回故鄉，供奉祖先的墳墓，結交故舊親朋，這樣，陛下依靠誰來取得天下呢？這是不可以這樣做的第八個原因。況且現在是沒有比楚國強大的，六國復立的君王又會遭削弱而順從它，陛下又怎能控制並使他們稱臣呢？果真使用這位先生的計算，陛下的立國之業必會葬送。」漢王停止進食，吐出口裏食物，罵道：「這儒生小子，幾乎敗壞你公公的大事！」

下令趕快把印信銷毀。

漢四年，韓信攻破齊國而想自立為齊王，漢王非常憤怒。張良勸說漢王，漢王於是派遣他授予韓信刻有「齊王信」的印，此事記載在《淮陰侯列傳》中。

這年秋天，漢王率兵追擊楚軍至陽夏的南面，交戰失利，據守固陵，各諸侯王到了約定的時日竟不來會師。張良向漢王獻計，漢王採用了他的計策，諸侯便都到了。這事記載在《項羽本紀》中。

漢六年正月，高帝劉邦封賞功臣。張良不曾立戰功，高帝說：「坐在營幕內出謀定計，決定勝利於千里之外，這是子房的功勞。由他自己選擇齊地三萬戶作為封地。」張良說：「當初我起兵下邳，與皇上在留地相遇，這是上天把我交給陛下的。陛下用我的計策，幸好常常得當，我只求封在留地就滿足了，不敢受三萬戶。」於是張良受封留侯，同蕭何等人一起受封。

皇上已經封立了有大功的臣子二十多人，其他人日夜爭功無法定高下，不能進行封賞。皇上在洛陽南宮，從復道上望見將領們往往聚坐在沙地上彼此議論。皇上問：「這是在講些甚麼？」留侯說：「陛下不知道嗎？這是在謀反呀。」皇上說：「天下剛剛安定，為何要謀反呢？」留侯答道：「陛下出身平民，依靠這批人取得了天下，現在陛下成為天子，而所封立的都是蕭何、曹參等所親信的舊人，而所誅殺的都是生平有仇怨的人。現在軍吏計算有功的人，認為天下的土地不足以封賜所有的功臣，這些人擔心陛下不能全部給予封賜，又恐怕自己過去所犯過錯被陛下疑心甚至遭致誅殺，因此便相聚謀反。」皇上於是憂慮地說：「那怎麼辦呢？」留侯問：「皇上生平憎恨的，而又為羣臣都共知的人中，數誰是憎恨得最甚的？」皇上說：「雍齒與我過去本有積怨，又曾屢次侮辱我使我難堪。我本想殺他，因為他功勞多，所以不忍心下手。」留侯說：「現在趕快先封雍齒以昭示羣臣，大臣們看見雍齒得封，便人人自安了。」於是皇上設筵大宴羣臣，封雍齒為什方侯，同時催促丞相、御史趕快論定羣臣的功勞施行封賞，羣臣吃罷酒宴，都高興地說：「雍齒尚且封了侯，我們不必擔憂了。」

劉敬向高帝建議道：「定都關中。」皇上對這建議表示懷疑。左右大臣都是關東地方的人，大多勸皇上定都洛陽：「洛陽東有成皋，西有殽山、澠池，背依黃河，面向伊水、洛水，它的險固地勢也足以依靠。」留侯說：「洛陽雖有這樣險固的地勢，但境域小，方圓不過幾百里，田地又貧瘠，四面都能受到敵人的攻擊，這不是用武之地。關中東有殽山、函谷，西有隴蜀山脈，沃野千里，南有巴、蜀的富饒，北有塞上草原畜牧胡馬的無窮利益，憑藉南北西三面屏障而守，只以一面鉗制關東的諸侯。諸侯安定無事時，黃河、渭河漕運輸送天下物資，溯流而西來，供給京城；諸侯有變故時，順流而下，足以輸送軍隊和糧草。這真是所謂金城千里，天府之國啊，劉敬的建議是正確的。」於是，高帝當日即起程，西遷定都關中。

留侯隨從高帝入關。留侯平素體弱多病，便習道家導引不食煙火之法，一年多閉門不出。

皇上想廢黜太子，立戚夫人所生的兒子趙王如意為太子。許多大臣進諫反對，但沒有一個能堅決諫爭的人。呂后憂慮惶恐，不知該怎麼辦。有人對呂后說：「留侯善於出謀畫策，皇上信用他。」呂后便派建成侯呂澤強迫留侯，說：「你一直是皇上的謀臣，現在皇上想另立太子，你豈可高枕無憂？」留侯說：「當初皇上多次處於危急困境之中，幸好採用了我的計策。現在天下安定了，由於喜愛戚夫人而想另立太子，家人骨肉之間的事情，即使我輩一百多人又有甚麼用呢？」呂澤固執地要求說：「給我出個主意。」留侯回答道：「這事難以用口舌諫爭。考慮到皇上有不能招致的人，當今天下有四個。這四個人年老了，都認為皇上傲慢凌辱人，因此逃匿在山裏，堅決不做漢朝的臣民。然而皇上以為這四人高尚。現在你若能不吝惜金玉璧帛的話，就讓太子寫封書信，以謙卑的言辭，配上供乘坐的安車，派遣能言善辯之士去堅決邀請，他們應當會來的。來了，奉為上賓，時常跟隨入朝，讓皇上看到他們，那麼皇上一定會因驚異而詢問四老。詢問了這四老，皇上知曉這四老賢達，那麼對太子倒是一種幫助。」於是呂后叫呂澤派人帶着太子的書信，以謙卑的言詞、厚重的禮物，迎請這四位老人。四人到達，安置在建成侯的宅第裏。

漢十一年，黥布反叛，皇上患病，想叫太子領兵，前往攻打黥布。這四位老人相互商議道：「我們來這裏的目的，是為了保全太子。太子領兵出戰，事情就危險了。」於是向建成侯進言：「太子帶兵出戰，立了功則不可能給一個比太子更高的地位，若無功而還，那麼從此就要遭受不幸了。而且和太子一道出征的將軍們都是曾經和皇上打下江山的猛將，現在使太子統率他們，這無異於使羊去指揮狼，部將不肯為太子盡心盡力，太子不能立功已是肯定的了。我們聽說過『母被父寵愛者，其子被父所抱』，如今戚夫人日夜陪侍皇上，趙王如意經常被抱着坐在皇上面前，皇上說『絕不能讓沒出息的兒子位居我的愛子之上』，顯然他取代太子的寶位是肯定的了。你何不趕緊請呂后找機會向皇上哭訴：『黥布，是天下猛將，善於領兵打仗，現在的將領都是陛下老同輩，竟然命令太子統帥這些人，這無異於讓羊統帥狼，沒有人肯聽命效力的，而且，假如黥布得知這一情況，就會無所畏忌地長驅而西，進擊關中。皇上雖然患病，可勉強臥乘在有蓋帷的大車裏出征，躺着督促將領們作戰，各將領當不敢不聽命盡力。皇上雖然受苦，但要為妻子兒女奮發啊。』」於是呂澤連夜晉見呂后，呂后伺機向皇上哭泣進言，說的就是四位老者商議的那些話。皇上說：「我想到這孩子本來就不足差遣，老子自己領軍出征就是了。」於是皇上自己領兵東征，羣臣留守，他們都來送行，直至灞上而止。留侯在病中，勉強起來送行，送到曲郵，謁見皇上，說：「我本應隨從皇上出征，但因病情較重，不能陪行。楚人剽悍迅猛，願皇上不必與楚人硬拼。」趁機勸皇上說：「可令太子為將軍，監守關中的部眾。」皇上說：「子房雖然生病，望勉強在臥養中輔導太子。」當時叔孫通任太子太傅，留侯兼任少傅。

漢十二年，皇上從攻破黥布的軍隊回來，疾病更加沉重，越是想另立太子。留侯諫爭，不聽，因疾病沉重不再處理政事。太傅叔孫通引述古往今來的事例，誓死諫爭維護太子。皇上表面上許諾太傅的請求，但心中仍然想另立太子。當宴飲之時，擺上酒席，太子在旁侍候。那四位老人隨從着太子，年紀都在八十以上，鬍鬚眉毛皓白，衣帽裝束都很莊重偉麗。皇上對這四位老人的出現感到很是奇怪，問道：「他們是幹甚麼的？」四人上前回答，各自講出姓名，叫東園公、甪里先生、綺里季、夏黃公。皇上於是大為驚奇，問道：「我尋找諸公已有許多年了，各位都逃避我，現在各位為何來和我兒子交遊呢？」四人都說：「陛下常辱罵、輕慢士人，我們決意不受凌辱，所以心懷恐懼而逃亡隱匿。私下聽說太子為人仁厚孝順，恭敬愛士，天下士人無不仰望太子，並願為太子效死，因此我們來到這裏。」皇上說：「敬煩諸位能善始善終地關照太子。」

四人向皇上祝酒完畢後，撤席離去。皇上目送他們，並叫戚夫人過來指着這四個人道：「我想另立太子，他們四人卻輔佐太子，羽毛已經豐厚，翅膀已經長硬，難以變動了。呂后真是你的主人了。」戚夫人哭泣起來，皇上說：「你給我跳楚舞，我為你唱楚歌。」說罷唱道：「鴻鵠高飛呀，一舉千里。羽翼長成呀，橫渡四海。橫渡四海呀，該當怎麼辦！雖有矰繳在手呀，還能向何處施放！」連唱數遍，戚夫人哀歎流淚，皇上起身離去，酒宴終了。終究沒有另立太子的原因，是得力於留侯的主意，招請了這四位老先生呵！

留侯隨從皇上攻打過代國，在馬邑城下出奇計，直至勸高帝立了蕭何為相國，他與皇上從容計議的天下事很多，因為不關係到國家存亡，所以不著錄。留侯於是宣稱道：「我家世代為韓國丞相，到韓國滅亡時，不吝惜萬金的資財，為韓國向暴秦報仇，震動了天下。現在以三寸之舌為帝王的老師，得封食邑萬家，位至列侯，這是平民的極限，對於我張良來說已經滿足了。但願拋棄人間俗事，只隨從赤松子交遊而已。」便學習不食五穀，練導氣引體養生的方法。正值高帝去世，呂后感激留侯，便強迫他進食，說：「人生一世的光陰，有如駿馬飛馳過一條縫隙那樣短暫，何必自找苦吃以至這種地步呢！」留侯不得已，只好勉強遵從呂后的話而進食。

八年後留侯逝世，謚文成侯。兒子張不疑襲爵為侯。

子房早年所遇見的那位給他《太公兵法》的下邳橋上老人，十三年後張良跟隨高帝經過濟北時，果然見到了穀城山下的那塊黃石，便取回來珍重地供奉祭祀。留侯死後，也一起安葬了那塊黃石。每逢掃墓和冬夏祭日，也向黃石祭祀。

留侯張不疑，孝文帝五年因犯不敬罪，侯國被褫奪。

太史公說：學者們大都說沒有鬼神，然而又說奇異的物象是有的。至於像留侯所遇見的老丈贈書，也可算是怪異的事了。高祖遭到的困厄不止一次，而留侯常出力幫助解決，這難道不是天意嗎？皇上說：「出謀劃策於軍營帷幕之中，決定勝利於千里之外，我比不上子房。」我猜想這樣一個人大概是魁梧偉岸的，及至看到他的畫像，容貌卻像秀麗的女性。正如孔子所說：「以貌取人，失之子羽。」留侯也正是這樣。

陳丞相世家

陳平，漢高祖劉邦的重要謀士之一，是為西漢王朝的建立和鞏固立下了汗馬功勞的名臣。他學習黃老學派的學說，善於審時度勢，足智多謀，離間項羽君臣，平息諸侯叛亂，巧解彭城之圍，以及後來聯絡周勃等粉碎了諸呂的篡權陰謀。

本篇概述了陳平的一生，並抓住上述典型歷史事件，生動而又簡練地勾勒出陳平足智多謀的形象，並從一個側面展示了秦漢之際紛紜複雜的歷史風雲和西漢政權建立鞏固的艱難曲折過程。

陳丞相平者，陽武戶牖鄉人也。少時家貧，好讀書，有田三十畝，獨與兄伯居。伯常耕田，縱平使遊學①。平為人長大美色。人或謂陳平曰：「貧何食而肥若是？」其嫂嫉平之不視家生產，曰：「亦食糠覈耳②。有叔如此，不如無有。」伯聞之，逐其婦而棄之。

及平長，可娶妻，富人莫肯與者，貧者平亦恥之。久之，戶牖富人有張負，張負女孫五嫁而夫輒死，人莫敢娶，平欲得之。邑中有喪，平貧，侍喪，以先往後罷為助。張負既見之喪所，獨視偉平，平亦以故後去。負隨平至其家，家乃負郭窮巷③，以弊席為門，然門外多長者車轍。張負歸，謂其子仲曰：「吾欲以女孫予陳平。」張仲曰：「平貧不事事，一縣中盡笑其所為，獨奈何予女乎？」負曰：「人固有好美如陳平而長貧賤者乎？」卒與女。為平貧，乃假貸幣以聘，予酒肉之資以內婦④。負誡其孫曰：「毋以貧故，事人不謹。事兄伯如事父，事嫂如母。」平既娶張氏女，齎用日饒⑤，遊道日廣。里中社⑥，平為宰，分肉食甚均。父老曰：「善，陳孺子之為宰！」平曰：「嗟乎，使平得宰天下，亦如是肉矣！」

【注釋】❶縱：放縱，聽任。❷糠覈（hé）：米麥糠的粗屑，這裏泛指粗食。❸負郭窮巷：背靠城牆的偏僻小巷。❹內：通「納」。❺齎（jī）：通「資」。❻社：里中供奉土地神的地方。古代里中定期祭祀土地神，叫做社祭。

陳涉起而王陳，使周市略定魏地，立魏咎為魏王，與秦軍相攻於臨濟①。陳平固已前謝其兄伯，從少年往事魏王咎於臨濟。魏王以為太僕②。說魏王不聽，人或讒之，陳平亡去。久之，項羽略地至河上，陳平往歸之，從入破秦，賜平爵卿③。項羽之東王彭城也，漢王還定三秦而東④，殷王反楚。項羽乃以平為信武君⑤，將魏王咎客在楚者以往⑥，擊降殷王而還。項王使項悍拜平為都尉，賜金二十溢⑦。居無何，漢王攻下殷，項王怒，將誅定殷者將吏。陳平懼誅，乃封其金與印，使使歸項王，而平身間行杖劍亡。渡河，船人見其美丈夫獨行，疑其亡將，要中當有金玉寶器⑧，目之，欲殺平。平恐，乃解衣裸而佐刺船。船人知其無有，乃止。

【注釋】❶臨濟：地名，在今河南省陳留西北五十里。❷太僕：官名，掌管帝王車馬。❸爵卿：有卿的爵位，但無實際職務。❹三秦：項羽破秦入關後，封秦降將章邯、司馬欣、董翳為王，分領秦關中故地，故關中合稱三秦，地當今陝西省一帶。❺信武君：封號。❻客：門客。❼溢（yì）：通「鎰」。金屬重量單位，二十兩為一溢。❽要：通「腰」。

平遂至修武降漢，因魏無知求見漢王，漢王召入。是時萬石君奮為漢王中涓①，受平謁②，入見平。平等七人俱進，賜食。王曰：「罷。就舍矣。」平曰：「臣為事來，所言不可以過今日③。」於是漢王與語而說之④，問曰：「子之居楚何官？」曰：「為都尉。」是日乃拜平為都尉，使為參乘⑤，典護軍⑥。諸將盡讙⑦，曰：「大王一日得楚之亡卒，未知其高下，而即與同載，反使監護軍長者！」漢王聞之，愈益幸平，遂與東伐項王。至彭城，為楚所敗。引而還，收散兵至滎陽，以平為亞將，屬於韓王信⑧，軍廣武⑨。

【注釋】❶萬石君：即石奮，因後來他全家有五人做二千石官，所以當時的人就稱他為萬石君。中涓：即涓人，負責宮廷內清潔灑掃。❷謁：名帖。❸所言不可以過今日：指有緊要事需立即說，不能等到明天。❹說：通「悅」。❺參乘：即陪乘，古時乘車，尊者坐左邊，駕車的人居中，侍衛陪護的坐在右邊。參，通「驂」。❻典護軍：典，掌管。護，監護。❼讙（huān）：通「喧」，喧嘩，起哄。❽韓王信：和齊王韓信同時，但不是一人。❾軍：駐紮。

絳侯、灌嬰等咸讒陳平曰：「平雖美丈夫，如冠玉耳，其中未必有也。臣聞平居家時，盜其嫂；事魏不容，亡歸楚；歸楚不中，又亡歸漢。今日大王尊官之，令護軍。臣聞平受諸將金，金多者得善處，金少者得惡處。平，反覆亂臣也，願王察之。」漢王疑之，召讓魏無知。無知曰：「臣所言者，能也；陛下所問者，行也。今有尾生、孝己之行而無益處於勝負之數①，陛下何暇用之乎？楚漢相距，臣進奇謀之士，顧其計誠足以利國家不耳②。且盜嫂、受金又何足疑乎？」漢王召讓平曰：「先生事魏不中，遂事楚而去，今又從吾遊，信者固多心乎？」平曰：「臣事魏王，魏王不能用臣說，故出事項王。項王不能信人，其所任愛，非諸項即妻之昆弟，雖有奇士不能用，平乃去楚。聞漢王之能用人，故歸大王。臣裸身來，不受金無以為資。誠臣計畫有可采者③，願大王用之；使無可用者，金具在④，請封輸官，得請骸骨⑤。」漢王乃謝，厚賜，拜為護軍中尉⑥，盡護諸將。諸將乃不敢復言。

【注釋】❶尾生：古代傳說中堅守信約的人。孝己：殷高宗武丁的兒子，傳說以孝順父母出名。❷不（fǒu）：通「否」。❸計畫：計謀，畫策。❹具：通「俱」，都。❺請骸骨：辭職引退。骸（hái）骨，身體的代稱。❻護軍中尉：官名，負責監督眾將功過。

其後，楚急攻，絕漢甬道①，圍漢王於滎陽城。久之，漢王患之，請割滎陽以西以和。項王不聽。漢王謂陳平曰：「天下紛紛，何時定乎？」陳平曰：「項王為人，恭敬愛人，士之廉節好禮者多歸之。至於行功爵邑，重之，士亦以此不附。今大王慢而少禮，士廉節者不來；然大王能饒人以爵邑②，士之頑鈍嗜利無恥者亦多歸漢。誠各去其兩短，襲其兩長，天下指麾則定矣③。然大王恣侮人④，不能得廉節之士，顧楚有可亂者，彼項王骨鯁之臣亞父、鍾離眛、龍且、周殷之屬⑤，不過數人耳。大王誠能出捐數萬斤金，行反間，間其君臣，以疑其心，項王為人意忌信讒，必內相誅。漢因舉兵而攻之，破楚必矣。」漢王以為然，乃出黃金四萬斤，與陳平，恣所為，不問其出入。

【注釋】❶甬道：兩旁築牆的通道，用來運輸糧草。❷饒：寬裕。這裏與上文的「重」相對，意思就是捨得給。❸麾（huī）：通「揮」。❹恣侮人：肆意侮辱人。❺亞父：即范增，項梁用為謀士，到項羽時被尊稱為亞父，即叔父。龍且（jū）：項羽的將領。

陳平既多以金縱反間於楚軍，宣言諸將鍾離眛等為項王將，功多矣，然而終不得裂地而王，欲與漢為一，以滅項氏而分王其地。項羽果意不信鍾離眛等。項王既疑之，使使至漢。漢王為太牢具①，舉進。見楚使，即詳驚曰：「吾以為亞父使，乃項王使！」復持去，更以惡草具進楚使。楚使歸，具以報項王。項王果大疑亞父。亞父欲急攻下滎陽城，項王不信，不肯聽。亞父聞項王疑之，乃怒曰：「天下事大定矣，君王自為之！願請骸骨歸！」歸未至彭城，疽發背而死②。陳平乃夜出女子二千人滎陽城東門，楚因擊之，陳平乃與漢王從城西門夜出去。遂入關，收散兵復東。

其明年，淮陰侯破齊，自立為齊王，使使言之漢王。漢王大怒而罵，陳平躡漢王③，漢王亦悟，乃厚遇齊使，使張子房卒立信為齊王。封平以戶牖鄉。用其奇計策，卒滅楚。常以護軍中尉從定燕王臧荼。

【注釋】❶太牢：古代祭祀或宴會，牛、羊、豬三牲齊備叫「太牢」，只有豬、羊的則叫「少牢」。❷疽（jū）：

毒瘡。❸躡（niè）：踩。

漢六年①，人有上書告楚王韓信反。高帝問諸將，諸將曰：「亟發兵阬豎子耳②。」高帝默然。問陳平。平固辭謝，曰：「諸將云何？」上具告之。陳平曰：「人之上書言信反，有知之者乎？」曰：「未有。」曰：「信知之乎？」曰：「不知。」陳平曰：「陛下精兵孰與楚？」上曰：「不能過。」平曰：「陛下將用兵有能過韓信者乎？」上曰：「莫及也。」平曰：「今兵不如楚精，而將不能及，而舉兵攻之，是趣之戰也，竊為陛下危之！」上曰：「為之奈何？」平曰：「古者天子巡狩③，會諸侯④。南方有雲夢，陛下弟出偽遊雲夢⑤，會諸侯於陳。陳，楚之西界，信聞天子以好出遊，其勢必無事而郊迎謁。謁而陛下因禽之⑥，此特一力士之事耳。」高帝以為然，乃發使告諸侯會陳，「吾將南遊雲夢」。上因隨以行。行未至陳，楚王信果郊迎道中。高帝豫具武士⑦，見信至，即執縛之，載後車。信呼曰：「天下已定，我固當烹！」高帝顧謂信曰：「若毋聲！而反，明矣！」武士反接之，遂會諸侯于陳，盡定楚地。還至雒陽⑧，赦信以為淮陰侯，而與功臣剖符定封⑨。

於是與平剖符，世世勿絕，為戶牖侯。平辭曰：「此非臣之功也。」上曰：「吾用先生謀計，戰勝克敵，非功而何？」平曰：「非魏無知臣安得進？」上曰：「若子可謂不背本矣。」乃復賞魏無知。其明年，以護軍中尉從攻反者韓王信於代。卒至平城⑩，為匈奴所圍，七日不得食。高帝用陳平奇計，使單于閼氏，圍以得開⑪。高帝既出，其計秘，世莫得聞。

【注釋】❶漢六年：公元前201年。❷亟：急。阬：通「坑」。❸巡狩：古代天子親往諸侯境內巡行視察，叫「巡狩」。意為巡所守也。❹會諸侯：天子所到地方，附近諸侯都來朝見述職。❺弟：通「第」，但，只管。❻禽：通「擒」。❼豫：預先。❽雒陽：即洛陽。❾剖符定封：封功臣時，把功績、封賞等鑄刻在銅鐵或竹木製的符券上，剖為兩半，朝廷和被封人各一半，作為憑信。❿卒：通「猝」，倉促。平城：在今山西大同東。⓫單于（chán yú）：匈奴君主的稱號。閼氏（yān zhī）：匈奴君主的正妻，相當於漢天子的皇后。

高帝南過曲逆①，上其城，望見其屋室甚大，曰：「壯哉縣！吾行天下，獨見洛陽與是耳。」顧問御史曰②：「曲逆戶口幾何？」對曰：「始秦時三萬餘戶，間者兵數起，多亡匿，今見五千戶。」於是乃詔御史，更以陳平為曲逆侯，盡食之③，除前所食戶牖。其後常以護軍中尉從攻陳豨及黥布④。凡六出奇計，輒益邑，凡六益封。奇計或頗秘，世莫能聞也。

【注釋】❶曲逆：古縣名，治所在今河北省順平東南。❷御史：官名，掌管圖書及戶籍、檔案等資料。❸盡食之：漢代封侯所食戶數多少不同，一縣中除所食戶外，其餘戶的賦税仍舊歸朝廷。漢高祖的功臣中，僅有陳平盡食一縣。❹常：通「嘗」，曾經。陳豨（xī）：漢將。黥布：初依附項羽，受封九江王，後反楚歸漢。

高帝從破布軍還，病創①，徐行至長安。燕王盧綰反，上使樊噲以相國將兵攻之。既行，人有短惡噲者②。高帝怒曰：「噲見吾病，乃冀我死也。」用陳平謀而召絳侯周勃受詔牀下，曰：「陳平亟馳傳載勃代噲將③，平至軍中，即斬噲頭！」二人既受詔，馳傳未至軍，行計之曰：「樊噲，帝之故人也，功多，且又乃呂后弟呂嬃之夫④，有親且貴，帝以忿怒故⑤，欲斬之，則恐後悔。寧囚而致上，上自誅之。」未至軍，為壇，以節召樊噲。噲受詔，即反接載檻車，傳詣長安⑥，而令絳侯勃代將，將兵定燕反縣。

平行聞高帝崩，平恐呂太后及呂嬃讒怒，乃馳傳先去。逢使者詔平與灌嬰屯於滎陽。平受詔，立復馳至宮，哭甚哀，因奏事喪前。呂太后哀之，曰：「君勞，出休矣。」平畏讒之就，因固請得宿衛中。太后乃以為郎中令，曰：「傅教孝惠。」是後呂嬃讒乃不得行。樊噲至，則赦復爵邑。孝惠帝六年⑦，相國曹參卒，以安國侯王陵為右丞相，陳平為左丞相。

【注釋】❶病創：因受傷而發病。❷短惡（wù）：詆毀。❸傳（zhuàn）：古時驛站裏專供傳遞公文或接送來往官員的馬車。❹弟：古時稱妹妹為女弟。呂嬃（xū）：呂后妹。❺忿：同「憤」。❻詣（yì）：往，到。❼孝惠帝六年：公元前 189 年。

王陵者，故沛人，始為縣豪①，高祖微時，兄事陵。陵少文，任氣，好直言。及高祖起沛，入至咸陽，陵亦自聚黨數千人，居南陽，不肯從沛公。及漢王之還攻項籍，陵乃以兵屬漢。項羽取陵母置軍中，陵使至，則東鄉坐陵母②，欲以招陵。陵母既私送使者，泣曰：「為老妾語陵，謹事漢王。漢王，長者也，無以老妾故，持二心。妾以死送使者。」遂伏劍而死。項王怒，烹陵母。陵卒從漢王定天下。以善雍齒，雍齒，高帝之仇，而陵本無意從高帝，以故晚封，為安國侯。安國侯既為右丞相，二歲，孝惠帝崩。高后欲立諸呂為王，問王陵，王陵曰：「不可。」問陳平，陳平曰：「可。」呂太后怒，乃詳遷陵為帝太傅③，實不用陵。陵怒，謝疾免，杜門竟不朝請，七年而卒。

【注釋】❶縣豪：縣中有勢力的大戶。❷東鄉：古代以東向的座位為尊。鄉，通「向」。❸詳：通「佯」，假裝。太傅：帝王或太子的老師。

陵之免丞相，呂太后乃徙平為右丞相，以辟陽侯審食其為左丞相。左丞相不治，常給事於中。食其亦沛人。漢王之敗彭城，西，楚取太上皇、呂后為質，食其以舍人侍呂后①。其後從破項籍為侯，幸於呂太后。及為相，居中，百官皆因決事。

【注釋】❶舍人：家人，僕人。

呂嬃常以前陳平為高帝謀執樊噲，數讒曰：「陳平為相非治事，日飲醇酒，戲婦女。」陳平聞，日益甚。呂太后聞之，私獨喜。面質呂嬃於陳平曰：「鄙語曰『兒婦人口不可用』，顧君與我何如耳，無畏呂嬃之讒也。」

呂太后立諸呂為王，陳平偽聽之。及呂太后崩，平與太尉勃合謀，卒誅諸呂，立孝文皇帝，陳平本謀也。審食其免相。

孝文帝立，以為太尉勃親以兵誅呂氏，功多；陳平欲讓勃尊位，乃謝病。孝文帝初立，怪平病，問之，平曰：「高祖時，勃功不如臣平。及誅諸呂，臣功亦不如勃。願以右丞相讓勃。」於是孝文帝乃以絳侯勃為右丞相，位次第一；平徙為左丞相，位次第二。賜平金千斤，益封三千戶。

居頃之，孝文皇帝既益明習國家事，朝而問右丞相勃曰：「天下一歲決獄幾何？」勃謝曰：「不知。」問：「天下一歲錢穀出入幾何？」勃又謝：「不知。」汗出沾背，愧不能對。於是上亦問左丞相平。平曰：「有主者。」上曰：「主者謂誰？」平曰：「陛下即問決獄，責廷尉①；問錢穀，責治粟內史②。」上曰：「苟各有主者，而君所主者何事也？」平謝曰：「主臣！陛下不知其駑下③，使待罪宰相④。宰相者，上佐天子理陰陽，順四時，下育萬物之宜，外鎮撫四夷諸侯，內親附百姓，使卿大夫各得任其職焉。」孝文帝乃稱善。右丞相大慚，出而讓陳平曰：「君獨不素教我對！」陳平笑曰：「君居其位，不知其任邪？且陛下即問長安中盜賊數，君欲強對邪？」於是絳侯自知其能不如平遠矣。居頃之，絳侯謝病請免相，陳平專為一丞相。

【注釋】❶廷尉：掌管刑獄的最高長官。❷治粟內史：掌管租稅、錢糧等國家財政收支的官員。❸駑（nú）下：低能，笨拙，自謙的說法。駑，劣馬。❹待罪：供職的謙詞。

孝文帝二年①，丞相陳平卒，謚為獻侯②。子共侯買代侯。二年卒，子簡侯恢代侯。二十三年卒，子何代侯。二十三年，何坐略人妻③，棄市④，國除。始陳平曰：「我多陰謀⑤，是道家之所禁。吾世即廢，亦已矣，終不能復起，以吾多陰禍也。」然其後曾孫陳掌以衛氏親貴戚，願得續封陳氏，然終不得。

太史公曰：陳丞相平少時，本好黃帝、老子之術⑥。方其割肉俎上之時⑦，其意固已遠矣！傾側擾攘楚、魏之間⑧，卒歸高帝。常出奇計，救糾紛之難，振國家之患。及呂后時，事多故矣，然平竟自脫，定宗廟，以榮名終，稱賢相，豈不善始善終哉！非知謀孰能當此者乎⑨？

【注釋】❶孝文帝二年：公元前178年。❷謚：古代帝王、貴族、大臣、士大夫死後，依其生前事蹟給予的稱號。始於周，秦廢，漢復。❸略：同「掠」。❹棄市：在街上當眾處死。❺陰謀：詭秘的計謀。❻黃帝、老子之術：即道家學説。❼俎（zǔ）：切肉的砧板。❽傾側擾攘：彷徨不定的樣子。❾知：通「智」。

【翻譯】

丞相陳平，是陽武縣戶牖鄉人。他年輕時家裏貧困，但喜歡讀書，有田三十畝，只和大哥陳伯住在一塊。陳伯長期在家種田，而任憑陳平出外遊學。陳平生得魁梧俊美。有人對陳平説：「你家裏這樣窮，吃了甚麼長得這麼肥胖？」陳平的嫂嫂嫌他不顧家，不從事生產，就説：「也不過就是吃糠屑罷了。有這麼個小叔子，還不如沒有。」陳伯聽到這番話，就把他的妻子趕出家門了。

等到陳平長大該成家的時候，有錢人家不肯把女兒嫁給他，而貧窮人家的女兒陳平又瞧不起。過了好久，戶牖鄉有個叫張負的富戶，他的孫女嫁了五次，每次出嫁，丈夫不久就死去，再也沒有人敢娶她了。而陳平卻想娶她。有一次，鄉鎮上有人辦喪事，陳平因為家貧，就去幫忙料理，他自始至終盡力相助。張負在喪家見到陳平，很看重他，而陳平也因此有意後走。張負跟隨陳平到他家裏，他的家在背靠城牆的窮巷子裏，用破蓆子遮門，不過，門前卻有不少有聲望的人來往的車輪印跡。張負回去後，對兒子張仲說道：「我想把孫女嫁給陳平。」張仲問道：「陳平既貧窮又不做事，整個縣城裏的人都嘲笑他的所作所為，為甚麼還偏要把女兒嫁給他呢？」張負反問道：「難道有像陳平這樣儀表堂堂的人一輩子貧賤的嗎？」終究還是把孫女嫁給了陳平。因為陳平貧窮，張負就借錢給他行聘，又給一些辦酒席的錢用來娶妻完婚。張負這樣告誡孫女道：「不要因為窮，就待人家不恭謹。侍奉哥哥陳伯要像侍奉父親一樣，侍奉嫂嫂像侍奉母親一樣。」陳平娶了張家的女兒後，家產財物日益寬裕，交遊也就更加廣泛了。

里中社祭，陳平任社宰，主持分配祭肉，分得很公平。父老們都說：「陳平這孩子做社宰，做得好！」陳平說道：「唉，要是讓我陳平主宰天下，也就會像分這祭肉一樣囉！」

陳涉起義而在陳縣稱王，派周市平定了魏地，立魏咎為魏王，和秦軍在臨濟交戰。在這以前陳平已辭別了哥哥陳伯，和一幫年輕人一道到臨濟投奔了魏王咎。魏王任命他當太僕。他對魏王提建議而魏王不予採納，加之又有人在魏王面前說他的壞話，陳平離開了魏王。

過了許久，項羽率兵攻打到黃河邊上，陳平就去投奔他，跟着入關擊破秦軍，項羽以爵卿獎賜陳平。項羽到東邊在彭城稱王時，漢王劉邦回師平定了三秦而東進，殷王司馬卬背叛楚。於是項羽封陳平為信武君，率領魏王咎在楚的舊部前去攻打，降服了殷王而凱旋歸來。項王派項悍任命陳平為都尉，賞給他黃金二十鎰。過了不久，漢王又攻下了殷地。項王大怒，準備誅殺那些原來去平定殷的將領和官吏。陳平怕被殺害，就把項王封賞給他的黃金和將印包好，派人送還項王，而自己則隻身帶着寶劍悄悄逃走了。渡黃河時，船夫見他這麼個儀表堂堂的美男子單身獨行，懷疑他是個逃亡的將領，腰間一定帶有金玉寶器，就盯着他，想殺陳平。陳平心中恐懼，就脫了衣服光着上身幫着划船，船夫於是知道他沒有甚麼財物，也就放棄了謀害陳平的想法。

陳平於是到修武投降漢軍，通過魏無知求見漢王，漢王召見了他。這時萬石君石奮擔任漢王的中涓，他接受了陳平的名帖，帶他進去受漢王接見。陳平等七人一道進見，漢王賞賜了飲食。漢王對他們說：「吃了飯，就到客舍裏去休息吧。」陳平道：「我是有要事而來，要說的話不能等到明天。」於是漢王就和他交談起來，聽了他所說的很高興，問道：「你在楚做甚麼官？」陳平答道：「做都尉。」漢王當天就任命他為都尉，讓他陪乘，並主管監督全體將領。將領們大嘩，紛紛議論道：「大王剛得到楚國一個逃兵，還不知道他的本領高低，就和他出入同車，反讓他來監督我們這些將領！」漢王聽了這些議論，更加親近陳平，於是讓陳平一起向東攻打項王。到達彭城，被楚軍打敗。領兵撤退，一路收集被打散的士兵退到滎陽，任命陳平為副將，隸屬於韓王信，駐軍於廣武。

絳侯、灌嬰等人都在漢王面前攻擊陳平道：「陳平雖然相貌堂堂，就像帽子上裝飾了珠玉罷了，帽中並沒有甚麼。我們聽說陳平住在家裏時，和嫂嫂私通；投奔魏王，人家不能容他，逃亡歸附了楚；在楚不能得意，又跑來投漢。現在大王這樣尊寵他，給他高官，讓他監督諸將。可我們又聽說他收受諸將的賄賂，賄賂多的就得到了好處，而賄賂少的就得不到好處。陳平是個反復無常的亂臣，還望大王明察他的行為！」漢王於是懷疑陳平，把魏無知召來責問。魏無知道：「我向你推薦陳平的，是才能；陛下責問的，是品行。如今即使有尾生、孝己那樣好的品行，而對戰爭的勝負卻沒有用處，陛下又哪裏顧得上用他們呢？現在楚漢相持不下，我推薦足智多謀的人，只是考慮他們的謀略是不是有利於爭奪天下而已。至於與嫂嫂私通、接受賄賂，又有甚麼值得懷疑的呢？」漢王又找陳平來責問：「先生事奉魏王不得意，才去投奔楚，可也中途跑了，如今又追隨我，有信用的人難道是這樣三心二意的嗎？」陳平答道：「我事奉魏王，魏王不能採納我的意見，所以就離開魏王去事奉項王。項王對人不信任，他所信任寵愛的，不是項氏宗族就是妻家的兄弟，即便有奇才大略的人也不能任用，我才離開了楚。聽說漢王你能夠用人，所以來投奔你，我空手而來，不接受饋贈就沒有資財用度。倘若我的計策有可以採用的，就希望大王採用；假如毫無可取之處，錢財都還在，願請封查繳公，只是請大王允許我辭職回家。」漢王於是表示歉意，並給以豐厚的賞賜，任命他為護軍中尉，監護所有將領。將領們也就不敢再說甚麼了。

後來，楚加緊進攻，斷絕漢運輸糧草的甬道，把漢王包圍在滎陽城。日子一久，漢王憂慮起來，提出割讓滎陽以西的地方和楚講和。項王不同意。漢王問陳平道：「天下動亂，甚麼時候才能安定下來呢？」陳平説道：「項王為人是待人恭敬親熱，那些廉節好禮的士人大多歸附他。而至於論功行賞，封官爵、授食邑時，他卻很吝惜，士人也就因此而不能完全歸附他。而現在大王卻傲慢而不大講禮貌，那些注重廉節、禮儀的士人就不願來；但是大王你能慷慨大方地把爵位和食邑封賞給有功的人，那些圓滑而沒有氣節的貪利無恥之徒也就大都來歸附你了。項王和你如能各人克服雙方的缺點，發揚雙方的長處，那麼天下在揮手之間就可平定了。然而大王你肆意侮辱人，不能得到廉節之士。

不過楚存在可能導致混亂的因素，那項王手下像范增、鍾離眛、龍且、周殷那樣剛正不阿、忠心耿耿的人，也不過就是幾個人罷了。你若是能拿出幾萬斤黃金來，用反間計去離間項羽君臣，引起他們互相猜疑，項王為人喜歡猜疑別人，聽信讒言，這樣他們就必定會內部互相殘殺。到時漢乘機發兵進攻它，楚敗就是必定無疑的了。」漢王認為有道理，就拿出四萬斤黃金給陳平，聽任他支配，不過問他的收支。

陳平已用大量黃金在楚軍中進行了離間，在楚軍中散佈說，鍾離眛等作為項羽的將領，功勞很多了，但始終得不到裂土封王的賞賜，於是圖謀和漢聯合起來，滅掉項羽，瓜分楚國的土地，各自為王。項羽果然心生猜忌，不再信任鍾離眛等人。項羽既已懷疑他們，就派使者到漢王那裏去。漢王備辦豐盛的酒菜，端了進去。見到楚國使者，就假裝驚訝地說：「我還以為是亞父的使者呢，原來是項王的使者啊！」便把酒菜撤出去，換上粗劣的飯菜招待楚使者。楚使者回去後，原原本本地都報告了項羽，項羽果然對范增大加懷疑。范增想趕快攻下滎陽城，項王因為不信任他，不願聽從他的意見。范增聽說項羽懷疑自己，就生氣地說：「天下之事大局已定了，你好自為之吧！請允許我辭職回鄉！」他回去還沒走到彭城，背上毒瘡發作而死。陳平於是在夜間派兩千名婦女出滎陽城東門，楚軍因而在東門出擊，他即和漢王乘機從西門連夜逃走，於是進入關中，收集敗散的士兵再向東進軍。

第二年，淮陰侯韓信攻破齊國，自立為齊王，派使者報告漢王。漢王大怒而罵，陳平暗地裏踩了踩漢王的腳。漢王也明白過來了，於是很優厚地款待了齊的使者，並隨即派張良去冊封韓信為齊王。把戶牖鄉封給了陳平。漢王採用陳平的奇謀妙計，終於滅了楚。後來陳平還曾以護軍中尉的身份跟從劉邦平定了反叛的燕王臧荼。

漢六年，有人上書告發楚王韓信謀反。高帝劉邦問諸將。諸將都說：「迅速派軍隊去活埋這小子。」高帝不吭聲。後來又問陳平，陳平再三推辭不過，問道：「將領們怎麼說？」高帝把將領們的主張都告訴了他。陳平又問：「那人上書告發韓信謀反，有人知道這件事嗎？」高帝說：「沒有。」陳平又問：「韓信本人知道嗎？」高帝回答說：「不知道。」陳平繼續問道：「你的軍隊和楚相比，誰的精銳？」高帝答：「沒楚軍強。」陳平又問：「那麼你的將領在用兵上有超過韓信的嗎？」高帝又答：「都比不上。」陳平於是說：「現在兵力沒有楚軍精銳，將領又都比不上韓信，而要派兵去攻打，這會促使韓信發兵反抗，我真替陛下擔心。」高帝問道：「那怎麼辦呢？」陳平說：「古代天子巡狩，會見諸侯。南方有個雲夢澤，陛下只要假裝出遊雲夢，在陳地會見諸侯。陳地在楚國的西部邊界，韓信聽說天子因交好諸侯而出遊，這種情勢下必然不會有意外，因而出郊迎接進見。到他拜見時，陛下乘機把他抓起來，這就只不過是一個力士的事情罷了。」高帝認為這辦法好；於是派人去通知諸侯到陳地聚會，說「我將要南遊雲夢」。高帝隨即動身出發。還沒到陳地，楚王韓信果然到郊外大路上來迎接了。高帝預先安排了武士，見韓信一到，立即把他捆綁起來，載入隨從的車子。韓信大聲叫道：「現在天下已經平定了，我本該被烹殺！」高帝回頭對韓信説道：「你不要喊叫，你謀反已經是明擺着的事！」武士把韓信的雙手反綁起來，於是高帝在陳地會見了諸侯，全部平定了楚地。回到洛陽，赦免了韓信，貶封為淮陰侯，又與功臣剖分符券，確定封賞。

因此高帝也就和陳平剖符，封他世代為戶牖侯。陳平推卻道：「這可不是我的功勞呀！」高帝問道：「我用了你的計謀，克敵制勝，不是功勞是甚麼？」陳平答道：「要不是魏無知，我哪裏能得以進用呢？」高帝説道：「像你這樣可算是不忘本了。」於是又賞了魏無知。第二年，陳平又作為護軍中尉跟隨漢高帝劉邦去代地攻打反叛的韓王信。匆匆忙忙到達平城，被匈奴包圍，斷糧達七天。劉邦採用了陳平的奇計，派人到單于的閼氏那裏去活動，才得以解圍。高帝解圍後，陳平的計謀秘而不宣，世人都不知道它的內容。

劉邦回軍經南路過曲逆縣，登上城牆，望見縣城裏房屋高大，讚歎道：「多雄壯的縣呀！我走遍天下，唯獨看見洛陽與這裏最宏偉。」回頭問御史道：「曲逆縣的戶口有多少？」御史答道：「原來秦朝時有三萬來戶，近年來連年戰亂，大部分人流亡避難去了，目前現存五千戶。」於是劉邦詔令御史，改封陳平為曲逆侯，享有全縣的賦稅，收回從前所封的戶牖鄉。

此後陳平還曾作為護軍中尉跟隨高帝劉邦攻打反叛的陳豨及黥布。前後共出過六次奇計，每次都增加了封邑。有些奇計非常秘密，世人都無法知道。

劉邦率軍平定了黥布的叛亂回師，因受傷發病，慢慢地回到長安。燕王盧綰起兵反叛，高帝就派樊噲以相國的身份率兵前去討伐。發兵後，有人在高帝面前說樊噲的壞話，高帝大怒道：「樊噲見我病了，就希望我死呀！」因而採用陳平的計謀把絳侯周勃召到牀前口授詔令，說道：「陳平你趕快用傳車送周勃去接替樊噲統率軍隊，到了軍中立即把樊噲斬首！」兩人接受了詔令就乘車出發，還沒有到達軍中，在路上商量道：「樊噲是高帝的故交，功勞很多，而且又是呂后的妹妹呂嬃的丈夫，既親又貴，高帝因為一時的憤怒而要殺了他，恐怕將來會後悔。我們寧可把他囚禁起來送交皇上，讓皇上自己去殺他。」沒有進軍營，築了個壇台，以符節去召樊噲。樊噲來接受詔令，就把他反綁起來關進囚車，傳遞送至長安，讓絳侯周勃代替樊噲統率軍隊，率兵去平定燕國反叛的各縣。

陳平在歸途中聽說高帝去世了，擔心呂嬃進讒言而使呂后發怒，就自己乘傳車急速先回。路上遇到朝廷的使者詔令陳平和灌嬰屯兵於滎陽。陳平接受了詔令，立刻又乘傳車趕到宮中，在高帝靈前哭得很哀傷，並乘機把處理樊噲的事在靈堂裏向呂后奏明。呂后哀憐他道：「你辛苦了，出去歇息吧！」陳平怕呂嬃進讒，一再請求留在宮中擔任守衛。呂后就任命他為郎中令，並對他說：「請你幫助輔導皇帝。」此後，呂嬃進讒言便不能得逞。樊噲被送到長安，立即就被赦免，恢復了原來的爵位和封地。

孝惠帝六年，相國曹參去世，任命安國侯王陵為右丞相，陳平為左丞相。

王陵，原來是沛縣人，本是縣中的大戶，劉邦還是平民的時候，把王陵作哥哥看待。王陵為人質樸，好感情用事，喜歡說直話。等到劉邦從沛縣起兵，進到咸陽，王陵也自行聚集徒眾數千人，屯駐南陽，不願跟隨沛公。待到漢王回師攻打項羽，王陵才帶兵歸屬到漢軍。項羽把王陵的母親弄來安置在軍中，王陵的使者來，就讓王陵的母親坐在向東的尊位上，想藉以招附王陵。王陵的母親在會見過後私下送別使者，哭告說：「替我告訴王陵，小心地事奉漢王。漢王是個長者，不要因為我這老婆子的緣故，懷別的心思。我用死來送你。」於是用劍自殺而死。項王大怒，烹煮王陵的母親。王陵終於跟隨漢王平定天下。因為和雍齒交好，雍齒，是高帝的仇人，加上王陵本來不打算追隨劉邦，因而遲封，封為安國侯。

王陵擔任右丞相兩年後，孝惠帝去世。呂太后想要立自己的兄弟子姪為王，問王陵，王陵說：「不可。」問陳平，陳平道：「可以。」呂太后發怒，因而假裝升遷王陵為皇帝的太傅，實際上不重用他。王陵很生氣，稱病辭職，在家閉門不出，也不進宮朝見請安，七年後去世。

王陵被免去右丞相職務後，呂太后就讓陳平接替，任命辟陽侯審食其為左丞相。左丞相不設官署，經常在宮中處理事情。

審食其也是沛人。漢王在彭城失敗，向西撤退，楚軍抓到劉邦的父親、妻子作為人質，審食其作為舍人侍奉呂后。他後來跟隨劉邦打敗項羽而被封侯，受到呂太后寵愛。到擔任丞相，住在宮中，全體官員都通過他決定事情。

呂嬃因陳平從前曾為高帝出過主意逮捕樊噲，多次在呂太后面前進讒言：「陳平身為丞相而不管事，天天飲美酒，玩女人。」陳平聽說後，就更加放肆尋歡作樂。呂太后知道了，心中暗暗高興。當着呂嬃的面對陳平說：「俗話說，『小孩女人的話不能聽』，只看你對我怎樣了。不要擔心呂嬃說你的壞話。」

呂太后立自己的兄弟子姪為王，陳平假裝聽從。等到呂太后一死，陳平就與太尉周勃合謀，終於殺了呂氏諸王，擁立孝文皇帝，這就是陳平本來的謀略。審食其被免除了丞相職務。

孝文帝即位後，認為太尉周勃親自率兵誅殺了呂黨，功勞大；陳平想讓周勃居最高的職位，於是稱病不上朝。文帝剛即位，對陳平的稱病感到奇怪，於是問他。陳平答道：「高帝時，周勃的功勞不如我陳平，這次誅滅呂氏，則我的功勞也比不上他。我願把右丞相的職位讓給他。」於是文帝就讓周勃擔任右丞相，位居第一；改任陳平為左丞相，位居第二。賜給陳平黃金一千斤，加封食邑三千戶。

過不多久，文帝更加了解和熟悉國家大事了，上朝時問右丞相周勃：「全國一年判決多少案件？」周勃抱歉地說：「不知道。」文帝又問：「全國一年錢糧收支有多少？」周勃又答不出，急得汗流浹背，慚愧自己答不上來。於是文帝再問左丞相陳平。陳平答道：「有主管的人。」文帝又問：「主管的人是誰？」陳平即說：「陛下如果要了解判決案件的情況，可以詢問廷尉；要知道錢糧情況，那就問治粟內史。」文帝又問道：「既然各有主管的人，那麼你所主管的是甚麼事呢？」陳平答道：「管理羣臣百官！陛下不以為我們能力低下，而讓我們擔任宰相。宰相嘛，就是對上輔佐皇帝調理陰陽，順應四時，對下保證萬物適時生長，對外鎮撫四夷和諸侯，對內親百姓附萬民，使公卿大夫各盡其職。」文帝這才滿意了。周勃深感慚愧，出來即埋怨陳平道：「你平常怎麼不告訴我如何回答！」陳平笑道：「你身為宰相，難道還不知道宰相的職責嗎？況且皇上要是問長安城中的盜賊數，你也想勉強回答嗎？」於是周勃知道自己的能力比陳平要差得遠了。過了不久，周勃就託病請求免了他的丞相職務，陳平一個人單獨任丞相。

孝文帝二年，丞相陳平去世，謚為獻侯。他的兒子共侯陳買繼承侯位。兩年後陳買去世，他的兒子簡侯陳恢繼承侯位。二十三年後陳恢去世，侯位由兒子陳何繼承。又過了二十三年，陳何因強奪別人的妻子，被處死刑，廢除了封國。

當初陳平曾說：「我這個人常搞陰謀，這是道家所禁忌的。我這一代就被廢除，也就完了，以後再也不會復興，原因就在於我積下的陰禍太多。」後來陳平的曾孫陳掌是大將軍衛青的女婿，為貴戚，想承襲陳氏原來的封號，終究還是沒有得到。

太史公說：陳平丞相年輕時，本來喜歡黃老之術。還在他分配祭肉的時候，他的志向就已經很遠大了。依違於混亂的楚魏之間，終於歸附了高帝。曾多次出奇謀妙計，解救了糾紛複雜的危難，排除了國家的災禍。到呂太后時，變故很多，但他最終還是能自免於禍，穩定漢政權，安享榮華終生，被稱為賢相，這難道不是善始善終嗎！若非足智多謀誰能做到這樣！

孫子吳起列傳

本篇記述了中國古代三位傑出的軍事家孫武、孫臏及吳起的生平事蹟。在司馬遷的時代，這三位軍事家的著作廣為流傳，因此本篇的重點不在闡釋他們的軍事思想和軍事理論，而在於表彰他們實際的軍事指揮才能。孫武年代最早，作者主要描述了他如何替吳王訓練女兵的軼事，以顯示他善於帶兵打仗。孫臏是孫武的後人，作者主要記載了三件事，一是運用心計幫助齊將田忌賽馬打賭而取勝；二是圍魏救趙，深入敵方大本營，使敵人在前線的圍攻不攻自破；三是利用減灶的辦法，造成對方的錯覺，誘敵深入，最後以伏兵一舉殲滅敵人，使得那位嫉賢妒能的同學龐涓不得不自殺。本篇記吳起的篇幅最長，因為吳起不僅是一位傑出的軍事家，也是一位傑出的政治家。他對魏國和楚國的軍事、政治的發展作出了顯著的貢獻。在具體的軍事才能方面作者側重描寫了吳起與士兵同甘共苦的精神。

以《孫子兵法》為代表的中國古代軍事藝術，為後人提供了豐富的思想營養，它已成為世界文化史上的一份重要遺產。讀完本篇，有助於我們理解這一意義。

孫子武者①，齊人也。以兵法見於吳王闔廬②。闔廬曰：「子之十三篇③，吾盡觀之矣，可以小試勒兵乎？」對曰：「可。」闔廬曰：「可試以婦人乎？」曰：「可。」於是許之，出宮中美女，得百八十人。孫子分為二隊，以王之寵姬二人各為隊長，皆令持戟。令之曰：「汝知而心與左右手背乎④？」婦人曰：「知之。」孫子曰：「前，則視心；左，視左手；右，視右手；後，即視背。」婦人曰：「諾。」約束既布，乃設鈇鉞⑤，即三令五申之。於是鼓之右，婦人大笑。孫子曰：「約束不明，申令不熟，將之罪也。」復三令五申而鼓之左，婦人復大笑。孫子曰：「約束不明，申令不熟，將之罪也；既已明而不如法者，吏士之罪也。」乃欲斬左右隊長。吳王從台上觀，見且斬愛姬，大駭。趣使使下令曰⑥：「寡人已知將軍能用兵矣。寡人非此二姬，食不甘味，願勿斬也。」孫子曰：「臣既已受命為將，將在軍，君命有所不受。」遂斬隊長二人以徇。用其次為隊長，於是復鼓之。婦人左右前後跪起皆中規矩繩墨⑦，無敢出聲。於是孫子使使報王曰：「兵既整齊，王可試下觀之，唯王所欲用之，雖赴水火猶可也。」吳王曰：「將軍甘休就舍，寡人不願下觀。」孫子曰：「王徒好其言，不能用其實。」於是闔廬知孫子能用兵，卒以為將。西破強楚，入郢⑧，北威齊晉，顯名諸侯，孫子與有力焉。

【注釋】❶孫子武：姓孫名武。子是古代對人的尊稱。❷闔廬：春秋末期的吳國國君。❸十三篇：即《孫子兵法》十三篇。❹而：同「汝」，即今「你」字。❺鈇鉞（fū yuè）：大斧，軍中行刑的工具。❻趣（cù）：同「促」。即「急」義。❼規矩繩墨：本為匠人的工具，這裏借指規章。❽入郢：事在公元前506年。郢是楚國都城，在今湖北江陵東南。

孫武既死，後百餘歲有孫臏①，臏生阿鄄之間②，臏亦孫武之後世子孫也。孫臏嘗與龐涓俱學兵法。龐涓既事魏③，得為惠王將軍，而自以為能不及孫臏，乃陰使召孫臏。臏至，龐涓恐其賢於己，疾之，則以法刑斷其兩足而黥之，欲隱勿見。

齊使者如梁④，孫臏以刑徒陰見，說齊使。齊使以為奇，竊載與之齊。齊將田忌善而客待之。忌數與齊諸公子馳逐重射⑤。孫子見其馬足不甚相遠，馬有上、中、下輩。於是孫子謂田忌曰：「君弟重射⑥，臣能令君勝。」田忌信然之，與王及諸公子逐射千金。及臨質⑦，孫子曰：「今以君之下駟與彼上駟，取君上駟與彼中駟，取君中駟與彼下駟。」既馳三輩畢，而田忌一不勝而再勝，卒得王千金。於是忌進孫子於威王。威王問兵法，遂以為師。

【注釋】❶孫臏：繼孫武後出現的另一名軍事家。因受臏刑，故名孫臏。❷阿鄄（wō juàn）：齊封邑，一是今山東省陽谷縣的阿城鎮，一是今山東省的鄄城縣。❸龐涓：戰國時魏國大將，曾與孫臏同向鬼谷子學兵法，魏惠王時任將軍。❹梁：即指魏。因當時魏國建都大梁（今河南開封），所以，人們也把魏國稱為梁國。❺重射（shí）：很大的賭注。馳逐重射，就是下大賭注比賽駕馬。❻弟重射：儘管下大賭注。弟，但。❼臨質：臨場比賽。質，對抗，爭衡。

其後魏伐趙，趙急，請救於齊。齊威王欲將孫臏，臏辭謝曰：「刑餘之人不可。」於是乃以田忌為將，而孫子為師，居輜車中①，坐為計謀。田忌欲引兵之趙，孫子曰：「夫解雜亂紛糾者不控捲②，救鬥者不搏撠③，批亢搗虛④，形格勢禁⑤，則自為解耳。今梁趙相攻，輕兵銳卒必竭於外，老弱罷於內。君不若引兵疾走大梁，據其街路⑥，衝其方虛，彼必釋趙而自救。是我一舉解趙之圍而收弊於魏也⑦。」田忌從之，魏果去邯鄲，與齊戰於桂陵⑧，大破梁軍。

【注釋】❶輜（zī）車：有篷蓋的車。❷夫解雜亂紛糾者不控捲：指要解開亂絲亂麻之類的疙瘩不能亂抓亂扯。控，拉。❸撠：同「擊」。❹批亢（gāng）搗虛：攻擊對方的要害，直搗對方的空虛之地。批，打擊。亢，喉嚨。搗，衝擊。❺形格勢禁：制止鬥毆應該用怒顏或者權力。形，容色。格，阻。勢，權力。❻據其街路：佔領他們的交通要道。❼收弊於魏：收到魏軍疲憊的效果。❽桂陵：魏地。在今山東省菏澤東北。

後十三歲，魏與趙攻韓，韓告急於齊。齊使田忌將而往，直走大梁。魏將龐涓聞之，去韓而歸，齊軍既已過而西矣。孫子謂田忌曰：「彼三晉之兵素悍勇而輕齊①，齊號為怯，善戰者因其勢而利導之。兵法，百里而趣利者蹶上將②，五十里而趣利者軍半至。使齊軍入魏地為十萬灶，明日為五萬灶，又明日為三萬灶。」龐涓行三日，大喜，曰：「我固知齊軍怯，入吾地三日，士卒亡者過半矣。」乃棄其步軍，與其輕銳倍日并行逐之。孫子度其行，暮當至馬陵③。馬陵道狹，而旁多阻隘，可伏兵，乃斫大樹白而書之曰：「龐涓死于此樹之下。」於是令齊軍善射者萬弩，夾道而伏，期曰：「暮見火舉而俱發。」龐涓果夜至斫木下，見白書，乃鑽火燭之④。讀其書未畢，齊軍萬弩俱發，魏軍大亂相失。龐涓自知智窮兵敗，乃自剄，曰：「遂成豎子之名⑤！」齊因乘勝盡破其軍，虜魏太子申以歸。孫臏以此名顯天下，世傳其兵法⑥。

【注釋】❶三晉：本泛指韓、趙、魏，這裏側重指魏軍。❷趣（qù）：趨向，追逐。蹶（jué）：跌倒，挫折。❸馬陵：魏地，在今河北省大名東南。❹鑽火燭之：即鑽木取火來照看樹上的字。燭，照亮。❺豎子：小子，對人的蔑稱。❻世傳其兵法：即《孫臏兵法》。1972年4月在山東臨沂銀雀山一號漢墓中出土了《孫子兵法》的竹簡；另還有一批竹簡，字數有一萬一千餘字，經考證就是失傳已久的《孫臏兵法》。

吳起者，衛人也①，好用兵。嘗學於曾子②，事魯君。齊人攻魯，魯欲將吳起，吳起取齊女為妻，而魯疑之。吳起於是欲就名，遂殺其妻，以明不與齊也。魯卒以為將。將而攻齊，大破之。

魯人或惡吳起曰：「起之為人，猜忍人也。其少時，家累千金，遊仕不遂，遂破其家。鄉黨笑之，吳起殺其謗己者三十餘人，而東出衛郭門。與其母訣，齧臂而盟曰③：『起不為卿相，不復入衛。』遂事曾子。居頃之，其母死，起終不歸。曾子薄之，而與起絕。起乃之魯，學兵法以事魯君。魯君疑之，起殺妻以求將。夫魯小國，而有戰勝之名，則諸侯圖魯矣。且魯衛兄弟之國也，而君用起，則是棄衛④。」魯君疑之，謝吳起。

【注釋】❶衛：西周初年建立的諸侯國，戰國時為魏的附庸。❷曾子：名參，魯人，孔子門下的弟子。❸齧臂：古人發誓時所做出的一種姿態。❹棄衛：因吳起殺衛之謗己者，在衛國有罪。因此魯君用他，則有損於衛國。

吳起於是聞魏文侯賢①，欲事之。文侯問李克曰：「吳起何如人哉？」李克曰：「起貪而好色②，然用兵司馬穰苴不能過也③。」於是魏文侯以為將，擊秦，拔五城。起之為將，與士卒最下者同衣食。臥不設席，行不騎乘，親裹贏糧，與士卒分勞苦。

卒有病疽者，起為吮之。卒母聞而哭之。人曰：「子卒也，而將軍自吮其疽，何哭為？」母曰：「非然也。往年吳公吮其父，其父戰不旋踵，遂死於敵。吳公今又吮其子，妾不知其死所矣。是以哭之。」

文侯以吳起善用兵，廉平，盡能得士心，乃以為西河守④，以拒秦、韓。

【注釋】❶魏文侯：即魏開國之君魏斯。❷貪：貪於榮名。指吳起破產求仕、殺妻求將之事。❸司馬穰苴（ráng jū）：春秋時齊國大夫，姓田，官司馬，深通兵法。❹西河守：西河相當於今陝西渭南地區一帶，在黃河以西。守為當時守土治民的官員。

魏文侯既卒，起事其子武侯①。武侯浮西河而下②，中流，顧而謂吳起曰：「美哉乎山河之固，此魏國之寶也！」起對曰：「在德不在險。昔三苗氏左洞庭③，右彭蠡④，德義不修，禹滅之。夏桀之居，左河濟⑤，右泰華⑥，伊闕在其南⑦，羊腸在其北⑧，修政不仁，湯放之。殷紂之國，左孟門⑨，右太行⑩，常山在其北⑪，大河經其南⑫，修政不德，武王殺之。由此觀之，在德不在險。若君不修德，舟中之人盡為敵國也。」武侯曰：「善。」

吳起為西河守，甚有聲名。魏置相，相田文。吳起不悅，謂田文曰：「請與子論功，可乎？」田文曰：「可。」起曰：「將三軍，使士卒樂死，敵國不敢謀，子孰與起？」文曰：「不如子。」起曰：「治百官，親萬民，實府庫，子孰與起？」文曰：「不如子。」起曰：「守西河而秦兵不敢東鄉⑬，韓趙賓從，子孰與起？」文曰：「不如子。」起曰：「此三者，子皆出吾下，而位加吾上，何也？」文曰：「主少國疑，大臣未附，百姓不信，方是之時，屬之於子乎？屬之於我乎？」起默然良久，曰：「屬之子矣。」文曰：「此乃吾所以居子之上也。」吳起乃自知弗如田文。

【注釋】❶武侯：名擊。❷西河：這裏指今山西、陝西一帶的黃河。❸三苗氏：即有苗氏，舜時南方的部落。洞庭：洞庭湖。❹彭蠡：即鄱陽湖。❺河濟：黃河、濟水。❻泰華：泰山、華山。❼伊闕：山名，又名龍門山，今河南省洛陽市西南。❽羊腸：羊腸阪，在今山西省沁縣北。❾孟門：山名，在今山西省吉縣西。❿太行：山名，在今河南沁陽縣北。⓫常山：恒山。⓬大河：黃河。⓭鄉：同「向」。

田文既死，公叔為相，尚魏公主①，而害吳起。公叔之僕曰：「起易去也。」公叔曰：「奈何？」其僕曰：「吳起為人節廉而自喜名也。君因先與武侯言曰：『夫吳起賢人也，而侯之國小，又與強秦壤界，臣竊恐起之無留心也。』武侯即曰：『奈何？』君因謂武侯曰：『試延以公主，起有留心則必受之，無留心則必辭矣。以此卜之。』君因召吳起而與歸，即令公主怒而輕君。吳起見公主之賤君也，則必辭。」於是吳起見公主之賤魏相，果辭魏武侯。武侯疑之而弗信也。吳起懼得罪，遂去，即之楚。

楚悼王素聞起賢②，至則相楚。明法審令③，捐不急之官④，廢公族疏遠者，以撫養戰鬥之士。要在強兵，破馳說之言從橫者。於是南平百越；北并陳蔡，卻三晉；西伐秦。諸侯患楚之強。故楚之貴戚盡欲害吳起。及悼王死，宗室大臣作亂而攻吳起，吳起走之王尸而伏之。擊起之徒因射刺吳起，并中悼王。悼王既葬，太子立⑤，乃使令尹盡誅射吳起而并中王尸者，坐射起而夷宗死者七十餘家。

【注釋】❶尚：古時臣娶君女叫「尚」。❷悼王：名疑。❸審令：即令出必行。審，信也。❹捐不急之官：裁掉無用的官員。捐，撤除。❺太子：名臧，即楚肅王。

太史公曰：世俗所稱師旅，皆道《孫子》十三篇、吳起《兵法》，世多有，故弗論，論其行事所施設者。語曰：「能行之者未必能言，能言之者未必能行。」孫子籌策龐涓明矣，然不能蚤救患於被刑。吳起說武侯以形勢不如德，然行之於楚，以刻暴少恩亡其軀。悲夫！

【翻譯】

孫武是齊國人。因為精通兵法受到吳王闔廬的接見。闔廬說：「你的《兵法》十三篇，我都看過了，可以試着用來小規模地操練一下士兵嗎？」孫武回答：「可以。」闔廬又問：「可以試着用來操練一下婦女嗎？」孫武回答：「可以。」於是吳王同意了，集合王宮裏的美女，共計一百八十人。孫子將她們分為二隊，用吳王的兩名寵妾為各隊的隊長，命令婦女們都拿着戰戟，並問她們：「你們知道自己的心口、左右手和後背嗎？」婦女們回答：「知道這些。」孫子又交代：「向前，則朝着心口的方向；向左，則朝着左手的方向；向右，則朝着右手的方向；向後，則朝着後背的方向。」婦女們應聲道：「好的。」章程規定後，就佈設刑具鈇鉞，隨即孫子反復交代清楚以上的各種規章。於是命令擊鼓向右，婦女們大笑。孫子說：「規章不明白，交代不清楚，是我將領的過錯。」孫子再反復交代後，接着命令擊鼓向左，婦女們又大笑。孫子正色道：「規定不明白，交代不清楚，是我將領的過錯；但已經交代清楚了卻不按規章辦，那就是士兵們的錯誤了。」於是要斬左右隊長。吳王在台上觀看，見要斬殺自己的愛妾，大驚失色。急忙派手下人傳旨：「我已知道將軍能用兵了。可我如果沒有這二位愛妾，飯也吃不香，請將軍不要殺了她們。」孫子回答：「我既已被任命為將，將在軍中，君王的命令有的我是可以不接受的。」於是殺了兩名隊長以此來示眾。挨次提拔了另外的人為隊長，接着再擊鼓傳令。此後婦女們向左、向右、向前、向後、跪下、站起都符合規章，沒有人再敢作聲了。於是孫子派使者向吳王報告：「士兵已操練好了，大王可以下來檢閱，任憑大王隨意調遣，就是赴湯蹈火也行。」吳王回答道：「將軍就此而止，回屋去休息吧，我不想下來檢閱了。」孫子歎道：「大王只喜歡空談，卻不能講求實在。」於是闔廬知道孫子能用兵，終於任命他為將軍。率兵向西攻破強大的楚國，佔領了郢都，向北威震齊晉兩國，這樣吳國在諸侯國中名聲大作，孫子在其中出了大力。

孫武死了一百多年後出現了孫臏。孫臏生長在阿鄄兩邑交界處，孫臏就是孫武的後代子孫。孫臏曾經和龐涓一起學習兵法。龐涓在魏國供職後，就做了魏惠王的將軍，但因為自己覺得才能比不上孫臏，於是暗中派人去召孫臏來。孫臏來後，龐涓害怕他的德才比自己高，嫉妒他，就借法令為名斬斷了孫臏的兩腳，並在他的臉上刺了字，想使他隱沒，不被人所知曉。

齊國的使者到了魏國，孫臏以罪犯的身份偷偷地去見齊國使者，他用自己在軍事上的卓越見識向齊國使者遊說。齊國使者認為他是個奇才，於是偷偷地讓他坐進自己的車裏，一起到了齊國。齊國將軍田忌很賞識孫臏的才能，因而把他作為貴賓來款待。田忌屢次與齊國諸公子下大賭注賽馬。孫子在一旁觀察到比賽的馬匹實力相差不遠，雙方都有上、中、下三等馬。於是孫子對田忌說：「將軍儘管大下賭注，我能讓你取勝。」田忌相信他的話並答應了，和齊王及諸公子下千金賭注來賭賽馬。到了比賽的時候，孫子向田忌獻計道：「現在用你的下等馬和對方的上等馬較量，用你的上等馬和對方的中等馬較量，用你的中等馬和對方的下等馬較量。」三局比賽結束後，田忌輸了一局卻勝了兩局，最終贏得了齊王的千金。這時田忌乘機把孫子推薦給威王，齊威王向他請教軍事上的問題，於是尊他為老師。

後來秦國征伐趙國，趙國危急，向齊國求援。齊威王要孫臏出任將軍，孫臏推辭道：「我這個受過刑的人不行。」於是就任命田忌為將，孫子為軍師，孫子就乘坐在有篷蓋的車裏，暗中運籌。田忌要立即帶兵去趙救援，孫子說道：「解開亂結不能抓緊亂扯，制止鬥毆不能插手幫打，解亂結要從縫隙處下手，勸鬥毆需用怒顏或者權力來制止。這樣問題就會迎刃而解了。今天梁趙兩國互相攻殺，他們的精鋭部隊必然全部在外奔戰，在內他們的老人婦弱必然疲竭了。將軍不如率兵奔襲大梁，佔領魏國的交通要衝，攻擊魏國防守空虛的地方，這樣魏軍必然放棄攻趙而回師來營救大梁。這正是我一舉解了趙國之圍又達到了坐收魏軍疲憊的效果。」田忌就照着孫臏所説的去行動，魏軍果然離開了邯鄲，與齊軍在桂陵遭遇而戰，齊軍大敗魏軍。

十三年後，魏國與趙國聯合進攻韓國，韓國向齊國告急求援。齊國派田忌將兵前往，直奔大梁。魏軍將領龐涓聽到這個消息，率兵離開韓國趕回，這時齊軍已經穿過魏國的邊界向西挺進。孫子對田忌說：「他們魏軍向來勇猛慓悍因而輕視齊軍，我齊軍向來被說成是怯懦，會打仗的人要順着這種情勢向有利於自己的方向來利用引導。兵法說，日夜兼程行軍百里去追逐勝利的會因兵員掉隊的人數多也使上將受挫，急行軍五十里以外去追逐勝利的兵員到達的只有半數。我們讓齊軍進入魏國先壘十萬灶，到明天只壘五萬灶，後天就只壘三萬灶。」龐涓尾追齊軍三天后，非常高興，說道：「我本來就知道齊軍膽怯，到了我國境內才三天，逃亡的士兵就已超過了半數。」於是甩掉步兵，帶領輕兵鋭卒日夜兼程地追趕。孫子計算魏軍的行程，天黑時應該到達馬陵，馬陵道路狹窄，兩旁地勢多險阻，可以埋伏部隊，於是令人剝去一棵大樹的樹皮，在剝了皮的樹身上寫道：「龐涓死在這棵樹下。」隨即又命令齊軍中萬名善射的弓弩手，埋伏在道路的兩邊，相互約好：「天黑時看見點燃的火光就一起射擊。」龐涓在天黑時果然率兵到了剝了皮的大樹下，看見這樹上的字跡，就點火來照看樹上的字，但還沒有來得及讀完，齊軍已萬箭齊發，魏軍亂作一團，龐涓自知智窮兵敗，於是自殺，臨死時喊道：「終於成就了這小子的名聲！」齊軍因而乘勝大敗魏軍，俘虜了魏太子申，得勝而歸。孫臏由於這次勝利而名揚天下，世上留傳着他的《孫臏兵法》。

吳起是衛國人。喜歡帶兵打仗。曾經跟隨曾子求學。事奉過魯國的國君。齊軍進攻魯國時，魯國想起用吳起為將，可吳起娶了齊國的女子為妻，因而魯國猜疑他。吳起想要獲取功名，就殺了他的妻子，以表明他不依附齊國。魯國終於任命他為將，率兵向齊軍進攻，大敗齊軍。

魯國有人詆毀吳起說：「吳起這個人，為人心狠毒辣。他年輕時，家裏有千金的財富，由於他四處奔走求官不成，終於使家境破落。鄉鄰們譏笑他，吳起就殺了三十多個譏笑他的人，便從衛國外城的東邊出走。他與母親訣別時，咬破自己的手臂發誓說：『我吳起做不了卿相，就不再回到衛國來。』於是事奉曾子。過了不久，吳起的母親去世了，吳起沒有回去，曾子因此鄙薄他，便與吳起斷絕了關係。吳起於是去魯國，學習兵法以便用來事奉魯國的君主。魯國君主猜疑他，吳起就殺掉自己的妻子來謀取將位。魯國是個小國，卻有戰勝齊國的名聲，那麼各個諸侯國就會來圖謀魯國了。況且魯衛是兄弟之國，而君王起用吳起，這就是疏遠了衛國呀。」於是魯君不信任吳起，摒棄了他。

吳起這時聽説魏文侯賢明，想要事奉他。文侯問李克：「吳起是個甚麼樣的人？」

李克回答：「吳起貪求功名又喜歡女色，可是帶兵打仗就是司馬穰苴也不能超過他。」於是魏文侯任吳起為將，讓他率兵進攻秦國，奪取了五座城市。

吳起擔任將軍，和最下級的士兵衣食待遇相同，睡覺不用褥席，行軍不乘坐馬車，親自裏帶軍糧，和士卒分擔勞苦。有個士兵長了癰瘡，吳起為他親口吸吮膿水。那個士兵的母親聽說此事便哭了起來。人們不解地問：「你的兒子只是一個士兵，將軍卻為他親口吸出膿水，為甚麼要哭呢？」那位母親說：「不是這麼一回事，以前吳公曾為他的父親吸過癰瘡，他的父親出去打仗勇往直前，終於死在敵人手裏。吳公今天又來吸他兒子的癰瘡，我還不知道他死在哪個地方呢，所以我要哭呀。」

魏文侯因為吳起會帶兵，廉潔公平，受到所有士兵的愛戴，於是派他做西河守，以抵抗秦韓兩國。

魏文侯死後，吳起事奉他的兒子武侯。武侯有次乘船沿西河順流而下，半途上，武侯環顧而對吳起感慨地說：「多麼美呀，這險峻堅固的河山，這是我魏國的瑰寶呀！」吳起回答說：「國家的堅固在仁義道德而不在地勢險要。以前三苗氏左面據有洞庭湖，右面有鄱陽湖，可是政治上不推行仁義道德，夏禹滅亡了它。夏桀居住的地方，左面有黃河、濟水，右面有泰山、華山，伊闕山在南面，羊腸阪在北面，可是他在政治上不推行仁義道德，商湯王放逐了他。殷紂統治的國家，左面有孟門山，右面有太行山，恆山雄峙在它的北面，黃河流經它的南面，可是他在政治上不推行仁義道德，武王殺了他。從這些歷史事實可以看出，國家的堅固在仁義道德而不在河山的險要。倘若您不推行仁義道德，那麼這條船上的人都會成為您的敵人了。」武侯讚歎道：「妙。」

吳起擔任西河守時，聲名很好。魏國選拔宰相時，卻選中田文做了宰相。吳起不高興，對田文說：「請讓我與你比比功勞，可以嗎？」田文說：「可以。」吳起問：「統率三軍，讓士兵們樂意地為國家而戰死，使敵國不敢打魏國的主意，你我比起來誰強？」田文答：「我不如你。」吳起問：「管理百官，親和百姓，充實府庫，你我比起來誰強？」田文答：「我不如你。」吳起問：「防守西河因而秦兵不敢殺進，使韓趙兩國附屬魏國，你我比起來誰強？」田文答：「我不如你。」吳起又問：「這三方面，你都在我之下，地位卻在我之上，為甚麼？」田文回答：「目前君主年幼，國家動盪不安，大臣們不齊心，百姓們不信賴，正當此時，國家的大權是託付給你呢？還是託付給我？」吳起沉思許久，才答道：「當然要託付給你。」田文接着說道：「這就是我為甚麼位居你之上的原因。」吳起這才知道自己的才能不如田文。

田文死後，公叔接替相位。他娶了魏國公主為妻，畏忌吳起不服。公叔的僕人說：

「趕走吳起是件很容易的事情。」公叔問：「用甚麼辦法呢？」公叔的僕人獻計道：「吳起為人廉潔而且很重榮譽，你可趁機先對武侯說：『吳起是個德才兼備的人，可是武侯你的國家太小了，又與強大的秦國接壤，因此我怕吳起沒有留魏之心。』武侯倘若問怎麼辦呢，你就趁機對武侯講：『可以用給公主招親的辦法來挽留他作為試探，如果吳起有留在這裏的意思，就必然會接受這一要求，如果吳起沒有此心就必然會拒絕。用這種辦法來考察他。』你於是馬上去召吳起與他同回府上，再去激怒公主，讓她輕辱你。吳起看見公主鄙薄你，就必然會謝絕娶公主的事情了。」當吳起見到公主侮辱魏國的宰相時，果然謝絕了魏武侯招親的要求，這樣魏武侯就懷疑吳起沒有留魏之心，因而不信賴他了。吳起害怕得罪，就離開了魏國，馬上到了楚國。

楚悼王平日聽說吳起的賢名，因此吳起一到楚國就讓他任相職。吳起便申明法度，信賞必罰，裁汰冗官，廢除那些疏遠的王族們的爵祿，用來撫養前方的將士。重要的是強兵備戰，摒棄那些合縱連橫到處奔走的遊說之士。於是在南面平定了百越；在北面吞併了陳國、蔡國，打退了韓、趙、魏三國的進攻；向西討伐秦國。諸侯各國憂慮楚國的強大。楚國的貴族都企圖謀害吳起。到了楚悼王死時，王室大臣就起來叛亂追殺吳起，吳起逃到悼王的屍體旁，伏在屍體上，追殺吳起的人因為射殺吳起，而同時射中了悼王的屍體。悼王葬後，太子繼承了王位，於是命令令尹去殺盡那些射殺吳起卻射中悼王屍體的人。因為射殺吳起而獲罪被滅了族的就有七十多家。

太史公說：社會上談論軍旅之事，都要引用《孫子》十三篇和吳起的《兵法》，這些書世上流傳甚廣，所以不在這裏論述了，只論述他們施用於行事中的實跡。人們常說：「能夠做的人不一定能說，能夠說的人不一定能做。」孫子挫敗龐涓所運用的計謀太高明了，可是他卻不能使自己早免於斷足的苦刑。吳起向魏文侯陳述憑藉山河之險不如推行仁德，然而他在楚國行事，卻因為刻薄暴急、缺少仁德而導致自己送命喪生，這真是可悲喲！

商君列傳

商鞅，本名公孫鞅，因他是衛國人，所以又名衛鞅，後來秦國把於、商等地封給他，因而號稱商鞅或商君。本篇主要記述了商鞅在秦國變法圖強的業績。商鞅先是事奉魏相公叔座，得到了賞識。公叔座死後，商鞅由魏入秦，經景監引見，三次同秦孝公長談，最後因建議秦國實行「強國之術」打動了秦孝公，得到信用，在秦國大刀闊斧地推行新法。商鞅變法的措施十分堅決，上自太子，下至平民，凡是違反新法的一律加以嚴懲。因此，變法取得了顯著的成就：「行之十年，秦民大說，道不拾遺，山無盜賊，家給人足。民勇於公戰，怯於私鬥，鄉邑大治。」司馬遷雖然對商鞅的個人品格不予讚賞，認為他「天資刻薄」，但是，對商鞅變法的業績則給予了客觀的敍述和正面的肯定，這體現出了一位歷史學家對歷史實事求是的精神。

商君者，衛之諸庶孽公子也①，名鞅，姓公孫氏，其祖本姬姓也。鞅少好刑名之學②，事魏相公叔座為中庶子③。公叔座知其賢，未及進。會座病，魏惠王親往問病，曰：「公叔病有如不可諱，將奈社稷何？」公叔曰：「座之中庶子公孫鞅，年雖少，有奇才，願王舉國而聽之。」王嘿然。王且去，座屏人言曰：「王即不聽用鞅，必殺之，無令出境。」王許諾而去。公叔座召鞅謝曰：「今者王問可以為相者，我言若，王色不許我。我方先君後臣，因謂王即弗用鞅，當殺之。王許我。汝可疾去矣，且見禽。」鞅曰：「彼王不能用君之言任臣，又安能用君之言殺臣乎？」卒不去。惠王既去，而謂左右曰：「公叔病甚，悲乎，欲令寡人以國聽公孫鞅也，豈不悖哉④！」

【注釋】❶庶孽：古代用以指非正妻所生子。或單稱「庶子」、「孽子」。❷刑名之學：指法家學說。刑名，或作形名，本指形體（實際）和名稱。法家把「名」引申為法令、名分、言論等，主張「循名責實」，即以言論、名分等督責實際事功，因此稱為刑名之學。❸中庶子：官名，主管公族。❹悖（bèi）：荒謬。

公叔既死，公孫鞅聞秦孝公下令國中求賢者，將修繆公之業①，東復侵地，乃遂西入秦，因孝公寵臣景監以求見孝公。孝公既見衛鞅，語事良久，孝公時時睡，弗聽。罷而孝公怒景監曰：「子之客妄人耳，安足用邪！」景監以讓衛鞅。衛鞅曰：「吾說公以帝道②，其志不開悟矣。」後五日，復求見鞅。鞅復見孝公，益愈，然而未中旨。罷而孝公復讓景監，景監亦讓鞅。鞅曰：「吾説以王道而未入也③，請復見鞅。」鞅復見孝公，孝公善之而未用也。罷而去。孝公謂景監曰：「汝客善，可與語矣。」鞅曰：「吾説公以霸道④，其意欲用之矣。誠復見我，我知之矣。」衛鞅復見孝公。公與語，不自知膝之前於席也⑤。語數日不厭。景監曰：「子何以中吾君？吾君之歡甚也。」鞅曰：「吾説君以帝王之道比三代⑥，而君曰：『久遠，吾不能待。且賢君者，各及其身顯名天下，安能邑邑待數十百年以成帝王乎⑦？』故吾以強國之術説君，君大説之耳。然亦難以比德於殷周矣。」

【注釋】❶繆（mù）公：即穆公，名任好，春秋前期秦國國君。他在位時，秦國強大，被稱為春秋五霸之一。❷帝道：五帝之道，即傳説的堯舜之道。❸王道：儒家推崇的夏、商、周三代聖王禹、湯、文、武治國之道，主張以仁義治天下。❹霸道：與王道相對，指憑藉武力、刑法、權勢等進行統治的治國之道。❺膝之前於席：古代以蒲蓆等為座。膝之前於席，指湊近説話人傾聽，兩膝向前移出了坐蓆的邊緣。❻三代：指夏、商、周三代。❼邑邑：同「悒悒（yì）」，苦悶不安的樣子。

孝公既用衛鞅，鞅欲變法①，恐天下議己。衛鞅曰：「疑行無名，疑事無功。且夫有高人之行者，固見非於世；有獨知之慮者，必見敖於民。愚者闇於成事，知者見於未萌。民不可與慮始而可與樂成。論至德者不和於俗，成大功者不謀於眾。是以聖人苟可以強國，不法其故；苟可以利民，不循其禮。」孝公曰：「善。」甘龍曰：「不然。聖人不易民而教，知者不變法而治。因民而教，不勞而成功；緣法而治者，吏習而民安之。」衛鞅曰：「龍之所言，世俗之言也。常人安於故俗，學者溺於所聞②，以此兩者居官守法可也③，非所與論於法之外也。三代不同禮而王，五伯不同法而霸④。智者作法，愚者制焉；賢者更禮，不肖者拘焉。」杜摯曰：「利不百，不變法；功不十，不易器。法古無過，循禮無邪。」衛鞅曰：「治世不一道，便國不法古。故湯、武不循古而王，夏、殷不易禮而亡⑤。反古者不可非，而循禮者不足多。」孝公曰：「善。」以衛鞅為左庶長⑥，卒定變法之令。

【注釋】❶鞅欲變法：王伯祥《史記選》注認為：孝公欲用衛鞅的建議而變更法度，恐人家議論，故衛鞅有「疑行無名……」之諫。所以「欲變法」之上的「鞅」字係承上而誤衍。❷溺：沉溺，拘泥。❸兩者：指甘龍所講的「因民而教」和「緣法而治」。❹五伯：即春秋五霸。❺夏、殷：這裏指夏、殷的末代帝王桀、紂。❻左庶長：秦第十等爵，列第十一級。

令民為什伍①，而相牧司連坐②。不告姦者腰斬，告姦者與斬敵首同賞，匿姦者

與降敵同罰。民有二男以上不分異者，倍其賦。有軍功者，各以率受上爵；為私鬥者，各以輕重被刑大小。僇力本業，耕織致粟帛多者復其身。事末利及怠而貧者，舉以為收孥③。宗室非有軍功論，不得為屬籍。明尊卑爵秩等級，各以差次名田宅，臣妾衣服以家次④。有功者顯榮，無功者雖富無所芬華。

令既具，未布，恐民之不信，已乃立三丈之木於國都市南門，募民有能徙置北門者予十金。民怪之，莫敢徙。復曰，「能徙者予五十金。」有一人徙之，輒予五十金，以明不欺。卒下令。

【注釋】❶什伍：五家為一「伍」，十家為一「什」。❷牧司：互相揭發、監督。❸收孥：古代法律中有連坐，因一人犯法，而拘執其妻室兒女，作為官奴婢，叫收孥。❹家次：家族的等級。

令行於民期年，秦民之國都言初令之不便者以千數。於是太子犯法。衛鞅曰：「法之不行，自上犯之。」將法太子。太子，君嗣也，不可施刑，刑其傅公子虔，黥其師公孫賈。明日，秦人皆趨令。行之十年，秦民大說，道不拾遺，山無盜賊，家給人足。民勇於公戰，怯於私鬥，鄉邑大治。秦民初言令不便者有來言令便者，衛鞅曰「此皆亂化之民也」，盡遷之於邊城。其後民莫敢議令。

於是以鞅為大良造①。將兵圍魏安邑②，降之。居三年，作為築冀闕宮庭於咸陽③，秦自雍徙都之④。而令民父子兄弟同室內息者為禁。而集小鄉邑聚為縣，置令、丞。凡三十一縣。為田開阡陌封疆⑤，而賦稅平。平斗桶權衡丈尺。行之四年，公子虔復犯約，劓之。居五年，秦人富強，天子致胙於孝公⑥，諸侯畢賀。

【注釋】 ❶大良造：即大上造，秦爵的第十六級。❷安邑：在今山西夏縣禹王城。相傳為夏禹的都城，戰國時為魏都。❸冀闕：猶言「魏闕」，宮殿前面的城樓和闕門。❹雍：春秋時秦國都城，地在今陝西鳳翔縣南。❺阡陌：田埂，南北向的叫「阡」，東西向的叫「陌」。❻致胙（zuò）於孝公：把祭祀後的祭肉賜給孝公，為當時周天子尊顯諸侯的特典。

其明年，齊敗魏兵於馬陵，虜其太子申，殺將軍龐涓。其明年，衛鞅說孝公曰：「秦之與魏，譬若人之有腹心疾，非魏并秦，秦即并魏。何者？魏居領阨之西①，都安邑，與秦界河而獨擅山東之利。利則西侵秦，病則東收地。今以君之賢聖，國賴以盛。而魏往年大破於齊，諸侯畔之，可因此時伐魏。魏不支秦，必東徙。東徙，秦據河山之固，東鄉以制諸侯，此帝王之業也。」孝公以為然，使衛鞅將而伐魏。魏使公子卬將而擊之。軍既相距，衛鞅遺魏將公子卬書曰：「吾始與公子驩，今俱為兩國將，不忍相攻。可與公子面相見，盟，樂飲而罷兵，以安秦魏。」魏公子卬以為然。會盟已，飲，而衛鞅伏甲士而襲虜魏公子卬，因攻其軍，盡破之以歸秦。魏惠王兵數破於齊、秦，國內空，日以削，恐，乃使使割河西之地獻於秦以和。而魏遂去安邑，徙都大梁②。梁惠王曰：「寡人恨不用公叔座之言也。」衛鞅既破魏還，秦封之於、商十五邑③，號為商君。

【注釋】❶領阸：山嶺險阸之地，這裏指今山西省西南部以東中條山一帶。領，通「嶺」。❷大梁：戰國時魏國都城，地在今河南省開封。❸於、商：古邑名。戰國時魏地。

商君相秦十年，宗室貴戚多怨望者①。趙良見商君。商君曰：「鞅之得見也，從孟蘭皋，今鞅請得交，可乎？」趙良曰：「僕弗敢願也。孔丘有言曰：『推賢而戴者進，聚不肖而王者退②。』僕不肖，故不敢受命。僕聞之曰：『非其位而居之曰貪位，非其名而有之曰貪名。』僕聽君之義，則恐僕貪位、貪名也。故不敢聞命。」商君曰：「子不說吾治秦與？」趙良曰：「反聽之謂聰，內視之謂明，自勝之謂強。虞舜有言曰：『自卑也尚矣。』君不若道虞舜之道，無為問僕矣。」商君曰：「始秦戎翟之教③，父子無別，同室而居。今我更制其教，而為其男女之別，大築冀闕，營如魯、衛矣。子觀我治秦也，孰與五羖大夫賢[4]？」趙良曰：「千羊之皮，不如一狐之掖[5]；千人之諾諾，不如一士之諤諤。武王諤諤以昌，殷紂墨墨以亡[6]。君若不非武王乎，則僕請終日正言而無誅，可乎？」商君曰：「語有之矣，貌言華也，至言實也，苦言藥也，甘言疾也。夫子果肯終日正言，鞅之藥也。鞅將事子，子又何辭焉！」趙良曰：「夫五羖大夫，荊之鄙人也。聞秦繆公之賢而願望見，行而無資，自粥於秦客[7]，被褐食牛。期年，繆公知之，舉之牛口之下，而加之百姓之上，秦國莫敢望焉。相秦六七年，而東伐鄭，三置晉國之君[8]，一救荊國之禍[9]。發教封內，而巴人致貢；施德諸侯，而八戎來服。由余聞之[10]，款關請見[11]。五羖大夫之相秦也，勞不坐乘，暑不張蓋，行於國中，不從車乘，不操干戈，功名藏於府庫[12]，德行施於後世。五羖大夫死，秦國男女流涕，童子不歌謠，舂者不相杵[13]。此五羖大夫之德也。今君之見秦王也，因嬖人景監以為主，非所以為名也。相秦不以百姓為事，而大築冀闕，非所以為功也。刑黥太子之師傅，殘傷民以駿刑[14]，是積怨畜禍也[15]。教之化民也深於命，民之效上也捷於令。今君又左建外易[16]，非所以為教也。君又南面而稱寡人[17]，日繩秦之貴公子。《詩》

曰：『相鼠有體⑱，人而無禮；人而無禮，何不遄死⑲。』以《詩》觀之，非所以為壽也。公子虔杜門不出已八年矣，君又殺祝歡而黥公孫賈⑳。《詩》曰：『得人者興，失人者崩。』此數事者，非所以得人也。君之出也，後車十數，從車載甲，多力而駢脅者為驂乘㉑，持矛而操闟戟者旁車而趨㉒。此一物不具，君固不出。《書》曰：『恃德者昌，恃力者亡。』君之危若朝露，尚將欲延年益壽乎？則何不歸十五都，灌園於鄙，勸秦王顯巖穴之士，養老存孤，敬父兄，序有功，尊有德，可以少安。君尚將貪商、於之富，寵秦國之教，畜百姓之怨，秦王一旦捐賓客而不立朝㉓，秦國之所以收君者，豈其微哉？亡可翹足而待！」商君弗從。

【注釋】❶怨望：怨恨。望，與怨同義。❷「推賢而戴者進」句：意思是說，推薦賢能之士則愛戴人民的人自會進用，聚集不肖之人於朝廷，那麼行王道的人就會自行退去。賢，賢能。不肖，沒出息，沒本事。戴者，擁護、擁戴的人們。王者，言王道者。❸戎翟：指秦周邊的少數民族。教：教化，風習。❹五羖（gǔ）大夫：指百里奚，奚本為虞國大夫，虞國滅亡，奚出逃，為楚人所獲，穆公以五張羊皮將其換至秦，委以國政，後輔佐穆公稱霸西戎。❺狐掖：狐狸腋下的皮毛，用它做衣很輕便暖和。掖，通「腋」。❻墨墨：通「默默」，指羣臣緘口不言。❼粥：通「鬻（yù）」，賣。❽三置晉國之君：指繆公九年（前651）納晉惠公，二十二年（前638）晉懷公自秦逃歸立為君，二十四年（前636）納晉文公。❾一救楚國之禍：指繆公二十八年（前631）會晉救楚國事。❿由餘：一作繇餘。祖先為晉人，逃亡入戎。

秦穆公時入秦任上卿，助秦稱霸西戎。⓫款：敲，叩。⓬功名藏於府庫：古時記功於竹帛，藏於國家的府庫以備考。⓭舂：搗米。相杵（xiāng chǔ）：這裏指舂米的人們在勞作中發出的哼喲聲。相，助。杵，搗米的工具。⓮駿：通「峻」。⓯畜：通「蓄」。⓰左建外易：指事情違背常理。左，指失正。外，指失中。⓱稱寡人：春秋戰國時，凡有封地的人都可自稱寡人，商鞅封於、商地，是封君，故稱寡人。⓲相鼠：鼠之一種，見人交前足而拱，又稱禮鼠。⓳遄（chuán）：速急。⓴祝歡：也是太子的師傅。㉑駢脅：肋骨連成一片，指壯士。驂乘（cān shèng）：古時指陪乘在車右的人，多作護衛。㉒闟（xì）戟：長戟。㉓捐賓客：謝絕賓客，古時諱言死，以「捐賓客」代指，意思是捐棄人事而死去。

後五月而秦孝公卒，太子立。公子虔之徒告商君欲反，發吏捕商君。商君亡至關下，欲舍客舍。客人不知其是商君也，曰：「商君之法，舍人無驗者坐之。」商君喟然歎曰：「嗟乎！為法之敝一至此哉！」去之魏。魏人怨其欺公子卬而破魏師，弗受。商君欲之他國。魏人曰：「商君，秦之賊。秦強而賊入魏，弗歸，不可。」遂內秦。商君既復入秦，走商邑，與其徒屬發邑兵北出擊鄭。秦發兵攻商君，殺之於鄭黽池。秦惠王車裂商君以徇①，曰：「莫如商鞅反者！」遂滅商君之家。

太史公曰：商君，其天資刻薄人也。跡其欲干孝公以帝王術，挾持浮說，非其質矣。且所因由嬖臣，及得用，刑公子虔，欺魏將卬，不師趙良之言，亦足發明商君之少恩矣。余嘗讀商君開塞耕戰書②，與其人行事相類。卒受惡名於秦，有以也夫③！

【注釋】❶車裂：我國古代的一種酷刑，俗稱五馬分屍，即將頭和四肢分繫在五輛馬車上，馬車同時分馳，將肢體撕裂。❷開塞耕戰書：指《商君書》中的《農戰》、《開塞》篇。❸有以：自有因由。

【翻譯】

商君，是衛國國君的旁支側出之子。名鞅，姓公孫氏。他的祖先本來是姬姓。衛鞅從小就喜歡法家學説，他曾侍奉過魏國的相國公叔座，任中庶子的職務。公叔座知道他賢能，但還沒向魏惠王進薦。當公叔座病重時，魏惠王親自前去探望，並問道：「公叔你的病倘有不測，國家大事將怎麼辦呢？」公叔回答説：「我手下的中庶子公孫鞅，年紀雖輕，卻有奇才，我希望大王將國事交給他而聽其治理。」惠王默不作聲。惠王臨走，公叔座屏退左右從人對惠王説：「大王如果不任用衛鞅，就一定要殺了他，不能讓他出境。」惠王答應後離去。公叔座又召見公孫鞅告訴他説：「剛才大王問起我死之後，誰可擔當相國的大任，我舉薦了你，從大王的神色看，他不應允我的意見。處在我的位置上，應當先君上，後為臣下。因此我告訴惠王如果不用公孫鞅，應當殺掉他。大王答應了我。你趕快走罷，不然就將被拘捕。」公孫鞅説：「惠王他不聽你的話起用我，又怎麼會聽你的話殺我呢？」最終還是沒有逃走。惠王離開公叔座之後，對左右的人說：「公叔病糊塗了，可悲啊，想讓我將全國的大事交付公孫鞅，這不是荒謬嗎！」

公叔死了之後，公孫鞅聽說秦孝公命令在全國範圍內訪求賢能的人，準備重整繆公的霸業，向東收復被侵佔的土地。於是衛鞅往西進入秦國。他通過孝公的寵臣景監去求見孝公。孝公見了衛鞅，交談了許久，孝公不斷地打瞌睡，不聽他講話。會見結束後，孝公惱怒地對景監說：「你的客人是荒唐的人，哪裏值得任用呢！」景監因此埋怨衛鞅。衛鞅說：「我用堯舜之道開導孝公，他的思想不能領會這些。」五天以後，景監再向孝公請求接見公孫鞅。衛鞅再次見到孝公，更進一步詳論前日之說，但還是不合乎孝公的意旨。事後孝公又責備景監。景監也責備衛鞅。衛鞅說：「我用三王之道開導孝公，但他聽不進去。請你再引見我。」衛鞅又再見到孝公，這次孝公認為他不錯但未任用他。會見結束而衛鞅走後，孝公對景監說：「你的客人不錯，可以同他談話。」衛鞅說：「我用霸道開導孝公，他有意準備採用了。如果他再接見我，我已知道他的志趣了。」衛鞅再次與孝公會面。孝公與他談話，不自覺地向前移動雙膝湊近公孫鞅。交談了幾天也不厭煩。景監問衛鞅：「你說了些甚麼打動了我們國君？他高興得很呢！」衛鞅說：「我建議孝公採用帝王之道治國，才能像三代那樣興盛。但君王說：『那太遙遠了，我不能等待。再說賢明的君王，各自於自己在世時揚名天下，怎麼能焦慮地等幾十年、上百年來建立帝王的業績呢？』所以我用強國的辦法來開導孝公，孝公才大為高興。然而僅憑這一點還難以與殷周的德行功業相媲美。」

孝公起用衛鞅之後，欲用他的建議變更法度，但又顧忌國人議論自己。衛鞅說：「行動猶豫不決的人不可能成名，做事優柔寡斷，就建不成功業。再說行事超羣的人，本來就要遭受世俗的非難，有獨到見解的人，必定為一般人所譏毀。愚蠢的人對已經成功的事情還迷惑不解，有智慧的人事情尚未發生，他就預見到了。不能同老百姓籌謀事業的創始而只能與他們安享事業的成果。講究高尚德行的人，不迎合舊習俗；建立非常功業的人，不與眾人謀劃。因此，聖明的賢人只要能強國，就不必要效法過去，只要能利民，就不因循陳規舊法。」孝公說：「說的是。」甘龍說：「不對。聖人不變更民俗而另施教化，有智慧者不改成法而更求致治之方。按照民眾的習俗而加以教化，就能不費辛勞而成就功業，依從現行的成法來治理國家，官員熟悉而且民眾樂意接受。」衛鞅說：「甘龍所講的，是世俗的意見。平庸的人滿足於舊有的習俗，讀書的人沉溺於自己的見聞。憑這兩點，做現成的官，拘守舊法是可以的，而不能和他們談論超出常規的事情。三代的禮法不同而都能治理天下，五伯的法制不同而都能成就霸業；聰明的人制訂了法令，愚笨的人只知道守制遵循。賢明的人變更禮法，沒出息的人卻拘守禮儀。」杜摯說：「好處不到百倍，就不變更舊法；功效不到十倍，就不改換舊器物。效法古制，可以無過失，遵依禮法，可以無邪惡。」衛鞅說：「治理國家，不必按照一種方法，只要對國家有利，就不必因循故禮。所以湯、武不效法陳規而興盛，夏、殷不改換禮法卻滅亡。背離古道的人無可非議，依照舊禮行事的人不值得稱道。」孝公說：「講得好。」當即任命衛鞅為左庶長，終於制訂出變法的條令。

命令居民以什家為一「什」，五家為一「伍」編制起來，相互監督，犯法不檢舉則牽連受罰。不告發罪犯的人腰斬，告發罪犯的給予和斬敵人首級一樣的獎賞；隱藏罪犯的人，處以與投敵一樣的懲罰。民戶有男丁二人以上而不分居的，加倍徵收他們的賦稅；立了軍功的，分別按照功勞大小等級，提升爵位；因私怨而鬥毆的，分別依情節的輕重處以大小不同的刑罰。盡力於農業生產、辛勤耕織收穫糧食、布匹多的，免除其自身的徭役和賦稅。因經商和懶惰而窮困的，一律拘執他們的家室作為奴隸。國君宗族中凡是沒有軍功記載的，一律不得錄入族籍。明確分清尊卑爵位品秩的等級，各按級別來佔有田宅。臣妾們的穿着各隨主人家的爵位高低而定，建立了功勳的人顯赫榮耀，那些沒有功勳的人雖家資富足也沒有甚麼可以炫耀的。

變法之令已經擬訂，尚未公佈，公孫鞅惟恐國民不相信變法的措施，於是在都城市井的南門樹立三丈長的木頭，招募民眾中有誰能將它移放到市場的北門，就賞給十金。大家覺得詫異，沒有人敢搬。後來又再宣佈，「能夠移動木頭的人賞予五十金」。有一個人移去了木頭，立即發給他五十金。以表明守信用，不騙人。隨後便頒佈變法條令。

在國民中推行法令一週年後，秦國國民中到京師來訴說新令不便的有幾千人。此時，太子違犯新法。衛鞅說：「法令得不到普遍執行，就是由於在上的人違反它。」他準備依法處治太子。太子，是國君的繼承人，不能對他施刑；於是對太子的老師公子虔加刑，將太子的師傅公孫賈刺面。第二天，秦國國民都開始迅速奉行新令。新法施行了十年以後，秦國國民都十分歡欣，道不拾遺，山無盜賊，家給人足。民眾勇於投身國家的戰事，害怕涉足私人爭鬥；鄉村和都市，秩序井然。當初說法令不好的秦國國民中，又有前來稱讚法令好的。衛鞅說：「這都是些擾亂教化的人。」將他們全部遷徙到邊城。此後國民中沒有再敢議論法令的了。

因此孝公任命衛鞅為大良造，率兵圍攻魏國的安邑城，並迫使它降服於秦。過了三年，衛鞅在咸陽建造高大的魏闕宮室。秦國將都城從雍遷到咸陽。下令禁止國民中父子兄弟不分居生息的情況。合併小的村落、城鎮組建為縣，設置縣令和縣丞。共計三十一縣。挖開阡陌疆界、建立新的田制，使賦稅公平。統一斗、桶、權、衡、丈、尺等計量單位。新法實行四年之後，公子虔又違犯法令，便將他處以割鼻之刑。五年後秦國強盛起來，周天子將祭祀過的肉送給孝公，諸侯紛紛稱賀。

第二年，齊在馬陵擊敗魏兵，俘虜太子申，殺了將軍龐涓。次年，衛鞅對孝公說：「魏國對於秦國來說，就好像人患有腹心的疾病一樣，不是魏國吞併秦國，就是秦國吞滅魏國。為甚麼呢？因為魏國居於山嶺險厄的西面，以安邑為都城，與秦隔河為界，能獨攬河、山以東的地利。形勢有利，魏國就可以向西侵犯秦國；形勢不利，也可以向東擴展地盤。現在憑藉君王的賢聖，國家得以昌隆興盛，而魏國去年卻被齊兵打得大敗，諸侯紛紛離叛了它，我們現在可以趁此良機進攻魏國。魏國不能與秦抗衡，必然往東遷徙；魏國東遷，秦國就可以憑藉黃河和中條山的堅固，東向以制約諸侯，這樣就可以成就帝王的大業了。」孝公覺得有理。於是派衛鞅率兵攻打魏國。魏王命公子卬將兵迎擊衛鞅。兩軍已對峙，衛鞅向魏將公子卬致信說：「我當初本來和公子交好，如今都為兩國將兵，實不忍心互相攻殺。我希望與公子直接見面，訂立盟約，歡宴後各自罷兵，從而使秦、魏兩國相安無事。」魏公子卬認為可以。會盟已畢，設宴飲酒，衛鞅埋伏的精兵襲擊並俘虜了魏公子卬，乘機向魏軍發起攻擊，大破魏軍而回。魏惠王因軍隊屢次被齊、秦擊敗，國內空虛，國勢一天天削弱，恐懼不安，於是派遣使者割讓黃河以西的地盤獻給秦國，用以媾和。而後魏都遷離安邑，移至大梁。梁惠王說：「我悔不該不用公叔座的建議。」衛鞅在攻破魏國回師後，秦君將於、商十五邑賞賜給他，因此號稱商君。

商君擔任秦相十年，宗室貴戚之中多有怨恨他的人。趙良會見商君。商君說：「我通過孟蘭皋的介紹得以與你見面，現在我請求同你交好，行嗎？」趙良說：「在下不敢有這樣的奢望。孔丘說過：『推薦賢能則擁護者自進，聚集小人則言王道者自去。』我是一個無能的人，所以不敢接受你的命令。我聽說：『不是自己擔當的職位而去佔據它叫貪圖祿位，不是自己應得的名分而謀取它叫貪圖虛名。』如果我接受你的情誼，那麼恐怕我會背上貪位、貪名的包袱。所以我不敢聽從你的命令。」商君說：「你對我治理秦國感到不滿意嗎？」趙良說：「能聽取不同意見叫做聰，能反躬自省叫做明，能克制自己叫做強。虞舜說過：『自處卑下的人，是高尚的人。』你如果不遵循虞舜之道，就無須問我啦。」商君說：「當初秦國奉行戎翟的教化，父子之間沒有分別，同室而居。現在我更改秦國的教化，而使秦有男女之別，大力修築宏偉的宮闕，營造得比同魯國和衛國。你看我治理秦國，比起五羖大夫來誰更強呢？」趙良說：「一千隻羊的皮子，抵不上一隻狐狸的腋毛；一千個人的隨聲附和，不如一個人正色直言。周武王由於能聽取羣臣的直言，所以能使得周昌盛起來。殷紂拒諫而飾非，羣臣不敢進言，以致滅亡。你倘若不反對武王那樣的行為的話，那麼我請求自始至終地講真話，而你不責怪，行嗎？」商君說：「古語已有這樣的說法了：『表面好聽的話是虛浮的，中肯切理的話是實在的，使人感到痛苦的批評是治病的良藥，博人歡心的甜言蜜語是害人的疾病。』先生如果真肯自始至終地講真話，則是我治病的良藥，我公孫鞅將事奉先生，先生又何必推辭呢？」趙良說：

「五羖大夫是楚國的平民。他聽説秦繆公賢明，而希望見到繆公，路途中沒有費用，便自賣其身於秦人，他身穿粗布短衣，替人家放牛。一年以後，繆公聽説了他的才能，將他從牛棚下提拔上來，而安置在萬民之上，秦國人不敢怨望這些。他任秦相六七年，向東進攻鄭國，三次擁立晉國的國君，一次解救楚國的禍亂；在國內施行教化，並使得巴國也來納貢。佈施恩澤於諸侯，八方戎族都來歸服。西戎的由餘聽説了，也叩開關門，請准投奔。五羖大夫身任秦相，勞累了也不坐車，盛暑也不張用帷蓋；在國中巡行的時候，不要隨從的車輛，不帶防衛的武器；他的勳業已載入國家的史冊，而其德行傳播於後世。五羖大夫死時，秦國國民都痛苦流涕，兒童因哀傷而不歌唱，舂米的人因哀傷而不打號子。這就是五羖大夫的德行。而如今你見秦王，靠的是寵臣景監作薦主，這不是獲取名聲的正道；你治理秦國不以百姓利益而行事，卻大力營造富麗宏偉的宮闕，這不是真正的建功立業；你對太子的師傅施黥刑，用酷刑來傷害百姓，這是積怨恨、種禍根。以教化導民，比號令更深切有效；而民眾仿效君上的行為，也較號令為快速啊。但現在你違反常理樹立威權與變革法度，這都是不足為訓的。你現在在於、商之地，同封君一樣自稱寡人，每每繩治秦國的貴族及其子弟。《詩》中説道：『老鼠尚有體面，人的行為卻不守禮，人的行為既不守禮，為甚麼不快快死去？』照這句詩來看，我不能恭維你了。公子虔已有八年之久閉門未出，而你又殺祝懽而在公孫賈的臉上刺字。《詩》上說：『得到人心的會興盛，失卻人心的就會衰敗。』以上列舉的幾件事，都不是得人心的事情。你外出時，後面隨從的車有十幾輛，隨從的車子上都載有披甲的兵卒；力大而訓練有素的衛士作為陪乘，手執長矛和交戟的武士坐在兩旁的車上並馳前進。這些防衛措施若有一項不具備，你是不會出來的。《書》中說：『憑藉德行的就會昌盛，依仗強力的，必然滅亡。你現在的危險處境就像早晨的露水一樣，可你還想延年益壽嗎？那麼你為何不歸還賞賜給你的十五座城邑，隱居在僻靜的地方整治園圃，勸告秦王重用隱居山林的賢人，收養無依靠的老人，撫恤無父兄的孤兒，敬重父老兄弟，按照功勞大小獎賞功臣，尊崇有德行的人，若能這樣，可以稍微保全自己，而你還要貪戀商、於的富庶，醉心秦國的政教，積累百姓的怨恨，倘若秦王一旦去世而不當政，秦國想收捕你的人，還會少嗎？你的敗亡頃刻就會到來！」商君沒有聽從他的勸誡。

五個月後秦孝公去世，太子即位。公子虔等人告發商君想要謀反，便派遣刑吏捕捉商君。商君出逃到關下，準備住客舍。客舍主人不知道他就是商君，說：「商君頒佈的法令，留宿沒有憑證的客人，客舍的主人就是違法犯罪。」商君感慨地歎息道：「唉，制作法令的弊病，竟到了這種地步啊！」他離開秦境，奔往魏國。魏人記恨他欺詐公子卬而率軍擊破魏師，不接受他居留魏國。商君想逃往別國。魏國人說：「商君是秦國的亂臣，秦國現在強盛，而亂臣逃入我魏國，不把他送回去，是不行的。」於是將商君送入秦國。商君重回秦國後，逃到自己的封邑商地，同封邑中的部屬發動邑兵向北出擊鄭國。秦國派兵攻打商君，在鄭國的黽池將他殺了。秦惠王車裂商君以示眾，宣稱說：「不要像商鞅那樣造反！」於是誅滅了商君家族。

太史公評論說：商君是天性刻薄的人，推究他當初想用帝王之道來干求孝公的重用，依仗淺薄的言論，不是他的真意所在。再說他靠的是寵臣的引薦，當得以重用時，便對公子虔施刑，欺騙魏將公子卬，不聽取趙良的勸告，也就足以證明商君的刻薄了。我曾經讀過商君撰著的《農戰》、《開塞》等書篇，書中的思想內容，和他的為人行事相類似。他終於在秦國蒙受不好的名聲，真是有原由的啊。

平原君虞卿列傳

本篇是平原君和虞卿的合傳。平原君趙勝是戰國時期以養士著稱的四公子之一，作品反映了戰國時期各國之間的矛盾鬥爭及各國統治者重視遊説之士的歷史現象。

本篇圍繞長平之戰、邯鄲之圍，記敍了平原君和虞卿在堅守合縱，維護趙國利益方面所進行的活動。文中既記載了平原君的平庸無識，以及養士徒有虛名的事實，也肯定了他能聽人勸諫、忠於趙國的品格。司馬遷讚賞虞卿的真知卓見，堅守合縱不疑，一心維護趙國的堅定立場，對其窮途末路，發憤著書，則深表同情，同時也寄託了作者自己的無限感慨。

本篇在寫作藝術上是很有特色的。如寫平原君矯情殺妾，寫毛遂自薦，寫公孫龍夜見平原君，勸止他的貪功受封，寫虞卿、樓緩的鬥計等等，都能抓住人物的性格特點，着墨不多，但繪聲繪色。

此外，本篇記述了一些遊説之士的活動，這些人或以「三寸之舌，強以百萬之師」，或是施反間、弄權術，形成當時一股不可忽視的社會力量。為後人研究這段歷史留下了寶貴的資料。

平原君趙勝者①，趙之諸公子也②。諸子中，勝最賢。喜賓客，賓客蓋至者數千人。平原君相趙惠文王及孝成王③，三去相，三復位，封於東武城。平原君家樓臨民家。民家有躄者，槃散行汲④。平原君美人居樓上，臨見，大笑之。明日，躄者至平原君門，請曰：「臣聞君之喜士，士不遠千里而至者，以君能貴士而賤妾也。臣不幸，有罷癃之病⑤，而君之後宮臨而笑臣，臣願得笑臣者頭。」平原君笑應曰：「諾。」躄者去，平原君笑曰：「觀此豎子，乃欲以一笑之故殺吾美人，不亦甚乎！」終不殺。居歲餘，賓客門下舍人稍稍引去者過半⑥。平原君怪之，曰：「勝所以待諸君者未嘗敢失禮，而去者何多也？」門下一人前對曰：「以君之不殺笑躄者，以君為愛色而賤士，士即去耳。」於是平原君乃斬笑躄者美人頭，自造門進躄者，因謝焉。其後門下乃復稍稍來。是時齊有孟嘗，魏有信陵，楚有春申，故爭相傾以待士。

【注釋】❶平原君趙勝：趙武靈王的兒子，趙惠文王的弟弟，因最早的封地在平原（今山東省平原西南），故稱為平原君。❷諸公子：除太子以外的國王的其他兒子。❸惠文王：趙何，武靈王之子，在位三十三年。孝成王：趙丹，惠文王之子，在位二十一年。❹躄（bì）者：跛子。躄，兩腿瘸。槃散：即蹣跚，跛行的樣子。❺罷癃（pí lóng）：指殘疾。❻稍稍：陸續，漸漸。

秦之圍邯鄲①，趙使平原君求救，合從於楚②，約與食客門下有勇力文武備具者二十人偕。平原君曰：「使文能取勝，則善矣；文不能取勝，則歃血於華屋之下③，必得定從而還。士不外索，取於食客門下足矣。」得十九人，餘無可取者，無以滿二十人。門下有毛遂者，前，自贊於平原君曰：「遂聞君將合從於楚，約於食客門下二十人偕，不外索。今少一人，願君即以遂備員而行矣④。」平原君曰：「先生處勝之門下幾年於此矣？」毛遂曰：「三年於此矣。」平原君曰：「夫賢士之處世也，譬若錐之處囊中，其末立見⑤。今先生處勝之門下三年於此矣，左右未有所稱誦，勝未有所聞，是先生無所有也。先生不能，先生留。」毛遂曰：「臣乃今日請處囊中耳。使遂蚤得處囊中⑥，乃穎脫而出，非特其末見而已。」平原君竟與毛遂偕。十九人相與目笑之而未廢也。

【注釋】❶秦之圍邯鄲：發生在趙孝成王九年，秦取長平後，進圍趙邯鄲。邯鄲，在今河北省邯鄲市西南。❷合從（zòng）於楚：推楚國為盟主，約定東方國家縱向聯合起來，共同抵抗秦國。❸歃（shà）血於華屋之下：歃血，古人盟誓時的一種儀式，宰殺牲畜，飲血表示誠意。華屋，朝會或議事的地方。❹備員：湊足人數。❺其末立見：錐子尖立刻就會顯露出來。末，指錐子尖。見，同「現」。❻蚤：通「早」。

毛遂比至楚，與十九人論議，十九人皆服。平原君與楚合從，言其利害，日出而言之，日中不決。十九人謂毛遂曰：「先生上。」毛遂按劍歷階而上，謂平原君曰：「從之利害，兩言而決耳。今日出而言從，日中不決，何也？」楚王謂平原君曰：「客何為者也？」平原君曰：「是勝之舍人也。」楚王叱曰：「胡不下！吾乃與而君言，汝何為者也！」毛遂按劍而前曰：「王之所以叱遂者，以楚國之眾也。今十步之內，王不得恃楚國之眾也，王之命縣於遂手①。吾君在前，叱者何也！且遂聞湯以七十里之地王天下，文王以百里之壤而臣諸侯，豈其士卒眾多哉，誠能據其勢而奮其威。今楚地方五千里，持戟百萬②，此霸王之資也。以楚之強，天下弗能當。白起，小豎子耳，率數萬之眾，興師以與楚戰，一戰而舉鄢郢，再戰而燒夷陵，三戰而辱王之先人③。此百世之怨，而趙之所羞，而王弗知惡焉。合從者為楚，非為趙也。吾君在前，叱者何也？」楚王曰：「唯！唯④！誠若先生之言，謹奉社稷而以從。」毛遂曰：「從定乎？」楚王曰：「定矣。」毛遂謂楚王之左右曰：「取雞狗馬之血來。」毛遂奉銅槃而跪進之楚王曰：「王當歃血而定從，次者吾君，次者遂。」遂定從於殿上。毛遂左手持槃血，而右手招十九人曰：「公相與歃此血於堂下。公等錄錄，所謂因人成事者也。」

平原君已定從而歸，歸至於趙，曰：「勝不敢復相士。勝相士多者千人，寡者百數，自以為不失天下之士，今乃於毛先生而失之也。毛先生一至楚，而使趙重於九鼎大呂⑤。毛先生以三寸之舌，強於百萬之師。勝不敢復相士。」遂以為上客。

【注釋】❶縣於遂手：掌握在我毛遂手裏。縣，通「懸」。❷持戟：指配備武器的能戰之士。❸「一戰而舉鄢郢」三句：公元前279年，秦將白起取鄢、郢。第二年，白起燒夷陵（楚先王之墓，在今湖北宜昌東）。實際上是兩次戰役，毛遂為加重語氣，分為一次、二次、三次。❹唯唯：恭敬地連聲答應。❺九鼎：古代象徵國家政權的傳國之寶，相傳夏禹所鑄。大呂：樂器名，傳國寶器。

平原君既返趙，楚使春申君將兵赴救趙，魏信陵君亦矯奪晉鄙軍往救趙，皆未至。秦急圍邯鄲。邯鄲急，且降，平原君甚患之。邯鄲傳舍吏子李同說平原君曰①：「君不憂趙亡邪？」平原君曰：「趙亡則勝為虜，何為不憂乎？」李同曰：「邯鄲之民，炊骨易子而食，可謂急矣，而君之後宮以百數，婢妾被綺縠②，餘粱肉，而民褐衣不完，糟糠不厭。民困兵盡，或剡木為矛矢③，而君器物鍾磬自若。使秦破趙，君安得有此？使趙得全，君何患無有？今君誠能令夫人以下編於士卒之間，分功而作，家之所有盡散以饗士④，士方其危苦之時，易德耳⑤。」於是平原君從之，得敢死之士三千人。李同遂與三千人赴秦軍，秦軍為之卻三十里。亦會楚、魏救至，秦兵遂罷。邯鄲復存。李同戰死，封其父為李侯。

【注釋】❶傳舍吏：客館中管事的人。傳舍，古時官方設置的供來往人歇息的住所。李同：原作李談，司馬遷避父諱而改。❷被：同「披」。綺縠（hú）：絲織品名。❸剡（yǎn）：削。❹饗（xiǎng）：款待，犒勞。❺易德：容易見效，易於施以恩德。

虞卿欲以信陵君之存邯鄲為平原君請封。公孫龍聞之，夜駕見平原君曰：「龍聞虞卿欲以信陵君之存邯鄲為君請封，有之乎？」平原君曰：「然。」龍曰：「此甚不可。且王舉君而相趙者，非以君之智能為趙國無有也。割東武城而封君者，非以君為有功也，而以國人無動，乃以君為親戚故也。君受相印不辭無能，割者不言無功者，亦自以為親戚故也。今信陵君存邯鄲而請封，是親戚受城而國人計功也①。此甚不可。且虞卿操其兩權：事成，操右券以責②；事不成，以虛名德君。君必勿聽也。」平原君遂不聽虞卿。

平原君以趙孝成王十五年卒。子孫代，後竟與趙俱亡。平原君厚待公孫龍。公孫龍善為堅白之辯③，及鄒衍過趙言至道④，乃絀公孫龍⑤。

【注釋】❶親戚受城而國人計功：以親戚身份接受封城，以平常人的身份計算功勞。❷右券：古代契約分為左右兩半，右半為右券，由債主掌握。❸堅白之辯：古代名家的一種名辯論題。❹鄒衍：齊人，戰國時有名的陰陽學家。❺絀：同「黜」，罷斥。

虞卿者，遊說之士也。躡蹻簷簦說趙孝成王①。一見，賜黃金百鎰，白璧一雙；再見，為趙上卿，故號為虞卿。秦趙戰於長平，趙不勝，亡一都尉。趙王召樓昌與虞卿曰：「軍戰不勝，尉復死，寡人使束甲而趨之，何如？」樓昌曰：「無益也，不如發重使為媾②。」虞卿曰：「昌言媾者，以為不媾軍必破也。而制媾者在秦。且王之論秦也，欲破趙之軍乎，不邪？」王曰：「秦不遺餘力矣，必且欲破趙軍。」虞卿曰：「王聽臣，發使出重寶以附楚、魏，楚、魏欲得王之重寶，必內吾使。趙使入楚、魏，秦必疑天下之合從，且必恐。如此，則媾乃可為也。」趙王不聽，與平陽君為媾，發鄭朱入秦。秦內之。趙王召虞卿曰：「寡人使平陽君為媾於秦，秦已內鄭朱矣，卿以為奚如③？」虞卿對曰：「王不得媾，軍必破矣。天下賀戰勝者皆在秦矣。鄭朱，貴人也，入秦，秦王與應侯必顯重以示天下。楚、魏以趙為媾，必不救王。秦知天下不救王，則媾不可得成也。」應侯果顯鄭朱以示天下賀戰勝者，終不肯媾。長平大敗，遂圍邯鄲，為天下笑。

【注釋】❶躡蹻簷簦（niè qiāo dān dēng）：躡，動詞，踏。蹻，草鞋。簷，同「擔」，此處作動詞，舉。簦，長柄笠，即傘。❷媾（gòu）：媾和。❸奚如：何如，怎麼樣。

秦既解邯鄲圍，而趙王入朝，使趙郝約事於秦，割六縣而媾。虞卿謂趙王曰：「秦之攻王也，倦而歸乎？王以其力尚能進，愛王而弗攻乎？」王曰：「秦之攻我也，不遺餘力矣，必以倦而歸也。」虞卿曰：「秦以其力攻其所不能取，倦而歸，王又以其力之所不能取以送之，是助秦自攻也。來年秦復攻王，王無救矣。」王以虞卿之言告趙郝。趙郝曰：「虞卿誠能盡秦力之所至乎？誠知秦力之所不能進，此彈丸之地弗予，令秦來年復攻王，王得無割其內而媾乎？」王曰：「請聽子割矣，子能必使來年秦之不復攻我乎？」趙郝對曰：「此非臣之所敢任也。他日三晉之交於秦，相善也。今秦善韓、魏而攻王，王之所以事秦必不如韓、魏也。今臣為足下解負親之攻，開關通幣，齊交韓、魏，至來年而王獨取攻於秦，此王之所以事秦必在韓、魏之後也。此非臣之所敢任也。」

王以告虞卿。虞卿對曰：「郝言『不媾，來年秦復攻王，王得無割其內而媾乎』。

今媾，郝又以不能必秦之不復攻也。今雖割六城，何益！來年復攻，又割其力之所不能取而媾，此自盡之術也，不如無媾。秦雖善攻，不能取六縣；趙雖不能守，終不失六城。秦倦而歸，兵必罷。我以六城收天下以攻罷秦，是我失之於天下而取償於秦也。吾國尚利，孰與坐而割地，自弱以強秦哉？今郝曰『秦善韓、魏而攻趙者，必王之事秦不如韓、魏也』，是使王歲以六城事秦也，即坐而城盡。來年秦復求割地，王將與之乎？弗與，是棄前功而挑秦禍也；與之，則無地而給之。語曰：『強者善攻，弱者不能守。』今坐而聽秦，秦兵不弊而多得地，是強秦而弱趙也。以益強之秦而割愈弱之趙，其計故不止矣。且王之地有盡，而秦之求無已。以有盡之地而給無已之求，其勢必無趙矣。」

趙王計未定，樓緩從秦來，趙王與樓緩計之，曰：「予秦地如毋予①，孰吉？」緩辭讓曰：「此非臣之所能知也。」王曰：「雖然，試言公之私。」樓緩對曰：「王亦聞夫公甫文伯母乎？公甫文伯仕於魯，病死，女子為自殺於房中者二人。其母聞之，弗哭也。其相室曰②：『焉有子死而弗哭者乎？』其母曰：『孔子，賢人也，逐於魯，而是人不隨也；今死，而婦人為之自殺者二人，若是者，必其於長者薄而於婦人厚也。』

故從母言之，是為賢母；從妻言之，是必不免為妒妻。故其言一也，言者異則人心變矣。今臣新從秦來而言勿予，則非計也；言予之，恐王以臣為為秦也，故不敢對。使臣得為大王計，不如予之。」王曰：「諾。」虞卿聞之，入見王曰：「此飾說也③，王昚勿予④！」樓緩聞之，往見王。王又以虞卿之言告樓緩。樓緩對曰：「不然。虞卿得其一，不得其二。夫秦、趙構難而天下皆說，何也？曰：『吾且因強而乘弱矣。』今趙兵困於秦，天下之賀戰勝者則必盡在於秦矣。故不如亟割地為和，以疑天下而慰秦之心。不然，天下將因秦之怒，乘趙之弊，瓜分之。趙且亡，何秦之圖乎！故曰虞卿得其一，不得其二。願王以此決之，勿復計也！」

虞卿聞之，往見王，曰：「危哉，樓子之所以為秦者，是愈疑天下，而何慰秦之心哉？獨不言其示天下弱乎？且臣言勿予者，非固勿予而已也。秦索六城於王，而王以六城賂齊。齊，秦之深仇也，得王之六城，并力西擊秦，齊之聽王，不待辭之畢也。則是王失之於齊而取償於秦也。而齊、趙之深仇可以報矣，而示天下有能為也。王以此發聲，兵未窺於境，臣見秦之重賂至趙而反媾於王也。從秦為媾，韓、魏聞之，必盡重王；重王，必出重寶以先於王。則是王一舉而結三國之親，而與秦易道也⑤。」

趙王曰：「善。」則使虞卿東見齊王，與之謀秦。虞卿未返，秦使者已在趙矣。樓緩聞之，亡去。趙於是封虞卿以一城。

居頃之，而魏請為從。趙孝成王召虞卿謀。過平原君⑥。平原君曰：「願卿之論從也。」虞卿入見王。王曰：「魏請為從。」對曰：「魏過。」王曰：「寡人固未之許。」對曰：「王過。」王曰：「魏請從，卿曰魏過；寡人未之許，又曰寡人過，然則從終不可乎？」對曰：「臣聞小國之與大國從事也，有利則大國受其福，有敗則小國受其禍。今魏以小國請其禍，而王以大國辭其福，臣故曰王過，魏亦過。竊以為從便。」王曰：「善。」乃合魏為從。

虞卿既以魏齊之故，不重萬戶侯卿相之印，與魏齊間行⑦。卒去趙，困於梁。魏齊已死，不得意，乃著書，上採《春秋》，下觀近世，曰《節義》、《稱號》、《揣摩》、《政謀》，凡八篇。以刺譏國家得失，世傳之曰《虞氏春秋》⑧。

【注釋】❶如：與……相比。❷相室：協助處理家事的人，如師傅、保姆之類。相，佐助。❸飾說：虛飾的假話。❹眘：古「慎」字。❺易道：如同「易地」，是說趙秦雙方更換了地位，趙由被動變為主動。❻過平原君：虞卿先到平原君家商談。❼間行：從小道逃亡。❽《虞氏春秋》：久已亡佚，

《漢書・藝文志》載有十五篇，清馬國翰《玉函山房輯佚書》有一卷。

太史公曰：平原君，翩翩濁世之佳公子也。然未睹大體。鄙語曰「利令智昏」，平原君貪馮亭邪說，使趙陷長平兵四十餘萬眾，邯鄲幾亡。虞卿料事揣情，為趙畫策，何其工也！及不忍魏齊，卒困於大梁，庸夫且知其不可，況賢人乎？然虞卿非窮愁，亦不能著書以自見於後世云。

【翻譯】

平原君趙勝，是趙國的一位公子。在所有公子中，趙勝最有才能。喜歡招攬賓客，賓客來到平原君家的大約有數千人。平原君在趙惠文王和孝成王時分別擔任過相，三次離開相位，又三次恢復相位，被分封到東武城。

平原君住宅的高樓臨接平民家。平民家有個跛子，蹣跚外出打水。平原君的美妾住在樓上，俯視到了，對着跛子大笑起來。第二天，跛子來到平原君家，對平原君說：「我聽說你喜歡招納士人，士人不遠千里來投奔你，是因為你能夠尊重士人而輕視寵妾。我不幸患有殘疾，但你的後宮寵妾卻站在高樓上取笑我，我希望得到取笑我的那個寵妾的頭。」平原君笑着回答說：「好吧。」那個跛子走了，平原君笑着說：「看這小子，竟因為笑一笑的緣故，殺我美妾，不也太過分了嗎？」始終沒殺她。過了一年多，平原君的食客和門下弟子漸漸地藉故辭去，走了一大半。平原君對這事感到很奇怪，說：「我對待大家不曾有失禮的地方，離我而去的人為甚麼這麼多呢？」他門下的一個人上前回答：「因為你不殺那個恥笑跛子的寵妾，以為你愛好美色而薄待士人，因此士人就離去了。」於是平原君就斬下那個取笑跛子的美人的頭，親自登門獻給跛子，並請他原諒。此後，原來離去的那些人又陸續歸來。當時，齊國有孟嘗君，魏國有信陵君，楚國有春申君，故意互相競爭以厚待士人。

秦國包圍了趙國都城邯鄲，趙國派平原君去請求援救，在楚國定合縱之約，打算挑選門客中有勇有謀、文武雙全的二十個人陪同前往。平原君說：「如果不用武力能夠完成使命，那就好了；文的不能取勝，那就在朝堂以血盟誓，一定要定下合縱的盟約才回來。隨從的人不用到外邊去找，在食客門下中挑選就足夠了。」選出十九個人，剩下的人沒有可挑選的，無法湊夠二十人。門人中有個叫毛遂的，逕自走到平原君面前，向平原君自薦說：「我聽說你要到楚國去訂立合縱之約，打算在門下食客中選二十個人陪同前往，不到外邊去找人。現在還少一個人，希望你把我毛遂充數前往。」平原君說：「先生到我門下有幾年了？」毛遂說：「到這裏三年了。」平原君說：「大凡賢能的人生活在世上，好比錐子裝在口袋裏，錐子尖立刻就會顯露出來。先生你現在來到我門下已經三年了，左右的人沒有稱頌過你，我也從未聽說過稱頌你的話，這說明你沒有甚麼長處。先生沒有才能，還是留下來。」毛遂說：「我現在就請你把我裝在口袋裏。假如我毛遂早被裝在口袋裏，那麼錐柄都會露出來，而不僅僅是它的尖子露出來而已。」平原君終於讓毛遂同行。十九個人互相擠眉弄眼嘲笑他，但沒有阻止他去。

毛遂將到達楚國的時候，與同行十九人交談議論，十九個人都很佩服毛遂。平原君與楚王商討合縱之約，說明這件事的利害關係，從清晨開始商談，直到中午不能決定下來。十九個人對毛遂說：「先生你上去吧！」毛遂按劍拾級而上，對平原君說：「合縱的利和害，三言兩語就可以決定，現在從清晨開始商談合縱之約，到中午還決定不下來，這是為甚麼？」楚王問平原君：「這個人是幹甚麼的？」平原君說：「是我的門客。」楚王呵斥道：「還不下去！我與你的主人討論問題，你來幹甚麼！」毛遂手按着劍走到楚王面前，說：「大王你呵斥我的緣由，是依仗楚國的人強勢眾。現在十步之內，大王不得仗恃楚國的強大，你的性命掌握在我手裏。我的君長在場，你憑甚麼斥責我！而且我聽說商湯以七十里的地盤而稱王天下，周文王以百里的疆域而使諸侯臣服，難道是他們的軍隊士兵眾多嗎！實在是能依據有利的形勢而發揮了威力。現今楚國疆域方圓五千里，軍隊百萬，這是稱霸的憑藉。就楚國強大而言，應該是天下無敵了。白起，只不過是個無能小人，率領幾萬軍隊，發兵來打楚國，一戰攻拔鄢、郢兩城，二戰燒了夷陵，三戰侮辱大王的祖先。這是世代的深仇，連趙國都以為羞恥，大王卻不知羞恥痛恨。合縱是為了楚國，不是為了趙國。當我主人的面，你為甚麼呵斥我！」楚王連聲說：「是啊！是啊！實在應當像先生所說，謹以國家的名義訂立縱約。」毛遂說：「合縱的事可以決定下來了嗎？」楚王說：「決定了。」毛遂對楚王左右的人說：「拿雞、狗、馬的血來。」毛遂捧着盛牲血的銅盤，跪着獻給楚王，說：「大王應當首先歃血定合縱之盟，接着是我的主人，最後是我。」於是在殿堂上決定了合縱。毛遂左手拿着盛血的銅盤，右手招呼十九個門客說：「你們大家在堂下歃血。你們這些人碌碌無為，不過是依賴別人成就事功的那種人。」

平原君簽訂了合縱盟約而返回，回到趙國後，說：「我再不敢品評士人了。我品評過的士人多說有上千人，少說也有幾百，自以為沒有埋沒天下有識之士，這次卻把毛先生漏掉了。毛先生一到楚國，就使趙國的地位比九鼎大鐘還要貴重，毛先生的三寸之舌，勝過百萬軍隊，我再也不敢品評士人了。」於是待毛遂為上等客人。

平原君已回到趙國，楚國派春申君率兵來救趙國，魏國信陵君也假傳王命奪取了晉鄙統帥的軍隊前來救趙，但都未到達。秦國加緊圍困邯鄲。邯鄲情況危急，將要投降了，平原君十分憂慮。邯鄲館舍管事官吏的兒子李談對平原君說：「難道你不擔心趙國滅亡嗎？」平原君說：「趙國滅亡則我趙勝成為俘虜，怎麼不擔心？」李談說：「邯鄲的老百姓，用死人骨頭當柴燒，互相交換孩子充饑，可以說是危急萬分了，相反，你的姬妾美人卻數以百計，她們穿着綾羅綢緞，細糧和肉吃不完，老百姓連粗布短衣也穿不上，糟糠都吃不飽。百姓窮困、武器用完，有人削尖木棍當武器，相反你仍照舊安享器物鐘磬。假如秦攻破趙國，您哪裏還能這樣？如果能保全趙國，你還用擔心甚麼沒有！現在你如果能讓夫人以下都編入軍隊，也和別人一樣共同勞動、操練，把家裏的財產拿出來犒賞士人，士人們正當危急困苦的關頭，容易使他們感恩戴德。」於是平原君採納了李談的建議，得到了三千名不怕死的勇士。李談於是與三千勇士沖向秦軍，秦軍因此退卻了三十里。正巧楚、魏救兵也到了，秦軍於是撤走了。邯鄲又保住了。李談戰死了，封他父親為李侯。

虞卿打算以平原君請信陵君救趙保住了邯鄲為理由，替平原君請求加封食邑。公孫龍聽說這件事，連夜駕車來見平原君，說：「我聽說虞卿打算因（請）信陵君保住了邯鄲而為你請封，有這件事嗎？」平原君說：「有這件事。」公孫龍說：「這絕對不行。趙王提拔你當趙國的相，並不是說像你這樣有能力、有才智的人趙國沒有；劃出東武城封給你，不等於說你有功，別人沒功，那是因為你是趙王親屬的緣故。你接受相印不以無能推辭，接受封地不說自己無功，大概也自以為是國王親屬的緣故吧。現在因為信陵君救趙邯鄲又來請求封地，這不是平時以親屬身份接受封地，現在卻以普通人身份來計算功勞麼？這是絕對不行的。況且虞卿佔住了兩面討好的口實：這件事辦成了，他可以像債主一樣手持債券向平原君討取報酬；這件事沒辦成，他也會以曾經建議為你請封的緣故博取你的好感。你一定不要聽他的！」平原君於是沒有聽虞卿的。

平原君死於趙孝成王十五年。子孫世代襲封為平原君，一直到趙國滅亡。平原君厚待公孫龍。公孫龍擅長辯析名實關係的堅白論。等到鄒衍路過趙國宣傳更高明的學說，才罷免、疏遠了公孫龍。

虞卿是到處遊說的說客。他穿着草鞋、擔把雨傘前往遊說趙孝成王。第一次見面，賞他黃金百鎰，白璧一雙。第二次見面，封為趙國上卿，所以號稱虞卿。

秦國、趙國在長平交戰，趙國戰敗，都尉無一倖免。趙國把樓昌和虞卿叫來，說：「軍隊戰敗，都尉又都戰死，我想裹甲而沖向敵陣，你們看怎麼樣？」樓昌說：「沒有益處，不如派遣重要使臣去求和。」虞卿說：「樓昌說講和，認為不求和，軍隊一定會慘敗。但掌握媾和與否的主動權在秦國。再說大王估計一下秦國的目的，是想擊破趙軍，還是相反呢？」趙王說：「秦國不遺餘力，必定是打算擊破趙軍。」虞卿說：「大王你聽我的，派使者帶厚禮去聯絡楚、魏，楚、魏想得到大王的厚禮，一定接納我國的使者。我使節入楚、魏，秦必定疑心各國合縱，就一定會害怕。這樣一來，講和就是可行的了。」趙王不聽，和平陽君趙豹決定求和，先遣信使鄭朱前往秦國。秦接納了鄭朱。趙王把虞卿叫來，說：「我派平陽君到秦國去求和，秦已接納了鄭朱，你認為怎麼樣？」虞卿回答說：「大王實現不了求和，軍隊一定會被擊破。到時各國都會到秦國去祝賀勝利。鄭朱，是趙國的顯貴，他去秦，秦王和范睢必然借重鄭朱的身份來宣揚趙國求和的事，以此向諸侯示威。楚、魏因為趙向秦求和，一定不來救大王。秦知道各國不援救大王，和局就不能得以實現。」范睢果然將鄭朱在各國祝賀戰勝的使者面前張揚了一番，終於沒答應講和。長平之戰大敗趙軍，於是進圍邯鄲，趙王為各國所恥笑。

秦已經解除了對邯鄲的包圍，趙王派使者去朝見秦王，派趙郝與秦約定趙國服從秦國，割讓六縣的地方以求和。虞卿對趙王曰：「秦攻打大王，是因為軍隊疲憊而歸嗎？大王你認為秦軍的力量還能進攻，只是因為憐憫你不進攻嗎？」趙王說：「秦攻打我們，是不遺餘力了，當然是疲憊而退兵了。」虞卿說：「秦國用全部力量攻打它不能得到的地方，疲憊而退兵，大王卻將他們全力以赴而沒有得到的地方奉送給他們，這是幫助秦國來攻打自己。明年秦又會來攻擊大王，大王就沒有救了。」趙王把虞卿的話告訴了趙郝，趙郝說：「虞卿真的能夠摸清秦國兵力能攻取的地方麼？真的摸清秦兵不能攻取的地方，而這區區六縣之地又不給，假使秦明年又來攻打我們，大王能不割六縣以內的地方求和嗎？」趙王說：「那就聽你的割讓吧，你能保證明年秦不再來進攻我們嗎？」趙郝回答說：「這個我不敢擔保。早先韓、趙、魏三國和秦結交，彼此相好。現在秦和韓、魏相好而攻打趙國，說明大王事奉秦國一定不如韓、魏。現在我為你解除因背負秦國而招來的攻擊，開放邊關，禮尚往來，與秦修好和韓、魏相同，到明年大王單單招致秦國的進攻，這一定是大王事奉秦不如韓、魏的緣故。這不是我所敢於擔保的。」

趙王把這件事告訴了虞卿。虞卿說：「趙郝說：『不講和，明年秦再來進攻趙，大王能不割六縣之內的地方而求和嗎？』現在講和，他又說不能擔保秦不再來進攻，現在我們雖割讓六城，有甚麼用處！來年再來進攻，又要割讓他們力量所不能得到的地方去求和，這是自取滅亡，不如不講和。秦軍雖善於進攻，卻不一定能奪取六縣。趙軍雖然不能守，最後不一定丟掉六城。秦軍疲倦而退兵，士兵一定疲勞。我們豁出六座城去拉攏各國諸侯，進攻疲憊的秦國，這樣我們付出的代價就可以從秦得到補償。我國得利，比白白地割讓土地，削弱自己來使秦強大哪樣好些？現在趙郝說『秦對韓、魏關係好而攻打趙國，必定是大王服事秦國不如韓、魏』，這是讓大王每年用六座城來奉獻秦國，坐等趙城割讓乾淨。以後秦再來要求割地，大王打算給它嗎？不給，是盡棄前功，重新挑起秦來攻打的禍患。給呢，沒有地方可給了。常言道：『強者善攻，弱者不能守。』現在我們被動地聽憑秦的擺佈，秦軍不疲勞卻能夠多得地，這樣做是強大秦國而削弱趙國。日益強大的秦國宰割日趨衰弱的趙國，他們割佔土地的念頭勢必沒有止境。何況，大王的土地有限，而秦國的貪慾無窮，用有限的土地供給無窮的貪慾，發展下去趙一定會滅亡的。」

趙王沒拿定主意，樓緩從秦國回來了，趙王和樓緩商量這件事，說：「給秦土地或不給，哪種做法更好？」樓緩推辭說：「這不是我能夠弄清的事情。」趙王說：「雖是這麼說，你還是說說你個人的意見吧。」樓緩回答說：「大王也聽說過那公甫文伯的母親嗎？公甫文伯在魯國做官，病死了，兩個女子為他在房內自殺。他母親聽到這個消息，不哭。她家的家臣說道：『哪有兒子死了而不哭的？』他母親說：『孔子是很有德行的人，被魯國驅逐，這人不追隨他；現在他死了，卻有兩個女人為他自殺。如此看來，他一定對德高望重的人不尊重，而對女人卻很親近。』所以就母親的角度來說，她是個賢慧的母親；就妻子的角度來說，她就一定被認為是個愛妒嫉的妻子。因此同一句話，說話的人不同，看法就不一樣。現在我剛剛從秦國歸來，說不給，那不是辦法；說給它，恐怕大王以為我是為秦國着想，所以不敢回答。如果讓我替大王考慮，我看不如給它。」

趙王說：「好吧。」

虞卿聽說這件事，前來見趙王，說：「這是假話，大王一定要謹慎，切不可給它！」樓緩聽說，也來見趙王。趙王又把虞卿的話告訴了樓緩，樓緩回答說：「不對。虞卿只知其一，不知其二。秦、趙結怨，諸侯都高興，為甚麼呢？他們都想『我可以利用強的一方趁勢去欺侮弱的一方』。現在趙兵被秦包圍，各國祝賀戰勝的人一定都在秦國。所以不如趕快割地求和，讓各國疑心秦、趙之間的關係和好，並可安慰、討好秦國。不這樣，各國就會利用秦國的盛怒，趁着趙國的疲弱，共同瓜分趙國。趙國滅亡了，還能夠圖謀秦國的甚麼呢？所以我說虞卿只知其一，不知其二。希望大王就這樣定下來，不要再商量了。」

虞卿聽說這件事，前來見趙王，說：「危險啊，樓緩為秦效勞的主意，這是使各國更加疑心趙與秦的關係好，哪裏是甚麼討好秦國？為甚麼單單不說這樣做是在諸侯各國面前暴露趙國的弱點？何況我說的不割給秦國城池，並不是說不給就算了。秦國向大王索取六城，你把六城送給齊國。齊、秦二國相互之間有深仇大恨，齊國得到你的六座城，和我們合力西向攻打秦國，齊國聽從你的建議，不等你的話說完就會答應下來。這樣做大王對於齊而言是失去六城，但可從聯齊攻秦中得到報償。同時齊、趙兩國的深仇都可以報了，又能向各國顯示趙國是有能力有作為的。大王把齊、趙交好的風聲宣揚出去，等不到齊、趙的兵馬接近秦國邊境，我想，秦就會派使者用厚禮到趙國來向你求和。你答應秦國的講和要求，韓、魏聽說，一定會看重大王。看重你，一定會獻出珍貴的寶物來和你結好。這樣做大王可以一舉同三國締結友好關係，我們與秦也便變換了主動與被動的地位。」趙王說：「好！」就派虞卿東見齊王，和齊王商議共同對付秦國。虞卿還沒從齊國回來，秦國的使者已經到了趙國。樓緩聽說這事，就溜走了。於是趙王封給虞卿一座城。

過了不久，魏國來請求訂立縱約。趙孝成王叫虞卿來商量。虞卿先到平原君家。平原君說：「希望你贊同合縱。」虞卿去見趙王，趙王說：「魏國請求合縱。」虞卿回答說：「魏國錯了。」趙王說：「我也根本沒答應。」虞卿說：「大王錯了。」趙王說：「魏來請求合縱，你說魏錯了；我沒應允，你又說我錯了，難道合縱是無論如何不行嗎？」虞卿說：「我聽說小國和大國打交道，有好處就是大國受益，有害處就是小國受害。現在魏以小國的身份來領禍，而大王以大國的身份去辭福；所以我說大王錯，魏也錯。我個人認為合縱對趙國有利。」趙王說：「好。」便和魏合縱。

虞卿因為魏齊的緣故，不在乎萬戶侯卿相的地位、官職，和魏齊從小道逃亡。終於離開趙國，困居於魏國的梁。魏齊死後，虞卿精神上受到打擊，於是著書立說，上參考《春秋》，下考察近代，寫了《節義》、《稱號》、《揣摩》、《政謀》，共有八篇。批評當時政治的得失，後世流傳稱為《虞氏春秋》。

太史公說：平原君，風度翩翩，是亂世的賢公子。但不識大局。俗話說「利令智昏」，平原君聽信馮亭的邪說貪圖小利，致使趙國軍隊在長平之戰中損失四十多萬，邯鄲差點滅亡。虞卿預料事物，盤算利害，為趙國出謀劃策，是多麼精明啊！等到不忍心魏齊，終於不得意而困於大梁，平庸的人尚且知道這是不可取的，何況賢明的人呢？但是虞卿如果不經歷這窮愁潦倒，也不可能著書以傳名於後世。

魏公子列傳

魏公子即信陵君，他是司馬遷精心刻畫的人物。在這個人物身上寄託着作者的社會政治理想。本篇着意描述了信陵君的禮賢下士，其中用了許多筆墨來寫信陵君不顧眾人譏笑，厚待隱士侯嬴和屠夫朱亥，顯示了信陵君寬和謙遜、卓有遠見的政治家風度。作者又通過對信陵君在趙國結識隱跡於賭徒和賣漿人中的毛公、薛公的描寫，來襯托作為有名的四公子之一的平原君的目光短淺。侯嬴、朱亥、毛公、薛公這些身居下層社會而有真本事的人，在關鍵時刻都能幫助信陵君建功立業。

本篇的另一主題是歌頌侯嬴等人「士為知己者死」的精神。這種精神是中國古代士大夫立身處世的道德價值觀念的一部分，今天的讀者，對此應當批判地加以分析。

魏公子無忌者，魏昭王少子而魏安釐王異母弟也①。昭王薨②，安釐王即位，封公子為信陵君③。是時范雎亡魏相秦④，以怨魏齊故，秦兵圍大梁⑤，破魏華陽下軍，走芒卯。魏王及公子患之。

【注釋】❶魏昭王：名遫，公元前295—前277年在位。魏安釐（xī）王：名圉，公元前276—前243年在位。❷薨（hōng）：古時稱諸侯死叫「薨」。❸信陵：魏邑，在今河南省寧陵縣西。❹范睢：戰國時魏人，為須賈所誣，被魏齊使人笞擊折脅。後化名張祿，逃到秦國，任秦相，封應侯。❺大梁：魏都，在今河南省開封市。

公子為人仁而下士，士無賢不肖皆謙而禮交之，不敢以其富貴驕士。士以此方數千里爭往歸之，致食客三千人。當是時，諸侯以公子賢，多客，不敢加兵謀魏十餘年。

公子與魏王博①，而北境傳舉烽②，言「趙寇至，且入界」。魏王釋博，欲召大臣謀。公子止王曰：「趙王田獵耳，非為寇也。」復博如故。王恐，心不在博。居頃，復從北方來傳言曰：「趙王獵耳，非為寇也。」魏王大驚，曰：「公子何以知之？」公子曰：「臣之客有能深得趙王陰事者③，趙王所為，客輒以報臣，臣以此知之。」是後魏王畏公子之賢能，不敢任公子以國政。

【注釋】❶博：博棋，賭棋。❷舉烽：舉烽火，古代以烽火發警報。❸深：一本作「探」，即探聽。

魏有隱士曰侯嬴①，年七十，家貧，為大梁夷門監者②。公子聞之，往請，欲厚遺之。不肯受，曰：「臣修身潔行數十年，終不以監門困故而受公子財。」公子於是乃置酒大會賓客。坐定，公子從車騎，虛左③，自迎夷門侯生。侯生攝敝衣冠④，直上載公子上坐；不讓，欲以觀公子。公子執轡愈恭⑤。侯生又謂公子曰：「臣有客在市屠中，願枉車騎過之。」公子引車入市，侯生下見其客朱亥，俾倪⑥，故久立，與其客語，微察公子。公子顏色愈和。當是時，魏將相宗室賓客滿堂，待公子舉酒。市人皆觀公子執轡。從騎皆竊罵侯生。侯生視公子色終不變，乃謝客就車。至家，公子引侯生坐上座，遍贊賓客，賓客皆驚。酒酣，公子起，為壽侯生前。侯生因謂公子曰：「今日嬴之為公子亦足矣。嬴乃夷門抱關者也，而公子親枉車騎，自迎嬴於眾人廣坐之中，不宜有所過，今公子故過之。然嬴欲就公子之名，故久立公子車騎市中，過客以觀公子，公子愈恭。市人皆以嬴為小人，而以公子為長者能下士也。」於是罷酒，侯生遂為上客。

侯生謂公子曰：「臣所過屠者朱亥，此子賢者，世莫能知，故隱屠間耳。」公子往數請之，朱亥故不復謝。公子怪之。

【注釋】❶隱士：隱居起來不願遊說從政的士人。❷夷門監者：監守東門的役吏。夷門，大梁有十二個城門，東門叫夷門。❸虛左：指留出車上左邊的座位。古代以左邊為尊貴，虛左以待客人，是表示客氣、恭敬。❹攝敝衣冠：整理破舊的衣冠。攝，整頓，整理。❺執轡（pèi）：指駕車。轡，駕馭牲口的韁繩。❻俾倪（pì nì）：通「睥睨」，斜視。

魏安釐王二十年，秦昭王已破趙長平軍①，又進兵圍邯鄲。公子姊為趙惠文王弟平原君夫人，數遺魏王及公子書②，請救於魏。魏王使將軍晉鄙將十萬眾救趙。秦王使使者告魏王曰③：「吾攻趙，旦暮且下，而諸侯敢救者，已拔趙，必移兵先擊之。」魏王恐，使人止晉鄙，留軍壁鄴④，名為救趙，實持兩端以觀望。平原君使者冠蓋相屬於魏⑤，讓魏公子曰：「勝所以自附為婚姻者，以公子之高義，為能急人之困。今邯鄲旦暮降秦而魏救不至，安在公子能急人之困也！且公子縱輕勝，棄之降秦，獨不憐公子姊邪？」公子患之，數請魏王，及賓客辯士說王萬端。魏王畏秦，終不聽公子。公子自度終不能得之於王⑥，計不獨生而令趙亡。乃請賓客，約車騎百餘乘，欲以客往赴秦軍，與趙俱死。

【注釋】❶長平：在今山西高平西北。❷遺（wèi）：給予。❸秦王：這裏指秦昭王，公元前306年—公元前251年在位。❹鄴：故城在今河北省臨漳縣西南。❺冠：冠冕。蓋：車蓋。❻度（duó）：估計，料想。

行過夷門，見侯生，具告所以欲死秦軍狀。辭決而行，侯生曰：「公子勉之矣，老臣不能從。」公子行數里，心不快，曰：「吾所以待侯生者備矣，天下莫不聞，今吾且死而侯生曾無一言半辭送我，我豈有所失哉！」復引車還問侯生。侯生笑曰：「臣固知公子之還也。」曰：「公子喜士，名聞天下。今有難，無他端而欲赴秦軍，譬若以肉投餒虎①，何功之有哉？尚安事客？然公子遇臣厚，公子往而臣不送，以是知公子恨之復返也。」公子再拜，因問。侯生乃屏人間語，曰：「嬴聞晉鄙之兵符常在王臥內②，而如姬最幸③，出入王臥內，力能竊之。嬴聞如姬父為人所殺，如姬資之三年，自王以下欲求報其父仇，莫能得。如姬為公子泣，公子使客斬其仇頭，敬進如姬。如姬之欲為公子死，無所辭，顧未有路耳。公子誠一開口請如姬，如姬必許諾，則得虎符奪晉鄙軍，北救趙而西卻秦，此五霸之伐也。」公子從其計，請如姬。如姬果盜晉鄙兵符與公子。

公子行，侯生曰：「將在外，主令有所不受，以便國家。公子即合符，而晉鄙不授公子兵而復請之，事必危矣。臣客屠者朱亥可與俱，此人力士。晉鄙聽，大善；不聽，可使擊之。」於是公子泣。侯生曰：「公子畏死邪？何泣也？」公子曰：「晉鄙嚄唶宿將④，往恐不聽，必當殺之，是以泣耳，豈畏死哉？」於是公子請朱亥。朱亥笑曰：「臣乃市井鼓刀屠者，而公子親數存之，所以不報謝者，以為小禮無所用。今公子有急，此乃臣效命之秋也。」遂與公子俱。公子過謝侯生。侯生曰：「臣宜從，老不能；請數公子行日，以至晉鄙軍之日，北向自剄以送公子。」公子遂行。

【注釋】❶餒（něi）：餓。❷兵符：符是古代作為憑證的信物，上刻文字、花紋，從中間剖分為二券，有關雙方各取一券，合券以驗真假。用於軍事上授受領兵權及調發軍隊的符叫兵符。兵符往往用金屬鑄成虎形，因而也叫虎符。❸如姬：魏王的寵姬。❹嚄唶（huò zé）：大笑大叫，指呼喝有威勢。

至鄴，矯魏王令代晉鄙。晉鄙合符，疑之，舉手視公子曰：「今吾擁十萬之眾，屯於境上，國之重任，今單車來代之，何如哉？」欲無聽。朱亥袖四十斤鐵椎，椎殺晉鄙，公子遂將晉鄙軍。勒兵下令軍中曰：「父子俱在軍中，父歸；兄弟俱在軍中，兄歸；獨子無兄弟，歸養。」得選兵八萬人，進兵擊秦軍。秦軍解去，遂救邯鄲，存趙。趙王及平原君自迎公子於界，平原君負韊矢為公子先引①。趙王再拜曰：「自古賢人未有及公子者也。」當此之時，平原君不敢自比於人②。公子與侯生決，至軍，侯生果北向自剄。

魏王怒公子之盜其兵符，矯殺晉鄙，公子亦自知也。已卻秦存趙，使將將其軍歸魏，而公子獨與客留趙。趙孝成王德公子之矯奪晉鄙兵而存趙，乃與平原君計，以五城封公子。公子聞之，意驕矜而有自功之色。客有說公子曰：「物有不可忘，或有不可不忘。夫人有德於公子，公子不可忘也；公子有德於人，願公子忘之也。且矯魏王令，奪晉鄙兵以救趙，於趙則有功矣，於魏則未為忠臣也。公子乃自驕而功之，竊為公子不取也。」於是公子立自責，似若無所容者。趙王埽除自迎③，執主人之禮，引公子就西階④。公子側行辭讓，從東階上。自言罪過，以負於魏，無功於趙。趙王侍酒至暮，口不忍獻五城，以公子退讓也。公子竟留趙。趙王以鄗為公子湯沐邑⑤，魏亦復以信陵奉公子。公子留趙。

【注釋】❶韊（lán）：盛箭的筒袋。❷人：這裏指魏公子信陵君。❸埽：同「掃」。❹西階：古代升堂禮節，主人從東階上，賓客從西階上。❺鄗（hào）：今河北省高邑縣。湯沐邑：本是古代天子賜給諸侯作來朝見時齋戒自潔的地方，這裏指用於供養生活的取資地。

公子聞趙有處士毛公藏於博徒，薛公藏於賣漿家，公子欲見兩人，兩人自匿不肯見公子。公子聞所在，乃閒步往從此兩人遊，甚歡。平原君聞之，謂其夫人曰：「始吾聞夫人弟公子天下無雙，今吾聞之，乃妄從博徒賣漿者遊，公子妄人耳。」夫人以告公子。公子乃謝夫人去，曰：「始吾聞平原君賢，故負魏王而救趙，以稱平原君。平原君之遊，徒豪舉耳，不求士也。無忌自在大梁時，嘗聞此兩人賢，至趙，恐不得見。以無忌從之遊，尚恐其不我欲也，今平原君乃以為羞，其不足從遊！」乃裝為去。夫人具以語平原君。平原君乃免冠謝，固留公子。平原君門下聞之，半去平原君歸公子。天下士復往歸公子，公子傾平原君客。

公子留趙十年不歸。秦聞公子在趙，日夜出兵東伐魏。魏王患之，使使往請公子。公子恐其怒之，乃誡門下：「有敢為魏王使通者，死。」賓客皆背魏之趙，莫敢勸公子歸。毛公、薛公兩人往見公子曰：「公子所以重於趙，名聞諸侯者，徒以有魏也。今秦攻魏，魏急而公子不恤，使秦破大梁而夷先王之宗廟，公子當何面目立天下乎？」語未及卒，公子立變色，告車趣駕歸救魏①。

魏王見公子，相與泣，而以上將軍印授公子，公子遂將。魏安釐王三十年，公子使使遍告諸侯。諸侯聞公子將，各遣將將兵救魏。公子率五國之兵破秦軍於河外②，走蒙驁③。遂乘勝逐秦軍至函谷關，抑秦兵，秦兵不敢出。當是時，公子威振天下，諸侯之客進兵法，公子皆名之，故世俗稱《魏公子兵法》④。

【注釋】❶趣（cù）：急促。❷五國：指趙、齊、楚、燕、韓。❸蒙驁：秦國上卿，蒙恬的祖父。❹《魏公子兵法》：《漢書・藝文志》載有《魏公子》二十一篇，已亡佚。

秦王患之，乃行金萬斤於魏，求晉鄙客，令毀公子於魏王曰：「公子亡在外十年矣，今為魏將，諸侯將皆屬，諸侯徒聞魏公子，不聞魏王。公子亦欲因此時定南面而王，諸侯畏公子之威，方欲共應之。」秦數使反間，偽賀公子得立為魏王未也。魏王日聞其毀，不能不信，後果使人代公子將。公子自知再以毀廢，乃謝病不朝，與賓客為長夜飲，飲醇酒，多近婦女。日夜為樂飲者四歲，竟病酒而卒。其歲，魏安釐王亦薨。

秦聞公子死，使蒙驁攻魏，拔二十城，初置東郡①。其後秦稍蠶食魏，十八歲而虜魏王②，屠大梁。

【注釋】❶東郡：包括今河北省東南部和山東省西部一帶。❷十八歲而虜魏王：公元前225年，秦滅魏，俘虜魏王假，上距魏公子死為十八年。

高祖始微少時，數聞公子賢。及即天子位，每過大梁，常祠公子。高祖十二年，從擊黥布還，為公子置守冢五家，世世歲以四時奉祠公子。

太史公曰：吾過大梁之墟，求問其所謂夷門。夷門者，城之東門也。天下諸公子亦有喜士者矣，然信陵君之接巖穴隱者①，不恥下交，有以也。名冠諸侯，不虛耳。高祖每過之而令民奉祠不絕也。

【注釋】❶巖穴：山洞。這裏指隱士居住的處所。

【翻譯】

魏公子無忌，是魏昭王的小兒子，魏安釐王同父異母的弟弟。昭王死後，安釐王即位，封公子為信陵君。這時范睢從魏國逃亡到秦國，做了秦國的丞相，因怨恨魏齊的緣故，秦國的軍隊包圍了魏都大梁，在華陽山打垮了魏國的下軍，芒卯因戰敗逃走了，魏王和公子都在擔心這件事。

公子為人仁義，待士謙恭，士人不論是賢能的還是不賢能的，他都謙虛有禮地去結交，不敢以自己的富貴輕慢士人。因此，方圓幾千里的士人都爭着投奔他，一共招徠了食客三千人。當時，諸侯因見公子賢能，門下食客眾多，十幾年不敢對魏用兵。

有一次，公子和魏王賭棋，北部邊境發出了告警的烽火，傳信說：「趙國軍隊來侵犯，馬上就要進入魏國國境。」魏王丟下棋子，準備召見大臣商量迎敵。公子阻止魏王說：「趙王只不過是出來打獵罷了，並非來攻打我們。」於是，他們照舊下棋。魏王很害怕，下棋時心不在焉。一會兒，又從北方傳信來說：「趙王只是出來打獵，並不是來襲擊我們。」魏王聽了大為驚奇，對公子說：「你怎麼知道趙王是出來打獵而不是來襲擊我們？」公子說：「我的門客中有人能洞悉趙王的隱秘，趙王的一舉一動，他立即就來報告我，我因此知道趙王的行動。」自此以後，魏王害怕公子的賢能，不敢把國家大事交給公子。

魏國有一位隱士叫侯嬴，七十歲了，家境貧寒，做大梁城東門的看門人。公子聽說他的為人，前去訪問，想送厚禮給他。侯嬴不肯接受，說道：「我修養品德，檢點行為已有幾十年了，總不能因看守城門生活窮困的緣故而接受你的財物。」公子於是擺酒席大宴賓客。賓客都已入席，公子卻帶着隨從車馬，留出車上左邊尊貴的座位，親自去迎接東城門的侯嬴。侯嬴整理了一下破舊的衣帽，徑直上車坐到公子的上首座位上，毫不推辭，想借此來考察公子的態度。公子拿着韁繩，顯得更加恭敬。侯嬴又對公子說：「我有個朋友在集市上的屠宰場，我想委屈你的車馬經過那個地方。」公子驅車進入市場，侯嬴跳下車去看他的朋友朱亥，瞟着公子，故意長時間地站在那裏，和朱亥説話，暗中觀察公子。公子臉上的神色更加謙和。就在這個時候，魏國的將相宗室賓客們坐滿堂上，等候公子來開始宴飲。市上的人都看着公子為侯嬴駕車。公子的隨從都私下罵侯嬴。侯嬴見公子神色始終不變，就和朋友告辭，上了車。到了公子家裏，公子請侯嬴坐到上首的座位上，用讚美的話把侯嬴介紹給在座的客人，在座的賓客都大吃一驚。酒喝到正高興時，公子站了起來，到侯嬴面前敬酒祝福。侯嬴於是對公子說：「我今天難為公子也夠了。我不過是城東門的一個看門人，委屈公子駕車，在大庭廣眾中親自來迎接我，我本不應去拜訪朋友，如今公子竟同我去拜訪他。然而我是想成就公子的美名，所以讓你的車馬在市中久候，以拜訪朋友來觀察公子的度量，而公子的神色卻顯得更加恭敬。市上的人都認為我是小人，而認為公子德行高，能禮賢下士。」宴飲完畢，侯嬴於是被拜為上客。

侯嬴對公子說：「我所訪問的屠夫朱亥，是個賢人，世人都不了解他，所以隱身在屠宰場中。」公子好幾次前去拜訪朱亥，朱亥故意不答謝，公子對朱亥的行徑感到很奇怪。

魏安釐王二十年，秦昭王在長平大敗趙軍之後，又進兵包圍邯鄲。公子的姐姐是趙惠文王的弟弟平原君的夫人，她接連幾次寫信給魏王和公子，向他們求救。魏王派將軍晉鄙率兵十萬前往救趙。秦王派人對魏王說：「我進攻趙國，早晚之間就將攻克，諸侯有敢出兵救趙的，我們拔取趙國後，必定移師首先攻打它。」魏王聽了很害怕，派人去告訴晉鄙，讓他停止前進，把軍隊駐紮在鄴，名義上說是救趙，實際上是保持與秦、趙兩方的接觸以進行觀望。平原君的使者絡繹不絕地來到魏國，責備公子說：「我平原君之所以高攀而和魏國聯姻，都是因為仰慕公子的高尚道義，能在困難的時候解救別人，現在邯鄲城早晚要投降秦國，而魏國的救兵卻不來，哪裏表現得出公子能夠急人之難呢？再說，公子縱然看不起我，拋棄我，讓我投降秦國，難道能不憐惜你的姐姐嗎？」公子很擔心這件事，多次請求魏王，門客們也想方設法勸魏王救趙。魏王畏懼秦國，始終不答應公子的請求。公子估計終歸得不到魏王的允許，決計不獨自苟活而使趙國滅亡，於是請求賓客，湊集了一百多輛車子，想帶着門下賓客沖向秦軍，和趙國同歸於盡。經過大梁東門時，公子去拜見侯嬴，把自己要去和秦軍拼死的情況都詳盡地告訴了侯嬴。說完就道別而去，侯嬴說：「公子好自為之，我這老頭子不能跟隨你去了。」公子走了幾里路，心裏很不愉快，心想：「我對待侯老先生夠周到了，天下的人沒有誰不知道的，現在我將要赴死，侯老先生卻沒有一言半語的臨別贈言，我難道有甚麼差錯！」公子又回車去訪問侯嬴。侯嬴笑着說：「我本來就知道你會回來的。公子你喜歡養士，名聞天下，現在有危難，沒有別的辦法，卻只想和秦軍拼命，這就好像投肉給餓虎，有甚麼用處呢！還哪裏用得着賓客？但公子待我很好，公子赴死地而我卻不送你，因此我知道你恨我，一定會回來的。」公子對侯嬴拜了兩拜，向他請教。侯嬴於是屏退旁人，悄悄對公子說：「我聽說調動晉鄙軍隊的兵符常常放在魏王的臥室內，如姬最受魏王的寵愛，她能出入魏王的臥室，有條件竊取兵符。我聽說如姬的父親被人殺了，如姬把仇恨積蓄在心裏已有三年時間了，從國王到羣臣，都想為她報殺父之仇，但都沒能實現。如姬為此向公子哭泣，公子派門客砍下了她仇人的頭，敬獻給如姬。如姬願為公子效死，絕不會推辭，只是報答無門罷了。公子如果真的開口請她幫助，她一定會答應，這樣就會得到調兵的虎符，奪過晉鄙的軍隊，向北救趙，向西擊退秦軍，這是可以和五霸相比的功勳啊！」公子聽從了侯嬴的計策去請求如姬，如姬果然盜取了調遣晉鄙軍隊的虎符，把它交給公子。

公子臨行時，侯嬴對公子說：「將帥出兵在外，君令有所不受，這樣做有利於國家。

公子即使合了虎符，如果晉鄙不把兵權交給公子而重向魏王請示，那麼事情就敗露了。我的朋友屠夫朱亥可以同去，這人是個大力士。晉鄙聽從公子，那再好不過了；如果他不聽從，你可以讓朱亥殺了他。」這時公子哭了起來，侯嬴說：「公子怕死嗎？為甚麼哭呢？」公子說：「晉鄙是個叱吒風雲的老將，我去取代他，他恐怕不會聽從，這樣，就必然要殺了他，我因此而哭泣，哪裏是怕死啊！」於是，公子去邀請朱亥同行。朱亥笑着說：「我不過是市場上操刀宰牲的屠夫，但公子卻屢次來問候我，我之所以不報謝你，是因為小禮答謝沒有甚麼用。現在公子有危難，正是我報效你的時候。」於是朱亥就與公子一起去了。公子經過侯嬴之門向他告辭，侯嬴說：「我本應跟隨你去，但年老了，無能為力；我計算公子的行期，公子到達晉鄙軍中的那一天，我就向北自刎來報謝公子。」於是，公子就上路了。

到達鄴地，公子假傳魏王的命令，去代晉鄙領兵。晉鄙核對了虎符，心裏很疑惑，他舉起手對公子說：「現在我率領十萬人馬屯紮在邊境上，這是國家的重任，現在你單身來接替我這重任，這是怎麼一回事呢？」晉鄙不打算聽從，朱亥抽出藏在衣袖中的四十斤重的鐵椎，椎殺了晉鄙。於是，公子就取得了對晉鄙軍的指揮權。公子檢閱部隊，對軍隊下令說：「父子都在軍中的，父親回去。兄弟都在軍中的，兄長回去。獨子沒有兄弟的，回去供養父母。」得到精選的士卒八萬人，進兵襲擊秦軍。秦軍解圍而去，這樣就救下了邯鄲，保存了趙國。趙王和平原君都親自到邊界去迎接公子，平原君背了弓箭、箭袋在前面引路。趙王對公子連施兩拜，説：「自古至今的賢人都沒有比得上公子的。」這時，平原君自愧，不敢與公子相比。公子與侯嬴訣別，到晉鄙軍中後，侯嬴果然面向北方自殺身死。

魏王對公子盜竊兵符，假託命令殺死晉鄙非常憤怒，公子也自知這一點。已經擊退秦軍，保存了趙國之後，公子就派一將軍率領原晉鄙的軍隊回魏國，公子只和他的門客留在趙國。趙孝成王感激公子假傳命令奪取晉鄙軍隊而使趙國免於滅亡，就和平原君商量，把五座城封給公子。公子聽説後，心中驕傲而流露出自以為有功的神色。門客中有人對公子進言説：「事物有不可忘記的，也有不可不忘記的。別人給過你好處，你不可以忘記；你對別人有過好處，希望你忘了它。況且假稱魏王命令，奪取晉鄙的軍隊來救趙國，對於趙國來説是有功的，對於魏國來説就不是忠臣了。現在公子卻認為有功而自驕，我個人認為這是不足取的。」於是公子立即自責，好像無地自容一樣。趙王灑掃清道，親自迎接公子，行主人的禮節，引路請公子從西階上堂。公子側身走着推讓，從東階上去。自言有罪過，稱有負於魏王，無功於趙國。趙王陪公子飲酒一直到天黑，因為公子謙讓，不便説出把五座城封給公子。公子最後留在趙國，趙王把鄗封給公子作為湯沐邑，魏王也仍把信陵地方的賦税收入送給公子。公子留在了趙國。

公子聽說趙國有處士毛公避居於博徒之中，薛公隱藏在賣酒漿的人家，公子想見他們二人，兩人都躲藏起來不想面見公子。公子得知他們藏身處，就悄悄步行到那裏去和他們交遊，相處得很融洽。平原君聽到這事，對他夫人說：「我原聽說你弟弟是天下無雙的豪傑，現在我聽說他輕妄地和賭徒、賣酒漿的人交遊，看來公子不過是個輕浮的人罷了。」夫人把這話告訴公子。公子於是辭別夫人準備離去，對她說：「從前我聽說平原君賢明，所以辜負魏王而解救趙國，以此來滿足他平原君的心願。平原君的交遊，不過是豪放的舉動罷了，不是要真的求得士人。我還在大梁時，就常聽說這兩人賢明，到趙國後，唯恐不能見到他們。以我魏無忌主動去和他們交遊，還擔心他們不願和我交往，現在平原君卻以為羞恥。看來真不值得和他交遊。」於是整理行裝，準備離開趙國。平原君夫人把這些都告訴了平原君。平原君趕忙前往脫帽道歉，一再挽留公子。平原君的門客聽到這件事後，有一半人離開平原君而投奔公子。天下的士人也多去投奔公子。公子把平原君的門客都吸引過來了。

公子留在趙國十年不返回魏國。秦國聽說公子在趙國，日夜出兵向東攻打魏國。魏王對此感到擔憂，派使者去請公子回國。公子怕魏王還忌恨自己，就告誡他的門客說：「有敢為魏王的使者通報的，處死。」公子原來的門客都是背離魏國而來到趙國的，沒有人敢勸說公子回魏國。毛公、薛公兩人前去見公子，對公子說：「公子之所以這樣被趙王重視，名聞諸侯，只是因為有魏國的存在，現在秦國攻打魏國，魏國危急而公子卻無動於衷，假使秦攻破了大梁，毀了魏國先王的祖廟，那麼公子還有甚麼臉面立於天下？」話還沒説完，公子的臉色立刻變了，趕忙吩咐駕車的人，準備車馬，回去救魏國。

魏王見到公子，互相面對着流淚，魏王把上將軍的大印交給公子，公子於是統領軍隊。魏安釐王三十年，公子派人把自己做了上將軍一事遍告諸侯各國。諸侯各國聽説公子為上將軍，各派遣將領領兵前來救魏。公子率五國的軍隊在河外打敗秦軍，使秦將蒙驁敗走。於是乘勝追趕秦軍至函谷關，壓制秦兵，秦兵不敢出關。就在此時，公子威震天下，諸侯的門客進獻兵法，公子便在這些兵法上都寫上自己的名字，所以世間就稱它為《魏公子兵法》。

秦王很憂慮這種狀況，就動用了一萬斤金，在魏國訪求晉鄙的門客，讓他們在魏王面前誹謗公子説：「公子流亡在外十年，如今做了魏國的上將軍，諸侯的將領都從屬他，諸侯各國只聽説有魏公子，沒有人知道還有魏王。公子也想趁這機會即位為王，諸侯各國畏懼公子的威望，正想要共同擁立他。」秦國屢次使用反間計，假裝來祝賀公子，問公子做了魏王沒有。魏王每天都聽到誹謗公子的話，不能不信，後來果然派人取代公子領兵。公子知道自己又一次因為被人誹謗詆毀而免職，於是便託病不上朝，和賓客們通宵達旦地飲醇酒，經常和美女廝混。這樣晝夜飲酒作樂有四年，終因酒病而死。這一年，魏安釐王也去世了。

秦國聽說公子死了，派蒙驁攻打魏國，攻陷二十座城，開始設置東郡。後來秦國逐步蠶食魏國，十八年後俘虜了魏王，並屠殺了大梁城裏的軍民。

漢高祖當初年輕位卑時，多次聽說魏公子賢明。到他即位稱帝後，每次路過大梁，常去祭祀公子。高祖十二年，高祖從擊破黥布的戰事中回來，為公子安置五戶人家看守墳墓，讓他們世世代代於每年四季祭日祭祀公子。

太史公說：我曾去過大梁城的遺址，向那裏的人訪尋夷門的地點，原來夷門就是大梁城的東門。諸侯各國公子中也有喜歡養士的，但信陵君能夠結交山林間的隱士，不恥下交，是有原由的啊。公子的名望在諸侯之上，不是虛誇的。高祖每次路過大梁時，都要那裏的人年年祭祀公子。

范睢蔡澤列傳

戰國時期，是我國歷史上一個大動盪時期，在此期間，七個大的諸侯國各霸一方，互相爭雄，戰事頻仍，而總的歷史趨勢是建立統一的封建王朝。在這樣的條件下，遊説之士應運而生。他們發表各自的主張，宣傳自己的策略，企圖得到各諸侯國的任用。本文記述的范睢和蔡澤就是這一時期的代表人物。

秦國經過商鞅變法之後，到秦昭王時，其經濟及軍事實力在各國中已佔有明顯的優勢。但是在國內，卻由於宣太后、穰侯的專權，阻礙着秦國的進一步發展。范睢憑着自己的才智，取得了秦昭王的信任，並幫助翦除了宣太后的勢力，在各諸侯國中進一步樹立了秦國的威望，多次擊敗韓、魏兩國的軍隊，擴大了疆域。最後他在蔡澤的勸説下，功成身退，蔡澤繼范睢為秦國相國。

在本文中，司馬遷主要通過范睢與秦王、蔡澤與范睢的談話，顯示了説客們的機智善辯，同時也反映出當時政治鬥爭的尖鋭複雜。文章以具體而生動的內容再現了戰國時期的歷史特點，是范睢者，魏人也，字叔。遊説諸侯，欲事魏王，家貧無以自資，乃先事魏中大夫須賈。須賈為魏昭王使於齊，范睢從。留數月，未得報。齊襄王聞睢辯口，乃使人賜睢金十斤及牛酒，睢辭謝不敢受。須賈知之，大怒，以為睢持魏國陰事告齊，故得此饋，令睢受其牛酒，還其金。既歸，心怒睢，以告魏相。魏相，魏之諸公子①，曰魏齊。魏齊大怒，使舍人笞擊睢，折脅摺齒②。睢詳死，即卷以簀③，置廁中。賓客飲者醉，更溺睢④，故僇辱以懲後，令無妄言者。睢從簀中謂守者曰：「公能出我，我必厚謝公。」守者乃請出棄簀中死人。魏齊醉，曰：「可矣。」范睢得出。後魏齊悔，復召求之。魏人鄭安平聞之，乃遂操范睢亡，伏匿，更名姓曰張祿。

【注釋】❶諸公子：除太子以外的國王的其他兒子。❷摺（zhé）：斷。❸簀（zè）：用竹片編成的席子。❹更：輪流。溺（niào）：同「尿」。

當此時，秦昭王使謁者王稽於魏。鄭安平詐為卒，侍王稽。王稽問：「魏有賢人可與俱西遊者乎？」鄭安平曰：「臣里中有張祿先生①，欲見君，言天下事。其人有仇，不敢晝見。」王稽曰：「夜與俱來。」鄭安平夜與張祿見王稽。語未究②，王稽知范睢賢，謂曰：「先生待我於三亭之南。」與私約而去。

王稽辭魏去，過載范睢入秦。至湖，望見車騎從西來。范睢曰：「彼來者為誰？」王稽曰：「秦相穰侯東行縣邑。」范睢曰：「吾聞穰侯專秦權，惡內諸侯客③，此恐辱我，我寧且匿車中。」有頃，穰侯果至，勞王稽，因立車而語曰：「關東有何變？」曰：「無有。」又謂王稽曰：「謁君得無與諸侯客子俱來乎？無益，徒亂人國耳。」王稽曰：「不敢。」即別去。范睢曰：「吾聞穰侯智士也，其見事遲，鄉者疑車中有人④，忘索之。」於是范睢下車走，曰：「此必悔之。」行十餘里，果使騎還索車中，無客，乃已。王稽遂與范睢入咸陽。已報使⑤，因言曰：「魏有張祿先生，天下辯士也。曰：『秦王之國危於累卵，得臣則安，然不可以書傳也。』臣故載來。」秦王弗信，使舍食草具，待命歲餘。

【注釋】 ❶ 里中：鄉里之中，這裏指鄭安平的家鄉。❷ 語未究：話還未講完。究，竟、盡。❸ 惡：厭惡。內：通「納」。接納的意思。❹ 鄉者：鄉，通「向」。從前，早先。❺ 已報使：指覆命完畢。

當是時，昭王已立三十六年。南拔楚之鄢、郢，楚懷王幽死於秦。秦東破齊。湣王嘗稱帝①，後去之。數困三晉。厭天下辯士，無所信。

穰侯、華陽君，昭王母宣太后之弟也，而涇陽君、高陵君皆昭王同母弟也。穰侯相，三人者更將，有封邑，以太后故，私家富重於王室。及穰侯為秦將，且欲越韓、魏而伐齊綱壽②，欲以廣其陶封③。范睢乃上書曰：

「臣聞明主立政，有功者不得不賞，有能者不得不官，勞大者其祿厚，功多者其爵尊，能治眾者其官大。故無能者不能當職焉，有能者亦不得蔽隱。使以臣之言為可，願行而益利其道；以臣之言為不可，久留臣無為也。語曰：『庸主賞所愛而罰所惡；明主則不然，賞必加於有功，而刑必斷於有罪。』今臣之胸不足以當椹質④，而要不足以待斧鉞⑤，豈敢以疑事嘗試於王哉⑥！雖以臣為賤人而輕辱，獨不重任臣者之無反復於王邪？」

「且臣聞周有砥砨、宋有結綠、梁有縣藜、楚有和朴⑦，此四寶者，土之所生，良工之所失也，而為天下名器。然則聖王之所棄者，獨不足以厚國家乎？

「臣聞善厚家者取之於國，善厚國者取之於諸侯。天下有明主則諸侯不得擅厚者，何也？為其割榮也⑧。良醫知病人之死生，而聖主明於成敗之事，利則行之，害則舍之，疑則少嘗之，雖舜禹復生，弗能改已。語之至者，臣不敢載之於書，其淺者又不足聽也。意者臣愚而不概於王心邪⑨？亡其言臣者賤而不可用乎⑩？自非然者，臣願得少賜遊觀之間，望見顏色。一語無效，請伏斧質。」

於是秦昭王大説，乃謝王稽，使以傳車，召范雎。

【注釋】❶齊湣王：名地，又作閔王，在位三十年。秦昭王十九年十月，秦王自立為西帝，派人讓齊湣王自立為東帝。後齊湣王聽從了蘇代的話，稱帝兩天後便去掉了帝號。❷綱壽：齊邑名，或作剛壽。地在今山東省東平縣西南。❸陶：地在今山東省定陶縣。❹椹（zhēn）質：或作砧鑕，古時腰斬刑的墊板。❺要：「腰」的本字。❻疑事：指沒有把握的事。❼砥砨（dǐ è）、結綠、縣（xuán）藜、和樸：都是美玉之名。縣，或作懸。樸，或作璞。❽為其割榮也：為的是他們割取天下的榮祿歸於自己。❾概：符合。❿亡其：抑或，還是。

於是范雎乃得見於離宮，詳為不知永巷而入其中。王來而宦者怒，逐之，曰：「王至！」范雎繆為曰①：「秦安得王？秦獨有太后、穰侯耳。」欲以感怒昭王。昭王至，聞其與宦者爭言，遂延迎，謝曰：「寡人宜以身受命久矣，會義渠之事急②，寡人旦暮自請太后；今義渠之事已，寡人乃得受命③。竊閔然不敏，敬執賓主之禮。」范睢辭讓。是日觀范睢之見者，羣臣莫不灑然變色易容者④。

【注釋】❶繆：通「謬」，錯誤。❷義渠：古族名，是西戎部族之一，公元前270年為秦所併。❸受命：這裏指向范睢請教。❹灑然：恭謹嚴肅的樣子。

秦王屏左右，宮中虛無人。秦王跽而請曰①：「先生何以幸教寡人？」范睢曰：「唯唯。」有間，秦王復跽而請曰：「先生何以幸教寡人？」范睢曰：「唯唯。」若是者三。秦王跽曰：「先生卒不幸教寡人邪？」范睢曰：「非敢然也。臣聞昔者呂尚之遇文王也。身為漁父而釣於渭濱耳。若是者，交疏也。已説而立為太師，載與俱歸者，其言深也。故文王遂收功於呂尚而卒王天下。鄉使文王疏呂尚而不與深言，是周無天子之德，而文武無與成其王業也。今臣羈旅之臣也②，交疏於王，而所願陳者皆匡君之事，處人骨肉之間，願效愚忠而未知王之心也。此所以王三問而不敢對者也。臣非有畏而不敢言也。臣知今日言之於前而明日伏誅於後，然臣不敢避也。大王信行臣之言，死不足以為臣患，亡不足以為臣憂，漆身為厲被髮為狂不足以為臣恥。且以五帝之聖焉而死，三王之仁焉而死，五伯之賢焉而死，烏獲、任鄙之力焉而死，成荊、孟賁、王慶忌、夏育之勇焉而死。死者，人之所必不免也。處必然之勢，可以少有補於秦，此臣之所大願也，臣又何患哉！伍子胥橐載而出昭關，夜行晝伏，至於陵水，無以糊其口，膝行蒲伏，稽首肉袒，鼓腹吹篪，乞食於吳市，卒興吳國，闔閭為伯。使臣得盡謀如伍子胥，加之以幽囚，終身不復見，是臣之說行也，臣又何憂？箕子、接輿漆身為厲，被髮為狂，無益於主。假使臣得同行於箕子，可以有補於所賢之主，是臣之大榮也，臣有何恥？臣之所恐者，獨恐臣死之後，天下見臣之盡忠而身死，因以是杜口裹足，莫肯鄉秦耳③。足下上畏太后之嚴，下惑於姦臣之態，居深宮之中，不離阿保之手，終身迷惑，無與昭姦。大者宗廟滅覆，小者身以孤危，此臣之所恐耳。若夫窮辱之事，死亡之患，臣不敢畏也。臣死而秦治，是臣死賢於生。」秦王跽曰：「先生是何言也！夫秦國辟遠，寡人愚不肖，先生乃幸辱至於此，是天以寡人慁先生而存先王之宗廟也④。寡人得受命於先生，是天所以幸先王，而不棄其孤也。先生奈何而言若是！事無小大，上及太后，下至大臣，願先生悉以教寡人，無疑寡人也。」范雎拜，秦王亦拜。

【注釋】❶跽：長跪。❷羈旅：寄居在外，客處他鄉。羈，或作羇，寄。旅，客。❸鄉：通「向」。❹慁

（hùn）：打擾，煩勞。

范雎曰：「大王之國，四塞以為固，北有甘泉、谷口，南帶涇、渭，右隴、蜀，左關、阪，奮擊百萬①。戰車千乘，利則出攻，不利則入守，此王者之地也。民怯於私鬥而勇於公戰，此王者之民也。王并此二者而有之。夫以秦卒之勇，車騎之眾，以治諸侯，譬若施韓盧而搏蹇兔也②，霸王之業可致也，而羣臣莫當其位。至今閉關十五年，不敢窺兵於山東者，是穰侯為秦謀不忠，而大王之計有所失也。」秦王跽曰：「寡人願聞失計。」

然左右多竊聽者，范雎恐，未敢言內，先言外事，以觀秦王之俯仰③。因進曰：「夫穰侯越韓、魏而攻齊綱壽，非計也。少出師則不足以傷齊，多出師則害於秦。臣意王之計，欲少出師而悉韓、魏之兵也，則不義矣。今見與國之不親也④，越人之國而攻，可乎？其於計疏矣。且昔齊湣王南攻楚，破軍殺將，再辟地千里，而齊尺寸之地無得焉者，豈不欲得地哉，形勢不能有也。諸侯見齊之罷弊，君臣之不和也，興兵而伐齊，大破之。士辱兵頓，皆咎其王，曰：『誰為此計者乎？』王曰：『文子為之。』

大臣作亂，文子出走。故齊所以大破者，以其伐楚而肥韓、魏也。此所謂借賊兵而齎盜糧者也⑤。王不如遠交而近攻，得寸則王之寸也，得尺亦王之尺也。今釋此而遠攻，不亦繆乎！且昔者中山之國地方五百里，趙獨吞之，功成名立而利附焉，天下莫之能害也。今夫韓、魏，中國之處而天下之樞也，王其欲霸，必親中國以為天下樞，以威楚、趙。楚強則附趙，趙強則附楚，楚、趙皆附，齊必懼矣。齊懼，必卑辭重幣以事秦。齊附而韓、魏因可虜也。」昭王曰：「吾欲親魏久矣，而魏多變之國也，寡人不能親。請問親魏奈何？」對曰：「王卑詞重幣以事之；不可，則割地而賂之；不可，因舉兵而伐之。」王曰：「寡人敬聞命矣。」乃拜范雎為客卿，謀兵事。卒聽范雎謀，使五大夫綰伐魏⑥，拔懷。後二歲，拔邢丘。

【注釋】❶奮擊：指善於搏鬥的戰士。❷韓盧：戰國時韓國的名犬，因為是黑色，故稱盧。這裏用來比喻秦軍的勇猛。蹇（jiǎn）兔：跛足的兔。在這裏指秦以外的各諸侯。蹇，跛足。❸俯仰：這裏指秦王的態度。❹今見與國之不親也：這句話是指秦的與國韓、魏對秦不親善。❺齎（jī）盜糧：以糧食給盜賊。齎，以物送人。❻五大夫：爵位名，秦漢二十等爵中的第九等爵，漢初以第七等公大夫以上為高爵，漢文帝以後改以九等爵五大夫以上為高爵。

客卿范雎復說昭王曰：「秦韓之地形，相錯如繡①。秦之有韓也，譬如木之有蠹也②，人之有心腹之病也。天下無變則已，天下有變，其為秦患者孰大於韓乎？王不如收韓。」昭王曰：「吾固欲收韓，韓不聽，為之奈何？」對曰：「韓安得無聽乎？王下兵而攻滎陽，則鞏、成皋之道不通③；北斷太行之道，則上黨之師不下。王一興兵而攻滎陽，則其國斷而為三。夫韓見必亡，安得不聽乎？若韓聽，而霸事因可慮矣。」王曰：「善。」且欲發使於韓。

【注釋】❶相錯如繡：像錦繡的紋彩互相交錯一樣。❷蠹（dù）：蛀蟲。❸鞏、成皋：鞏在今河南鞏義。成皋，春秋時為鄭的制邑，又名虎牢，地在今河南滎陽。這兩地的道路不通，那麼韓國宜陽一帶的兵便不能東下救援。宜陽，地在今河南宜陽縣。

范雎日益親，復說用數年矣，因請間說曰：「臣居山東時，聞齊之有田文，不聞其有王也；聞秦之有太后、穰侯、華陽、高陵、涇陽，不聞其有王也。夫擅國之謂王，能利害之謂王，制殺生之威之謂王。今太后擅行不顧，穰侯出使不報，華陽、涇陽等擊斷無諱①，高陵進退不請。四貴備而國不危者，未之有也。為此四貴者下，乃所謂無王也。然則權安得不傾，令安得從王出乎？臣聞善治國者，乃內固其威而外重其權。穰侯使者操王之重，決制於諸侯，剖符於天下②，政適伐國③，莫敢不聽。戰勝攻取則利歸於陶，國弊御於諸侯；戰敗則結怨於百姓，而禍歸於社稷。詩曰：『木實繁者披其枝④，披其枝者傷其心；大其都者危其國，尊其臣者卑其主。』崔杼、淖齒管齊⑤，射王股，擢王筋，懸之於廟梁，宿昔而死⑥。李兑管趙⑦，囚主父於沙丘⑧，百日而餓死。今臣聞秦太后、穰侯用事，高陵、華陽、涇陽佐之，卒無秦王，此亦淖齒、李兑之類也。且夫三代所以亡國者，君專授政，縱酒馳騁弋獵，不聽政事。其所授者，妒賢嫉能，御下蔽上，以成其私，不為主計，而主不覺悟，故失其國。今自有秩以上至諸大吏，下及王左右，無非相國之人者。見王獨立於朝⑨，臣竊為王恐，萬世之後，有秦國者非王子孫也。」昭王聞之大懼，曰：「善。」於是廢太后，逐穰侯、高陵、華陽、涇陽君於關外。秦王乃拜范睢為相。收穰侯之印。使歸陶，因使縣官給車牛以徙⑩，千乘有餘。到關，關閱其寶器，寶器珍怪多於王室。

秦封范睢於應，號為應侯。當是時，秦昭王四十一年也。

【注釋】❶擊斷無諱：獨自決斷事情無所顧忌。擊斷，處理事情。❷剖符：這裏指發送符節。❸政：通「征」。適：通「敵」。❹木實：樹上的果實。❺崔杼（zhù）：春秋時齊臣，弒殺齊莊公。淖（nào）齒：戰國時齊臣，弒殺齊湣王。❻宿昔：過了一夜。❼李兑：戰國時趙武靈王之臣。❽主父：

即趙武靈王，名雍，公元前325—前299年在位。沙丘：即趙國離宮沙丘台，在今河北省平鄉縣。❾見：通「現」。❿縣官：即國家。

范睢既相秦，秦號曰張祿，而魏不知，以為范睢已死久矣。魏聞秦且東伐韓、魏，魏使須賈於秦。范睢聞之，為微行，敝衣間步之邸見須賈①。須賈見之而驚曰：「范叔固無恙乎！」范睢曰：「然。」須賈笑曰：「范叔有說於秦邪？」曰：「不也，睢前日得過於魏相，故亡逃至此，安敢說乎？」須賈曰：「今叔何事？」范睢曰：「臣為人庸賃②。」須賈意哀之，留與坐飲食，曰：「范叔一寒如此哉③！」乃取其一綈袍以賜之。須賈因問曰：「秦相張君，公知之乎？吾聞幸於王，天下之事皆決於相君。今吾事之去留在張君。孺子豈有客習於相君者哉④？」范睢曰：「主人翁習知之。唯睢亦得謁，睢請為見君於張君。」須賈曰：「吾馬病，車軸折，非大車駟馬，吾固不出。」范睢曰：「願為君借大車駟馬於主人翁。」

【注釋】❶之：往，去。邸：客舍。❷庸賃：受僱用的幫工。❸寒：貧困。❹習：熟悉，相好。

范睢歸取大車駟馬，為須賈御之，入秦相府。府中望見，有識者皆避匿。須賈怪之。至相舍門，謂須賈曰：「待我，我為君先入通於相君。」須賈待門下，持車良久，問門下曰：「范叔不出，何也？」門下曰：「無范叔。」須賈曰：「鄉者與我載而入者。」門下曰：「乃吾相張君也。」須賈大驚，自知見賣①，乃肉袒膝行，因門下人謝罪。於是范睢盛帷帳，侍者甚眾，見之。須賈頓首言死罪，曰：「賈不意君能自致於青雲之上②，賈不敢復讀天下之書，不敢復與天下之事。賈有湯鑊之罪，請自屏於胡貉之地，唯君死生之！」范睢曰：「汝罪有幾？」曰：「擢賈之髮以續賈之罪③，尚未足。」范睢曰：「汝罪有三耳。昔者楚昭王時而申包胥為楚卻吳軍，楚王封之以荊五千户，包胥辭不受，為丘墓之寄以荊也。今睢之先人丘墓亦在魏，公前以睢為有外心於齊而惡睢於魏齊，公之罪一也。當魏齊辱我於廁中，公不止，罪二也。更醉而溺我，公其何忍乎？罪三矣。然公之所以得無死者，以綈袍戀戀，有故人之意，故釋公。」乃謝罷。入言之昭王，罷歸須賈。須賈辭於范睢，范睢大供具，盡請諸侯使，與坐堂上，食飲甚設。而坐須賈於堂下，置莝豆其前④，令兩黥徒夾而馬食之。數曰：「為我告魏王，急持魏齊頭來！不然者，我且屠大梁。」須賈歸，以告魏齊。魏齊恐，亡走趙。匿平原君所。

【注釋】 ❶見賣：被欺騙。❷青雲之上：比喻很高的地位。❸擢：拔。❹莝（cuò）：鍘碎的草。

范睢既相，王稽謂范睢曰：「事有不可知者三，有不可奈何者亦三。宮車一旦晏駕，是事之不可知者一也。君卒然捐館舍①，是事之不可知者二也。使臣卒然填溝壑，是事之不可知者三也。宮車一日晏駕，君雖恨於臣，無可奈何。君卒然捐館舍，君雖恨於臣，亦無可奈何。使臣卒然填溝壑，君雖恨於臣，亦無可奈何。」范睢不懌，乃入言於王曰：「非王稽之忠，莫能內臣於函谷關；非大王之賢聖，莫能貴臣。今臣官至於相，爵在列侯，王稽之官尚止於謁者，非其內臣之意也。」昭王召王稽，拜為河東守，三歲不上計②。又任鄭安平，昭王以為將軍。范睢於是散家財物，盡以報所嘗困厄者。一飯之德必償，睚眦之怨必報③。

【注釋】❶卒然捐館舍：忽然死去。卒，通「猝」。捐館舍，捐棄館舍，是對死亡的諱辭，前句的「宮車晏駕」和後句的「填溝壑」都如此，只是用於不同的對象，有尊謙的區別。❷上計：戰國時羣臣將賦稅收入等寫成文本，送呈國君考核，稱上計。❸睚眦（yá zì）：瞪眼睛，這裏指小怨小忿。

范睢相秦二年，秦昭王之四十二年，東伐韓少曲、高平①，拔之。

秦昭王聞魏齊在平原君所，欲為范睢必報其仇，乃詳為好書遺平原君曰：「寡人聞君之高義，願與君為布衣之友，君幸過寡人，寡人願與君為十日之飲。」平原君畏秦，且以為然，而入秦見昭王。昭王與平原君飲數日，昭王謂平原君曰：「昔周文王得呂尚以為太公，齊桓公得管夷吾以為仲父，今范君亦寡人之叔父也。范君之仇在君之家，願使人歸取其頭來；不然，吾不出君於關。」平原君曰：「貴而為交者，為賤也；富而為交者，為貧也。夫魏齊者，勝之友也，在，固不出也，今又不在臣所。」昭王乃遺趙王書曰：「王之弟在秦，范君之仇魏齊在平原君之家。王使人疾持其頭來；不然，吾舉兵而伐趙，又不出王之弟於關。」趙孝成王乃發卒圍平原君家，急，魏齊夜亡出，見趙相虞卿。虞卿度趙王終不可說，乃解其相印，與魏齊亡，間行，念諸侯莫可以急抵者，乃復走大梁，欲因信陵君以走楚。信陵君聞之，畏秦，猶豫未肯見，曰：「虞卿何如人也？」時侯嬴在旁，曰：「人固未易知，知人亦未易也。夫虞卿躡屩簷簦②，一見趙王，賜白璧一雙，黃金百鎰；再見，拜為上卿；三見，卒受相印，封萬户侯。當此之時，天下爭知之。夫魏齊窮困過虞卿，虞卿不敢重爵祿之尊，解相印，捐萬户侯而間行。急士之窮而歸公子，公子曰：『何如人。』人固不易知，知人亦未易也！」信陵君大慚，駕如野迎之。魏齊聞信陵君之初難見之，怒而自剄。趙王聞之，卒取其頭予秦。秦昭王乃出平原君歸趙。

【注釋】 ❶ 少曲、高平：地名，地在今何處不詳。❷ 躡屩簷簦（niè juē dān dēng）：躡，動詞，踏。屩，草鞋。簷，同「擔」，此處作動詞，舉。簦，長柄笠，即傘。

昭王四十三年，秦攻韓汾陘，拔之，因城河上廣武。

後五年，昭王用應侯謀，縱反間賣趙，趙以其故，令馬服子代廉頗將。秦大破趙於長平，遂圍邯鄲。已而與武安君白起有隙，言而殺之。任鄭安平，使擊趙。鄭安平為趙所圍，急，以兵二萬人降趙。應侯席稿請罪①。秦之法，任人而所任不善者，各以其罪罪之。於是應侯罪當收三族。秦昭王恐傷應侯之意，乃下令國中：「有敢言鄭安平事者，以其罪罪之。」而加賜相國應侯食物日益厚，以順適其意。後二歲，王稽為河東守，與諸侯通，坐法誅。而應侯日益以不懌。

昭王臨朝歎息，應侯進曰：「臣聞『主憂臣辱，主辱臣死』。今大王中朝而憂②，臣敢請其罪。」昭王曰：「吾聞楚之鐵劍利而倡優拙。夫鐵劍利則士勇，倡優拙則思慮遠。夫以遠思慮而御勇士，吾恐楚之圖秦也。夫物不素具，不可以應卒，今武安君既死，而鄭安平等畔，內無良將而外多敵國，吾是以憂。」欲以激勵應侯。應侯懼，不知所出。蔡澤聞之，往入秦也。

【注釋】❶稿：用稻草編成的墊子。❷中朝：即當朝時。

蔡澤者，燕人也。遊學干諸侯小大甚眾，不遇。而從唐舉相，曰：「吾聞先生相李兌，曰『百日之內持國秉』①，有之乎？」曰：「有之。」曰：「若臣者何如？」唐舉孰視而笑曰：「先生曷鼻，巨肩，魋顏②，蹙齃③，膝攣④。吾聞聖人不相，殆先生乎？」蔡澤知唐舉戲之，乃曰：「富貴吾所自有，吾所不知者壽也，願聞之。」唐舉曰：「先生之壽，從今以往者四十三歲。」蔡澤笑謝而去，謂其御者曰：「吾持梁刺齒肥，躍馬疾馳，懷黃金之印，結紫綬於要，揖讓人主之前，食肉富貴，四十三年足矣。」去之趙，見逐。之韓、魏，遇奪釜鬲於途。聞應侯任鄭安平、王稽皆負重罪於秦，應侯內慚，蔡澤乃西入秦。

【注釋】❶秉：權柄。❷魋（tuí）顏：臉龐開闊。魋，大，壯偉。❸蹙齃（cù è）：凹鼻樑。齃，鼻樑。❹膝攣（luán）：兩膝蜷曲。攣，蜷曲不能伸。

將見昭王，使人宣言以感怒應侯曰：「燕客蔡澤，天下雄俊弘辯智士也①。彼一見秦王，秦王必困君而奪君之位。」應侯聞，曰：「五帝三代之事，百家之説，吾既知之，眾口之辯，吾皆摧之②，是惡能困我而奪我位乎？」使人召蔡澤。蔡澤入，則揖應侯。應侯固不快，及見之，又倨，應侯因讓之曰：「子嘗宣言欲代我相秦，寧有之乎？」對曰：「然。」應侯曰：「請聞其說。」蔡澤曰：「吁，君何見之晚也！夫四時之序，成功者去。夫人生百體堅強，手足便利，耳目聰明而心聖智，豈非士之願與③？」應侯曰：「然。」蔡澤曰：「質仁秉義，行道施德，得志於天下，天下懷樂敬愛而尊慕之，皆願以為君王，豈不辯智之期與④？」應侯曰：「然。」蔡澤復曰：「富貴顯榮，成理萬物，使各得其所；性命壽長，終其天年而不夭傷；天下繼其統，守其業，傳之無窮；名實純粹，澤流千里，世世稱之而無絕，與天地終始；豈道德之符而聖人所謂吉祥善事者與？」應侯曰：「然。」

【注釋】❶雄俊：這裏形容有見識。弘辯：能言善辯。❷摧：折服。❸願：祈望。❹期：期望。

蔡澤曰：「若夫秦之商君，楚之吳起，越之大夫種，其卒然亦可願與？」應侯知蔡澤之欲困己以說，復謬曰：「何為不可？夫公孫鞅之事孝公也，極身無貳慮①，盡公而不顧私；設刀鋸以禁姦邪，信賞罰以致治；披腹心，示情素，蒙怨咎，欺舊友，奪魏公子卬，安秦社稷，利百姓，卒為秦禽將破敵，攘地千里②。吳起之事悼王也，使私不得害公，讒不得蔽忠，言不取苟合，行不取苟容，不為危易行，行義不辟難，然為霸主強國，不辭禍凶。大夫種之事越王也，主雖困辱，悉忠而不解，主雖絕亡，盡能而弗離，成功而不矜③，貴富而不驕怠。若此三子者，固義之至也，忠之節也。是故君子以義死難，視死如歸；生而辱不如死而榮。士固有殺身以成名，唯義之所在，雖死無所恨。何為不可哉？」

蔡澤曰：「主聖臣賢，天下之盛福也；君明臣直，國之福也；父慈子孝，夫信妻貞，家之福也。故比干忠而不能存殷④，子胥智而不能完吳，申生孝而晉國亂⑤。是皆有忠臣孝子，而國家滅亂者，何也？無明君賢父以聽之，故天下以其君父為僇辱而憐其臣子⑥。今商君、吳起、大夫種之為人臣，是也；其君，非也。故世稱三子致功而不見德，豈慕不遇世死乎？夫待死而後可以立忠成名，是微子不足仁，孔子不足聖，管仲不足大也。夫人之立功，豈不期於成全邪？身與名俱全者，上也。名可法而身死者，其次也。名在僇辱而身全者，下也。」於是應侯稱善。

【注釋】❶極身：終身。❷攘：推攘。❸矜：驕傲自誇。❹比干：商代貴族，相傳因屢次勸諫商紂王，被剖心而死。❺申生：春秋時晉獻公的太子，被獻公的寵妾驪姬設計陷害，但他為父親着想，含冤不辯，自縊而死。❻僇（lù）辱：污辱、羞恥。

蔡澤少得間，因曰：「夫商君、吳起、大夫種，其為人臣盡忠致功則可願矣，閎夭事文王①，周公輔成王也，豈不亦忠聖乎？以君臣論之，商君、吳起、大夫種其可願孰與閎夭、周公哉？」應侯曰：「商君、吳起、大夫種弗若也。」蔡澤曰：「然則君之主慈仁任忠，惇厚舊故，其賢智與有道之士為膠漆，義不倍功臣②，孰與秦孝公、楚悼王、越王乎？」應侯曰：「未知何如也。」蔡澤曰：「今主親忠臣，不過秦孝公、楚悼王、越王，君之設智，能為主安危修政，治亂強兵，批患折難，廣地殖穀，富國足家，強主，尊社稷，顯宗廟，天下莫敢欺犯其主，主之威蓋震海內，功彰萬里之外，聲名光輝傳於千世，君孰與商君、吳起、大夫種？」應侯曰：「不若。」蔡澤曰：「今主之親忠臣不忘舊故不若孝公、悼王、句踐，而君之功績愛信親幸又不若商君、吳起、大夫種，然而君之祿位貴盛，私家之富過於三子，而身不退者，恐患之甚於三子，竊為君危之。語曰：『日中則移，月滿則虧。』物盛則衰，天地之常數也。進退盈縮，與時變化，聖人之常道也。故『國有道則仕，國無道則隱』。聖人曰：『飛龍在天，利見大人。』『不義而富且貴，於我如浮雲。』今君之怨已讎而德已報，意欲至矣，而無變計，竊為君不取也。且夫翠、鵠、犀、象，其處勢非不遠死也，而所以死者，惑於餌也。蘇秦、智伯之智，非不足以辟辱遠死也，而所以死者，惑於貪利不止也。是以聖人制禮節欲，取於民有度，使之以時，用之有止，故志不溢，行不驕，常與道俱而不失，故天下承而不絕。昔者齊桓公九合諸侯，一匡天下，至於葵丘之會，有驕矜之志，畔者九國。吳王夫差兵無敵於天下，勇強以輕諸侯，陵齊晉，故遂以殺身亡國。夏育、太史噭叱呼駭三軍③，然而身死於庸夫。此皆乘至盛而不返道理，不居卑退處儉約之患也。夫商君為秦孝公明法令，禁姦本，尊爵必賞，有罪必罰，平權衡，正度量，調輕重，決裂阡陌，以靜生民之業而一其俗④，勸民耕農利土，一室無二事，力田蓄積，習戰陳之事，是以兵動而地廣，兵休而國富，故秦無敵於天下，立威諸侯，成秦國之業。功已成矣，而遂以車裂。楚地方數千里，持戟百萬，白起率數萬之師以與楚戰，一戰舉鄢郢而燒夷陵，再戰南并蜀漢。又越韓、魏而攻強趙，北坑馬服，誅屠四十餘萬之眾，盡之於長平之下，流血成川，沸聲若雷，遂入圍邯鄲，使秦有帝業。楚、趙天下之強國而秦之仇敵也，自是以後，楚、趙皆懾伏不敢攻秦者，白起之勢也。身所服者七十餘城，功已成矣，而遂賜劍死於杜郵。吳起為楚悼王立法，卑減大臣之威重⑤，罷無能，廢無用，損不急之官，塞私門之請，一楚國之俗，禁遊客之民，精耕戰之士，南收楊越，北并陳、蔡，破橫散從，使馳說之士無所開其口，禁朋黨以勵百姓，定楚國之政，兵震天下，威服諸侯。功已成矣，而卒枝解。大夫種為越王深謀遠計，免會稽之危，以亡為存，因辱為榮，墾草入邑，辟地殖穀，率四方之士，專上下之力，輔句踐之賢，報夫差之仇，卒擒勁吳，令越成霸。功已彰而信矣，句踐終負而殺之。此四子者，功成不去，禍至於此。此所謂信而不能詘⑥，往而不能返者。范蠡知之，超然辟世，長為陶朱公。君獨不觀夫博者乎？或欲大投，或欲分功，此皆君之所明知也。今君相秦，計不下席，謀不出廊廟，坐制諸侯，利施三川，以實宜陽，決羊腸之險，塞太行之道，又斬范、中行之塗，六國不得合從，棧道千里，通於蜀漢，使天下皆畏秦，秦之欲得矣，君之功極矣，此亦秦之分功之時也。如是而不退，則商君、白公、吳起、大夫種是也。吾聞之：『鑒於水者見面之容，鑒於人者知吉與凶。』《書》曰：『成功之下，不可久處。』四子之禍，君何居焉？君何不以此時歸相印，讓賢者而授之，退而巖居川觀，必有伯夷之廉，長為應侯，世世稱孤，而有許由、延陵季子之讓⑦，喬、松之壽⑧，孰與以禍終哉？即君何居焉？忍不能自離，疑不能自決，必有四子之禍矣。《易》曰『亢龍有悔』，此言上而不能下，信而不能詘，往而不能自返者也。願君孰計之！」應侯曰：「善。吾聞『欲而不知足，失其所以欲；有而不知止，失其所以有』。先生幸教，睢敬受命。」於是乃延入坐，為上客。

【注釋】❶閎夭：周文王之臣，滅商興周過程中有功。❷倍：同「背」。❸夏育、太史噭（jiào）：二人都是古代勇士。❹靜：同「靖」，安定的意思。❺卑減：削弱。❻信：即伸。詘：即屈。❼許由：相傳為堯時賢人，堯想禪位於他，他不受而遁去。延陵季子：即季札，吳王壽夢第四子，把王位讓給大哥諸樊。❽喬、松：古代傳説中的仙人。喬相傳是周靈王太子。松相傳為神農時赤松子。

後數日，入朝，言於秦昭王曰：「客新有從山東來者曰蔡澤①，其人辯士，明於三王之事、五伯之業，世俗之變，足以寄秦國之政。臣之見人甚眾，莫及，臣不如也。臣敢以聞。」秦昭王召見，與語，大説之，拜為客卿。應侯因謝病請歸相印。昭王強起應侯，應侯遂稱病篤②。范睢免相，昭王新説蔡澤計畫，遂拜為秦相，東收周室。蔡澤相秦數月，人或惡之③，懼誅，乃謝病歸相印，號為綱成君。居秦十餘年，事昭王、孝文王、莊襄王。卒事始皇帝，為秦使於燕，三年而燕使太子丹入質於秦。

【注釋】❶新：剛剛。❷病篤：病重。篤，深，甚。❸惡：詆毀、説壞話。

太史公曰：韓子稱「長袖善舞，多錢善賈」，信哉是言也！范睢、蔡澤世所謂一切辯士①，然遊說諸侯至白首無所遇者，非計策之拙，所為說力少也。及二人羈旅入秦，繼踵取卿相②，垂功於天下者，固強弱之勢異也。然士亦有偶合，賢者多如此二子，不得盡意，豈可勝道哉！然二子不困厄，惡能激乎？

【注釋】❶ 一切：普通的，一般的。❷ 踵：腳跟。

【翻譯】

范雎，是魏國人，字叔。他在諸侯國中遊說，想事奉魏王，因家境貧困，沒有錢財供自己前去結交魏王，於是只得先去事奉魏國中大夫須賈。

須賈替魏昭王出使齊國，范雎隨行。他們在齊國留居了好幾個月，仍未得到齊國的答覆。齊襄王聽說范雎有雄辯的口才，便派人賞賜他金十斤和一些牛肉酒食，范雎推辭不敢接受。須賈得知此事後，大怒，認為范雎將魏國的一些秘密告訴了齊國，因此得到了齊國饋贈，便下令范雎只能接受牛肉酒食，退還齊國送的黃金。他們返回魏國後，須賈心中仍惱怒着范雎，並將此事告訴了魏相。魏國的丞相，是魏太子的兄弟，名叫魏齊。魏齊聽說後，大怒，便下令他的門客用竹板鞭打范雎，打斷了肋骨，拉掉了牙齒。范雎裝死，馬上便被人用蓆子捲起來，放在廁所裏。魏齊的賓客喝醉了酒，輪流向范雎身上拉尿，故意污辱他，以示懲戒，使得別人不敢再胡言亂語。范睢在席中對看守說：「你如果能救出我，我一定會重重地酬謝你。」看守於是請示魏齊，將蓆子中的死人扔出去。魏齊在醉中，說：「可以。」范睢因此得以逃出。後來魏齊感到後悔，又再下令緝拿他。魏人鄭安平聽說這事後，便帶着范睢逃走，躲藏隱蔽，改名換姓叫張祿。

就在這時，秦昭王派謁者王稽到魏國去。鄭安平裝成客館的侍役，侍奉王稽。王稽問他：「魏國有能和我一起西遊的賢能之士嗎？」鄭安平說：「我的鄰里中有一位張祿先生，很想拜見你，和你暢談天下的大事。但這人和別人有仇，不敢白天來見你。」王稽說：「那麼你就在晚上和他一起來！」鄭安平在夜晚和張祿一起來拜見王稽，話未談完，王稽便知道范睢確是賢能之士，便對范睢說：「你在三亭的南邊等我吧。」與范睢私下約定後，便分手而去。

王稽辭魏而去，車子經過約定的地點，便載着范睢進入秦境。當到達湖縣時，望見有馬車從西邊奔來。范睢問：「那來的人是誰？」王稽說：「是秦國的丞相穰侯東行巡視各縣邑。」范睢說：「我聽說穰侯在秦國專權，厭惡接納各諸侯國來的說客，因此恐怕他要污辱我，我寧願藏匿在車中。」不一會，穰侯果然來到了車前，慰勞王稽，便停住車子對王稽說：「關東有甚麼動靜嗎？」王稽說：「沒有。」穰侯又對王稽說：「你有沒有帶着諸侯國的說客一起回來？這些人無濟於事，只會擾亂人家的國事而已。」王稽說：「我不敢帶他們來。」便隨即分手而去，范睢說：「我聽說穰侯是一位很有智略的人，但他遇事遲疑，剛才他就疑心車中有人，只是忘了搜查。」於是范睢下車步行，並說：「穰侯必定會後悔剛才沒有搜車。」車行十餘里，穰侯果然派人騎馬回來搜索王稽的車，見車中無人才罷休。王稽便和范睢一起來到了咸陽。

當王稽向秦王匯報了出使情況後，順便對秦王說：「魏國有位張祿先生，是天下少有的能言善辯之士。他對我說『秦王的國家就像累卵一樣危險，如果得到了我就能轉危為安，然而只能當面說不可以書信傳達』。因此我就將他用車載來了。」秦王不相信張祿的話，將他安頓在客館，供給粗糙的飲食。張祿等待任命長達一年多。

當時，秦昭王在位已有三十六年。在南方攻下了楚國的鄢郢，楚懷王在秦國被幽禁致死。秦在東邊攻破了齊國。齊湣王曾稱帝，後來又去掉了帝號。秦昭王屢次圍困韓、趙、魏三國。他厭惡天下的說客辯士，從不聽信他們。

穰侯魏冉，以及華陽君羋戎，都是秦昭王母親宣太后的弟弟，而涇陽君悝、高陵君顯則都是秦昭王的同胞弟弟。穰侯為丞相，其他三人輪流為大將，都有封邑，因為宣太后的緣故，他們的家室比王室還要富有。及至穰侯為秦國的大將，他想越過韓國和魏國去征伐齊國的綱壽之地，以此擴充他在陶的封地。范睢於是上書秦昭王說：

「我聽說開明的君主主持國政，對於有功的人不能不給他們獎賞，對於有才能的人不得不使他們為官，勞苦功高的人俸祿優厚，功勳卓著的人封爵尊顯，能辦理眾多事務的人，官職就大。所以無能的人就不得擔當職務，有才能的人也不可被埋沒。假使認為我的話可行，希望按我的話實行，會更有利於國家的治理，如果你認為我的話不可行，那麼久留我是沒有用處的。人們常說：『平庸的君主賞賜他所喜歡的人，而懲罰他所厭惡的人，開明的君主則不是這樣，賞賜一定是給予那些有功之士，刑罰則一定施於有罪的人。』我的身軀經不起鍘殺腰斬之刑，我又怎敢以沒有把握的事來嘗試大王的刑罰呢，雖然以我為賤人而加以輕慢侮辱，難道就能不重視薦任我的人對大王的忠誠不二嗎？

「況且，我還聽說周王室有砥砨，宋國有結綠，梁國有懸藜，楚國有和樸，這四種珍寶從土裏生長出來，能工巧匠沒能看重它，而它們卻是天下名貴寶器。那麼聖明的君王遺棄的人，難道就不足以使國家富強嗎？

「我還聽說善於積蓄家財的人，往往從國家那兒獵取財物，善於使國力富厚的人，往往從各諸侯國那兒收取財富。天下有開明的君主就不讓各諸侯擅自增強自己的實力，為甚麼要這樣呢？為的是他們割取天下的榮祿歸於自己。高明的醫生知道病人的生死，而聖明的君主能洞悉事情的成敗。有利的事就推行，有害的事就捨棄，拿不定把握的事就稍作嘗試。即使是虞舜和大禹再生，這些原則也是不能改變的。對於我言論中精闢的地方，我不敢把它寫在書信上；對於我言論中淺陋之處，又不值得大王聽取。我想是自己很愚陋而不可能符合大王的心意嗎？抑或是推薦我的人地位低賤而不足聽信嗎？如果確實不是這樣的話，希望大王能稍微賜予遊覽中的閒暇時間親自接見我。如果我所說的一句也不可取，我情願伏罪。」

於是秦王非常高興，而招呼王稽，讓他派車去召見范睢。

這樣范睢就在離宮得以見到秦王，他假裝不知宮中禁地而擅自進入。秦王到來時，秦王身邊的宦官很惱怒，並驅逐范睢，說道：「大王到了！」范睢假裝糊塗地說：「秦國哪裏有王，秦國只有太后、穰侯罷了。」想以此來激怒秦昭王。秦昭王到後，聽到了范睢與宦官的爭吵，便立即前來迎接，對范睢謝禮道：「我很早就應接受你的指教，但正遇上了要處理義渠這件緊急的事情，我早晚要請示太后，現在義渠之事已經了結，我才得以向你請教。我懷疑自己糊塗愚鈍，所以願和你敬重地行賓主之禮。」范睢辭謝謙讓再三。當天在場見到范睢和秦王相見情形的羣臣，無不肅然地改變神態以對待范睢。

秦王屏退身邊的人，宮中空無他人。秦王長跪着請問范睢道：「先生有甚麼良言要賜教我嗎？」范睢應聲道：「嗯嗯。」過了一會，秦王又長跪說：「先生有何良言要賜教我嗎？」范睢又說：「嗯嗯。」像這樣重複了三次。秦王再次長跪着說：「難道先生真的不肯賜教我嗎？」范睢說：「我哪敢如此，我聽說從前呂尚在幸遇周文王時，他不過是身為漁夫垂釣於渭河邊罷了。他之所以這樣做，是因為他和周文王之間相互交往不深的緣故。而他在和文王交談之後，便立為太師，並且文王用車將呂尚載着一起回去，這是他們深談了的緣故。所以周文王能憑藉呂尚建功立業，終於取得了天下。如果當初文王疏遠呂尚而不和他深談，那麼周朝便沒有天子的威德，文王、武王也就不會成就王業。現今我是寄居在外的人，和大王交往不深，並且我所要陳述的又是輔助大王的事，都涉及了你的骨肉至親。我希望能盡忠為大王出謀畫策，但又不知道大王的心意。這就是為甚麼大王三次問我而我不敢回答的原因。我並不是心懷畏懼而不敢陳述我的建議。我知道今天在大王面前講了這番話，明天就會被大王誅殺，但我還是不敢迴避。如果大王相信並且施行我的建議，即使將我處死我也不顧忌；即使是將我流放我也不感到憂慮；即使以漆塗身，身長癩瘡，披頭散髮，瘋瘋癲癲，我也不感到羞恥。更何況像五帝那樣聖明，三王那樣仁義的君主，以及像烏獲、任鄙那樣強健，成荊、孟賁、王慶忌、夏育那樣勇猛的壯士，也同樣會死去的呢。死是人人不可避免的，既然註定要死去，但如果我能對秦國稍有益處，這就是我的最大心願了，我又有甚麼害怕的呢！伍子胥被人用口袋裝着逃出昭關，晚上趕路，白天只得隱伏。當他到陵水時，沒有甚麼東西能充饑，只得跪着爬行、低着頭，袒露着身軀，鼓起肚皮吹簫，在吳國的集市上討飯，但他最終還是振興了吳國，使闔閭成為了霸主。假使讓我像伍子胥那樣盡出謀畫策之能事，即使被幽禁，讓我終身不見天日，但只要我的謀略得以實現，我又憂慮甚麼呢？箕子、接輿將自己周身塗漆，遍體長瘡，披頭散髮，瘋瘋癲癲，但對他們的君主是毫無益處的。假使我能夠和箕子一樣行事，但只要對聖明的君主有些益處，這也是我的莫大榮幸，我又能有甚麼羞恥？我所擔心的事，只不過是怕在我死之後，天下的人見我為你盡忠身死，因此閉口而不進言，裹足而不敢前來為你效忠。你對上懾於太后的威嚴，對下迷惑於奸臣的媚態，深居內宮，時刻不離侍從，終身遭受迷惑，因而無法辨別忠奸。這種情況所帶來的災禍，大則將會使宗廟國家滅亡，小則將會使自己陷入孤立危險的境地，這正是我所擔心的呀。至於那些深受污辱的事情，以及生死存亡的禍患，我是不敢畏避的。如果我的死能使秦國得以治理的話，這樣我死去要比活着還好。」秦王長跪着說：「先生講的是甚麼話呀！秦國地處偏遠，我愚昧不肖，先生能屈尊到此地，這是上天要我打擾先生而使先王的宗廟得以倖存。我能得到先生教誨，是上天憐愛我的先王，而不拋棄他們的子孫後代。先生為甚麼要這樣說呢！事情無論大小，上至太后，下至臣子，希望先生盡詳地指教我，不要懷疑我了。」范雎拜謝秦王，秦王也拜謝還禮。

范雎說：「大王的國家，四邊有險阻作為屏障，北邊有甘泉、谷口二山，南邊連帶涇水、渭水，右邊有隴、蜀之地，左邊有函谷關、郩阪山之險，雄兵百萬，戰車千輛，形勢有利時就向外進攻，形勢不利時就退而據守，這是成就聖王大業的地方。民眾害怕涉足私人爭鬥，勇於投身國家的戰事，這是成就聖王大業的人民。大王同時兼有這兩方面的有利條件。憑藉秦國士卒的勇猛、車騎的眾多來統治諸侯，就像縱放韓盧去捕捉跛兔那樣容易。這樣，霸王的大業就可以實現，然而你手下的羣臣沒有稱職的。秦至今閉關自守十五年，不敢出兵去進取山東，是因為穰侯沒有盡忠盡力地為秦國謀劃，且大王的計策也有所失誤。」秦王長跪着說：「我希望聽到你對我計策失誤的意見。」

然而在他們左右有許多偷聽的人，范睢心懷顧慮，不敢講秦國的內政，而先講秦國對外的策略，以此觀察秦王的態度。所以他進言說：「穰侯越過韓、魏兩國而去攻打齊國的綱壽之地，這不是好計策。如果出兵過多，又會對秦有害，我猜想大王的意思，是想自己儘量少出兵而傾盡韓、魏的兵力，這是不仗義的。現在已發現了韓、魏兩國對我們並不友善，但我們還越過他們的國土去攻打齊國，行嗎？這在策略上未免太疏忽了。況且昔日齊湣王向南進攻楚國，破楚軍，殺楚將，又拓展了方圓千里的領地，而齊國卻沒有從這裏得到尺寸之地，難道他不想得到土地嗎？這是由於當時的形勢決定了他們不能得到土地。各國諸侯見齊國疲憊困頓，君臣不和，就聯合起來進攻齊國，並大破齊軍。齊國的將領受辱、士卒困頓，都紛紛埋怨他們的國王。他們質問齊王：『是誰出的這個主意？』齊王說：『是孟嘗君田文出的主意。』於是大臣們作亂，迫使田文出走。齊國之所以遭受大敗的原因，在於齊國在攻伐楚國時，使韓、魏兩國得到了極大的好處。這就是人們常說的將兵器借給強盜，把糧食輸送給強盜。大王不如交好遠方的國家，進攻鄰近的國家，這樣，攻下了一寸土地，也就佔有一寸土地，攻下了一尺土地，也就佔有一尺土地，而現在大王卻捨近而取遠攻，這難道不是大錯特錯了嗎！當初中山國地域方圓五百餘里，而趙國獨自吞併了它，功成名立，利益隨之而來，天下各國卻絲毫也不能損害趙國。現在韓、魏兩國地處中原而為天下的樞紐，大王若想稱霸天下，就必須和中原的國家保持友好關係，控制天下的樞紐，用以威懾楚、趙兩國。如果楚國強大了，我們就支持趙國，如果趙國強大了，我們就支持楚國，如果我們能對楚、趙兩國都加以支援，那麼齊國就一定會感到畏懼，一旦齊國感到畏懼，它就必定會用卑下的言辭和貴重的財幣來事奉秦國。這樣一旦親附了秦國，則可乘機使韓、魏兩國臣服。」秦昭王說：「我想交好魏國已經很久了，但魏國是一個多變的國家，我未能與它交好，請問我怎樣才能交好魏國呢？」范雎回答說：「大王用謙恭的詞句和貴重的財幣去結交魏國；如果不行的話，就用割地的辦法去籠絡它；如果還是不行，大王就舉兵去進攻它。」秦昭王說：「我完全聽從你的建議。」於是秦昭王就拜范雎為客卿，和他一起商量用兵之事。最後秦昭王採納了范雎的計謀，派五大夫綰率兵進攻魏國，並攻下了懷邑。此後二年，秦又攻下了魏國的邢丘邑。

客卿范雎再次勸說昭王道：「秦、韓兩國的地形，就像錦繡上的紋彩那樣相互交錯。秦國如果讓韓國存在的話，就像木頭上有蛀蟲，人有心腹大病一樣。天下平安則罷，如果天下一有風吹草動，那些能給秦國帶來禍患的，誰能比得過韓國呢？你還不如收服韓國。」秦昭王說：「我本來就想收服韓國，但韓國不聽從擺佈，怎麼辦？」范睢回答說：「韓國怎會不聽呢？你如果發兵攻打滎陽，鞏和成皋一帶的道路不通；北面如果切斷了太行一帶的通道，那麼上黨之師也不能南下救援。這樣，大王一旦興兵攻下滎陽，那麼韓國就被切分為三段，韓國看到他的國家將要滅亡，怎能不聽從秦國的擺佈呢？如果韓國聽命秦國，那麼大王的霸業就可以得計了。」秦王說：「很好。」於是秦王就決定派遣使者到韓國去。

范睢日益受到秦王的寵倖，被秦王信賴重用了多年。他便私下對秦王說：「我住在山東時，聽說齊國有孟嘗君田文，沒有聽說有齊王；聽說秦國有太后、穰侯、華陽君、高陵君、涇陽君，也沒聽說有大王。能夠總攬國政的人才能稱為王，能興利除害的人才能稱為王，能夠掌握生死大權的人才能稱為王。現在太后獨斷專行，無所顧忌，穰侯出使，也不稟報大王，華陽君、涇陽君也是專橫行事，無所顧忌，高陵君籌謀行事，不向王請示。四類權貴聚集當朝，而國家不危險，是不可能的事。國人屈服於這四個權貴之下，於是國中無所謂有大王。那麼國家的大權怎麼會不旁落，政令又怎能從大王那兒下達呢？我聽說善於治理國家的人，都是對內穩固自己的威望，而對外加重自己的權力。穰侯的使者把持王權，脅迫諸侯，擅持符信，來往於各國，征敵伐國，沒有敢不聽從的。

如果出征獲勝，好處則歸穰侯，損害則加於諸侯。戰敗軍破則百姓怨恨，禍患歸於國家。詩文中說：『樹上的果實太多就會損傷樹枝，損害樹枝就會傷害樹心；大建都城的，就會危及國家，尊寵大臣的，就會藐視君王。』崔杼、淖齒掌管齊國，崔杼箭射莊公之股，淖齒抽斷湣王的筋骨，又將他吊在廟堂的樑上，隔夜致死。李兑掌管趙國，囚禁趙武靈王於沙丘，百日後餓死。現在我聽說秦國的太后、穰侯掌管國政，高陵君、華陽君、涇陽君輔佐他們，根本沒有大王的位置，這和淖齒、李兑他們的情況也是相似的。況且夏、商、周三代之所以亡國，是因為當時君主將國政交給他們所信任的大臣，自己卻酗酒作樂，行圍打獵，不理政事的緣故。而這些被授予權柄的大臣，嫉賢妒能，欺上蒙下，培植私人勢力，不為君王着想。而君主昏憒不悟，最終因此喪失了國家。現在秦國從有品秩的小官乃至大官以及大王左右侍臣，沒有一個不是相國穰侯的私黨。這樣就使大王在朝廷處於孤立的地位，我私下都替大王感到擔心，等到大王死後，恐怕把持秦國天下的人，再也不會是大王的後代了。」秦昭王聽後十分擔心，說道：「講得好。」於是下令廢黜了宣太后，並將穰侯、高陵君、華陽君、涇陽君逐出關外。於是秦國便拜范睢為相國，並沒收了穰侯的相印，讓他回到陶地，並由國家派出車牛遷徙他的家財，所用的車乘達一千多輛。經過關口，守關的官吏檢查他所帶的寶器，其珍奇異寶，比王室的還多。

秦王將應地封給范睢，名號為應侯。此時，是秦昭王四十一年。

范睢做了秦相，他在秦國的名字為張祿，但魏國並不知道，還以為范睢已死了多時。魏國聽說秦國即將向東征伐韓國、魏國，就派須賈到秦國去。范睢聽說這件事，就便裝隻身走出相府，穿着破舊的衣服，悄悄到館舍面見須賈，須賈見到他，吃驚地說道：「原來你還活得很好呀！」范睢說：「是的。」須賈又笑着說：「你在秦國遊說過了嗎？」范睢說：「沒有，我往日在魏得罪了相國，所以才逃到這個地方，哪裏敢遊說？」須賈說：「你現在在幹甚麼？」范睢回答說：「我在別人那兒做傭人。」須賈有些憐憫范睢，便留他一道吃飯，並對他說：「你怎麼窮困到了這種地步！」於是就取出一件綢製袍子賜給他。須賈乘機詢問范睢：「秦國的相國張祿，你認識他嗎？我聽說他深受秦王寵信，國家大事都由他決斷，我這次成功與否都取決於他，你有沒有和張祿要好的朋友？」范睢說：「我的主人和張祿是熟人，但我范睢也能通報謁見，我能替你向張祿請求接見。」須賈說：「我的馬生了病，車軸也折斷了，如果不乘上四馬大車，我決意不出門。」范睢說：「我願意向我的主人替你借四馬大車。」

范睢回府接來四馬大車，替須賈駕御着它，進入秦國相府。相府中的人看見了，有認出范睢的人都回避躲開。須賈對此感到很奇怪。他們來到相國辦公的門前，范睢對須賈說：「等我一下，我替你先進去向相國通報。」須賈在門前等待，扶着車子，等了很長時間，問看門的人道：「范叔為甚麼不出來？」看門的人說：「這裏沒有范叔。」須賈說：「剛才和我一起同車進來的人就是范叔呀。」看門人說：「那是我們的相國張祿。」須賈十分驚恐，自知受騙，就解衣袒身，跪在地上，移膝前行，托守門人引進請罪。於是范睢張掛了許多帷帳，並安排了很多侍者，接見須賈。須賈叩頭謝罪說：「我沒想到你能使自己平步青雲之上，我再也不敢閱讀天下的書籍，再也不敢參與國家的大事了。我犯有應受烹殺的罪過，請將我遣送到遠方胡貉居住的地方，聽憑你裁決我的生死。」范睢說：「你知道你有幾條罪狀嗎？」須賈說：「拔我的頭髮，來計算我的罪過，頭髮拔盡也不夠。」范睢說：「你的罪狀只有三條。從前楚昭王時，申包胥替楚國擊退了吳國軍隊，楚王封給他荊地五千戶，申包胥卻推辭不肯接受，是因為他祖先的墳墓安置在荊地。現在我的祖墳也在魏國，你先前認為我對魏有外心而偏向齊國，你就在魏齊的面前詆毀我，這是你的第一條罪狀。當魏齊污辱我，將我丟在廁所中時，你卻不加勸止，這是你的第二條罪狀。當魏齊的賓客喝醉了酒，輪番向我身上撒尿時，你又是何等的忍心啊！這是你的第三條罪狀，你能不被處死的原因，是因為念及你贈送綈袍，還存有故人的感情，所以我才釋放你。」說完便辭退須賈。范睢將這件事向昭王說了，便打發須賈回國。

須賈向范睢告辭，范睢大擺筵席，遍請各國使者，同他們一起坐在堂上，酒食豐盛。而讓須賈坐在堂下，把鍘碎的草擺在他面前，命令兩個受黥刑的刑徒夾住他，像餵馬一般餵草給他吃。范睢責令道：「替我通告魏王，趕快拿魏齊的頭來，否則，我將興兵屠滅大梁。」須賈回到魏國後，將范睢的話告訴了魏齊。魏齊驚恐萬分，逃到趙國，躲藏在平原君家裏。

范睢擔任相職後，王稽對范睢說：「事情不能預知的有三件，不好怎麼辦的也有三件。國君哪一天會去世，這是不可預知的第一件事。你哪一天突然死去，這是不可預知的第二件事。我也不知哪天會突然死去，這是不可預知的第三件事。秦王一旦去世，你雖對我感到遺恨，也無可奈何。你哪天突然死去，你雖對我有所遺恨，也同樣無可奈何。我哪天突然死去，你雖對我感到遺恨，也無可奈何。」范睢聽後很不愉快，於是到王宮對秦王說：「若不是王稽的忠誠，沒有可能把我帶入函谷關；若不是大王賢能聖明，也就不可能重用我。現在我的官職已居於相位，爵位也到了列侯，但王稽的官位卻仍停留在謁者這個位置上，這並不是他當初帶我入關的本來願望呀。」秦昭王便召見王稽，委任他為河東太守。特許王稽三年可以不報告他的賦稅收入等政務。范睢又向秦王薦任鄭安平，昭王任用鄭安平為將軍。范睢於是散發他的家財，全部用來報答曾為他而遭受了困厄的人。范睢對於給了他一頓飯的人的恩德，也一定要報償；對於那些小怨小忿，也必定加以報復。

范睢出任秦相的第二年，即秦昭王四十二年，秦軍向東進攻韓國的少曲、高平兩地，並攻取了這兩地。

秦昭王聽說魏齊藏在平原君家裏，就想一定要為范睢報仇，於是假裝修好寫信給平原君，說：「我聽說你的為人德高重義，想和你像普通平民那樣友好地交往，希望你能來我這裏，我願和你痛飲十天。」平原君畏懼秦國，並且認為秦王的話也在理，於是來到秦國謁見秦昭王。秦昭王與平原君暢飲了幾天，就對平原君說：「從前周文王得到呂尚，把他奉為太公；齊桓公得到管仲後，就稱他為仲父；現在范睢也好像是我的叔父一樣。范君的仇人正在你的家裏，希望你能派人回去把他的頭取來；不然的話，我就不放你出關。」平原君說：「自己顯貴了，而仍與人結交，是因為不能忘卻自己在微賤時與別人的交情。自己富有了，而仍與人結交，是因為不忘自己在貧困時與別人的友情。魏齊是我趙勝的好友，即使是在我家，我也不會把他交出來，何況他現在又不在我家裏？」於是秦昭王就寫信給趙王說：「你弟弟趙勝現在正在秦國，而范睢的仇人魏齊又在平原君的家中。請你趕快派人將魏齊的頭送來，不然的話，我將出兵攻伐趙國，同時也不讓你弟弟出關。」趙孝成王於是發兵包圍了平原君的家。魏齊見情況緊急，便連夜逃出趙勝家，去見趙的相國虞卿。虞卿估計趙王終究不會聽取勸說，就解下自己的相印，和魏齊一起逃走，但又考慮到去諸侯各國沒有急速可以抵達的，於是又逃亡到大梁，想通過信陵君的關係去楚國。信陵君聽到這件事後，因畏懼秦國，猶豫不定不肯接見，問道：「虞卿是怎樣的人？」當時侯嬴正在信陵君身邊，説道：「人固然不容易被人了解，但要了解別人也不容易。當初虞卿穿着草鞋，擔着雨傘，第一次見趙王，趙王便賜他白璧一雙，黃金百鎰；第二次拜見趙王後，就被趙王拜為上卿；第三次見到趙王後，趙王終於授給他相印，封他為萬戶侯。到這時，天下的人都爭着了解他。而現在魏齊因處於困境而去投奔他，虞卿不留戀高爵厚祿的尊位，解除自己的相印，丟棄萬戶侯的爵位而和魏齊私下逃走，把士人的困境當作自己的危難，而來投奔公子，你卻問他是怎樣的人。所以説人固然不易被人了解，而要了解別人也同樣不容易啊！」信陵君聽後非常慚愧，立即駕車到郊外去迎接魏齊和虞卿。魏齊聽説信陵君起初不想見他們，就憤怒地拔劍自殺了。趙王聽説後，終於將他的頭取來交給秦國。秦昭王才將平原君釋放回國。

秦昭王四十三年，秦國進攻韓國汾、陘二地，把它們攻取了。因而在黃河邊上的廣武山築城。

五年後，秦昭王採納了應侯范睢的計謀，用反間計使趙國受騙，趙國因聽信反間計而讓馬服君趙奢的兒子趙括取代廉頗為將。秦國在長平大破趙軍，並乘勢包圍了邯鄲。

不久范睢因與武安君白起發生了矛盾，便向昭王進讒言，殺害了白起。任用鄭安平為將，讓他率軍擊趙。鄭安平被趙軍圍困，情況危急，便率領二萬秦兵投降了趙國。應侯范睢就坐在草蓆上向昭王請罪。依照秦國的法令，凡薦舉別人而被薦舉的人不好，薦舉與被薦舉的人各以其罪責處置。因此應侯的罪責應當收捕三族。秦昭王怕傷害了應侯的感情，便下令全國：「有敢談論鄭安平事件的，與鄭安平同罪處置。」而且加倍賞賜給相國應侯的食物日益豐厚，以順從迎合范睢的心意。過了兩年，王稽作為河東太守，和諸侯各國私下交往，犯了通敵之罪而被誅殺。范睢心中更加不舒服。

秦昭王坐朝，長聲歎息，應侯上前說道：「我聽說『君主憂慮，臣子受辱；君主受辱，臣下當死』。而今天大王當朝憂慮，我請求伏受應得之罪。」昭王說：「我聽說楚國的鐵劍鋒利而歌伎舞女笨拙。鐵劍鋒利則士卒勇猛，歌伎舞女笨拙則國家必有深謀遠慮。楚有長遠的打算，再加上有勇猛的士卒，我擔心楚國正在圖謀秦國。凡事平常不預備，就不能應付突然發生的變故。現在武安君已死，而鄭安平等人投敵，國內沒有良將而國外卻有眾多的敵國，我因此而感到憂慮。」秦昭王想用這些來激勵應侯，應侯感到很恐懼，不知道怎麼說才好。蔡澤聽說這件事後，就來到了秦國。

蔡澤是燕國人，他遊說四方，干請許多大小諸侯，但都沒有成功。他便到唐舉那兒看相，並對他說：「我聽說你給李兑看相時，說『你在百天之內將會主持國政』，有這回事嗎？」唐舉說：「有這回事。」蔡澤說：「像我這樣的人前途如何？」唐舉仔細將他端詳了一會，笑着說：「先生的鼻子上仰，肩胛凸起，面盤開闊，鼻樑凹陷，兩膝蜷曲。我聽說聖人不可貌相，莫非就是說的先生吧。」蔡澤知道唐舉戲弄自己，就說：「我知道以後我自當富貴，但只是不知道我的壽命有多長，我想聽你說說。」唐舉說：「先生的壽命，從現在算起，還有四十三年。」蔡澤聽罷，笑着致謝後離去，對駕車人說：「我能吃上米飯牛肉，騎上高頭大馬奔馳，懷中揣着黃金之印，腰上繫着紫色綬帶，在君主面前得到敬重，享受榮華富貴，四十三年也就足夠了。」說罷便離開魏國前往趙國，被趙國驅逐出境，又到韓、魏去，途中被人搶去炊鍋等物。他聽說應侯范睢所薦任的鄭安平、王稽都在秦國犯了大罪，應侯內心很慚愧，便向西進入秦國。

蔡澤在準備拜見秦昭王前，讓人揚言激怒應侯說：「燕國的說客蔡澤，是天下見識高超，能言善辯的有智略的人。如果他一旦見到了秦王，秦王一定會不重視你並奪去你的相位。」應侯聽說後，說：「五帝三代時的事情，諸子百家學說，我都知道，對眾人的辯說，我都能折服他們，蔡澤怎能使秦王不重視我而奪去我的相位呢？」於是派人召見蔡澤。蔡澤來後，只是對范睢拱拱手而已。應侯本來就不高興，等見到蔡澤，蔡澤的態度又很傲慢，便責斥蔡澤道：「你曾揚言想取代我為秦的相國，竟有這回事嗎？」蔡澤回答說：「有這回事。」范睢說：「願聽到你的高見。」蔡澤說：「唉！你看問題怎麼這樣遲鈍呀！春夏秋冬依次發展，季節依時更替。人生身體健壯，手足利索，耳聰目明，而思維敏捷，這難道不是士子們所希望的嗎？」應侯說：「是的。」蔡澤又說：「誠信仁愛，主持正義，行道布德，使自己的志向在天下得以實現，讓天下的人樂意敬重而尊慕自己，都希望能為君主效力，這難道不是智辯之士的期望嗎？」應侯說：「是這樣。」蔡澤接着說：「富貴顯榮，處理一切事物，使它們各得其所；使自己能延年益壽，安享天年而不夭折，使天下繼續它的統緒，鞏固它的基業，傳之無窮；表裏完全一致，恩澤遠及千里，世代稱頌不絕，與天地相始終，這難道不是行道施德的應驗，和聖人所稱說的吉祥善事嗎？」應侯回答：「是的。」

蔡澤說：「像秦國的商鞅，楚國的吳起，越國的大夫種，他們那樣的結局，也可以作為自己的願望嗎？」應侯知道蔡澤是想難住自己而這樣說的，便詭辯地回答說：「這又有何不可？商鞅事奉秦孝公，終身沒有二心，全力為公而不懷私心，設立刑法，以禁止邪惡，賞罰分明以治理國家；竭盡忠誠，昭示本心，蒙受責備，欺騙故友，誘捕魏公子卬，安定秦國的政權，便利百姓，終身為秦破敵軍擒敵將，開拓千里的疆域。吳起事奉楚悼王，使私人不能危害國家，讒言不能隱蔽忠良，說話不隨聲附和，行事不隨波逐流，不因遇到危難而改變自己的行動，推行大義，不避禍患。為了使君主稱霸，國家富強，從不畏避自己的危難。大夫文種事奉越王，儘管越王受到污辱，處境困難，他還是照樣竭盡忠誠而不鬆懈，君主雖面臨絕世亡國的危險，他也要盡自己的能力加以挽救而不躲避，成功而不自詡，富貴而不驕橫懈怠。像這樣的三個人，本來就是仗義的極致，盡忠的楷模。所以君子因保持節義而殉難，視死如歸。受辱而偷生不如光榮地死去。士人本來就有殺身成名的，但只要節義還存在，雖然死去，也沒有遺恨。像他們三人那樣的結局又有甚麼不可以的呢？」

蔡澤說：「君主聖明，臣下賢能，這是天下的洪福。君主開明，臣下正直，這是國家的洪福。父親仁慈，兒子孝順，丈夫誠實，妻子貞節，這是家庭的洪福。所以比干忠誠卻不能保全殷商，伍子胥機智卻不能保全吳國，申生孝順而晉國動亂，這些國家都有忠臣、孝子，但國家卻滅亡、動亂，是甚麼緣故呢？是因為沒有開明的君主和賢能的父親聽信他們。所以天下的人都痛恨這些君父的殘暴昏庸而憐惜他們臣子的忠孝。現在商鞅、吳起、大夫種等人作為臣子，做到了臣子的忠誠，而作為他們的君主，卻沒有做到君主的開明和賢能。所以世人稱道他們三人盡了忠孝之功而不得好報，難道你羨慕他們不遇明君聖主而白白死去的結局嗎？如果要等到死後才可以立忠成名，這樣微子就不足稱為『仁』，而孔子也就不足稱為『聖』，管仲也不足稱為『大』了。人們建功立業，難道不希望全身成名嗎？身與名都得到保全的，是最好的；功名可以為後人效法而身亡的，這是次等的；名聲敗壞而身命苟全的，這是最差的。」於是應侯連聲稱好。

蔡澤稍稍停了一會，又接着說：「商鞅、吳起、大夫種，他們三人為各自的臣主盡忠立功，是可以傾慕的。閎夭事奉周文王，周公輔佐周成王，難道不也是忠誠、聖明嗎？若從君臣的角度來看，那麼商鞅、吳起、大夫種和閎夭、周公相比，誰更值得傾慕呢？」應侯說：「商鞅、吳起、大夫種他們比不上閎夭和周公。」蔡澤又說：「但你的君主秦昭王在慈愛仁厚，任用忠良，厚待舊故，重視智慧之士，樂與有道之士結為深交，堅守道義，不背棄有功之臣等方面，能夠比得上秦孝公、楚悼王和越王嗎？」應侯說：「我不知道他們比較起來怎樣。」蔡澤說：「當今秦國的君主在親信忠誠這方面沒有超過秦孝公、楚悼王、越王這些人。你發揮自己的才能，為君主安定危局，修明政治，整治騷亂，壯大軍隊，排除禍患，消滅災難，開闢地域，增殖五穀，致富國家，富裕百姓，增強君主的權威，提高國家的地位，光耀祖宗，使天下的人不敢欺詐、冒犯他們的君主，使君主的威望震懾海內，功業顯現於萬里之外，聲名傳於子孫萬代這些方面，你能比得上商鞅、吳起、大夫種等人嗎？」應侯回答說：「我比不上他們。」蔡澤說：「現在的秦王在親善忠臣、不忘舊友故臣等方面不如秦孝公、楚悼王、越王句踐等人，而你在功勞業績、寵任親近之人等方面又不如商鞅、吳起、大夫種等人，然而你的俸祿卻比他們豐厚，爵位卻比他們尊貴，私家的財富也超過了他們三人，但你身不退，恐怕將來你的禍患會比他們三人還要大啊，我私下替你感到擔心。人們常說：『太陽運行到中天，便要偏西，月亮圓滿，便要虧缺。』物盛則衰，這是天地間的自然規律。進退盈縮，因時而變，這也是聖人們常常遵循的規律。所以對於賢士來說，如果國家的政治清明就可出來做官，如果政治黑暗就要隱居起來。聖人說過『巨龍高飛於天，有利於出現有道德居高位的大人』。『不義而富且貴，於我如浮雲般。』如今你已報仇雪恨，報償恩德，你的心願已經達到了，但沒有應變的打算，我私下認為你的做法是不可取的。況且翠鳥、鴻雁、犀牛和大象所處的環境，本不容易死去，牠們之所以被人弄死，是因為牠們貪戀人們的誘餌。蘇秦、智伯的智謀，並不是不能避免污辱和誅殺，而他們之所以死去，是因為他們無止境地貪戀名利和誘惑。所以聖人制定禮儀，節制慾望，徵取人民的財物，有一定的限度；役使民力，而不誤農時；耗用民財，有一定的節制，因此慾望不過分，行為不驕橫，經常遵循正道而不偏失，所以國家得以承續而不致於滅亡。以前齊桓公屢次糾合諸侯，統一天下，但當葵丘會盟時，有驕橫自滿的表現，致使諸侯國多有叛離。吳王夫差的軍隊天下無敵，勇猛強大，因而藐視各國諸侯，欺凌齊國和晉國，所以招致身死國亡之禍。夏育、太史噭叱吒一聲，能夠震駭三軍，然而他們卻死於庸夫之手。這都是他們處在聲勢鼎盛之時而不反思常理，不圖卑身隱退自奉儉約帶來的禍患。商鞅替秦孝公申明法令，禁絕罪惡的根源，尊有爵，賞有功，罰有罪，統一平正度量衡，廢除阡陌，用以安定人民的生產，整齊生活習俗，規勸人民從事農業生產，利用土地資源，使每戶百姓，專心本業，不理雜事，努力耕作，蓄積糧食，練習作戰列陣，因此，一旦用兵便能擴充疆土，一旦休兵就會使國家富足。因而秦國無敵於天下，在諸侯中樹立了威望，完成了秦國的霸業。大功告成，而商鞅遭車裂之刑。楚國國土數千里，士卒百萬，白起只率數萬軍隊與楚國交戰，一戰攻克鄢郢，火燒夷陵，再戰就向南吞併了蜀漢。又率軍越過韓、魏進攻強盛的趙國，在北境活埋了趙括的軍隊，誅殺了四十餘萬趙軍，血流成河，沸聲如雷，並乘勢進圍邯鄲，使秦建立了帝王之業。楚、趙既是天下的強國，又是秦的仇敵，但他們之所以自此以後，都不敢進攻秦國，是由於害怕白起的威勢。白起親自攻克的城池有七十餘座，大功告成，但隨後被賜劍自殺於杜郵。吳起為楚悼王訂立法令，削弱大臣的威權，罷除無能之士，廢除無用之人，減少不必要的官吏，杜絕徇私舞弊，統一楚國的習俗，約束遊手好閒的人，精選耕戰之士，向南征服了楊越，向北吞併了陳、蔡，破除連橫，解散合縱，使那些説客不能在各國遊説，禁止結黨營私以勉勵百姓，安定楚國的政治，使楚軍威震天下，懾服諸侯。大功告成了，吳起遭到肢解之刑。大夫種為越王深謀遠計，為他解除了會稽之危，使越國幾亡而復存，轉禍為福，同時率越民墾闢荒地，招撫流民，充實城邑，種植五穀，他還率領四方的民眾，集中上下的力量輔佐句踐，報了他與吳王夫差的舊仇，終於降伏了強大的吳國，使越王成為霸主。大夫種功績昭彰，實實在在，但句踐最終還是負心地殺死了他。這四個人都是在功名成就的情況下，不事隱退，結果遭受到了如此的禍患。這就是所謂伸而不能屈，進而不能退啊。范蠡明白這個道理，超脫了利祿的束縛和人世的虛榮，超脫而避世，一直被人稱道為陶朱公。你難道沒見過賭博的人嗎？他們有時想下大賭注，有時卻分下賭注以取勝，這些都是你所能明白的道理。現在你作為秦的相國，設計不離坐席，畫策不走出朝堂，垂手安坐就能控制諸侯，開拓三川地利以充實宜陽，控扼羊腸阪的險阻，堵塞太行山的通道，斷絕三晉境內的要道，使得六國不能合縱，鋪設千里棧道，通達蜀漢，使得各諸侯畏懼秦國。秦國的慾望實現了，而你的功績也達到了極點，現在正是秦國削減你的功名的時候了。這時你還不願引退，那麼也會落得像商鞅、白起、吳起、大夫種等人那樣的下場。我聽說：『以水為鏡，可以看清自己的面容；以他人的事蹟為鏡，便可看清自己的禍福。』《書》中說：『取得成功之後，不可久居其位。』像商鞅等四人那樣的禍患，你為甚麼要去經受呢？你何不在此時歸還相印，讓位給賢能之士，把相印交給他們，自己隱居山林，必定能獲得像伯夷那樣廉潔的名聲，永久保持應侯的地位，世世代代享受榮寵，獲得像許由、延陵季子那樣的謙讓之名，壽比喬、松，如果這樣的話，這和受禍而死相比，哪種結局為好呢？你究竟想使自己處於哪一種結局呢？如果你留戀自己目前的地位而不隱退離開，而又猶豫不決的話，一定會遭受到商鞅等四人那樣的禍患。《易經》中說『亢龍有悔』，這句話說的是能上不能下，能伸不能屈，能進不能退的情況，希望你好好地考慮一下。」

應侯說：「很好。我聽說『貪慾而不知滿足，他所慾望的東西都將喪失；佔有東西而不知道加以限制，那麼所佔有的東西都將喪失』。先生的教誨，我一定很好地聽從。」於是他就延請蔡澤入坐，將他奉為上客。

過了幾天後，范睢上朝，對秦昭王說：「我有位剛從東方來的客人叫蔡澤，此人是一個能言善辯之士，了解三王的事蹟和五伯的業績，以及世道風俗的變異，完全可以委任主持秦國的國政，我所見到的人才很多，但都不如他，我自己也不如他。所以我冒昧地將他介紹給您。」於是，秦昭王召見了蔡澤，和他交談，對他很滿意，拜他為客卿。范睢便乘機託病請求歸還相印。秦昭王執意挽留范睢，范睢於是託言病重，這樣，范睢就被免除了相職，秦昭王開始對蔡澤的計謀感到快意，於是就拜蔡澤為相國，隨後，向東遷徙東周天子，滅亡了周王室。

蔡澤擔任秦國相國幾個月後，就有人說他的壞話，他害怕被殺，就託病交還了相印，號為綱成君。蔡澤在秦國住了十幾年，先後事奉了秦昭王、孝文王和莊襄王。最後事奉秦始皇，為秦出使燕國，他在燕國居住了三年後，燕國便將太子丹作為人質送到秦國。

太史公說：韓非子講『穿長袖衣的善於舞蹈，錢財多的善於經商』，這話真不假啊！范睢、蔡澤都是人們所說的應時的辯士，然而好多有才能的說客遊說諸侯，直到鬢髮斑白了也沒有得到信任，這並不是因為他們所獻的計謀拙劣，而是因為遊說的說服力不強。范睢、蔡澤二人離開故土，來到秦國，相繼取得卿相的職位，功名傳佈天下，本是因為他們憑藉的條件與他人相比有強弱大小之別。然而一般的遊士也會遇上偶然的機會，天下的賢士也有和范睢、蔡澤二人能力相同的，但不能盡情施展自己的才智，這哪能一一說盡呢？然而他們如果都不經歷一番困厄，又怎麼會激勵自奮呢？

廉頗藺相如列傳

本篇記述戰國末年趙國名將廉頗和良相藺相如的事蹟。老將廉頗勇冠三軍，屢立戰功，名重當世；良相藺相如為維護國家榮譽和利益，置個人生死於度外，迫使強秦完璧歸趙，多次出色地完成使命，以智以勇同秦君臣較量。廉頗與藺相如，一文一武，本是趙國的中堅，但因為廉頗氣量較小，以致將相不和。作者司馬遷突出了廉頗知過則改、負荊請罪和藺相如豁達大度、不計前嫌的言行，闡發了兩人精神與品質上的相通之處，那就是大敵當前，捐棄個人恩怨，不計較個人得失，一切以國家利益為重。

這篇傳文在描寫人物和事態方面，做到了形象逼真，文字感人，並寓有深意，耐人回味。

廉頗者，趙之良將也。趙惠文王十六年①，廉頗為趙將伐齊，大破之，取陽晉②，拜為上卿，以勇氣聞於諸侯。藺相如者，趙人也，為趙宦者令繆賢舍人③。

趙惠文王時，得楚和氏璧④。秦昭王聞之，使人遺趙王書⑤，願以十五城請易璧。趙王與大將軍廉頗諸大臣謀：欲予秦，秦城恐不可得，徒見欺；欲勿予，即患秦兵之來。計未定，求人可使報秦者，未得。宦者令繆賢曰：「臣舍人藺相如可使。」王問：「何以知之？」對曰：「臣嘗有罪，竊計欲亡走燕，臣舍人相如止臣，曰：『君何以知燕王？』臣語曰：『臣嘗從大王與燕王會境上，燕王私握臣手曰：「願結友。」以此知之，故欲往。』相如謂臣曰：『夫趙強而燕弱，而君幸於趙王，故燕王欲結於君。今君乃亡趙走燕，燕畏趙，其勢必不敢留君，而束君歸趙矣。君不如肉袒伏斧質請罪⑥，則幸得脫矣。』臣從其計，大王亦幸赦臣。臣竊以為其人勇士，有智謀，宜可使。」於是王召見，問藺相如曰：「秦王以十五城請易寡人之璧，可予不⑦？」相如曰：「秦強而趙弱，不可不許。」王曰：「取吾璧，不予我城，奈何？」相如曰：「秦以城求璧而趙不許，曲在趙。趙予璧而秦不予趙城，曲在秦。均之二策⑧，寧許以負秦曲。」王曰：「誰可使者？」相如曰：「王必無人，臣願奉璧往使⑨，城入趙而璧留秦，城不入，臣請完璧歸趙。」趙王於是遂遣相如奉璧西入秦。

【注釋】 ❶ 趙惠文王十六年：當公元前 283 年。趙惠文王，名何，趙武靈王的兒子。❷ 陽晉：齊邑，地當今山東菏澤西北。❸ 宦者令：宮中宦官首領。舍人：戰國至漢初，王公貴官的侍從賓客，左右親近，通稱舍人。❹和氏璧：楚人卞和獲得的一塊寶玉。見《韓非子・和氏篇》。❺遺（wèi）：給予。
❻肉袒（tǎn）伏斧質：解衣露出上身伏在刑具上。袒，露。斧質，刀斧和砧板，是殺頭的刑具。
❼不：通「否」。❽均之二策：權衡這兩種做法。均，權衡。❾奉：同「捧」。

秦王坐章台見相如①，相如奉璧奏秦王。秦王大喜，傳以示美人及左右，左右皆呼萬歲。相如視秦王無意償趙城，及前曰：「璧有瑕，請指示王！」王授璧。相如因持璧卻立，倚柱，怒髮上衝冠，謂秦王曰：「大王欲得璧，使人發書至趙王，趙王悉召羣臣議，皆曰：『秦貪，負其強，以空言求璧，償城恐不可得。』議不欲予秦璧。臣以為布衣之交尚不相欺，況大國乎？且以一璧之故，逆強秦之歡②，不可。於是趙王乃齋戒五日，使臣奉璧，拜送書於庭③。何者？嚴大國之威以修敬也。今臣至，大王見臣列觀④，禮節甚倨⑤；得璧，傳之美人，以戲弄臣。臣觀大王無意償趙王城邑，故臣復取璧。大王必欲急臣，臣頭今與璧俱碎於柱矣。」相如持其璧睨柱⑥，欲以擊柱。秦王恐其破璧，乃辭謝固請，召有司案圖，指從此以往十五都予趙。相如度秦王特以詐詳為予趙城，實不可得，乃謂秦王曰：「和氏璧，天下所共傳寶也，趙王恐，不敢不獻。趙王送璧時，齋戒五日，今大王亦宜齋戒五日，設九賓於廷⑦，臣乃敢上璧。」秦王度之，終不可強奪，遂許齋五日，舍相如廣成傳⑧。相如度秦王雖齋，決負約不償城，乃使其從者衣褐，懷其璧，從徑道亡⑨，歸璧于趙。

【注釋】❶章台：秦離宮，在今陝西長安故城西南。❷逆：拂逆，觸犯。❸庭：通「廷」，聽政的朝廷或朝堂。❹列觀（guàn）：一般的台觀，日常居住的宮觀。❺倨（jù）：傲慢無禮。❻睨（nì）：斜視。❼設九賓於廷：朝廷上的一種隆重禮儀，由儐相九人依次傳呼接引上殿。❽舍：招待住宿。傳（zhuàn）：傳舍，客舍。❾徑道：便道，小路。

秦王齋五日後，乃設九賓禮於廷，引趙使者藺相如。相如至，謂秦王曰：「秦自繆公以來二十餘君，未嘗有堅明約束者也。臣誠恐見欺於王而負趙，故令人持璧歸，間至趙矣①。且秦強而趙弱，大王遣一介之使至趙②，趙立奉璧來；今以秦之強而先割十五都予趙，趙豈敢留璧而得罪於大王乎？臣知欺大王之罪當誅，臣請就湯鑊③，惟大王與羣臣孰計議之。」秦王與羣臣相視而嘻。左右或欲引相如去。秦王因曰：「今殺相如，終不能得璧也，而絕秦、趙之歡，不如因而厚遇之，使歸趙，趙王豈以一璧之故欺秦邪！」卒廷見相如，畢禮而歸之。

相如既歸，趙王以為賢大夫使不辱於諸侯，拜相如為上大夫④。秦亦不以城予趙，趙亦終不予秦璧。

【注釋】❶間：頃間。❷一介之使：一個使臣。「介」通「個」。❸湯鑊（huò）：指烹刑。湯，熱水，開水。鑊，大鍋。❹上大夫：大夫位列中的最高一級，僅次於卿。

其後秦伐趙，拔石城①。明年，復攻趙，殺二萬人。秦王使使者告趙王，欲與王為好會於西河外澠池②。趙王畏秦，欲毋行。廉頗、藺相如計曰：「王不行，示趙弱且怯也。」趙王遂行，相如從。廉頗送至境，與王訣曰：「王行，度道里會遇之禮畢，還，不過三十日。三十日不還，則請立太子為王，以絕秦望。」王許之，遂與秦王會澠池。秦王飲酒酣，曰：「寡人竊聞趙王好音，請奏瑟！」趙王鼓瑟。秦御史前書曰：「某年月日，秦王與趙王會飲，令趙王鼓瑟。」藺相如前曰：「趙王竊聞秦王善為秦聲，請奏盆缻秦王③，以相娛樂！」秦王怒，不許。於是相如前進缻，因跪請秦王。秦王不肯擊缻。相如曰：「五步之內，相如請得以頸血濺大王矣！」左右欲刃相如，相如張目叱之，左右皆靡。於是秦王不懌④，為一擊缻。相如顧召趙御史書曰：「某年月日，秦王為趙王擊缻。」秦之羣臣曰：「請以趙十五城為秦王壽。」藺相如亦曰：「請以秦之咸陽為趙王壽。」秦王竟酒，終不能加勝於趙。趙亦盛設兵以待秦，秦不敢動。

【注釋】❶石城：在今河南林州西南八十五里。❷澠（miǎn）池：今河南澠池縣西十三里。❸缻（fǒu）：一種瓦製的樂器。❹不懌（yì）：不高興。

既罷歸國，以相如功大，拜為上卿，位在廉頗之右。廉頗曰：「我為趙將，有攻城野戰之大功，而藺相如徒以口舌為勞，而位居我上，且相如素賤人，吾羞，不忍為之下。」宣言曰：「我見相如，必辱之。」相如聞，不肯與會。相如每朝時，常稱病，不欲與廉頗爭列。已而相如出，望見廉頗，相如引車避匿。於是舍人相與諫曰：「臣所以去親戚而事君者，徒慕君之高義也。今君與廉頗同列，廉君宣惡言而君畏匿之，恐懼殊甚，且庸人尚羞之，況於將相乎！臣等不肖，請辭去。」藺相如固止之，曰：「公之視廉將軍孰與秦王？」曰：「不若也。」相如曰：「夫以秦王之威而相如廷叱之，辱其羣臣，相如雖駑①，獨畏廉將軍哉？顧吾念之，強秦之所以不敢加兵於趙者，徒以吾兩人在也。今兩虎共鬥，其勢不俱生。吾所以為此者，以先國家之急而後私仇也。」廉頗聞之，肉袒負荊，因賓客至藺相如門謝罪，曰：「鄙賤之人，不知將軍寬之至此也！」卒相與歡，為刎頸之交。……

後四年，趙惠文王卒，子孝成王立②。七年③，秦與趙兵相距長平。時趙奢已死，而藺相如病篤。趙使廉頗將攻秦，秦數敗趙軍，趙軍固壁不戰。秦數挑戰，廉頗不肯。趙王信秦之間。秦之間言曰：「秦之所惡，獨畏馬服君趙奢之子趙括為將耳。」趙王因以括為將，代廉頗。藺相如曰：「王以名使括，若膠柱而鼓瑟耳④。括徒能讀其父書傳，不知合變也。」趙王不聽，遂將之。

【注釋】❶駑（nú）：本指劣馬，走不快的馬。這裏指愚笨無能。❷孝成王立：趙孝成王繼位在公元前266年。❸七年：當為「六年」之誤。❹膠柱鼓瑟：柱是瑟上用來調弦的，若把它膠住，音階無法調整，也就彈不成調了。這裏比喻趙括只會紙上談兵，死讀父書，不知變通。

趙括自少時學兵法，言兵事，以天下莫能當。嘗與其父奢言兵事，奢不能難，然不謂善。括母問奢其故，奢曰：「兵，死地也，而括易言之。使趙不將括即已，若必將之，破趙軍者必括也。」及括將行，其母上書言於王曰：「括不可使將。」王曰：「何以？」對曰：「始妾事其父，時為將，身所奉飯飲而進食者以十數，所友者以百數，大王及宗室所賞賜者盡以予軍吏士大夫，受命之日，不問家事。今括一旦為將，東向而朝，軍吏無敢仰視之者，王所賜金帛，歸藏於家，而日視便利田宅可買者買之。王以為何如其父？父子異心，願王勿遣！」王曰：「母置之，吾已決矣。」括母因曰：「王終遣之，即有如不稱，妾得無隨坐乎？」王許諾。

趙括既代廉頗，悉更約束，易置軍吏。秦將白起聞之，縱奇兵，詳敗走，而絕其糧道，分斷其軍為二，士卒離心。四十餘日，軍餓，趙括出銳卒自搏戰，秦軍射殺趙括。括軍敗，數十萬之眾遂降秦，秦悉坑之。趙前後所亡凡四十五萬。明年，秦兵遂圍邯鄲，歲餘，幾不得脫。賴楚、魏諸侯來救，乃得解邯鄲之圍。趙王亦以括母先言，竟不誅也。

自邯鄲圍解五年，而燕用栗腹之謀，曰「趙壯者盡於長平，其孤未壯」，舉兵擊趙。趙使廉頗將，擊，大破燕軍於鄗①，殺栗腹，遂圍燕，燕割五城請和，乃聽之。趙以尉文封廉頗為信平君，為假相國。

廉頗之免長平歸也，失勢之時，故客盡去。及復用為將，客又復至。廉頗曰：「客退矣！」客曰：「吁！君何見之晚也？夫天下以市道交，君有勢，我則從君；君無勢則去。此固其理也，有何怨乎？」居六年，趙使廉頗伐魏之繁陽②，拔之。

趙孝成王卒，子悼襄王立，使樂乘代廉頗。廉頗怒，攻樂乘，樂乘走。廉頗遂奔魏之大梁。其明年，趙乃以李牧為將而攻燕，拔武遂、方城③。

【注釋】❶鄗（hào）：縣名，在今河北省高邑縣。❷繁陽：在今河南內黃縣東北。❸武遂：在今河北省徐水縣西遂成鎮。方城：今河北省固安縣南。

廉頗居梁久之，魏不能信用。趙以數困於秦兵，趙王思復得廉頗，廉頗亦思復用於趙。趙王使使者視廉頗尚可用否。廉頗之仇郭開多與使者金，令毀之。趙使者既見廉頗，廉頗為之一飯斗米，肉十斤，被甲上馬，以示尚可用。趙使還報王曰：「廉將軍雖老，尚善飯，然與臣坐，頃之三遺矢矣①。」趙王以為老，遂不召。楚聞廉頗在魏，陰使人迎之。廉頗一為楚將，無功，曰：「我思用趙人。」廉頗卒死于壽春②。……

太史公曰：知死必勇，非死者難也，處死者難。方藺相如引璧睨柱，及叱秦王左右，勢不過誅，然士或怯懦而不敢發。相如一奮其氣，威信敵國③，退而讓頗，名重太山，其處智勇，可謂兼之矣！

【注釋】❶三遺矢：拉屎三次。「矢」通「屎」。❷壽春：在今安徽省壽縣。❸信：通「伸」。

【翻譯】

廉頗是趙國的良將。趙惠文王十六年，廉頗率趙國兵討伐齊國，大敗齊軍，攻取了陽晉，被任為上卿，以勇氣聞名於諸侯。藺相如是趙國人，是趙國宦官首領繆賢的門客。

趙惠文王時，得到了楚國的和氏璧。秦昭王聽說這事，派人送信給趙王，情願把十五座城池給趙國，以換取這和氏璧。趙王與大將軍廉頗及各大臣商量：要是把璧給秦國，秦國的城池恐怕不可能得到，白白地被欺騙了；要是不給吧，又擔心秦兵的到來。計策商定不下，徵求能夠出使去答覆秦國的人，沒有物色到。宦官首領繆賢說：「我的門客藺相如可以出使。」趙王問：「你怎麼知道他可以呢？」繆賢答：「我曾犯罪，私下打算逃到燕國去。我的門客相如勸阻我，說：『你憑甚麼知道燕王可以投奔呢？』我告訴他說：『我曾隨從大王與燕王在邊境上會見，燕王私下握着我的手說「願意交個朋友」。從此事知道可投奔燕國，所以想去燕國。』相如對我說：「趙國強大而燕國弱小，而你得寵於趙王，所以燕王想和你結交。現在你是失寵於趙而逃奔燕國，燕國懼怕趙國，勢必不敢留你，會把你拘捕起來送還趙國的。你不如解衣露膊，把頭伏在鍘刀上去請罪，這樣就能僥倖得到赦免了。」我聽從了他的話，大王也施恩赦免了我。我個人認為這個人是勇士，有智謀，應該可以出使。」於是趙王召見，問藺相如：「秦王以十五座城池請求交換我的和氏璧，可不可以給他？」相如說：「秦國強大而趙國弱小，不可不許。」趙王說：「如果拿了我的玉璧，不給我城池，怎麼辦？」相如說：「秦用城池請求換璧而趙不同意，理曲在趙國方面。趙給予玉璧而秦不給趙國城池，理曲在秦方面。權衡這兩種做法，寧可答應秦的要求，使秦負理曲的責任。」趙王說：「誰可以出使呢？」相如說：「大王果真沒合適的人，我願捧璧出使秦國，城歸入趙國那麼璧就留給秦，城若不歸入趙國，我就把和氏璧仍舊完整無缺地歸還趙國。」趙王於是就派遣相如捧璧向西出使秦國。

秦王在離宮章台接見相如，相如捧璧呈獻秦王。秦王大喜，將璧以次傳遞給姬妾和左右近侍觀賞，左右都高呼萬歲。相如看秦王無意把城償付給趙國，於是上前去說：「璧上有點瑕疵，請讓我指給大王看。」秦王把璧還給相如，相如手拿着璧，退了幾步站定，把身子靠在庭柱上，怒髮衝冠，對秦王說：「大王想得到璧，使人送信給趙王，趙王把羣臣都召集來商議，大家都說：『秦國貪心，仗着強大而用空話來索取和氏璧，償付城池恐怕不可能。』商議不打算給秦國玉璧。我認為平民交朋友尚且互不欺騙，何況大國呢？再說因一塊玉璧的緣故，觸犯強秦的歡心，不可取。於是趙王就齋戒五日，派我捧璧出使，呈遞國書於朝堂。為甚麼呢？為的是尊重大國的威望，所以這樣畢恭畢敬。現在我到了秦國，大王在一般的台觀之間接見我，禮節極為倨傲，得到玉璧後傳給姬妾觀看而戲弄我。我看大王無意償付趙國城邑，所以我又把璧要回來。大王一定要逼迫我，我的頭今天就和璧一起撞碎在柱子上。」相如手持玉璧，眼斜看着柱子，就要往柱上撞去。秦王害怕他撞壞了玉璧，就連忙賠禮道歉，再三懇求相如不要如此，召喚管理版圖的官吏來查看地圖，在圖上指出從這兒到那兒的十五座城池劃給趙國。相如估計秦王故意裝作要把這幾座城償付趙國，實際上趙國是得不到的，就對秦王說：「和氏璧是天下公認的寶物，趙王害怕，不敢不獻。趙王送璧時，齋戒五日，現在大王也應齋戒五日，備大禮相迎，我才敢獻上玉璧。」秦王考慮再三，認為終究不可強奪，於是同意齋戒五日，款留相如住在廣成客館中。相如考慮秦王雖然齋戒，必然背約不償付城邑，就讓他的隨從穿上粗布衣，把和氏璧藏在懷中，經由小路逃走，把玉璧帶回了趙國。

秦王齋戒五日後，於是在朝廷上設九賓大禮，延請趙使者藺相如。相如到了，對秦王說：「秦自繆公以來二十多位君主，不曾有過堅守信用恪守條約的人。我實在害怕被大王欺騙而對不起趙國，所以派人拿着璧回去，此刻已到了趙國了。況且秦強而趙弱，大王只須派一個使者到趙國，趙國立即就會捧璧來秦；現在以秦國的強大而先割十五座城給趙國，趙國豈敢留下玉璧而得罪大王呢？我知道欺騙大王罪當誅殺，我願接受烹刑，希望大王和羣臣仔細商議吧！」秦王與羣臣面面相覷，發出一片唏噓之聲。秦王左右的侍衛，有的要把相如拉下去。秦王乘機説：「現在殺了相如，終究不能得到玉璧，而又斷絕了秦、趙的交情，倒不如就這機會好好款待他，讓他回趙國，趙王難道會因一塊玉璧的緣故欺騙秦國嗎！」終於在朝廷上接見相如，完成大禮，然後讓相如回趙國。

相如已回到趙國，趙王認為賢能的大夫出使外國，不被諸侯所侮辱，就任命相如為上大夫。秦國也不把城邑給趙國，趙國也始終不給秦國玉璧。

後來秦國侵伐趙國，攻取了石城。第二年，又攻趙，殺兩萬人。

秦王派使者通知趙王，想與趙王在西河外澠池進行友好會面。趙王害怕秦國，想不去。廉頗、藺相如商議說：「大王不去，就顯得趙國軟弱而且膽怯。」趙王於是就出發，相如隨從。廉頗送到邊境，與趙王訣別說：「從王出發日起，計算道路里程和會見的禮儀結束，再回來，不過三十天。三十天若還不回來，就請立太子為王，以斷絕秦國要脅的想法。」趙王同意了，於是和秦王在澠池相會。秦王暢飲到高潮的時候，說：「我聽說趙王喜歡音樂，請彈奏瑟吧。」趙王彈奏了瑟。秦國御史走向前寫道：「某年某月某日，秦王與趙王一起飲酒，令趙王奏瑟。」藺相如走上前說：「趙王聽說秦王擅長奏樂，願呈獻盆缻給秦王，請你擊缻互相娛樂。」秦王發怒，不答應。於是藺相如向前進獻缻，便跪下請秦王擊缻。秦王不肯擊缻。相如說：「五步之內，我可以把頸血濺灑在你大王身上了。」秦王左右侍衛想要刺殺相如，相如瞪大眼睛大聲呵叱他們。左右侍衛都嚇倒了。於是秦王很不高興地擊了一下缻。相如回頭召趙國御史寫道，「某年某月某日，秦王為趙王擊缻。」秦國的羣臣說：「請用趙國的十五座城送給秦王作為獻禮。」藺相如也說：「請把秦國的咸陽城送給趙王作為獻禮。」秦王直到酒宴結束，終究不能壓倒趙國。趙國也嚴整兵衛，防備秦國，秦國不敢行動。

澠池之會結束，趙王一行歸國。因為相如功大，授官為上卿，位居廉頗之上。廉頗說：「我為趙將，有攻城野戰的大功，而藺相如僅依靠口舌為功，卻位居我之上，況且相如素來是低賤的人，我感到羞恥，不甘心位居他之下。」揚言說：「我見到相如一定侮辱他。」相如聽說後，不肯與廉頗見面。相如每當上朝時，常佯稱有病，不想同廉頗爭位次先後。後來相如外出，望見廉頗，相如掉轉車子迴避躲開。於是相如的門客都勸諫說：「我們所以離開親屬來投奔事奉你，只是因為仰慕你的崇高義氣。現在你和廉頗官位相同，廉頗惡言中傷而你卻害怕躲藏，恐懼得太厲害了，平庸的人尚且以為羞恥，何況身為將相的人呢！我們都是無能的人，請求告辭而去！」藺相如再三挽留他們，說：「諸位認為廉將軍與秦王誰強？」門客說：「廉將軍不如秦王。」相如說：「以秦王的威嚴，我尚且敢在秦廷上叱罵他，羞辱他的羣臣，我雖然愚劣，難道就怕廉將軍麼？但我考慮到，強秦之所以不敢侵犯趙國，只是由於有我們兩個人在。現在兩虎相鬥，必有一傷，我所以這樣做，是因為要先考慮國家的危難而後再顧及個人的私怨。」廉頗聽說這些，解衣露膊，背着荊杖，由賓客送到相如門上去請罪，說：「我是鄙賤的人，不知將軍寬大到如此地步！」終於和相如交歡，結為生死之交。……

四年後，趙惠文王去世，兒子趙孝成王繼位。趙孝成王七年，秦軍與趙軍在長平對峙。當時趙奢已死，而藺相如病重。趙王讓廉頗率軍攻秦，秦幾次擊敗趙軍，趙軍堅壁不戰。秦多次挑戰，廉頗不肯接戰。趙王聽信了秦國的離間。秦國離間的話說：「秦國所擔心畏忌的，僅僅是怕馬服君趙奢的兒子趙括做統帥而已。」趙王於是就任命趙括為統帥，代替廉頗。藺相如說：「大王根據趙括的虛名來任用他，就像膠住弦柱鼓瑟一樣，趙括只會讀他父親留傳下來的兵書，卻不知應變。」趙王不聽，終究以趙括為將。

趙括從少年時學兵法，談論軍事，以為天下人沒有能抵得過他的。曾與其父趙奢談軍事，趙奢駁不倒他，但也不稱好。趙括的母親問趙奢其中的緣故，趙奢說：「用兵打仗，是生死攸關的大事，而趙括卻說得很輕巧。假若趙國不以他為將也就罷了，若一定以他為將，使趙軍失敗的人必定就是他。」等到趙括將要出發的時候，他的母親上書趙王說：「趙括不可為將。」趙王說：「為甚麼？」回答說：「當初我事奉他父親的時候，他父親時常為將，他親自捧着飲食進獻的人數以十計，當朋友看待的數以百計，大王及宗室所賞賜的東西全部送給軍吏大夫。一旦接到命令，就不過問家事。現在趙括剛做了大將，面向東坐而接見部下，部下沒有敢抬頭看他的，大王所賞賜的金錢布帛，他都帶回來收在家中，而天天注意哪裏有合適的田地房屋，可以買下來。大王以為他哪一點像他父親？父子心思不同，希望大王不要派遣他！」趙王說：「你不要多說了，我已經決定下來了。」趙括的母親便說：「大王一定要派他去，倘若有不稱職的地方，我能不受他株連嗎？」趙王答應了。

趙括代替廉頗後，把原來的章程盡都改了，撤換了許多軍吏。秦將白起聽到這些情況，派出一支奇兵，假裝敗走，斷絕了趙軍的糧道，把趙軍分割為兩部分，趙軍軍心渙散。四十多天，趙軍饑餓難當，趙括便親率精銳部隊與秦軍搏鬥，秦軍射殺趙括。趙括軍隊大敗，數十萬大軍於是投降秦軍，秦軍把他們全部活埋了。趙國前後所損失的兵員共四十五萬。第二年，秦軍包圍了邯鄲，達一年多，趙國幾乎無法解脫。幸虧靠楚、魏諸侯來救援，才得以解除邯鄲之圍。趙王也因趙括的母親有言在先，終於沒誅殺她。

邯鄲解圍五年後，燕國聽從栗腹的計謀，說：「趙國的丁壯都死在長平了，他們遺留的孤兒還未長大成人。」便發兵擊趙。趙使廉頗率兵還擊，大破燕軍於鄗地，殺栗腹，於是包圍了燕國。燕國割讓五座城邑請和。趙國於是同意了。趙國把尉文地方封給廉頗為信平君，擔任名譽相國。

當年廉頗被免職從長平歸來，失勢之時，原來的門客全部離去了。等到再被任命為將，門客又都回來了。廉頗說：「你們都走吧！」門客說：「吁呀！你的見識怎麼這樣陳舊呀？天下朋友相交就像市場交易，你有勢，我就跟從你；你無勢，我就離開你。這本是通常的道理，又有甚麼怨恨呢？」過了六年，趙國讓廉頗攻打魏國的繁陽，攻取了它。

趙孝成王死，兒子悼襄王繼位。派樂乘代替廉頗，廉頗發怒，攻打樂乘，樂乘逃走。

廉頗於是投奔到魏國首都大梁。第二年，趙國就用李牧為將攻打燕國。攻取了武遂、方城。

廉頗居住大梁時間久了，魏國不能信用他。趙國因多次被秦兵困擾，趙王想再次起用廉頗。廉頗也想再為趙國效力。趙王派使者探視廉頗是不是還可以任用。廉頗的仇人郭開用很多錢財賄賂出使的人，叫他誹謗廉頗。趙使者見了廉頗後，廉頗為了表示自己健壯，一頓飯吃了一斗米，十斤肉，披甲上馬，顯示自己還可任用。趙使者回來報告趙王說：「廉將軍雖然老了，飯量還好，但和我交談，一會兒的功夫拉了三次屎。」趙王認為廉頗老了，終於沒有招回廉頗。

楚國聽說廉頗在魏國，悄悄地派人迎接他。廉頗竟當了楚將，但沒有甚麼功勞，說：「我想指揮趙國士兵。」廉頗最後死在壽春。……

太史公說：知道將要死去，必定會更加英勇，去死並不難，難的是如何對待死。當藺相如手持玉璧，眼瞟着柱子，以及呵叱秦王左右的時候，充其量不過是被處死而已，但一般人有的因膽怯而不敢這樣做。相如竟能奮其勇氣，威懾敵國，退讓廉頗，名重泰山。他對於智和勇，可以說是兼而得之了。

田單列傳

在中國軍事史上，有過許多以少勝多的著名戰例，本篇所記述的田單智用「火牛陣」的事蹟，就是其中的一次。當齊國面臨城破國亡的危難時刻，田單為了扭轉十分被動的戰局，深思熟慮，挫傷燕軍鬥志，鬆懈燕軍警惕，同時激勵守城軍民的士氣；在決戰條件成熟後，田單巧用「火牛陣」實行奇襲，一舉大破燕軍，進而取得了全部收復齊國失地的輝煌勝利。這次戰役的勝利，有力地證明了人的主觀能動性在決定戰爭勝負中的重要作用。

田單者，齊諸田疏屬也①。湣王時，單為臨菑市掾②，不見知。及燕使樂毅伐破齊，齊湣王出奔，已而保莒城③。燕師長驅平齊，而田單走安平④，令其宗人盡斷其車軸末而傅鐵籠。已而燕軍攻安平，城壞，齊人走，爭途，以轊折車敗⑤，為燕所虜，唯田單宗人以鐵籠故得脫，東保即墨⑥。燕既盡降齊城，唯獨莒、即墨不下。燕軍聞齊王在莒，并兵攻之。淖齒既殺湣王於莒⑦，因堅守，距燕軍，數年不下。燕引兵東圍即墨，即墨大夫出與戰⑧，敗死。城中相與推田單，曰：「安平之戰，田單宗人以鐵籠得全，習兵。」立以為將軍，以即墨距燕。

【注釋】 ❶齊諸田疏屬：齊王宗室中的遠房子弟。因為當時齊國田姓的貴族很多，所以稱諸田。❷掾（yuàn）：古代官署屬員的通稱。❸莒（jǔ）城：在今山東省莒縣。❹安平：舊城在今山東省臨淄東十九里。❺轊（wèi）：車軸的兩頭。❻即墨：在今山東省平度東南。❼淖（nào）齒：楚國將領，據《史記・田敬仲完世家》記載：楚國派淖齒率軍隊救齊，並且輔助齊湣王，淖齒於是殺掉湣王，與燕國共同瓜分了侵佔的土地和東西。❽即墨大夫：即墨邑的行政長官。

頃之，燕昭王卒①，惠王立②，與樂毅有隙③。田單聞之，乃縱反間於燕，宣言曰：「齊王已死，城之不拔者二耳。樂毅畏誅而不敢歸，以伐齊為名，實欲連兵南面而王齊，齊人未附，故且緩攻即墨以待其事。齊人所懼，唯恐他將之來，即墨殘矣。」燕王以為然，使騎劫代樂毅④。

【注釋】 ❶燕昭王：名平，在位三十三年（公元前311—前279年），是戰國時期燕國最有作為的國君。❷惠王：昭王之子，在位七年（公元前278—前272年）。❸樂毅：趙國人，燕昭王時為燕國的上將軍。❹騎劫：燕國將領。

樂毅因歸趙，燕人士卒忿。而田單乃令城中人食必祭其先祖於庭，飛鳥悉翔舞城中下食。燕人怪之。田單因宣言曰：「神來下教我。」乃令城中人曰：「當有神人為我師。」有一卒曰：「臣可以為師乎？」因反走。田單乃起，引還，東向坐，師事之。卒曰：「臣欺君，誠無能也。」田單曰：「子勿言也！」因師之。每出約束，必稱神師。乃宣言曰：「吾唯懼燕軍之劓所得齊卒，置之前行與我戰，即墨敗矣。」燕人聞之，如其言。城中人見齊諸降者盡劓①，皆怒，堅守，唯恐見得。單又縱反間曰：「吾懼燕人掘吾城外塚墓，僇先人②，可為寒心。」燕軍盡掘壟墓③，燒死人。即墨人從城上望見，皆涕泣，俱欲出戰，怒自十倍。

【注釋】❶劓（yì）：古代割掉鼻子的一種刑罰。❷僇（lù）先人：凌辱先人（指祖先的屍骸）。❸壟墓：即墳墓。

田單知士卒之可用，乃身操版插①，與士卒分功，妻妾編於行伍之間，盡散飲食饗士②。令甲卒皆伏，使老弱女子乘城，遣使約降於燕，燕軍皆呼萬歲。田單又收民金，得千溢，令即墨富豪遺燕將，曰：「即墨即降，願無虜掠吾族家妻妾，令安堵③。」燕將大喜，許之，燕軍由此益懈。

田單乃收城中得千餘牛，為絳繒衣④，畫以五彩龍紋，束兵刃於其角，而灌脂束葦於尾，燒其端。鑿城數十穴，夜縱牛，壯士五千人隨其後。牛尾熱，怒而奔燕軍，燕軍夜大驚。牛尾炬火光明炫耀，燕軍視之皆龍紋，所觸盡死傷。五千人因銜枚擊之⑤，而城中鼓噪從之，老弱皆擊銅器為聲，聲動天地，燕軍大駭，敗走。齊人遂夷殺其將騎劫⑥。燕軍擾亂奔走，齊人追亡逐北，所過城邑皆畔燕而歸田單，兵日益多，乘勝，燕日敗亡，卒至河上，而齊七十餘城皆復為齊。乃迎襄王於莒⑦，入臨淄而聽政。襄王封田單，號曰安平君。

【注釋】❶版插：建築用具。築牆時，用版夾土，用杵搗緊。插，同「鍤」，用以挖土。❷饗（xiǎng）士：用酒犒賞士卒。❸安堵：平安穩固的像牆一樣。堵，牆。❹絳繒（jiàng zēng）衣：深紅色絲綢衣物。絳，深紅色。繒，絲織品的總稱。❺銜枚：古代行軍襲擊敵人時，讓士兵口銜短筷，繫在耳朵上，以禁止喧嘩，叫做銜枚。❻夷殺：如說「斬殺」，夷和殺同義。❼襄王：名法章，湣王子，在位十九年（公元前 283—前 265 年）。

太史公曰：兵以正合，以奇勝。善之者，出奇無窮。奇正還相生，如環之無端。夫始如處女，適人開戶①；後如脫兔，適不及距②：其田單之謂邪！

初，淖齒之殺湣王也，莒人求湣王子法章，得之太史嬓之家③，為人灌園。嬓女憐而善遇之。後法章私以情告女，女遂與通。及莒人共立法章為齊王，以莒距燕，而太史氏女遂為后，所謂「君王后」也。燕之初入齊，聞畫邑人王蠋賢④，令軍中曰：「環畫邑三十里無入。」以王蠋之故。已而使人謂蠋曰：「齊人多高子之義⑤，吾以子為將，封子萬家。」蠋固謝。燕人曰：「子不聽，吾引三軍而屠畫邑。」王蠋曰：「忠臣不事二君，貞女不更二夫。齊王不聽吾諫，故退而耕於野。國既破亡，吾不能存；今又劫之以兵為君將，是助桀為暴也。與其生而無義，固不如烹！」遂經其頸於樹枝，自奮絕脰而死⑥。齊亡大夫聞之，曰：「王蠋，布衣也，義不北面於燕⑦，況在位食祿者乎！」乃相聚如莒，求諸子⑧，立為襄王。

【注釋】❶適：通「敵」。❷距：通「拒」。❸太史嬓（jiāo）：姓太史，名嬓。❹畫邑：齊邑名，在今山東省臨淄西北。王蠋（zhú）：生平不詳。❺高：推重。❻自奮絕脰（dòu）：奮，跳動。絕脰，弄斷脖子。脰，頸，脖子。❼北面：指臣服於人。古代帝王皆面向南坐，羣臣向北而拜，故稱臣服為「北面」。❽求諸子：此文句不通，據崔適説：「諸子」應作「其子」。

【翻譯】

田單是齊國宗室中的遠房子弟。齊湣王時，田單做了都城臨菑城的官署屬吏，沒有人知道他的才能。等到燕王派樂毅攻破齊國，齊湣王倉惶出逃，隨後退守莒城。燕國的軍隊長驅直入，平定齊國，田單逃到安平，讓他的族人都把車軸兩端突出的部分砍掉，用鐵箍包好車軸。接着燕軍攻打安平，城牆毀壞，齊國人爭先恐後地奪路而逃，結果因車軸折斷，車子損壞，被燕國的軍隊俘虜了，只有田單的族人，因為事先用鐵皮包好了車軸，全部逃了出來，往東退守即墨城。燕軍幾乎全部降服了齊國城池，只有莒、即墨沒有攻下。燕軍聽說齊湣王在莒地，合力攻打莒。淖齒在莒城殺死了齊湣王，便固守莒城，抗擊燕軍，好幾年未被攻克。燕軍又東進圍困即墨，即墨大夫出兵抗戰，兵敗被殺。城裏的人都推舉田單，說：「安平戰鬥中，田單的宗族因事先用鐵皮包好了車軸，所以全部脫逃，他一定熟悉兵法。」推舉他做了將軍，憑藉即墨抵抗燕國的軍隊。

不久，燕昭王去世，他的兒子惠王繼位，和樂毅有矛盾。田單聽說了這件事，便派人到燕國去行反間計，揚言說：「齊王已經死了，城邑卻還有兩座沒有攻下來。樂毅害怕得罪被殺，不敢回國，以討伐齊國為名，實際上是想在南面聯合軍隊，稱王於齊。齊國人沒有歸附，所以他暫緩進攻即墨以等待時機。齊國人所害怕的，只怕別的將領來取代樂毅，即墨就會破滅了。」燕惠王信以為真，便派騎劫代替了樂毅。

樂毅因而投奔趙國，燕國士兵為樂毅忿忿不平。田單於是命令城中的居民吃飯時一定要在庭院中祭祀祖先，飛鳥都在城的上空盤旋飛翔，下來啄食。燕國人對此感到很奇怪。田單因而揚言：「有天神下來指教我。」於是命令城中的人說：「一定有神人作我的老師。」有一個士兵說：「我可以做老師嗎？」說罷回頭就跑。田單站起來，把這個士兵拉回來，讓他坐在朝東的尊位上。以師禮來事奉那個士兵。那個士兵卻說：「我是欺騙你的，實際我沒有甚麼本事。」田單說：「你別說出去了！」於是以他作為老師。每當發號施令，必定說是神師的指示。同時又揚言：「我們只是擔心燕軍割掉所俘虜的齊國士兵的鼻子，並把他們安置在隊伍的前列和我們打仗，那樣即墨就要滅亡了。」燕軍聽到這些話，就照着做了。城中的人看到齊國那些投降的人都被割了鼻子，都很憤怒，堅守城池，唯恐被俘。田單又行反間計說：「我們害怕燕國人挖我們城外的墳墓，凌辱我們的先人，那真叫人心寒。」燕軍把齊人在城外的墳墓都挖了，並且焚燒屍骨。即墨的居民在城上望見了這種場面，痛哭流涕，都要求出戰，倍加忿怒。

田單知道這時士卒可用，於是親自拿起築城的工具，和士卒分擔勞苦，妻妾也編入了軍隊之中，散發許多飲食犒賞士卒。命令披甲的戰士都埋伏起來，讓老弱婦兒登城守望，派人約定向燕軍投降，燕軍都高呼萬歲。田單又收集民間黃金，得到千鎰，命令即墨城內的富豪送給燕軍將領，說：「即墨投降，希望不要掠奪我們的家族妻妾，讓我們平安無事。」燕將非常歡喜，答應了他們的請求。燕國的軍隊從此更加鬆懈。

田單徵集城中的牛，共得一千多頭，給牛裹上深紅色的綢衣，畫上五彩龍紋，牛角上綁着尖刀，牛尾上捆紮好浸透油脂的葦草，點燃葦草的末端。在城牆的腳下挖掘了幾十個大洞，晚上放出這些牛，五千名精壯的士兵跟在牛羣的後面。牛的尾巴灼熱，狂怒地奔向燕軍，燕軍在黑夜中驚恐萬分。牛尾巴的火把光亮耀眼，燕軍看到的都是龍紋怪物，凡被碰上的都死的死，傷的傷。五千壯士隨後突襲衝殺，同時城中的士兵也喊殺聲震天，跟着衝殺出來，老弱百姓也都敲響銅器，聲音驚天動地，燕軍驚恐萬狀，大敗而逃。齊兵於是斬殺了燕將騎劫。燕軍自相踐踏，擾亂奔逃，齊國人緊追不捨，所經過的城邑都背叛燕國而歸附田單，軍隊一天天增加，乘勝前進，燕軍一天天地敗退逃散，最後抵達河上，齊國被佔領的七十多座城池都收復了。於是從莒城迎接襄王，進入臨淄治理政事。

齊襄王冊封田單，名號叫安平君。

太史公說：以正兵和敵人交戰，以奇兵戰勝敵人。善於用兵的能設想出無窮的奇謀。由奇而得正，因正而得奇，相互遞生，好比玉環，沒有起點，也沒有終點。用兵的開始可裝作像處女那樣的安靜怯懦，麻痺敵人，敞開營門；其後出兵就像脫逃的兔子那樣迅速敏捷，使敵人來不及抵抗：田單正是這樣的啊！

當初淖齒殺了齊湣王，莒人尋找湣王的兒子法章，在太史嬓家找到了他，當時他替人家種菜園，太史嬓的女兒同情而厚待他。後來法章偷偷地把真實情況告訴了她，於是太史嬓的女兒便和法章私通。等到莒人共同擁立法章做齊王，憑藉莒城抵抗燕軍，太史嬓的女兒於是做了王后，就是所謂「君王后」。

燕軍當初侵入齊國，聽說畫邑人王蠋賢能，便命令軍隊說「畫邑周圍三十里不准進入」，這是因為王蠋的緣故。後來派人對王蠋說：「齊國人都推崇你的節義，我們任命你為將領，封給你萬戶采邑。」王蠋再三謝絕。燕人說：「你如果不服從，我們就出動三軍屠殺畫邑。」王蠋說：「忠臣不事奉二君，貞女不改嫁二夫，齊王不聽我的勸諫，所以我隱退而耕作於田野。國家已經滅亡，我不能挽救它；現在你們又用武力脅迫我做你們的將領，這是助桀為虐啊！與其偷生而無義，還不如被烹殺。」於是將頸項纏吊於樹枝上，自己用力掙扎，把脖子折斷而死。齊國逃亡在外的士大夫聽說了這事，都說：「王蠋是平民百姓，尚且守節義，不臣服燕國，何況我們這些身居官位享受國家俸祿的人呢！」於是相約來到莒地，尋找湣王的兒子，推立他做了襄王。

刺客列傳

本篇記述了春秋戰國時期的五位著名刺客——曹沬、專諸、豫讓、聶政、荊軻的俠義事蹟。曹沬是魯國將領，在齊魯訂盟約時劫持齊桓公，迫使他退還他所侵佔的魯國領土。專諸由伍子胥引薦給吳國公子光，協助公子光殺死吳王僚奪取王位。豫讓感激智伯的知遇之恩，不惜殘身破相為智伯報仇。聶政忠信驍勇，單槍匹馬刺殺韓相俠累，為嚴仲子雪恨。聶政的姐姐聶榮，是一個平凡婦女，卻剛強不懼，視死如歸。

司馬遷着重描寫的是荊軻：荊軻與魯句踐賭博發生爭執離去，與蓋聶論劍，因意見不合遭呵斥，又默默而退，表現了他的忍讓；結交高漸離，飲酒而歌於市中，表現了他懷才不遇，抑鬱憤恨的心情；受命行刺秦王，悲歌易水之上，表現了他義無反顧的壯士氣概。這些描寫，已是淋漓盡致，十分動人。最後對荊軻刺秦王的具體場面的細緻描繪，不僅活現出不可一世的秦王的虛弱、狼狽，而且突出地渲染了荊軻的鎮定自若、機智勇敢及視死如歸。讀了之後，使人對這膾炙人口的故事，不能忘懷。

《刺客列傳》寫的都是在特定歷史條件下出現的人物，他們的事蹟，他們那種守志不屈的精神，印記着當時的道德觀念，我們今天應該以歷史的眼光去看待它們。

曹沫者，魯人也，以勇力事魯莊公①。莊公好力。曹沫為魯將，與齊戰，三敗北。魯莊公懼，乃獻遂邑之地以和②，猶復以為將。齊桓公許與魯會于柯而盟③。桓公與莊公既盟於壇上，曹沫執匕首劫齊桓公，桓公左右莫敢動，而問曰：「子將何欲？」曹沫曰：「齊強魯弱，而大國侵魯亦甚矣。今魯城壞即壓齊境，君其圖之！」桓公乃許盡歸魯之侵地。既已言，曹沫投其匕首，下壇，北面就羣臣之位，顏色不變，辭令如故。桓公怒，欲倍其約④。管仲曰⑤：「不可。夫貪小利以自快，棄信於諸侯，失天下之援，不如與之。」於是桓公乃遂割魯侵地，曹沫三戰所亡地，盡復予魯。

【注釋】❶魯莊公：名同，春秋時魯國國君，公元前693—前662年在位。❷遂邑：地名，在今山東寧陽縣西北。❸柯：齊邑，即今山東省陽谷縣東北五十里的阿城鎮。柯之會在魯莊公十三年，即公元前680年。❹倍：通「背」。❺管仲：春秋時齊國人，名夷吾，字仲，齊桓公時任相職。

其後百六十有七年而吳有專諸之事。專諸者，吳堂邑人也①。伍子胥之亡楚而如吳也②，知專諸之能。伍子胥既見吳王僚③，說以伐楚之利，吳公子光曰④：「彼伍員父兄皆死於楚而員言伐楚，欲自為報私仇也，非能為吳。」吳王乃止。伍子胥知公子光之欲殺吳王僚，乃曰：「彼光將有內志，未可說以外事。」乃進專諸於公子光。

光之父曰吳王諸樊。諸樊弟三人：次曰餘祭，次曰夷眜，次曰季子札。諸樊知季子札賢而不立太子，以次傳三弟，欲卒致國于季子札。諸樊既死，傳餘祭。餘祭死，傳夷眜。夷眜死，當傳季子札；季子札逃不肯立，吳人乃立夷眜之子僚為王。公子光曰：「使以兄弟次邪，季子當立；必以子乎，則光真適嗣⑤，當立。」故嘗陰養謀臣以求立。

光既得專諸，善客待之。九年而楚平王死⑥。春，吳王僚欲因楚喪，使其二弟公子蓋餘、屬庸將兵圍楚之灊⑦；使延陵季子於晉，以觀諸侯之變。楚發兵絕吳將蓋餘、屬庸路，吳兵不得還。於是公子光謂專諸曰：「此時不可失，不求何獲！且光真王嗣，當立，季子雖來，不吾廢也。」專諸曰：「王僚可殺也。母老子弱，而兩弟將兵伐楚，楚絕其後。方今吳外困於楚，而內空無骨鯁之臣，是無如我何。」公子光頓首曰：「光之身，子之身也。」

四月丙子，光伏甲士於窟室中，而具酒請王僚。王僚使兵陳自宮至光之家，門戶階陛左右，皆王僚之親戚也。夾立侍，皆持長鈹⑧。酒既酣，公子光詳為足疾，入窟室中，使專諸置匕首魚炙之腹中而進之。既至王前，專諸擘魚⑨，因以匕首刺王僚，王僚立死。左右亦殺專諸，王人擾亂。公子光出其伏甲以攻王僚之徒，盡滅之，遂自立為王，是為闔閭。闔閭乃封專諸之子以為上卿。

【注釋】❶堂邑：本是楚國的棠邑，後屬吳，故城在今江蘇省六合北。❷伍子胥：名員，楚人，為避父兄之禍，逃到吳國，任吳相，率兵破楚，後遭讒自殺。❸吳王僚：號州於，公元前526—前515年在位。❹公子光：吳王諸樊之子，即吳王闔閭，公元前514—前496年在位。❺適嗣（sì）：嫡傳的後代。適，同「嫡」。嗣，子孫。❻楚平王：名棄疾，後改名居，公元前528—前516年在位。❼灊（qián）：楚邑，故城在今安徽省霍山縣東北三十里。❽長鈹（pī）：長柄兩刃刀。❾擘（bāi）：拆開。

其後七十餘年而晉有豫讓之事。豫讓者，晉人也，故嘗事范氏及中行氏①，而無所知名。去而事智伯②，智伯甚尊寵之。及智伯伐趙襄子③，趙襄子與韓、魏合謀滅智伯④，滅智伯之後而三分其地。趙襄子最怨智伯，漆其頭以為飲器。豫讓遁逃山中，曰：「嗟乎！士為知己者死，女為說己者容。今智伯知我，我必為報仇而死，以報智伯，則吾魂魄不愧矣。」乃變名姓為刑人，入宮塗廁，中挾匕首，欲以刺襄子。襄子如廁，心動，執問塗廁之刑人，則豫讓，內持刀兵，曰：「欲為智伯報仇！」左右欲誅之。襄子曰：「彼義人也，吾謹避之耳。且智伯亡無後，而其臣欲為報仇，此天下之賢人也。」卒釋去之。

居頃之，豫讓又漆身為厲⑤，吞炭為啞，使形狀不可知。行乞於市，其妻不識也。行見其友，其友識之，曰：「汝非豫讓邪？」曰：「我是也。」其友為泣曰：「以子之才，委質而臣事襄子⑥，襄子必近幸子⑦。近幸子，乃為所欲，顧不易邪⑧？何乃殘身苦形，欲以求報襄子，不亦難乎！」豫讓曰：「既已委質臣事人，而求殺之，是懷二心以事其君也。且吾所為者極難耳！然所以為此者，將以愧天下後世之為人臣懷二心以事其君者也。」

既去，頃之，襄子當出，豫讓伏於所當過之橋下。襄子至橋，馬驚，襄子曰：「此必是豫讓也。」使人問之，果豫讓也。於是襄子乃數豫讓曰⑨：「子不嘗事范、中行氏乎？智伯盡滅之，而子不為報仇，而反委質臣於智伯；智伯亦已死矣，而子獨何以為之報仇之深也？」豫讓曰：「臣事范、中行氏，范、中行氏皆眾人遇我，我故眾人報之。至於智伯，國士遇我，我故國士報之。」襄子喟然歎息而泣曰：「嗟乎，豫子！子之為智伯，名既成矣，而寡人赦子亦已足矣！子其自為計，寡人不復釋子！」使兵圍之。豫讓曰：「臣聞明主不掩人之美，而忠臣有死名之義。前君已寬赦臣，天下莫不稱君之賢。今日之事，臣固伏誅，然願請君之衣而擊之焉，以致報仇之意，則雖死不恨。非所敢望也，敢布腹心！」於是襄子大義之⑩，乃使使持衣與豫讓。豫讓拔劍三躍而擊之，曰：「吾可以下報智伯矣！」遂伏劍自殺。死之日，趙國志士聞之，皆為涕泣。

【注釋】❶范氏、中行氏：都是晉國大夫。❷智伯：名瑤，也稱智襄子，晉國大夫。❸趙襄子：名毋卹，晉大夫趙衰之後。❹韓、魏：即韓氏、魏氏，與范、中行、智、趙共同執掌晉政，為六卿。❺厲（lài）：癩。❻委：託付。質：形質，即身體。❼近幸：得寵而親近。❽顧：反。邪：通「耶」。❾數：斥責。❿義：同情。感動。

其後四十餘年而軹有聶政之事。聶政者，軹深井里人也①。殺人避仇，與母、姊如齊，以屠為事。久之，濮陽嚴仲子事韓哀侯②，與韓相俠累有郤③。嚴仲子恐誅，亡去，遊求人可以報俠累者。至齊，齊人或言聶政勇敢士也，避仇隱於屠者之間。嚴仲子至門請，數反④，然後具酒自暢聶政母前⑤。酒酣，嚴仲子奉黃金百溢，前為聶政母壽。聶政驚怪其厚，因謝嚴仲子。嚴仲子固進，而聶政謝曰：「臣幸有老母，家貧，客遊以為狗屠，可以旦夕得甘毳以養親⑥；親供養備，不敢當仲子之賜。」嚴仲子辟人⑦，因為聶政言曰：「臣有仇，而行遊諸侯眾矣；然至齊，竊聞足下義甚高，故進百金者，將用為大人粗糲之費，得以交足下之驩，豈敢以有求望邪！」聶政曰：「臣所以降志辱身居市井屠者，徒幸以養老母；老母在，政身未敢以許人也。」嚴仲子固讓，聶政竟不肯受也。然嚴仲子卒備賓主之禮而去。

久之，聶政母死，既已葬，除服⑧。聶政曰：「嗟乎！政乃市井之人，鼓刀以屠，而嚴仲子乃諸侯之卿相也，不遠千里，枉車騎而交臣。臣之所以待之，至淺鮮矣，未有大功可以稱者，而嚴仲子奉百金為親壽，我雖不受，然是者徒深知政也。夫賢者以感忿睚眦之意⑨，而親信窮僻之人，而政獨安得嘿然而已乎⑩！且前日要政，政徒以老母；老母今以天年終，政將為知己者用。」乃遂西至濮陽，見嚴仲子，曰：「前日所以不許仲子者，徒以親在；今不幸而母以天年終。仲子所欲報仇者為誰？請得從事焉！」嚴仲子具告曰：「臣之仇，韓相俠累，俠累又韓君之季父也，宗族甚多，居處兵衛甚設。臣欲使人刺之，終莫能就。今足下幸而不棄，請益其車騎壯士可為足下輔翼者。」聶政曰：「韓之與衛，相去中間不甚遠，今殺人之相，相又國君之親，此其勢不可以多人；多人不能無生得失，生得失則語泄。語泄，是韓舉國而與仲子為仇，豈不殆哉！」遂謝車騎人徒，聶政乃辭。獨行。杖劍至韓，韓相俠累方坐府上，持兵戟而衛侍者甚眾。聶政直入，上階刺殺俠累，左右大亂。聶政大呼，所擊殺者數十人。因自皮面決眼，自屠出腸，遂以死。

韓取聶政屍暴於市，購問莫知誰子。於是韓懸購之：「有能言殺相俠累者予千金。」久之莫知也。政姊榮聞人有刺殺韓相者，賊不得，國不知其名姓，暴其尸而懸之千金，乃於邑曰⑪：「其是吾弟與⑫？嗟呼！嚴仲子知吾弟！」立起，如韓，之市，而死者果政也。伏尸哭極哀，曰：「是軹深井里所謂聶政者也。」市行者諸眾人皆曰：「此人暴虐吾國相，王懸購其名姓千金，夫人不聞與？何敢來識之也？」榮應之曰：「聞之。然政所以蒙污辱自棄於市販之間者，為老母幸無恙，妾未嫁也。親既以天年下世，妾已嫁夫，嚴仲子乃察舉吾弟困污之中而交之，澤厚矣，可奈何！士固為知己者死，今乃以妾尚在之故，重自刑以絕從，妾其奈何畏歿身之誅，終滅賢弟之名！」大驚韓市人。乃大呼天者三，卒於邑悲哀而死政之旁。

晉、楚、齊、衛聞之，皆曰：「非獨政能也，乃其姊亦烈女也。鄉使政誠知其姊無濡忍之志，不重暴骸之難，必絕險千里以列其名，姊弟俱僇於韓市者⑬，亦未必敢以身許嚴仲子也。嚴仲子亦可謂知人能得士矣！」

【注釋】❶軹（zhǐ）：魏邑，故城在今河南省濟源東南十三里的軹城鎮。深井里：軹邑里名。❷韓哀侯：韓國第四君，在位六年（公元前376—前371年）。濮陽：衛地，在今山東鄄城縣。嚴仲子：名遂。❸郤：同「隙」，矛盾。❹反：通「返」。❺自暢聶政母前：親自捧酒進奉聶政的母親。暢，當為「觴」。❻甘毳：甘，甜。毳（cuì），通「脆」，較硬易碎的食物。❼辟：通「避」。❽除服：三年服喪期滿，換去喪服。❾睚眦（yá zì）：發怒時瞪眼。❿嘿：同「默」。⓫於邑：同「嗚咽」，悲哽。⓬與：通「歟」。⓭僇：通「戮」。

其後二百二十餘年①，秦有荊軻之事。荊軻者，衛人也。其先乃齊人，徙於衛，衛人謂之慶卿②。而之燕，燕人謂之荊卿。荊卿好讀書擊劍，以術說衛元君③，衛元君不用。其後秦伐魏，置東郡，徙衛元君之支屬於野王④。荊軻嘗遊過榆次⑤，與蓋聶論劍。蓋聶怒而目之，荊軻出。人或言復召荊卿，蓋聶曰：「曩者吾與論劍有不稱者⑥，吾目之。試往，是宜去，不敢留。」使使往之主人，荊卿則已駕而去榆次矣。使者還報，蓋聶曰：「固去也，吾曩者目攝之。」

荊軻遊於邯鄲，魯句踐與荊軻博，爭道，魯句踐怒而叱之，荊軻嘿而逃去，遂不復會。荊軻既至燕，愛燕之狗屠及善擊筑者高漸離⑦。荊軻嗜酒，日與狗屠及高漸離飲於燕市，酒酣以往，高漸離擊筑，荊軻和而歌於市中，相樂也。已而相泣，旁若無人者。荊軻雖遊於酒人乎，然其為人沈深好書⑧，其所遊諸侯，盡與其賢豪長者相結。其之燕，燕之處士田光先生亦善待之，知其非庸人也。

【注釋】❶二百二十餘年：實為一百七十一年。❷慶卿：齊國有慶氏，荊軻的先世是齊人，可能原姓慶。❸衛元君：衛國第四十一位君主，公元前 251—前 230 年在位。❹野王：即野王邑，在今河南沁陽縣。❺榆次：即今山西省榆次。❻曩（nǎng）：以往，從前。❼筑：一種打擊樂器，形像琴，有弦。❽沈：同「沉」。

居頃之，會燕太子丹質秦亡歸燕①。燕太子丹者，故嘗質於趙，而秦王政生於趙，其少時與丹驩。及政立為秦王，而丹質於秦。秦王之遇燕太子丹不善，故丹怨而亡歸。

歸而求為報秦王者，國小，力不能。其後秦日出兵山東以伐齊、楚、三晉，稍蠶食諸侯，且至於燕。燕君臣皆恐禍之至。太子丹患之，問其傅鞠武。武對曰：「秦地遍天下，威脅韓、魏、趙氏，北有甘泉、谷口之固②，南有涇、渭之沃，擅巴、漢之饒，右隴、蜀之山，左關、殽之險，民眾而士厲，兵革有餘。意有所出，則長城之南，易水以北，未有所定也。奈何以見陵之怨③，欲批其逆鱗哉④！」丹曰：「然則何由？」對曰：「請入圖之！」

【注釋】 ❶燕太子丹：燕王喜之子。秦王政即位，丹到秦國為人質，王喜二十三年（前232），燕丹從秦國逃回燕國。❷甘泉：山名，在今陝西省淳化縣西北。谷口：即寒門，在今陝西省禮泉縣東北。❸陵：通「淩」，欺侮。❹批：觸動。逆鱗：相傳龍的喉下有逆鱗，觸到它，就要殺人，這裏比喻秦王的兇殘。

居有間，秦將樊於期得罪於秦王，亡之燕，太子受而舍之。鞠武諫曰：「不可！夫以秦王之暴而積怒於燕，足為寒心，又況聞樊將軍之所在乎？是謂『委肉當餓虎之蹊』也，禍必不振矣！雖有管、晏，不能為之謀也。願太子疾遣樊將軍入匈奴以滅口。請西約三晉，南連齊、楚，北購於單于，其後乃可圖也。」太子曰：「太傅之計，曠日彌久，心惛然[1]，恐不能須臾。且非獨於此也，夫樊將軍窮困於天下，歸身於丹，丹終不以迫於強秦而棄所哀憐之交，置之匈奴，是固丹命卒之時也。願太傅更慮之！」鞠武曰：「夫行危欲求安，造禍而求福，計淺而怨深，連結一人之後交，不顧國家之大害，此所謂『資怨而助禍』矣。夫以鴻毛燎於爐炭之上，必無事矣。且以雕鷙之秦[2]，行怨暴之怒，豈足道哉！燕有田光先生，其為人智深而勇沈，可與謀。」太子曰：「願因太傅而得交於田先生，可乎？」鞠武曰：「敬諾。」出見田先生，道：「太子願圖國事於先生也。」田光曰：「敬奉教。」乃造焉[3]。

太子逢迎，卻行為導，跪而蔽席[4]。田光坐定，左右無人，太子避席而請曰：「燕、秦不兩立，願先生留意也！」田光曰：「臣聞騏驥盛壯之時，一日而馳千里，至其衰老，駑馬先之。今太子聞光盛壯之時，不知臣精已消亡矣。雖然，光不敢以圖國事，所善荊卿可使也。」太子曰：「願因先生得結交於荊卿，可乎？」田光曰：「敬諾。」即起，趨出。太子送至門，戒曰：「丹所報，先生所言者，國之大事也，願先生勿泄也！」田光俛而笑[5]，曰：「諾。」僂行見荊卿，曰：「光與子相善，燕國莫不知。今太子聞光壯盛之時，不知吾形已不逮也，幸而教之曰：『燕、秦不兩立，願先生留意也。』光竊不自外，言足下於太子也，願足下過太子於宮。」荊軻曰：「謹奉教。」田光曰：「吾聞之，長者為行，不使人疑之。今太子告光曰：『所言者，國之大事也，願先生勿泄。』是太子疑光也。夫為行而使人疑之，非節俠也。」欲自殺以激荊卿，曰：「願足下急過太子，言光已死，明不言也。」因遂自刎而死。

【注釋】❶惛然：煩亂。通「昏」。❷雕鷙（zhì）：雕與鷙都是猛禽，這裏用來比喻秦朝的兇狠殘暴。❸造：去，前往。❹蔽：拂拭。❺俛：同「俯」。

荊軻遂見太子，言田光已死，致光之言。太子再拜而跪，膝行流涕，有頃而後言曰：「丹所以誡田先生毋言者，欲以成大事之謀也。今田先生以死明不言，豈丹之心哉！」荊軻坐定，太子避席頓首曰：「田先生不知丹之不肖，使得至前，敢有所道，此天之所以哀燕而不棄其孤也。今秦有貪利之心，而欲不可足也。非盡天下之地，臣海內之王者，其意不厭①。今秦已虜韓王，盡納其地。又舉兵南伐楚，北臨趙；王翦將數十萬之眾距漳、鄴②，而李信出太原、雲中。趙不能支秦，必入臣，入臣則禍至燕。燕小弱，數困於兵，今計舉國不足以當秦。諸侯服秦，莫敢合從。丹之私計愚，以為誠得天下之勇士使於秦，窺以重利；秦王貪，其勢必得所願矣。誠得劫秦王，使悉反諸侯侵地，若曹沫之與齊桓公，則大善矣；則不可，因而刺殺之。彼秦大將擅兵於外而內有亂，則君臣相疑，以其間諸侯得合從，其破秦必矣。此丹之上願，而不知所委命，唯荊卿留意焉！」久之，荊軻曰：「此國之大事也，臣駑下，恐不足任使。」太子前頓首，固請毋讓，然後許諾。於是尊荊卿為上卿，舍上舍。太子日造門下，供太牢具③，異物間進，車騎美女恣荊軻所欲，以順適其意。

【注釋】❶厭：通「饜」，滿足。❷漳、鄴：漳水、鄴邑，在今河北省臨漳縣和河南省安陽之間一帶地區。❸太牢：古代祭祀或宴會，牛、羊、豬三牲齊備叫太牢。

久之，荊軻未有行意。秦將王翦破趙，虜趙王，盡收入其地，進兵北略地至燕南界。太子丹恐懼，乃請荊軻曰：「秦兵旦暮渡易水，則雖欲長侍足下，豈可得哉！」荊軻曰：「微太子言，臣願謁之。今行而毋信，則秦未可親也。夫樊將軍，秦王購之金千斤，邑萬家。誠得樊將軍首與燕督亢之地圖①，奉獻秦王，秦王必説見臣，臣乃得有以報。」太子曰：「樊將軍窮困來歸丹，丹不忍以己之私而傷長者之意，願足下更慮之！」

荊軻知太子不忍，乃遂私見樊於期，曰：「秦之遇將軍可謂深矣，父母宗族皆為戮沒。今聞購將軍首金千斤，邑萬家，將奈何？」於期仰天太息流涕曰：「於期每念之，常痛於骨髓，顧計不知所出耳！」荊軻曰：「今有一言可以解燕國之患，報將軍之仇者，何如？」於期乃前曰：「為之奈何？」荊軻曰：「願得將軍之首以獻秦王，秦王必喜而見臣，臣左手把其袖，右手揕其匈②，然則將軍之仇報，而燕見陵之愧除矣。將軍豈有意乎？」樊於期偏袒搤捥而進曰③：「此臣之日夜切齒腐心也，乃今得聞教！」遂自刎。太子聞之，馳往，伏屍而哭，極哀。既已不可奈何，乃遂盛樊於期首，函封之。

於是太子豫求天下之利匕首，得趙人徐夫人匕首④，取之百金，使工以藥焠之。以試人，血濡縷，人無不立死者。乃裝為遣荊卿。燕國有勇士秦舞陽，年十三，殺人，人不敢忤視⑤。乃令秦舞陽為副。荊軻有所待，欲與俱；其人居遠未來，而為治行。頃之，未發。太子遲之，疑其改悔，乃復請曰：「日已盡矣，荊卿豈有意哉？丹請得先遣秦舞陽。」荊軻怒，叱太子曰：「何太子之遣？往而不反者，豎子也！且提一匕首入不測之強秦，僕所以留者，待吾客與俱。今太子遲之，請辭決矣！」遂發。

太子及賓客知其事者，皆白衣冠以送之。至易水之上，既祖，取道，高漸離擊筑，荊軻和而歌，為變徵之聲⑥，士皆垂淚涕泣。又前而為歌曰：「風蕭蕭兮易水寒，壯士一去兮不復還！」復為羽聲忼慨，士皆瞋目，髮盡上指冠。於是荊軻就車而去，終已不顧。

【注釋】❶督亢：燕國南界的肥沃之地，在今河北省易縣東南。❷揕（zhèn）：用刀劍刺。匈：即胸。❸搤：同「扼」。❹徐夫人：男子，姓徐，名夫人。❺忤（wǔ）視：反目而視。❻變徵（zhǐ）：古代基本音律分宮、商、角、徵、羽五音，變徵相當於簡譜「4」，這裏指音調，相當於「E」，下文的羽聲也指音調。

遂至秦，持千金之資幣物，厚遺秦王寵臣中庶子蒙嘉。嘉為先言於秦王曰：「燕王誠振怖大王之威①，不敢舉兵以逆軍吏，願舉國為內臣，比諸侯之列，給貢職如郡縣，而得奉守先王之宗廟。恐懼不敢自陳，謹斬樊於期之頭，及獻燕督亢之地圖，函封，燕王拜送于庭，使使以聞大王，唯大王命之！」秦王聞之，大喜，乃朝服，設九賓，見燕使者咸陽宮。荊軻奉樊於期頭函，而秦舞陽奉地圖匣，以次進。至陛，秦舞陽色變振恐，羣臣怪之。荊軻顧笑舞陽，前謝曰：「北蕃蠻夷之鄙人，未嘗見天子，故振懾。願大王少假借之，使得畢使於前。」秦王謂軻曰：「取舞陽所持地圖。」軻既取圖奏之，秦王發圖，圖窮而匕首見[2]。因左手把秦王之袖，而右手持匕首揕之。未至身，秦王驚，自引而起，袖絕。拔劍，劍長，操其室。時惶急，劍堅，故不可立拔。荊軻逐秦王，秦王環柱而走。羣臣皆愕，卒起不意[3]，盡失其度。而秦法，羣臣侍殿上者不得持尺寸之兵；諸郎中執兵皆陳殿下，非有詔召不得上。方急時，不及召下兵，以故荊軻乃逐秦王，而卒惶急無以擊軻，而以手共搏之。是時，侍醫夏無且以其所奉藥囊提荊軻也[4]。秦王方環柱走，卒惶急，不知所為，左右乃曰：「王負劍！」負劍，遂拔以擊荊軻，斷其左股。荊軻廢，乃引其匕首以擿秦王[5]，不中，中銅柱。秦王復擊軻，軻被八創。軻自知事不就，倚柱而笑，箕踞以罵曰：「事所以不成者，以欲生劫之，必得約契以報太子也。」於是左右既前殺軻，秦王不怡者良久。已而論功，賞羣臣及當坐者各有差，而賜夏無且黃金二百溢[6]，曰：「無且愛我，乃以藥囊提荊軻也。」

於是秦王大怒，益發兵詣趙，詔王翦軍以伐燕。十月而拔薊城[7]。燕王喜、太子丹等盡率其精兵東保於遼東[8]。秦將李信追擊燕王急，代王嘉乃遺燕王喜書曰：「秦所以尤追燕急者，以太子丹故也。今王誠殺丹獻之秦王，秦王必解，而社稷幸得血食⑨。」其後李信追丹，丹匿衍水中，燕王乃使使斬太子丹，欲獻之秦。秦復進兵攻之。後五年⑩，秦卒滅燕，虜燕王喜。

【注釋】❶振怖：震動，恐怖。振，同「震」。❷見：即「現」。❸卒：通「猝」，突然。❹提：投擊。❺擿：同「擲」。❻夏無且（jū）：秦始皇的侍醫。❼薊城：燕都城，在今北京市德勝門外土城關。❽遼東：遼河以東，即今遼寧省遼陽一帶。❾血食：享受肉食。這裏指祭祀。❿後五年：即秦王政二十五年（前 222）。

其明年，秦并天下，立號為皇帝。於是秦逐太子丹、荊軻之客，皆亡。高漸離變名姓為人庸保，匿作於宋子①。久之，作苦，聞其家堂上客擊筑，傍偟不能去。每出言曰：「彼有善有不善。」從者以告其主，曰：「彼庸乃知音，竊言是非。」家丈人召使前擊筑，一坐稱善，賜酒。而高漸離念久隱畏約無窮時，乃退，出其裝匣中筑與其善衣，更容貌而前。舉坐客皆驚，下與抗禮，以為上客。使擊筑而歌，客無不流涕而去者。宋子傳客之，聞於秦始皇。秦始皇召見，人有識者，乃曰：「高漸離也。」秦皇帝惜其善擊筑，重赦之，乃矐其目②，使擊筑，未嘗不稱善。稍益近之，高漸離乃以鉛置筑中，復進得近，舉筑朴秦皇帝③，不中。於是遂誅高漸離，終身不復近諸侯之人。

魯句踐已聞荊軻之刺秦王，私曰：「嗟乎，惜哉其不講於刺劍之術也！甚矣吾不知人也！曩者吾叱之，彼乃以我為非人也！」

【注釋】❶宋子：地名，故址在今河北省趙縣北二十五里。❷矐（huò）：使人失明。❸朴：通「扑」，撞擊。

太史公曰：世言荊軻，其稱太子丹之命，「天雨粟，馬生角」也，太過。又言荊軻傷秦王，皆非也。始公孫季功、董生與夏無且遊，具知其事，為余道之如是。自曹沫至荊軻五人，此其義或成或不成，然其立意較然，不欺其志，名垂後世，豈妄也哉！

【翻譯】

曹沫，是魯國人，憑勇敢力大事奉魯莊公。莊公喜歡力大勇猛之士。曹沫為魯國將領，與齊國作戰，三次被打敗逃走。魯莊公很懼怕，便獻上遂邑這塊地方以求和，仍委任他為將領。

齊桓公答應和魯國在柯地盟會訂立和約。桓公和莊公在壇上訂立了盟約後，曹沫手執匕首劫持齊桓公，桓公左右的人沒有敢動的，問道：「你想幹甚麼？」曹沫說：「齊國強大魯國弱小，大國侵犯魯國也太過分了。現在魯國的城牆倒塌就要壓在齊國境上，希望大王想想！」桓公於是答應全部歸還侵佔的魯國土地。桓公說完，曹沫扔掉匕首，走下壇台，面朝北就列羣臣位置，臉色不變，言辭和先前一樣從容。桓公憤怒，想背棄自己的諾言。管仲說：「不可以。貪圖小便宜來滿足自己的快意，在諸侯面前失去信義，失去諸侯各國的幫助，不如給它。」這樣桓公就歸還了所侵佔的魯國領土，曹沫在三次戰役中所失去的土地，都全部還給了魯國。

曹沫之後一百六十七年，吳國有關於專諸的事蹟。

專諸，是吳國堂邑人。伍子胥逃離楚國，來到吳國，了解到了專諸的才能。伍子胥謁見吳王僚以後，向他遊說攻打楚國的好處，公子光說：「那伍員的父親、哥哥都死在楚國，而伍員獻計攻打楚國，是想為自己報私仇，不是替吳國打算。」吳王於是作罷。伍子胥了解到公子光想殺吳王僚，就說：「那公子光有奪位的念頭，不能以伐楚等其他事情遊說他。」於是向公子光引薦了專諸。

公子光的父親是吳王諸樊。諸樊有三個弟弟：大弟叫余祭，二弟叫夷眛，三弟叫季子札。諸樊知道季子札賢明便不立自己的兒子為太子，把王位依次傳給三個弟弟，想最後把國家交給季子札。諸樊死後，王位傳給餘祭。餘祭死後，傳給夷眛。夷眛死後，應當傳給季子札，季子札逃走不肯繼位，吳國人就立了夷眛的兒子僚為吳王。公子光說：「假使依照兄弟相傳的次序，那麼季子札應該立為王；如果一定要立兒子的話，那麼我公子光是真正的嫡傳後代，應當繼承王位。」因此經常私養謀士以圖將來謀取王位。

公子光得到專諸之後，當作上客來款待他。九年後楚平王死。這年春天，吳王僚想趁楚國大喪，派他的兩個弟弟公子蓋餘、屬庸率兵包圍了楚國的灊地，派延陵季子到晉國，觀察其他諸侯國的反應。楚國出兵切斷了吳將蓋餘、屬庸的後路，吳兵不能回國。這時公子光對專諸說：「這個機會不可失去，不爭取能獲得甚麼呢！而且我公子光是真正的王位繼承人，應當立為王，季子即使回來，也不會廢掉我。」專諸說：「吳王僚可以殺掉。母親年邁，孩子弱小，而兩個弟弟率兵伐楚，楚國斷絕了他們的退路。眼下吳國在外面受楚國的困擾，而國君左右空虛，沒有一個正直的大臣。這樣就不能奈何我們了。」公子光叩頭說：「我公子光的身體，就是你的身體。」

四月丙子這天，公子光把全副武裝的兵士埋伏在地下室裏，準備了酒飯宴請吳王。吳王僚派衛隊從王宮一直排到公子光的家中，門戶台階的兩旁，都是吳王僚的親屬。衛隊夾道站立侍候，個個手執長鈹。酒喝到了酣暢時，公子光假裝腳有病，離席而進入地下室中，讓專諸把匕首放在熟魚的腹中端上去。當走到吳王僚面前時，專諸剖開魚，趁機用匕首刺殺吳王僚，吳王僚當即死去。左右侍衛也殺死了專諸。吳王僚的衛士騷亂。公子光派出埋伏的士兵攻擊吳王僚的隨從，將他們全部殺死，隨後便自立為吳王，這就是闔閭。闔閭於是封專諸的兒子為上卿。

此後七十多年晉國有關於豫讓的事蹟。

豫讓是晉國人，原曾事奉范氏和中行氏，但不為世人所知。後離去而事奉智伯，智伯非常敬重寵愛他。等到智伯討伐趙襄子，趙襄子和韓氏、魏氏合謀攻滅了智伯，滅了智伯後三家瓜分了智伯的領地。趙襄子極其怨恨智伯，把智伯的頭骨漆做飲酒的器具。豫讓逃進山裏，悲歎道：「唉呀！士人為理解自己的人而死，女人為喜歡自己的人而打扮。現在智伯理解我，我定要為他報仇而死，以報答智伯，那樣我死而無憾了！」於是改名換姓裝扮為刑徒，混入趙襄子的宮裏修理廁所，衣內暗藏着匕首，想刺殺襄子。襄子上廁所，心裏有一種預感，抓來修理廁所的刑徒審問，就是豫讓，他衣服裏藏着匕首，說：「要為智伯報仇！」襄子的侍從要殺了他。襄子說：「他是重義氣的人，我小心防備就是了。況且智伯死了沒有後代，而他的臣僚想替他報仇，這是天下的賢明之士。」最終放他走了。

過了不久，豫讓又用漆塗身，讓全身長瘡，吞炭毀嗓，把聲音變啞，使自己的形貌叫人認不出，在街市上行乞，他的妻子也認不出來了。在路上遇到了他的朋友，朋友認出了他，說：「你不是豫讓嗎？」豫讓說：「我是。」朋友對他哭着說：「憑你的才能，以臣子的身份委身事奉襄子，襄子一定會親近寵信你。親近寵信你，就可以為所欲為，反過來不是更容易報仇嗎？何必摧殘身體糟蹋形貌，想以此謀求向襄子報仇，不也是很困難的嗎！」豫讓說：「既然已經委身以臣子的身份事奉他人，卻謀求殺害他，這是心懷二心事奉其主。況且我所做的事極其艱難啊！然而我之所以這樣做，是要以我的行為使天下後世做人臣而心懷二心以事奉其主的人感到慚愧。」

豫讓走了後，不久，襄子要外出，豫讓埋伏在趙襄子要經過的橋下。趙襄子走到橋上，馬受驚，趙襄子說：「這肯定又是豫讓。」派人問他，果然是豫讓，於是襄子斥責豫讓說：「你不是曾經事奉過范氏和中行氏嗎？智伯把他們都滅了，而你不替他們報仇，卻反而委身臣事智伯；智伯也已經死了，可你為甚麼單單為智伯報仇這樣深切呢？」豫讓說：「我事奉范氏、中行氏，范氏、中行氏都以對待普通人的禮節來待我，我因此也以普通人的禮節報答他們。至於智伯，以對待國士的禮節對待我，我因此以國士的禮節報答他。」趙襄子喟然歎息而哭泣道：「唉呀！豫子，你為智伯報仇，已經成名了，而我饒恕你也已經夠了！你自己想辦法，我不再放你了！」命令衛兵包圍他。豫讓說：「我聽說賢明的君主不埋沒別人的美德，而忠誠的臣子有為名而死的道義。前一次你已經寬恕我了，天下沒有人不稱道你的賢明。今天的事情，我本應就死，但我希望討得你的衣而刺擊它，以表達我報仇的心願，那麼我就是死了也不遺恨，不敢奢望你一定答應，但我冒昧地表露我的衷心！」於是趙襄子為他的這番話大受感動，就派人把衣服拿給豫讓，豫讓拔劍三次跳起來擊斬衣服，說道：「我可以到九泉之下報答智伯了。」隨即引劍自殺。豫讓自殺的那天，趙國的仁人志士聽說這件事後，都為他哭泣。

豫讓之後四十多年，軹地有關於聶政的事蹟。

聶政，是軹地深井里人。因殺了人躲避仇人，和母親、姐姐到了齊國，以屠宰業為生。

過了許久，濮陽人嚴仲子事奉韓哀侯，與韓相俠累有矛盾。嚴仲子害怕被殺，就逃走了，四處訪求可以替他向俠累報仇的人。到了齊國，齊國有人告訴他聶政是一位英勇敢為的人，躲避仇人隱藏在屠夫中間。嚴仲子便登門拜訪，多次往返，然後準備了酒食，親自捧酒敬奉聶政的母親。酒喝到酣暢時，嚴仲子奉上黃金百鎰，上前為聶政的母親祝壽。聶政驚異他的厚禮相待，堅決辭謝嚴仲子。嚴仲子堅持進奉，聶政辭謝道：「我有幸老母在堂，家境貧寒，遊居他鄉做屠狗的營生，可以早晚得到些甘脆的食物奉養母親；老母的供養不缺，不敢接受仲子你的饋贈。」嚴仲子避開旁人，於是對聶政說道：「我有私仇，在外遊歷各國訪求的人已很多了；然而到了齊國，私下聽說你重義氣，名氣很高，所以進獻黃金百鎰的目的，只是作為供給你母親一些粗茶淡飯的費用，得以與你交好，怎麼敢因此心存別有所求的奢望呢！」聶政說：「我之所以降志辱身居住在市井屠夫中間，僅僅希望贍養老母親，老母健在，我聶政不敢以身許事他人。」嚴仲子再三推讓，聶政終究不肯接受。然而嚴仲子最後備行了賓主禮節而離去。

過了許久，聶政的母親去世了，安葬了以後，服喪完畢。聶政說：「唉呀！我聶政是市井平民，操刀屠宰，而嚴仲子卻是諸侯的卿相，不遠千里，屈尊車駕而下交於我。而我對待他，卻極為淺薄，沒有大功可以當得起這樣的厚遇，但嚴仲子以黃金百鎰給我母親作獻禮，我雖然沒有接受，但他這樣做，就表明只有他深深地賞識我聶政。賢達的人因小小的恩怨之情而感憤，便來親信窮困疏遠的人，而我聶政怎麼能默不作聲就算了呢！況且前一次邀請我，我只是以老母親健在不忍離去；老母如今壽終正寢，我要為知己效力了。」於是西行到了濮陽，謁見仲子，說：「前一次所以不答應仲子你的邀請，只是由於母親健在；現在不幸母親已終其天年。仲子你想報仇的人是誰？我願意立即去幹這件事！」嚴仲子詳細地講述了事由說：「我的仇人，是韓國的國相俠累，俠累又是韓國國君的叔父，宗族人多勢眾，住所防衛嚴密。我想派人刺殺他，始終沒有成功。如今有幸你看得起我，答應下來，我請求多派車騎壯士，作為你的輔助。」聶政說：「韓國和衛國相距不很遠，現在要刺殺韓相，而韓相又是國君的親戚，在這種情況下不可以多人同行；人多了難免不出差錯，出現差錯就會洩露風聲。風聲洩露了，韓國上下都要與你仲子為仇，這難道不危險嗎！」於是謝絕車騎隨從，聶政便告辭而隻身上路了。

聶政手持刀劍到了韓國，韓相俠累正坐在府上，手執兵器擔任護衛的士卒很多。聶政徑直進去，踏上台階刺殺俠累，左右的人亂作一團。聶政大聲呼喊，被擊刺殺死的有數十人。然後自己剝去臉皮，剜出眼睛，剖腹出腸，便死去了。

韓國把聶政的屍體暴露在街市上，懸賞查問，沒人知道死者是誰家的人。於是韓國懸重賞，訪求刺客的姓名，「有能說出刺殺國相俠累的人姓名的賞一千金」。很長時間沒有人知道。

聶政的姐姐聶榮聽說有人刺殺韓國國相，兇手身世不明，國人都不知道他的姓名，陳屍並懸賞千金，便嗚咽着說：「他是我弟弟吧？哎呀，嚴仲子真正理解我弟弟！」立刻動身到韓國的街市上去，而死者果然是聶政。聶榮伏在屍體上痛哭，極為悲哀，說：「這是軹邑深井里的叫做聶政的人。」街市上過路的眾人都說：「這人暴戾虐殺我國相，君王懸賞千金查問他的姓名，夫人沒有聽說嗎？怎敢來認屍呢？」聶榮回答說：「聽說了。然而聶政之所以甘受污辱把自己混跡街市商販之間，是因為老母健在，我尚未出嫁。母親已經享盡天年而下世，我也已經出嫁，嚴仲子在我弟弟身處困厄污辱之時看上了他並和他交遊，對他恩情深厚，可有甚麼辦法呢！有志之士本來應為知己者而死，如今竟因為我還在的緣故，自殘毀形來斷絕連累別人的線索，我怎麼能畏懼殺身之禍，永遠埋滅了我賢弟的聲名！」這使韓國街市上的人非常吃驚。聶榮於是大聲呼天三聲，終於抽泣悲哀地死在聶政的身旁。

晉國、楚國、齊國、衛國的人聽說這事，都說：「不只是聶政賢能啊，就是他姐姐也是剛烈的女性。早先假使聶政真正知道他姐姐沒有軟弱容忍的性格，不惜暴露屍骨的為難，斷然越過千里險阻來顯露他的聲名，姐弟共同死在韓國的街市上的話，那麼聶政也未必敢以身許諾嚴仲子。嚴仲子也可說是善於了解人並能得到有志之士了！」

聶政之後二百二十多年，秦國有關於荊軻的事蹟。

荊軻，是衛國人。他的先世是齊國人，遷居到衛國，衛國人叫他慶卿。後來到了燕國，燕國人叫他荊卿。

荊卿喜愛讀書和擊劍，以擊劍術遊說衛元君，衛元君不予任用。此後秦國攻打魏國，設置東郡，把衛元君的支屬遷移到野王地方。

荊軻曾經出遊經過榆次，和蓋聶討論劍術。蓋聶發怒而用眼睛瞪他，荊軻便離去了。有人勸蓋聶再召回荊卿，蓋聶說：「起先我和他討論劍術，有看法不同的地方，我對他瞪眼睛。去試試看，本來他應當離去，不敢留在這裏。」派人前去荊軻寄居的主人家，荊軻卻已經駕車離開榆次了。使者回來報告，蓋聶說：「肯定離開了，我早先的眼光把他震懾住了。」

荊軻出遊到邯鄲，魯句踐和荊軻賭博，較量輸贏，魯句踐氣憤得大聲呵斥他，荊軻不聲不響地逃走了，此後不再見面。

荊軻到了燕國，喜歡燕國以殺狗為業和擅長敲筑的高漸離。荊軻喜歡喝酒，每天和殺狗的屠夫及高漸離在燕國的街市上喝酒，飲到酣暢以後，高漸離敲筑，荊軻在市中和着節拍歌唱，互相為樂。然後相對而泣，旁若無人。荊軻雖然和酒徒交遊，但他的為人卻是穩重沉着而且喜歡讀書；他出遊諸侯國，都跟當地的賢達豪傑有名望的人結交。他到了燕國，燕國的隱士田光先生也待他很好，知道他不是平庸的人。

過了不久，恰逢燕國太子丹到秦國做人質逃亡回到燕國。燕國太子丹過去曾在趙國做過人質，秦王政出生在趙國，他年幼時和太子丹交好。等到嬴政被立為秦王，而太子丹到秦國做人質。秦王對太子丹不友好，因此太子丹怨恨而逃回燕國。回國後尋求向秦王報仇的人，國家弱小，力不從心。此後秦國時常出兵崤山以東討伐齊國、楚國、三晉，逐漸蠶食諸侯國，將要到達燕國。燕國的君臣都驚恐大禍臨頭。太子丹很憂慮，詢問他的師傅鞠武。鞠武回答說：「秦國的領土遍及天下，威脅韓氏、魏氏、趙氏，它的北面有堅固的甘泉山、谷口隘，南面有肥沃的涇河、渭水流域，擁有巴郡、漢中郡那樣富饒的地方，西面有隴山、蜀山那樣的高山峻嶺，東面有函谷關、崤山那樣的險要地帶，百姓眾多而士卒勇猛，軍備充裕。一旦有向外擴張的意圖，那麼長城以南、易水以北的地帶，就無安定之日了。何苦因被欺凌的怨恨，便要去觸犯他激怒他呢！」太子丹說：「那麼該走甚麼路呢？」鞠武回答道：「請再仔細想想！」

過了一些時候，秦國將領樊於期得罪秦王，逃到燕國，太子丹接納並留他住了下來。鞠武進諫說：「不可以！因為秦王的暴虐，已把怨恨累積在燕國，夠使我們寒心的了，又何況聽說樊將軍藏身於此呢！這是『把肉拋擲在餓虎過往的路上』啊，禍害一定不能挽救了！即使有管仲、晏子這樣的賢人也不能替你出主意了。希望太子你趕快遣送樊將軍到匈奴，以便消除別人的口實。請向西聯絡三晉，向南聯合齊國、楚國，北與匈奴單于講和，然後才可以謀劃對付秦國的辦法。」太子說：「老師的計策，實行起來，曠日持久，我心裏煩亂，恐怕不能再等片刻了。況且不僅如此，樊將軍在世間遭受窮困，逃命到我這裏來，我終不能因為受強秦的脅迫而拋棄哀愁可憐的朋友，把樊將軍送到匈奴，這種事情是我生命終結之前不會做的。希望老師重新考慮！」鞠武說：「你行危險的事而想求得安全，製造禍患而尋求得福，計謀短淺而結怨很深，連結一個人將來的交誼，不顧及國家的大害，這就是所謂『加深仇怨而助長禍患』了。把鴻毛放在爐火上燒烤，必然無濟於事。況且如雕鳥鷙禽那樣兇猛的秦國，發洩它怨恨粗暴的怒火，難道不是不言而喻的嗎？燕國有位田光先生，他為人智謀深遠而勇敢沉着，可以和他謀劃。」太子說：「希望通過老師得以與田先生交往，可以嗎？」鞠武說：「遵命。」說完就出去會見田先生，說道：「太子希望與田先生商討國家大事。」田光說：「敬請指教。」於是前往太子家。

太子出門迎接，退着引導田光，跪下來拂掃座席。田光坐下來。旁邊沒有人，太子起身請求道：「燕國、秦國勢不兩立，希望先生多費心！」田光說：「我聽說好馬強壯的時候，一日馳騁千里；到牠衰老時，連最差的馬也能跑在牠的前面。如今太子只聽說我強壯時的事情，不了解我的精力已經消耗完了！雖然我田光不敢參與謀劃國家大事，但我所交好的荊卿可以為你任用。」太子說道：「希望通過先生結識荊卿，可以嗎？」田光道：「遵命。」立即起身快步走出。太子送到門口，告誡說：「我所告知你的，以及先生所說的話，都是國家大事，希望先生不要洩漏出去！」田光低着頭笑了，說：「是。」彎腰走着去見荊卿，說：「我和你交情很深，燕國沒有人不知道。現在太子聽說了我年青力壯時的事情，不知道我的身體已經不行了，寵倖而教誨我：『燕、秦兩國勢不兩立，希望先生多費心。』我私下不客氣，把你薦舉給了太子，希望足下到宮中去見太子。」荊軻說：「我恭敬地接受你的教誨。」田光道：「我聽說，有德行的人辦事，不使別人懷疑自己。今天太子告誡我說：『所說的是國家大事，希望先生不要洩漏。』這是太子不放心我。辦事叫人不放心，不算是節義豪俠之士啊。」於是想以自殺來激勵荊卿，說：「希望足下趕快去見太子，告訴他我田光已經自殺，表明我沒有洩密。」因此就自殺而死。

荊軻於是謁見太子，告知田光已經自殺，轉述了田光臨死時說的話。太子連拜了兩拜後跪下，邊跪着向前移動邊流淚，過了一會兒之後說：「我之所以告誡田先生不要洩密，是因為想保證這件大事的謀劃成功。現在田光先生以自殺表明他沒有說出去，這哪裏是我的本意啊！」荊軻坐定，太子離開席位叩頭說：「田先生不了解我的不才，使我能得以來到你面前，敢煩有所指教，這是上天哀憐燕國而不拋棄我啊。現在秦國有貪利之心，而且欲壑難填。不併吞盡天下的土地，征服海內的諸王，它的貪心是不會滿足的。現在秦國已經俘虜了韓王，把韓國土地全部納入了自己的版圖。又發兵向南攻伐楚國，向北逼近趙國；王翦率領數十萬兵力抵達漳水和鄴地，而李信出兵太原、雲中。趙國抵擋不住秦國，必然會去稱臣，趙國臣服於秦國，那禍患就降臨到燕國了。燕國國小勢弱，多次遭受戰亂困苦，現在估計即使竭盡燕國全力也不足以抵擋秦國。諸侯屈服於秦國，沒有誰敢合縱抗秦。我個人的打算很笨，以為真正能募得天下的勇士出使到秦國，以重利誘惑它；秦王貪婪，他勢必被重利所打動而使我如願以償。果真能劫持秦王，迫使他歸還侵佔的全部諸侯領土，就像曹沫脅迫齊桓公那樣，那就最好了。假若秦王不肯，就伺機刺殺他。秦國的大將們專攬兵權在外而國內又有動亂，那麼君臣便會互相懷疑，利用這混亂的空隙諸侯得以合縱，那就一定能破秦了。這是我的最高願望，但不知道應該把這一使命委託給誰，只有靠你荊卿費心啊！」過了好久，荊軻說：「這是國家大事，我才智低劣，恐怕不配擔當這個使命。」太子上前叩頭，堅決請他不要推辭，這樣荊卿才答應了。於是太子尊荊卿為上卿，住上等的館舍。太子每天到荊軻住的地方問候，供奉豐盛的食物，珍奇異物時時進獻，又選送車馬、美女儘量滿足荊軻的慾望，用以順從適應他的願望。

過了很久，荊軻沒有起身赴秦的意思。秦將王翦攻破趙國，俘虜趙王，全部侵佔了趙國的土地，向北進軍攻城掠地到達燕國南邊的邊境。太子丹很恐懼，就去請求荊軻說：「秦兵早晚就要渡過易水了，那樣的話即使想長久侍奉你，難道還可能嗎？」荊軻說：「太子不說，我也要去拜見你了。如今前往秦國卻沒有取信的憑證，那麼就沒有接近秦王的可能。樊將軍，秦王為了捉拿他懸賞千金及萬戶人家的采邑。要是能得到樊將軍的頭和燕國督亢的地圖，奉獻給秦王，秦王一定高興召見我，我才得有機會報效您。」太子說：「樊將軍窮厄困頓來投奔我，我不忍心因自己的私事而傷害長者的心意，希望足下另作考慮！」

荊軻知道太子不忍心，於是私下會見樊於期，說：「秦王對待將軍可說太刻毒了，父母宗族都被殺戮及沒為官奴婢。如今聽說以千金、萬戶采邑懸賞，要得到將軍的首級，該怎麼辦？」於期仰天歎息流淚道：「我於期每當想到這些，常常痛入骨髓，只是想不出甚麼辦法！」荊軻說：「現在有一句話可以解除燕國的禍患，報將軍的仇恨，怎麼樣？」

於期便上前問道：「該怎麼做？」荊軻回答說：「我願得到將軍的首級去獻給秦王，秦王一定高興而召見我，我用左手抓住他的袖子，右手執刀刺他的胸膛，這樣，那麼將軍的仇報了，而燕國被欺侮的恥辱也消除了。將軍有這樣的想法嗎？」樊於期袒露右臂，用左手握着右腕説道：「這是我天天切齒痛心的事，今天方才得到你的開導！」於是自殺。太子聽説後，乘車馳往，伏在屍體上痛哭，極為悲哀。既然人已死了，也就無可奈何。於是便把樊於期的首級裝在匣子裏封藏起來。

太子預先訪求各處鋒利的匕首，得到趙國徐夫人的匕首，用一百金購取，讓工匠用毒藥汁淬煉在匕首的鋒刃上。用人作試驗，只要有一縷血滲透出來，人便沒有不立刻死去的。於是整治行裝來派遣荊卿。燕國有一個勇士叫秦舞陽，十三歲，殺過人，人們不敢對他反目相看。便令秦舞陽作為副手。荊軻等待一個朋友，想和他同行；這個人住得很遠，還沒有到來，便替他準備行裝。耽擱了一段時間沒有動身。太子認為荊軻拖延了時間，懷疑他反悔，就又請求道：「太陽已經落山，荊卿有動身的意思嗎？我請求先派秦舞陽走。」荊軻氣憤地大聲呵斥太子說：「你怎麼這樣派遣人呢？受命前往而不能返回覆命的人，是小人！將帶一把匕首進入凶多吉少的強秦，我之所以拖延，就是要等待我的客人同行。如今太子認為我拖延，請就此辭行訣別吧！」於是就出發。

太子及其賓客中知道這事的，都穿着白色的衣服為他送行。到達易水之上，餞行後，上了路，高漸離擊筑，荊軻和着節拍歌唱，是變徵調的哀歌，人們都垂淚哭泣。荊軻又邊往前走邊唱道：「風蕭蕭兮易水寒，壯士一去兮不復還！」又唱起激昂慷慨的羽調，人們都瞪大眼睛，怒髮衝冠。於是荊軻登車而去，始終沒再回頭。

不久到了秦國，拿着價值千金的禮物，厚贈給秦王的寵臣中庶子蒙嘉。蒙嘉替荊軻先向秦王說：「燕王實在懼怕大王的威嚴，不敢興兵抵抗大王的將士，願意使全國上下都隸屬於秦國作為內臣，排在朝秦的諸侯隊伍裏，納貢應差像直屬的郡縣一樣，而得以供奉保衛先王的宗廟。因害怕大王而不敢擅自陳說，謹斬樊於期的頭，以及獻上燕國督亢的地圖，裝在匣子裏，燕王在朝堂上拜送，特地派了使臣來報知大王，請大王指示！」秦王聽後大喜，於是穿上上朝的服裝，佈置最隆重的禮儀，在咸陽宮召見燕國使臣。荊軻捧着盛有樊於期頭顱的匣子，秦舞陽捧着盛有地圖的匣子，依次進入。到殿前的台階下，秦舞陽驚恐失色，大臣們都覺得奇怪。荊軻回頭譏笑舞陽，走上前謝罪說：「北方外族粗野的人，不曾見過天子，因而緊張。願大王稍為寬恕他一下，讓他在大王面前完成使命！」秦王對荊軻說：「拿他所持的地圖來。」荊軻取過地圖奉獻給秦王，秦王展開地圖來看，地圖展到尾端而匕首顯露出來。荊軻趁機左手抓住秦王的衣袖，右手握着匕首直刺秦王。沒有刺到秦王的身體，秦王大驚，自己抽身而起，袖子被扯斷了。秦王拔劍，劍太長，只握住了劍鞘。當時驚惶性急，劍又緊插在鞘裏，因而不能立刻拔出來。

荊軻追趕秦王，秦王繞柱躲避。大臣們都愣住了，事起倉促出乎意外，羣臣都失去了常態。而秦國的法律規定，大臣們在朝廷上侍奉君王，不許攜帶任何武器；侍衛君王的郎中們手持武器，都只能列隊站在殿下，沒有詔令宣召不能上殿。在這危急時刻，來不及召令殿下的衛兵，因此荊軻便追趕着秦王，而大臣們終於驚慌着急，沒有辦法擊殺荊軻，只好一同徒手和他搏鬥。這時，侍醫夏無且用他捧着的藥袋投擊荊軻。秦王正繞柱而跑，始終驚惶失措不知怎麼辦，左右的人於是喊道：「大王背起劍！」秦王把劍背起，順勢拔出劍直砍荊軻，砍斷了他的左腿，荊軻殘廢，於是拿起匕首擲擊秦王。沒有擲中，卻刺中了銅柱。秦王又砍擊荊軻，荊軻被砍傷了八處。荊軻自知謀刺不能成功，靠着柱子而笑，又蹲坐在地上罵道：「我的事情之所以不能成功，是因為想生擒你秦王，一定要得到歸還各國侵地的諾言，以便回報太子。」這時秦王左右的人上前殺死了荊軻。秦王很久心裏都不高興。過後評論功罪，對當賞當罰的羣臣按照不同等次給予賞罰，賞賜夏無且黃金二百鎰，說：「無且愛護我，就用藥袋投擊荊軻。」

因此秦王大怒，增派軍隊前往趙國，詔令王翦的軍隊攻伐燕國。十個月攻佔了薊城。燕王喜、太子丹等都率精兵在東面保衛遼東。秦將李信追擊燕王很急，代王嘉便送書信給燕王喜說：「秦軍之所以追擊燕軍格外急迫，是因為太子丹的緣故。現在大王要是能殺死太子丹獻給秦王，秦王必然和解，而國家僥倖可以不亡，宗廟得以祭祀。」此後李信追擊太子丹，太子丹隱匿在衍水一帶。燕王就派人斬了太子丹，想獻給秦國。秦國又進兵攻燕。五年後，秦國終於滅亡了燕國，俘虜了燕王喜。

第二年，秦王吞併了天下，立號為皇帝。於是秦王朝追捕太子丹、荊軻的黨羽，這些人都逃亡了。高漸離改名換姓替人家作傭工，隱匿在宋子地方。過了很久，他勞作得辛苦的時候，聽到主人家堂上客人敲筑，徘徊不願離去。常常脫口而說道：「那擊筑的有的擊得好有的不怎麼樣。」一道做工的傭人把這些話告訴主人，說：「那個傭工是個懂音樂的人，背地裏評論擊筑的好壞。」主人召呼他上前敲筑，堂上滿座的客人都叫好。主人賞賜酒給他喝。高漸離思忖，長久地隱匿躲藏是沒有盡頭的，就退出來，拿出行裝中的筑和好衣服，改裝整容而走上前來。滿座的客人都吃了一驚，走下座席用平等的禮節待他，尊為貴客。讓高漸離敲筑唱歌，客人們沒有一個不是流着眼淚離去的。宋子那個地方的人輪流請他做客，有人把這事告訴了秦始皇。秦始皇召見，有人認識他，就說：「他就是高漸離啊。」秦皇帝愛惜他擅長敲筑，於是就特別赦免他，只弄瞎了他的眼睛。讓他敲筑，沒有一次不稱善叫好的。逐漸地秦始皇更加接近他，高漸離便把鉛塊放在筑裏面，又進而接近始皇帝，他舉起筑撲向秦始皇，沒有擊中。秦始皇於是便殺了高漸離，終身不再接近諸侯國的遺民。

魯句踐聽說荊軻刺秦王的事情後，私下歎道：「唉！可惜他不能精通刺劍的技藝啊！真是呀，我實在不了解他！從前我斥責他，他是把我看成外人了！」

太史公評論道：世人談論荊軻的故事，稱說太子丹的命運是「天降粟米，馬兒長角」，太過分了。又說荊軻刺傷了秦王，都不正確。當初公孫季功、董生和夏無且交遊，詳細了解事情的始末，他們向我講的就是這樣。從曹沫到荊軻這五個人，他們行節義有成功的也有不成功的，然而他們所立的志願都很顯明，都沒有改變自己的志願，英名流芳後世，難道是虛妄的麼！

淮陰侯列傳

韓信是秦末農民起義爆發後，在豪傑紛起中出現的一位叱吒風雲的戰將。他先是追隨項梁、項羽，因沒能得到信用，轉而投入漢王劉邦麾下，他輔助劉邦一舉平定三秦，為日後的東進打開了通道。接着又東奔西逐、南征北戰，拔魏、破代、平趙、取燕、定齊、南摧楚軍二十萬，為漢王朝的建立立下了赫赫戰功。他威盛功高，矜才自負，而又熱衷於裂土稱王，終於被呂后誅滅。

司馬遷曾親自到淮陰實地考察過韓信的事蹟。他在本篇中用不多的筆墨，通過對韓信在早年潦倒中受辱、葬母的記述，表現了韓信的非凡志向。又用主要筆觸，通過對他一系列征戰的着意描寫，揭示了楚漢戰爭的發展過程及紛紜複雜的形勢變化，同時盛讚了韓信卓越的軍事才能和佐漢破楚的巨大歷史功勳。文中也不惜筆墨對劉邦、韓信、呂后、蕭何等人為人處世的特點進行了勾畫和對比，對韓信的悲慘結局寄予了無限的惋惜和同情。而且，在行文着筆上，詳略相參、疏密互見，極盡流暢活潑之妙。

淮陰侯韓信者，淮陰人也。始為布衣時，貧無行①，不得推擇為吏，又不能治生商賈，常從人寄食飲，人多厭之者。常數從其下鄉南昌亭長寄食，數月，亭長妻患之，乃晨炊蓐食②。食時信往，不為具食。信亦知其意，怒，竟絕去。

信釣於城下，諸母漂，有一母見信飢，飯信，竟漂數十日。信喜，謂漂母曰：「吾必有以重報母。」母怒曰：「大丈夫不能自食③，吾哀王孫而進食④，豈望報乎！」

淮陰屠中少年有侮信者，曰：「若雖長大，好帶刀劍，中情怯耳。」眾辱之曰：「信能死，刺我；不能死，出我袴下⑤。」於是信孰視之⑥，俛出袴下⑦，蒲伏。一市人皆笑信，以為怯。

【注釋】❶行（xìng）：德行，善行。❷蓐（rù）食：在牀上吃飯。蓐，草墊子。❸食（sì）：供養。❹王孫：古代對貴族子弟的通稱，也是對青年人的一種尊稱，相當於稱「公子」。❺袴：通「胯」。❻孰：通「熟」。❼俛：同「俯」。

及項梁渡淮，信杖劍從之，居戲下①，無所知名。項梁敗，又屬項羽，羽以為郎中。數以策干項羽②，羽不用。漢王之入蜀，信亡楚歸漢。未得知名，為連敖③。坐法當斬，其輩十三人皆已斬，次至信，信乃仰視，適見滕公④，曰：「上不欲就天下乎？何為斬壯士！」滕公奇其言，壯其貌，釋而不斬，與語，大說之。言於上，上拜以為治粟都尉⑤，上未之奇也。

【注釋】❶戲（huī）下：麾下，部下。❷干：求，進説。❸連敖：掌管倉庫糧餉的小官。❹滕公：即夏侯嬰，是劉邦的好友，因曾為滕縣令，故稱。❺治粟都尉：管理全國鹽鐵事務的官。

信數與蕭何語，何奇之。至南鄭，諸將行道亡者數十人，信度何等已數言上，上不我用，即亡。何聞信亡，不及以聞，自追之。人有言上曰：「丞相何亡。」上大怒，如失左右手。居一二日，何來謁上，上且怒且喜，罵何曰：「若亡，何也？」何曰：「臣不敢亡也，臣追亡者。」上曰：「若所追者誰何？」曰：「韓信也。」上復罵曰：「諸將亡者以十數，公無所追，追信，詐也。」何曰：「諸將易得耳。至如信者，國士無雙。王必欲長王漢中，無所事信；必欲爭天下，非信無所與計事者。顧王策安所決耳。」王曰：「吾亦欲東耳，安能鬱鬱久居此乎？」何曰：「王計必欲東，能用信，信即留；不能用，信終亡耳。」王曰：「吾為公以為將。」何曰：「雖為將，信必不留。」王曰：「以為大將。」何曰：「幸甚！」於是王欲召信拜之。何曰：「王素慢無禮，今拜大將如呼小兒耳，此乃信所以去也。王必欲拜之，擇良日，齋戒，設壇場，具禮，乃可耳。」

王許之。諸將皆喜，人人各自以為得大將。至拜大將，乃韓信也，一軍皆驚。

信拜禮畢，上坐。王曰：「丞相數言將軍，將軍何以教寡人計策！」信謝，因問王曰：「今東鄉爭權天下，豈非項王邪？」漢王曰：「然。」曰：「大王自料勇悍仁強孰與項王？」漢王默然良久，曰：「不如也。」信再拜賀曰：「惟信亦以為大王不如也。然臣嘗事之，請言項王之為人也。項王喑噁叱咤①，千人皆廢②，然不能任屬賢將，此特匹夫之勇耳。項王見人恭敬慈愛，言語嘔嘔③，人有疾病，涕泣分食飲，至使人有功當封爵者，印刓敝④，忍不能予，此所謂婦人之仁也。項王雖霸天下而臣諸侯，不居關中而都彭城。有背義帝之約，而以親愛王，諸侯不平。諸侯之見項王遷逐義帝置江南，亦皆歸逐其主而自王善地。項王所過無不殘滅者，天下多怨，百姓不親附，特劫於威強耳。名雖為霸，實失天下心。故曰其強易弱。今大王誠能反其道：任天下武勇，何所不誅！以天下城邑封功臣，何所不服！以義兵從思東歸之士，何所不散！且三秦王為秦將，將秦子弟數歲矣，所殺亡不可勝計，又欺其眾降諸侯，至新安，項王詐坑秦降卒二十餘萬，唯獨邯、欣、翳得脫，秦父兄怨此三人，痛入骨髓，今楚強以威王此三人，秦民莫愛也。大王之入武關，秋毫無所害，除秦苛法，與秦民約，法三章耳⑤，秦民無不欲得大王王秦者。於諸侯之約，大王當王關中，關中民咸知之。大王失職入漢中，秦民無不恨者。今大王舉而東，三秦可傳檄而定也⑥。」於是漢王大喜，自以為得信晚，遂聽信計，部署諸將所擊。

【注釋】❶喑噁（yìn wù）：滿懷怒氣的樣子。❷廢：懾伏。❸嘔嘔（xū xū）：和悅的樣子。❹刓（wán）敝：刓，磨去棱角。敝，損壞。❺法三章：即「殺人者死，傷人及盜抵罪」。❻傳檄（xí）：發佈聲討罪行的文告。

八月，漢王舉兵東出陳倉①，定三秦。漢二年②，出關，收魏、河南，韓、殷王皆降③。合齊、趙共擊楚。四月，至彭城，漢兵敗散而還。信復收兵與漢王會滎陽，復擊破楚京、索之間。以故楚兵卒不能西。

漢之敗卻彭城，塞王欣、翟王翳亡漢降楚。齊、趙亦反漢與楚和。六月，魏王豹謁歸視親疾，至國，即絕河關反漢，與楚約和。漢王使酈生說豹，不下。其八月，以信為左丞相，擊魏。魏王盛兵蒲阪，塞臨晉，信乃益為疑兵，陳船欲度臨晉，而伏兵從夏陽以木罌缻渡軍④，襲安邑。魏王豹驚，引兵迎信，信遂虜豹，定魏為河東郡。漢王遣張耳與信俱，引兵東，北擊趙、代。後九月，破代兵，禽夏說閼與⑤。信之下魏破代，漢輒使人收其精兵，詣滎陽以距楚。

【注釋】❶陳倉：秦置陳倉縣，陳倉地當今陝西寶雞市。❷漢二年：公元前205年。❸韓、殷王：項羽所封的韓王鄭昌、殷王司馬卬。❹木罌缻（yīng fǒu）：形狀像盆、甕一類的渡河木器。❺閼與（yù yǔ）：城邑名。

信與張耳以兵數萬，欲東下井陘擊趙。趙王、成安君陳餘聞漢且襲之也，聚兵井陘口，號稱二十萬。廣武君李左車說成安君曰：「聞漢將韓信涉西河，虜魏王，禽夏說，新喋血閼與，今乃輔以張耳，議欲下趙，此乘勝而去國遠鬥，其鋒不可當。臣聞千里饋糧①，士有飢色；樵蘇後爨②，師不宿飽③。今井陘之道，車不得方軌，騎不得成列，行數百里，其勢糧食必在其後。願足下假臣奇兵三萬人，從間道絕其輜重；足下深溝高壘，堅營勿與戰。彼前不得鬥，退不得還，吾奇兵絕其後，使野無所掠，不至十日，而兩將之頭可致於戲下。願君留意臣之計。否，必為二子所禽矣！」成安君，儒者也，常稱「義兵不用詐謀奇計」，曰：「吾聞兵法十則圍之，倍則戰。今韓信兵號數萬，其實不過數千。能千里而襲我，亦已罷極，今如此避而不擊，後有大者，何以加之！則諸侯謂吾怯，而輕來伐我。」不聽廣武君策。廣武君策不用。

韓信使人間視，知其不用，還報，則大喜，乃敢引兵遂下。未至井陘口三十里，止舍。夜半傳發，選輕騎二千人，人持一赤幟，從間道萆山而望趙軍④，誡曰：「趙見我走，必空壁逐我，若疾入趙壁，拔趙幟，立漢赤幟。」令其裨將傳飧⑤，曰：「今日破趙會食！」諸將皆莫信，詳應曰：「諾。」謂軍吏曰：「趙已先據便地為壁，且彼未見吾大將旗鼓，未肯擊前行，恐吾至阻險而還。」信乃使萬人先行，出，背水陳。趙軍望見而大笑。平旦，信建大將之旗鼓，鼓行出井陘口，趙開壁擊之，大戰良久。於是信、張耳詳棄鼓旗，走水上軍。水上軍開入之，復疾戰。趙果空壁爭漢鼓旗，逐韓信、張耳。韓信、張耳已入水上軍，軍皆殊死戰，不可敗。信所出奇兵二千騎，共候趙空壁逐利，則馳入趙壁，皆拔趙旗，立漢赤幟二千。趙軍已不勝，不能得信等，欲還歸壁，壁皆漢赤幟，而大驚，以為漢皆已得趙王將矣。兵遂亂，遁走，趙將雖斬之，不能禁也。於是漢兵夾擊，大破虜趙軍，斬成安君泜水上⑥，禽趙王歇。

【注釋】❶饋：運送。❷樵蘇後爨（cuàn）：樵，打柴。蘇，打草。爨，做飯。❸宿：久，經常。❹萆：同「蔽」，遮掩，隱蔽。❺裨（pí）將：偏將、副將。飧（sūn）：食物。❻泜（chí）水：即槐河，在今河北省。

信乃令軍中毋殺廣武君，有能生得者購千金。於是有縛廣武君而致戲下者，信乃解其縛，東鄉坐，西鄉對，師事之。

諸將效首虜，畢賀，因問信曰：「兵法右倍山陵，前左水澤，今者將軍令臣等反背水陣，曰破趙會食，臣等不服。然竟以勝，此何術也？」信曰：「此在兵法，顧諸軍不察耳。兵法不曰『陷之死地而後生，置之亡地而後存』？且信非得素拊循士大夫也①，此所謂『驅市人而戰之』，其勢非置之死地，使人人自為戰；今予之生地，皆走，寧尚可得而用之乎！」諸將皆服曰：「善。非臣所及也。」

【注釋】❶拊（fǔ）循：撫慰，安撫。拊，通「撫」。

於是信用廣武君曰：「僕欲北攻燕，東伐齊，何若而有功？」廣武君辭謝曰：「臣聞敗軍之將，不可以言勇，亡國之大夫不可以圖存，今臣敗亡之虜，何足以權大事乎！」信曰：「僕聞之，百里奚居虞而虞亡，在秦而秦霸，非愚於虞而智於秦也，用與不用，聽與不聽也。誠令成安君聽足下計，若信者亦已為禽矣。以不用足下，故信得侍耳。」因固問曰：「僕委心歸計，願足下勿辭！」廣武君曰：「臣聞智者千慮，必有一失；愚者千慮，必有一得。故曰：『狂夫之言，聖人擇焉。』顧恐臣計未必足用，願效愚忠。夫成安君有百戰百勝之計，一旦而失之，軍敗鄗下，身死泜上。今將軍涉西河，虜魏王，禽夏說閼與，一舉而下井陘，不終朝破趙二十萬眾，誅成安君。名聞海內，威震天下，農夫莫不輟耕釋耒，褕衣甘食①，傾耳以待命者。若此，將軍之所長也。然而眾勞卒罷，其實難用。今將軍欲舉倦弊之兵，頓之燕堅城之下②，欲戰恐久力不能拔，情見勢屈，曠日糧竭，而弱燕不服，齊必距境以自強也。燕、齊相持而不下，則劉、項之權未有所分也。若此者，將軍所短也。臣愚，竊以為亦過矣。故善用兵者不以短擊長，而以長擊短。」韓信曰：「然則何由？」廣武君對曰：「方今為將軍計，莫如案甲休兵，鎮趙撫其孤，百里之內，牛酒日至，以饗士大夫醳兵③，北首燕路，而後遣辯士奉咫尺之書，暴其所長於燕，燕必不敢不聽從。燕已從，使喧言者東告齊④，齊必從風而服，雖有智者，亦不知為齊計矣。如是，則天下事皆可圖也。兵固有先聲而後實者，此之謂也。」韓信曰：「善。」從其策，發使使燕，燕從風而靡⑤。乃遣使報漢，因請立張耳為趙王，以鎮撫其國。漢王許之，乃立張耳為趙王。

【注釋】 ❶褕（yú）：美好。❷頓：屯，駐紮。❸饗（xiǎng）：犒勞。醳（yì）：醉酒。❹喧言者：即辯士。

❺ 靡（mǐ）：倒下。

楚數使奇兵渡河擊趙，趙王耳、韓信往來救趙，因行定趙城邑，發兵詣漢。楚方急圍漢王於滎陽，漢王南出，之宛、葉間，得黥布，走入成皋，楚又復急圍之。六月，漢王出成皋，東渡河，獨與滕公俱，從張耳軍修武。至，宿傳舍。晨自稱漢使，馳入趙壁。張耳、韓信未起，即其臥內上奪其印符，以麾召諸將，易置之。信、耳起，乃知漢王來，大驚。漢王奪兩人軍，即令張耳備守趙地，拜韓信為相國①，收趙兵未發者擊齊。

信引兵東，未渡平原②，聞漢王使酈食其已說下齊③，韓信欲止。范陽辯士蒯通說信曰：「將軍受詔擊齊，而漢獨發間使下齊，寧有詔止將軍乎？何以得毋行也！且酈生一士，伏軾掉三寸之舌，下齊七十餘城，將軍將數萬眾，歲餘乃下趙五十餘城，為將數歲，反不如一豎儒之功乎？」於是信然之，從其計，遂渡河。齊已聽酈生，即留縱酒，罷備漢守禦。信因襲齊歷下軍④，遂至臨菑。齊王田廣以酈生賣己，乃亨之⑤，而走高密，使使之楚請救。韓信已定臨菑，遂東追廣至高密西。楚亦使龍且將⑥，號稱二十萬，救齊。

【注釋】❶相國：相當於丞相，這裏指趙相國。❷平原：古邑名，漢置平原縣。治所在今山東平原縣南。❸酈食其（lì yì jī）：人名。❹歷下：地名。在今山東省歷城西。❺亨：同「烹」。❻龍且（jū）：人名。

齊王廣、龍且并軍與信戰，未合，人或說龍且曰：「漢兵遠鬥窮戰，其鋒不可當。齊、楚自居其地戰，兵易敗散。不如深壁，令齊王使其信臣招所亡城，亡城聞其王在，楚來救，必反漢。漢兵二千里客居，齊城皆反之，其勢無所得食，可無戰而降也。」龍且曰：「吾平生知韓信為人①，易與耳。且夫救齊不戰而降之，吾何功！今戰而勝之，齊之半可得，何為止？」遂戰，與信夾濰水陳②。韓信乃夜令人為萬餘囊，滿盛沙，壅水上流，引軍半渡，擊龍且。詳不勝，還走。龍且果喜曰：「固知信怯也。」遂追信渡水。信使人決壅囊，水大至。龍且軍大半不得渡，即急擊，殺龍且。龍且水東軍散走，齊王廣亡去。信遂追北至城陽，皆虜楚卒。

漢四年③，遂皆降平齊。使人言漢王曰：「齊偽詐多變，反覆之國也。南邊楚，不為假王以鎮之④，其勢不定。願為假王便。」當是時，楚方急圍漢王於滎陽，韓信使者至，發書，漢王大怒，罵曰：「吾困於此，旦暮望若來佐我，乃欲自立為王！」張良、陳平躡漢王足，因附耳語曰：「漢方不利，寧能禁信之王乎？不如因而立，善遇之，使自為守。不然，變生。」漢王亦悟，因復罵曰：「大丈夫定諸侯，即為真王耳，何以假為！」乃遣張良往立信為齊王，徵其兵擊楚。

【注釋】❶知韓信為人：指韓信年輕時曾受胯下之辱的事，龍且也認為韓信膽小。❷濰水：俗稱維河，在今山東省境內。❸漢四年：公元前 203 年。❹假王：名義上的王，代理王。

楚已亡龍且，項王恐，使盱眙人武涉往說齊王信曰①：「天下共苦秦久矣，相與勠力擊秦。秦已破，計功割地，分土而王之，以休士卒。今漢王復興兵而東，侵人之分，奪人之地，已破三秦，引兵出關，收諸侯之兵以東擊楚，其意非盡吞天下者不休，其不知厭足如是甚也。且漢王不可必，身居項王掌握中數矣，項王憐而活之，然得脫，輒倍約，復擊項王，其不可親信如此。今足下雖自以與漢王為厚交，為之盡力用兵，終為之所禽矣。足下所以得須臾至今者，以項王尚存也。當今二王之事，權在足下。足下右投則漢王勝，左投則項王勝②。項王今日亡，則次取足下。足下與項王有故，何不反漢與楚連和，三分天下王之？今釋此時，而自必於漢以擊楚，且為智者固若此乎！」韓信謝曰：「臣事項王，官不過郎中，位不過執戟，言不聽，畫不用，故倍楚而歸漢。漢王授我上將軍印，予我數萬眾，解衣衣我，推食食我，言聽計用，故吾得以至於此。夫人深親信我，我倍之不祥，雖死不易。幸為信謝項王！」

【注釋】❶盱眙（xū yí）：地名，故址在今江蘇盱眙縣東北。❷右投、左投：當時齊對漢、楚而言，漢在右，楚在左，所以才說「右投則漢王勝，左投則項王勝」。

武涉已去，齊人蒯通知天下權在韓信，欲為奇策而感動之，以相人說韓信曰：「僕嘗受相人之術。」韓信曰：「先生相人何如？」對曰：「貴賤在於骨法，憂喜在於容色，成敗在於決斷，以此參之①，萬不失一。」韓信曰：「善。先生相寡人何如？」對曰：「願少閒②。」信曰：「左右去矣！」通曰：「相君之面，不過封侯，又危不安。相君之背③，貴乃不可言。」韓信曰：「何謂也？」蒯通曰：「天下初發難也，俊雄豪傑建號壹呼④，天下之士雲合霧集，魚鱗雜遝⑤，熛至風起⑥。當此之時，憂在亡秦而已。今楚漢分爭，使天下無罪之人肝膽塗地，父子暴骸骨於中野，不可勝數。楚人起彭城，轉鬥逐北，至於滎陽，乘利席卷，威震天下。然兵困於京、索之間，迫西山而不能進者，三年於此矣。漢王將數十萬之眾，距鞏、雒，阻山河之險，一日數戰，無尺寸之功，折北不救⑦，敗滎陽，傷成皋，遂走宛、葉之間，此所謂智勇俱困者也。夫銳氣挫於險塞，而糧食竭於內府，百姓罷極怨望，容容無所倚⑧。以臣料之，其勢非天下之賢聖固不能息天下之禍。當今兩主之命縣於足下⑨。足下為漢則漢勝，與楚則楚勝。臣願披腹心，輸肝膽，效愚計，恐足下不能用也。誠能聽臣之計，莫若兩利而俱存之，三分天下，鼎足而居，其勢莫敢先動。夫以足下之賢聖，有甲兵之眾，據強齊，從燕、趙，出空虛之地而制其後，因民之欲，西鄉為百姓請命，則天下風走而響應矣，孰敢不聽！割大弱強，以立諸侯，諸侯已立，天下服聽而歸德於齊。案齊之故，有膠、泗之地，懷諸侯以德，深拱揖讓，則天下之君王相率而朝於齊矣。蓋聞『天與弗取，反受其咎；時至不行，反受其殃』。願足下孰慮之！」

【注釋】❶參：參驗。❷少間：短暫的空隙。❸背：脊背，這裏又暗指背叛。❹建號：即稱王。❺雜遝（tà）：擁擠紛亂。❻熛至風起：像火飛騰、風捲起一樣。❼折北：折，挫折。北，失敗。❽容容：動盪不安的樣子。❾縣（xuán）：懸的本字，維繫、決定的意思。

韓信曰：「漢王遇我甚厚，載我以其車，衣我以其衣，食我以其食。吾聞之，乘人之車者載人之患，衣人之衣者懷人之憂，食人之食者死人之事，吾豈可以鄉利倍義乎！」蒯生曰：「足下自以為善漢王，欲建萬世之業，臣竊以為誤矣。始常山王、成安君為布衣時，相與為刎頸之交。後爭張黶、陳澤之事①，二人相怨。常山王背項王，奉項嬰頭而竄，逃歸於漢王。漢王借兵而東下，殺成安君泜水之南，頭足異處，卒為天下笑。此二人相與，天下至驩也②。然而卒相禽者，何也？患生於多欲而人心難測也。今足下欲行忠信以交於漢王，必不能固於二君之相與也，而事多大於張黶、陳澤。故臣以為足下必漢王之不危己，亦誤矣。大夫種、范蠡存亡越，霸句踐，立功成名而身死亡。野獸已盡而獵狗亨。夫以交友言之，則不如張耳之與成安君者也；以忠信言之，則不過大夫種、范蠡之於句踐也。此二人者，足以觀矣。願足下深慮之！且臣聞勇略震主者身危，而功蓋天下者不賞。臣請言大王功略：足下涉西河，虜魏王，禽夏說，引兵下井陘，誅成安君，徇趙，脅燕，定齊，南摧楚人之兵二十萬，東殺龍且，西鄉以報。此所謂功無二於天下，而略不世出者也。今足下戴震主之威，挾不賞之功，歸楚，楚人不信；歸漢，漢人震恐：足下欲持是安歸乎？夫勢在人臣之位，而有震主之威，名高天下，竊為足下危之！」韓信謝曰：「先生且休矣，吾將念之。」

【注釋】❶張黶（yǎn）、陳澤之事：秦末農民起義爆發後，張耳、陳餘立趙歇為趙王，共同輔佐。後秦軍把趙歇、張耳圍困在鉅鹿城內，當時陳餘駐軍城北，以為寡不敵眾而不敢出兵。張耳派張黶、陳澤去責備陳餘。陳餘迫不得已，讓他們兩人帶五千人試攻秦軍，結果兩人都戰死。解圍後，張耳因此怨恨陳餘，陳餘一氣之下出走，兩人從此結仇。❷驩：同「歡」。

後數日，蒯通復說曰：「夫聽者事之候也，計者事之機也，聽過計失而能久安者，鮮矣。聽不失一二者，不可亂以言；計不失本末者，不可紛以辭。夫隨廝養之役者，失萬乘之權①；守儋石之祿者②，闕卿相之位③。故知者決之斷也，疑者事之害也，審毫氂之小計，遺天下之大數，智誠知之，決弗敢行者，百事之禍也。故曰：『猛虎之猶豫，不若蜂蠆之致螫④；騏驥之跼躅⑤，不如駑馬之安步；孟賁之狐疑⑥，不如庸夫之必至也；雖有舜、禹之智，吟而不言，不如瘖聾之指麾也。』此言貴能行之。夫功者難成而易敗，時者難得而易失也。時乎時，不再來。願足下詳察之！」韓信猶豫，不忍倍漢，又自以為功多，漢終不奪我齊。遂謝蒯通。蒯通說不聽，已詳狂為巫。

【注釋】❶萬乘：指君王。❷儋（dàn）石之祿：微少的俸祿。儋，同「擔」。一百斤為一擔，一百二十斤為一石。❸闕：缺。❹蠆（chài）：蠍子一類的毒蟲。螫（shì）：刺。❺跼躅：侷促。❻孟賁（bēn）：古代的勇士。

漢王之困固陵①，用張良計②，召齊王信，遂將兵會垓下。項羽已破，高祖襲奪齊王軍。漢五年正月③，徙齊王信為楚王，都下邳。

【注釋】❶固陵：即固始，地在今河南省淮陽縣西北。❷張良計：為了召集各地的軍隊，張良建議把自陳以東到海的地方都給韓信，睢陽以北到穀城，給彭越，讓他們各為自己打仗，藉以滅楚。❸漢五年：公元前 202 年。

信至國，召所從食漂母，賜千金。及下鄉南昌亭長，賜百錢，曰：「公，小人也，為德不卒。」召辱己之少年令出胯下者以為楚中尉。告諸將相曰：「此壯士也，方辱我時，我寧不能殺之邪！殺之無名，故忍而就於此。」

項王亡將鍾離眛家在伊廬，素與信善。項王死後，亡歸信。漢王怨眛，聞其在楚，詔楚捕眛。信初之國，行縣邑，陳兵出入。漢六年，人有上書告楚王信反。高帝以陳平計，天子巡狩會諸侯，南方有雲夢，發使告諸侯會陳：「吾將遊雲夢。」實欲襲信，信弗知。高祖且至楚，信欲發兵反，自度無罪，欲謁上，恐見禽。人或說信曰：「斬眛謁上，上必喜，無患。」信見眛計事，眛曰：「漢所以不擊取楚，以眛在公所。若欲捕我以自媚於漢，吾今日死，公亦隨手亡矣。」乃罵信曰：「公非長者。」卒自剄。信持其首，謁高祖於陳。上令武士縛信，載後車。信曰：「果若人言：『狡兔死，良狗亨；高鳥盡，良弓藏；敵國破，謀臣亡。』天下已定，我固當亨！」上曰：「人告公反。」遂械繫信。至雒陽，赦信罪，以為淮陰侯。

信知漢王畏惡其能，常稱病不朝從。信由此日夜怨望，居常鞅鞅，羞與絳、灌等列。信嘗過樊將軍噲，噲跪拜送迎，言稱臣，曰：「大王乃肯臨臣！」信出門，笑曰：「生乃與噲等為伍！」上常從容與信言諸將能不①，各有差。上問曰：「如我，能將幾何？」信曰：「陛下不過能將十萬。」上曰：「於君何如？」曰：「臣多多益善耳。」上笑曰：「多多益善，何為為我禽？」信曰：「陛下不能將兵，而善將將，此乃信之所以為陛下禽也。且陛下所謂天授，非人力也。」

陳豨拜為鉅鹿守，辭於淮陰侯。淮陰侯挈其手，辟左右與之步於庭，仰天歎曰：「子可與言乎？欲與子有言也。」豨曰：「唯將軍令之。」淮陰侯曰：「公之所居，天下精兵處也；而公，陛下之信幸臣也。人言公之畔，陛下必不信；再至，陛下乃疑矣；三至，必怒而自將。吾為公從中起，天下可圖也。」陳豨素知其能也，信之，曰：「謹奉教！」漢十年，陳豨果反。上自將而往，信病不從。陰使人至豨所曰：「弟舉兵，吾從此助公。」信乃謀與家臣夜詐詔赦諸官徒奴，欲發以襲呂后、太子。部署已定，待豨報。其舍人得罪於信，信囚，欲殺之。舍人弟上變②，告信欲反狀於呂后。呂后欲召，恐其黨不就，乃與蕭相國謀，詐令人從上所來，言豨已得死，列侯羣臣皆賀。相國紿信曰：「雖疾，強入賀。」信入，呂后使武士縛信，斬之長樂鍾室。信方斬，曰：「吾悔不用蒯通之計，乃為兒女子所詐③，豈非天哉！」遂夷信三族。

【注釋】❶不（fǒu）：同「否」。❷上變：上書告發變故。❸兒女子：小孩、婦女，這裏指太子和呂后。

高祖已從豨軍來，至，見信死，且喜且憐之，問：「信死亦何言？」呂后曰：「信言恨不用蒯通計。」高祖曰：「是齊辯士也。」乃詔齊捕蒯通。蒯通至，上曰：「若教淮陰侯反乎？」對曰：「然，臣固教之。豎子不用臣之策，故令自夷於此。如彼豎子用臣之計，陛下安得而夷之乎！」上怒曰：「亨之！」通曰：「嗟乎！冤哉亨也！」上曰：「若教韓信反，何冤？」對曰：「秦之綱絕而維弛①，山東大擾②，異姓並起，英俊烏集。秦失其鹿③，天下共逐之，於是高材疾足者先得焉。蹠之狗吠堯，堯非不仁，狗固吠非其主。當是時，臣唯獨知韓信，非知陛下也。且天下銳精持鋒欲為陛下所為者甚眾④，顧力不能耳。又可盡亨之邪！」高帝曰：「置之！」乃釋通之罪。

【注釋】❶綱絕而維弛：綱，網上的大繩。維，繫車蓋的繩子。綱、維，借指國家的法度。❷山東：崤山以東原來六國的土地。❸鹿：比喻國家政權。❹鋭精持鋒：精，精鐵。鋒，利刃。都指武器。

太史公曰：吾如淮陰，淮陰人為余言，韓信雖為布衣時，其志與眾異。其母死，貧無以葬，然乃行營高敞地，令其旁可置萬家。余視其母冢，良然。假令韓信學道謙讓，不伐己功，不矜其能，則庶幾哉，於漢家勳可以比周、召、太公之徒，後世血食矣。不務出此，而天下已集，乃謀畔逆，夷滅宗族，不亦宜乎！

【翻譯】

淮陰侯韓信，是淮陰人。當初還是平民的時候，貧窮而又沒有善行，不能夠被推選為官吏，也不會從事生產或經營商業。經常投靠在別人家裏吃閒飯，別人大都不喜歡他。他曾經多次投靠在下鄉南昌亭長家裏求食，一連幾個月，亭長的妻子很厭惡他，於是很早就起來做了飯在牀上吃了。等到吃飯的時候韓信來了，沒有給他準備飯。韓信也就明白了她的用意，很生氣，從此再也不去他家了。

韓信到城邊釣魚，有幾位老大娘在漂洗絲綿，其中有一位老大娘看到韓信饑餓的樣子，就拿飯給他吃，在她漂洗的幾十天內，天天如此。韓信很高興，對老大娘説道：「我將來一定加倍報答你。」老大娘卻生氣地說：「一個堂堂男子漢自己養不活自己，我只不過是看你可憐才給你飯吃，難道是希望甚麼報答嗎！」

淮陰屠戶中有個年輕人侮辱韓信：「你雖然身材高大，喜歡帶刀劍，實際上是個膽小鬼。」並當眾侮辱他說：「你要是有膽量，就刺我一刀；要是不敢，就從我的胯下鑽過去。」韓信注視了他好一會，就低頭俯身從他的胯下爬了過去。滿街的人都因此嘲笑他，以為他膽小怕事。

等到項梁率兵渡過淮河，韓信仗劍從軍，投到他的部下，一直沒有甚麼名氣。項梁兵敗後，又隸屬於項羽，項羽任命他為郎中。他曾多次向項羽獻計策，項羽都沒有採納。漢王劉邦率兵進入蜀地後，韓信從楚軍中逃出來投奔了漢軍，不過也沒有甚麼名氣，只擔任了一個管理糧倉的小官。因犯法要處斬，他的同夥十三人都被斬首後，輪到他，他抬頭仰望，恰巧看到了滕公夏侯嬰，說道：「漢王不是想要得到天下嗎？為甚麼斬壯士呢？」夏侯嬰對他的話很驚奇，對他的儀容也很讚賞，於是放開他不殺。和他交談，對他所說的很欣賞，並把此事告訴了漢王，漢王任命韓信為治粟都尉，但並不看重他。

韓信曾多次和蕭何交談，蕭何很賞識他。去南鄭時，將領們在半路上逃亡了幾十人，韓信猜想蕭何等人已經多次把自己推薦給漢王，漢王不重用自己，隨即逃走了。蕭何聽說韓信跑了，來不及報告劉邦，就親自去追趕他。有人稟報漢王說：「丞相蕭何逃走了。」漢王大怒，就像少了左右手。過了一兩天，蕭何回來進見漢王，漢王又氣又喜，罵蕭何道：「你逃跑，為甚麼？」蕭何答道：「我不敢逃跑，我是去追逃跑的人了。」漢王問道：「你所追的是誰？」蕭何道：「韓信。」漢王又罵道：「將領中逃走了的數以十計，你沒去追；追韓信，不過是藉口。」蕭何答道：「那些將領容易得到，至於像韓信這樣的人，那可是舉國無雙的奇才。你要是只想長期在漢中稱王，那倒用不着韓信；但如果想爭奪天下，那除了韓信就沒有能共商大計的人了。這要看你的計算怎麼決定了！」漢王說：「我也想向東進啊，哪能長久住在這裏鬱鬱不樂呢！」蕭何道：「你既然打算一定要東進，要是能夠任用韓信，韓信就會留下來；要是不能重用他，他終究還是會逃跑的。」漢王道：「我就因你的推薦，任命他為將軍吧。」蕭何道：「雖然任命他為將軍，他也肯定不會留下來。」漢王道：「用作大將。」蕭何道：「很好！」於是漢王準備把韓信召來任命。蕭何阻止道：「你平時待人傲慢，沒有禮貌，如今任命大將，就像叫小孩一樣，這就是韓信所以要離去的原因。如果你真要任用他為大將，就選一個好日子，親自齋戒，設立壇場，具備禮節，那才行。」漢王同意了。將領們聽到這消息都非常高興，人人都自以為會擔任大將。等到任命大將的時候，就只韓信一個人，全軍都很吃驚。

韓信的任命儀式結束後，漢王坐了下來。漢王問道：「丞相經常說起將軍，將軍用甚麼計策來指教我？」韓信謙讓了一番，於是問漢王道：「現在大王向東去爭奪天下，對手不就是項王嗎？」漢王道：「是的。」韓信又問：「你自己估計在勇猛仁愛等方面與項王比較哪個強？」漢王沉默了好一會，說道：「我比不上他。」韓信作了兩個揖稱讚道：「就是我也認為大王你比不上他。不過我曾跟隨過他，請讓我說說他的為人吧。項王發怒咆哮，千百人都恐懼，但是他不能信用賢將，這只不過是匹夫之勇罷了。項王待人，恭敬慈愛，說話客氣；有人病了，他淚流滿面，端茶送水；可是假如到了有人因功應當封官授爵的時候，他把印拿在手裏，直到玩弄得磨去了棱角，還捨不得給人家。這樣的仁愛也就是所謂女人的仁慈罷了。他雖然稱霸天下而統治諸侯，但不佔據關中而在彭城建立都城。他又違背義帝『先破秦入關者為王』的約定，而把自己親近喜愛的人封王，諸侯都不滿。諸侯見他把義帝遷趕到了江南，也都在受封回去後趕走原來的王而自己佔領好地方稱王。項王軍隊所經過的地方，沒有不殘毀滅絕的，天下的怨憤很大，老百姓都不擁護他，只不過是懾於他的威力勉強屈從罷了。他名義上雖稱霸王，實際上不得人心，因而他的強大容易削弱。現在大王你要是能夠反其道而行之，任用天下英勇善戰的人才，有哪裏不能平定！將天下的城邑分封功臣，又有哪個不服！用義兵跟着想東歸的士卒，誰的軍隊又不能擊潰！而且項羽分封在秦國舊地的三個王都是原來的秦將，率領秦國子弟已經多年了，被殺死和逃亡了的不可勝數，他們又欺騙部下投降諸侯，到達新安後，項羽用欺騙的手段埋殺了秦軍投降的士兵二十多萬，唯獨章邯、司馬欣、董翳脫身了，秦地父老兄弟怨恨這三個人，恨之入骨。現在楚借用威勢勉強把他們三人立為王，因而秦地百姓並不擁護。你進入武關，秋毫無犯，廢除秦朝苛刻的法律，和秦人約定，訂立三條法規，秦人沒有不希望你為秦王的。按照諸侯事先的約定，你應當在關中為王，這是關中百姓都知道的。你失去應得的職位進入漢中，秦人沒有不感到遺憾的。現在你率軍東進，三秦一帶只要發佈一道文告就能收服。」於是漢王很高興，只恨相見太晚，因而聽從他的計謀，部署各路將領準備向東進攻。

八月，漢王率兵東出陳倉，平定了三秦。漢二年，出函谷關，收服了魏王魏豹、河南王申陽，韓王鄭昌、殷王司馬卬也都投降了。接着，又聯合齊、趙共同進攻楚。四月，到達彭城，漢軍兵敗離散撤退。韓信又收集部隊和漢王在滎陽會合，再次組織進攻，在京、索之間打敗楚軍，致使楚軍再也不能西進了。

漢軍在彭城失敗撤退後，塞王司馬欣、翟王董翳背叛漢而投降了楚，齊、趙兩國也叛漢而與楚講和。六月，魏王魏豹請求回去探望生病的母親，一到自己的封地，就斷絕黃河渡口臨晉關的交通，背叛漢王，與楚相約講和。漢王派酈食其去勸説魏豹，沒有成功。當年八月，任命韓信為左丞相，攻打魏。魏王聚集重兵駐紮在蒲阪，封鎖臨晉關，於是韓信佈置了許多疑兵，結集船隊假裝要渡過臨晉關，而伏兵則在夏陽用木盆、木桶偷渡黃河，襲擊魏都安邑。魏豹驚慌失措，帶兵迎擊韓信，韓信於是俘虜了魏豹，平定魏地，設置了河東郡。漢王派張耳與韓信同行，率兵向東攻趙，往北攻代。這年的閏九月，擊敗代軍，在閼與擒獲代相夏說。韓信攻下魏、打敗代軍後，漢王立即派人收編了他的精鋭部隊，到滎陽抵抗楚軍。

韓信和張耳率兵數萬，準備東下井陘隘擊趙。趙王趙歇和成安君陳餘聽説漢軍要來襲擊他們，在井陘隘口聚集軍隊，號稱二十萬。廣武君李左車向陳餘獻計説：「聽説韓信渡過黃河，俘虜魏王、活捉夏說，最近又血洗閼與；現在又加上張耳輔佐，企圖攻下趙國，這是乘勝離開本土到遠處作戰，鋒芒是不可阻擋的。我聽説從千里之外運糧食，士兵就會有饑色；到吃飯時才打柴做飯，部隊就會經常吃不飽。而現在井陘隘路窄，車輛不能並行，騎兵不能成排，行軍的行列要拉長幾百里，糧草一定遠遠落在後面。請你暫時撥給我三萬精兵，從小道去截住他們的輜重；你則挖成深溝，築起高牆，堅守着不和他們對陣。他們向前不能作戰，向後又退不回，我的奇兵截斷他們的後路，使他們在荒野裏也搶不到東西，不到十天，韓信、張耳兩個將領的頭就可以送到你的旗下。希望你考慮我的計策！要不然，肯定會被這兩個小子抓住！」陳餘本是一介書生，一向聲稱「仁義之師不搞陰謀詭計」，即説道：「我聽兵法説十倍於敵則圍困，兩倍則作戰，如今韓信的軍隊號稱數萬，實際上不過幾千人，他們跋涉上千里來襲擊我們，已經極為疲憊。現在像這樣還避而不出擊，以後再有更強大的敵人，那又怎麼對付！而這樣做，諸侯説我們膽小，而輕易來攻打我們。」陳餘不聽從李左車的計策。廣武君李左車的計策終未被採用。

韓信派人暗中偵察，知道陳餘不用李左車的計策，回來報告，韓信很高興，於是就大膽地率軍直下井陘隘。離井陘口三十里，停下來宿營。半夜裏傳令出發，選擇了兩千名輕騎兵，每人拿着一面紅旗，從小路隱蔽到山上觀望趙軍，韓信告誡他們說：「趙軍看到我軍後退，必定會傾巢出動來追趕我們，到時候你們迅速突入他們的營壘，拔下趙軍的旗幟，換上我們的紅旗。」又命令副將傳送乾糧，並說：「今天打敗趙軍會餐！」所有將領都不相信，假裝答應道：「好。」韓信對執事的軍官說道：「趙軍已先佔領有利地形構築營壘，而且他們沒有見到我們的大將旗鼓，肯定不會攻打我軍的先行部隊，怕我們到了路狹山險的地方遇到阻擊而退回去。」韓信於是派一萬人打先鋒，出了隘口，背靠河水列陣。趙軍看見大笑。凌晨時分，韓信打起大將旗鼓，擂着鼓開出井陘口，趙軍打開營壘出擊他們，大戰了好久。於是韓信、張耳假裝戰敗，丟棄旗鼓，奔向河邊的陣地。河邊駐軍打開營門迎接，接着又和趙軍急戰。趙軍果然傾巢出動去爭奪漢軍旗鼓，追逐韓信、張耳。韓信、張耳已經進入水邊軍營，士兵都殊死奮戰，趙軍無法打敗他們。韓信派出的兩千輕騎兵，等到趙軍全跑出營地去追求戰利品時，就迅速沖入趙軍營壘，紛紛拔掉趙軍旗幟而豎起兩千面漢軍紅旗。趙軍沒有打勝，又不能捉到韓信、張耳等人，想要撤回營地，卻見營壘中全是漢軍的紅旗，因而大驚失色，以為漢軍已全部抓獲了趙王的將領，於是軍隊大亂，士兵紛紛逃跑。趙將雖然斬殺一些士兵，還是禁止不住。於是漢軍前後夾攻，大敗趙軍，在泜水邊斬了成安君陳餘，活捉了趙王趙歇。

韓信傳令軍中，不得殺害廣武君李左車，有能活捉他的賞一千金。於是有人捆着廣武君李左車送到了韓信的將旗下，韓信親自為李左車鬆綁，讓他坐在向東的尊位上，自己面向西坐着，像對待老師一樣對待他。

將領們呈獻完首級和戰俘，紛紛慶賀，並問韓信道：「兵法上說佈列陣地要右邊背靠山陵，左面和前方臨近水澤，現在你反而命令我們背靠着水列陣，宣佈打敗趙軍會餐，當時我們並不信服。可是結果竟取得了勝利，這是甚麼戰術？」韓信道：「這也出於兵法，只是你們沒有注意罷了。兵法上不是說『陷於死地而結果得生，置於亡地反而得存』嗎？況且我平時不能親近愛撫將士，這也就等於是帶領一羣烏合之眾去作戰，自然就不得不置於死地，使每個人都為了保全自己而努力奮戰；要是留下生路，他們都會臨陣脫逃，哪裏還能指揮他們去拼殺呢！」將領們都佩服地說道：「有道理。將軍的謀略不是我們比得上的。」

於是韓信問李左車：「我想向北攻打燕國，向東討伐齊國，怎樣才能夠取勝？」李左車推辭道：「我聽說打了敗仗的將領，沒有資格談論勇敢；亡了國的士大夫，不能謀劃國家的存亡。如今我是個兵敗國亡的俘虜，怎能參謀大事！」韓信說：「我曾聽說百里奚在虞國而虞國滅亡了，在秦國而秦國卻稱了霸，這並不是他在虞國笨而到秦國就聰明了，而在於國君任不任用他，聽不聽從他的意見。假使陳餘聽從你的計策，那我韓信也就當了俘虜了。正因為他不用你的計策，才使我韓信能夠在這裏聽從你的指教。」於是再三懇求道：「我誠心誠意地求教，希望你不要推辭！」李左車道：「我聽說智者千慮，必有一失；愚者千慮，必有一得。所以俗話說『即使是一個狂人所說的話，聖人也有考慮選擇的價值』。只怕我的計策不足以採用，不過我願意盡心效力。陳餘有百戰百勝的計謀，但一旦失算，就失敗在鄗城之下，身死在泜水之上。如今你渡過黃河，俘虜魏王，在閼與活捉夏說，一舉又攻下井陘，不到一個上午就擊破二十萬趙軍，處死陳餘，名聞海內，威震天下，農夫沒有不放下農具，停止耕作，穿好吃好，側起耳朵聽候命令的。這就是你的長處。不過當前民眾勞苦，士卒疲憊，難以繼續作戰。如果將軍打算用這樣勞苦疲憊的軍隊，去圍攻燕國的堅固城池，恐怕拖長了時間而攻不下來，情況暴露而陷入被動，時間長了糧食也會缺乏，而弱小的燕國不降服，齊國必定在邊境上堅守自衛。和燕、齊相持不下，劉邦、項羽雙方的懸殊也就分不出來。這就是你的不足。我雖然不聰明，但私下也覺得這樣不好。所以會用兵的人不以自己的短處去攻擊敵人的長處，而是用長處去攻擊短處。」韓信又問道：「那怎麼辦呢？」李左車答道：「如今替將軍打算，不如按兵不動，安定趙國，撫恤趙國陣亡者的後代，那麼百里之內，每天有酒肉送來，慰問、犒勞將士。把部隊擺成北上攻燕的架勢，然後派能言善辯的人帶上書信，向燕國說明自己的長處，燕國必定不敢不聽從。燕國服從了，再派能言善辯的人往東通告齊國，齊國也一定會像草隨風倒那樣很快降服，雖然有聰明人，也不知該怎樣為齊國出謀畫策了。如果這樣，則天下事都可以圖謀了。用兵所謂先虛張聲勢，而後加以實力，就是說的這個道理。」韓信說道：「好。」聽從了他的計策，派遣使者出使燕國，燕國隨即投降。韓信派使者報告漢王，請立張耳為趙王，來鎮撫趙國。漢王同意了，於是就立張耳為趙王。

楚國多次派奇兵渡過黃河襲擊趙國，趙王張耳、韓信往返援救，因而邊行軍邊安定了趙國所有的城邑，調發各城邑的軍隊去接濟漢王。楚軍正在滎陽加緊包圍漢王，漢王從南邊突圍，到達宛縣和葉縣之間，降服黥布，退到成皋，楚軍又團團把成皋包圍起來。六月，漢王突出成皋，東渡黃河，只有滕公夏侯嬰同行，跟隨張耳的軍隊到修武。到了修武後，住宿在驛站的客舍裏。第二天凌晨自稱是漢王的使者，縱馬進入趙軍營壘。張耳、韓信還沒起牀，漢王就在他們的臥室內奪取了他們的印信和兵符，用令旗召集諸將，更換了他們的職位。韓信、張耳起來後，才知道漢王來了，非常吃驚。漢王奪過他們兩人的軍隊，就命令張耳守衛趙地，任命韓信為趙相國，讓他收集趙軍中還沒有發往滎陽的部隊，去進攻齊國。

韓信率兵東進，還沒有從平原津渡過黃河，就聽說漢王派酈食其已經說服齊國投降，韓信準備停止進軍。范陽辯士蒯通勸韓信道：「將軍奉命進攻齊國，而漢王只不過派密使說服齊國，難道有命令讓將軍停下來嗎？為甚麼不再進軍！況且酈生不過是一個書生，乘車到齊國，只憑一張嘴就輕而易舉地收服齊國七十多座城邑；將軍率領幾萬人，一年多才攻下趙國五十多座城邑，當了多年的大將軍，難道反而比不上一個小儒生的功勞嗎？」韓信覺得有理，於是聽從他的計策，渡過黃河。齊國已經聽從酈食其的勸說，就留下他縱酒作樂，撤除了防備漢軍的部隊和設施。韓信乘機襲擊齊國在歷下的軍隊，因而抵達臨菑。齊王田廣認為酈生出賣了自己，就烹殺了酈生而逃往高密，派使者到楚國請求救兵。韓信已經平定了臨菑，於是東追田廣到達高密西邊。楚國也派龍且率兵，號稱二十萬，援救齊國。

齊王田廣、龍且把軍隊合併在一起和韓信對陣，尚未交鋒，有人勸龍且道：「漢軍遠離本土作戰，必定是全力以赴，勢不可擋；齊、楚軍隊在自己的家鄉作戰，士兵都戀家，容易逃散。倒還不如加強營壘，叫齊王派他親信的人去招附被漢軍攻克了的城邑。那些城邑的人聽說他們的國王還在，又有楚軍來救援，必定會背叛漢軍。漢軍駐紮在遠離本土兩千里之外，齊國的城邑又都反抗他們，他們勢必得不到給養，那就可以用不着作戰就使他們投降了。」龍且說道：「我素來熟悉韓信的為人，容易對付。況且援救齊國，沒打仗就使他投了降，那我又有甚麼功勞！假使經過戰鬥而取勝，那麼我就可以得到半個齊國，我為甚麼不打！」於是決定交戰，和韓信隔着濰水相對列陣。韓信令人在夜間做了一萬多隻袋子，盛滿沙土，在河的上游把水堵住，帶一半軍隊渡河，攻打龍且。假裝打不贏，後退。龍且果然高興地說：「我本來就知道韓信膽小。」於是渡河追擊韓信。韓信派人決開上游堵水的袋子，河水洶湧而來，龍且的軍隊大部分過不了河，韓信立即迅速反擊，殺了龍且。龍且在河對面的軍隊潰散逃走，齊王田廣也逃跑了。韓信於是追擊敗兵到城陽，全部俘虜了楚軍士卒。

漢四年，齊國城邑全部投降，韓信平定了齊國，派人上書漢王說：「齊國是狡詐多變，反復無常的國家，南邊又靠近楚國，不暫時設立一個代理的王來鎮撫，它的局勢就很難安定。請允許我暫時代理齊王。」當時，楚軍正把漢王團團包圍在滎陽，韓信的使者到後，漢王打開書信一看，非常生氣，罵道：「我被圍困在這裏，日夜盼望你來援助我，可你倒想自己稱王！」張良、陳平暗中踩了踩漢王的腳，並附在漢王耳邊悄悄地說道：「現在漢軍正處於劣勢，怎麼能禁止韓信稱王呢！不如乘機立他為齊王，好好地對待他，讓他自己去鎮守齊國；否則，就會發生變故！」漢王也明白過來了，於是又故意罵道：「男子漢大丈夫平定了諸侯國，做就做正式的王，又何必做暫時代理的王呢！」於是派張良去立韓信為齊王，徵調他的部隊進攻楚軍。

楚國已經失去了龍且，項王擔憂起來了，派盱眙人武涉去爭取韓信道：「天下共受暴秦之苦很久了，因此大家聯合起來共同反抗秦王朝。秦被推翻了，按功勞分配土地，分別為王，停止戰事。可如今漢王又興兵東征，侵略別人的封國，佔領別人的土地；已經打敗三秦，率兵出函谷關，收集諸侯的兵向東進攻楚國，其意圖就在於不全部併吞天下諸侯就不甘休，他的不知足到了這個地步，真是太過分了。而且漢王不可相信，他多次落到項王的手裏，項王可憐他而把他放了，可他只要一脫身，就背信棄義，又來攻打項王，他的不可親近、不可信任也就是這樣子。現在你雖然自以為和漢王交情深厚，為他盡力作戰，終究還是會被他捉拿的。你之所以可以延續到現在，原因就在於項王還存在。眼下在他們兩個人爭奪天下的事業中，舉足輕重的是你。你向右邊倒則漢王取勝，向左邊靠則項王取勝。項王今天死，明天就輪到你了。你和項王原來有過交往，為甚麼不叛漢與楚講和，三分天下而自立為王呢？現在錯過這個時機，死心塌地地幫助漢王去攻打楚國，難道一個有智謀的人應該這樣做嗎？」韓信辭謝道：「我過去事奉項王，官不過就是個郎中，職位也不過就是搞搞守衛而已，我的意見他不聽從，我出的計策他也不採納，所以才背楚而歸附漢。漢王授給我大將軍印，讓我帶數萬人馬，把衣服脫給我穿，把好飯讓給我吃，言聽計從，所以我才有了今天。別人對我很好，很信任我，我背叛他不會有好的結果，就是死也不改變主意了。還望你替我向項王表示歉意！」

武涉走後，齊國人蒯通明白天下的勝負取決於韓信，想用妙計打動他，就以看相人的身份對韓信説：「我曾學了看相術。」韓信問道：「你看相的技術怎樣？」蒯通答道：「人的貴賤取決於骨骼，運氣取決於氣色，成敗取決於果斷，用這三方面互相參照，絕沒有不準的。」韓信道：「不錯。請先生看我的相怎麼樣？」蒯通答道：「請屏退旁人。」韓信就命令道：「旁人都出去！」蒯通説道：「從你的臉面看起來，不過封侯罷了，而且還有危險。而從你的背看起來，那可真是貴不可言了。」韓信問道：「那是甚麼意思？」蒯通答道：「天下才起義的時候，只要英雄豪傑建立名號，振臂一呼，天下的勇士就像雲霧一樣會合，像魚鱗一樣擁擠紛亂；如火焰般燃燒，如狂風般驟起。在那個時候，大家所考慮的只是怎樣推翻秦王朝。現在楚漢分爭，使天下無罪的人肝膽塗地，父子的屍骨暴露在荒野中，不可勝數。楚軍在彭城起兵，轉戰追擊，到達滎陽，乘勝席捲，威震天下。然而被圍困在京縣、索亭之間，阻擋於成皋以西的山地而不能進軍，在這裏已停留了三年。漢王統率數十萬人馬，依據鞏、洛兩地，憑藉山河的險阻，雖然一天幾戰，卻無法推進，甚至受到挫敗而無法自救，先在滎陽失敗，後又在成皋受傷，於是逃奔到宛縣、葉縣之間，這正是有智的智用盡，有力的力使完。銳氣在險阻中受挫，而倉庫中的糧食耗盡，老百姓疲憊不堪，怨聲載道，人心惶惶，無所依靠。據我看來，這形勢表明，不是天下的賢聖就不能平息天下的動亂。當前劉、項二王的命運就維繫在你身上。你幫助漢則漢勝，加入到楚則楚勝。我願披肝瀝膽，奉獻愚計，只怕你不願用。假如你能夠聽從我的計策，不如兩邊都不損害，讓他們共存下來，你與他們三分天下，鼎足而立，在這種形勢下，誰也不敢先動。以你的賢才聖德，又擁有眾多的軍隊，佔據強大的齊國，率領燕、趙，出兵控制楚漢雙方兵力空虛的地方，牽制他們的後方，順應民眾的願望，向西要求楚漢停戰，結束連年的戰禍，為百姓求得生存，則天下將迅速響應，誰還敢不聽從！進而削弱強大的國家，分割其地封立諸侯，諸侯封立起來了，天下就會感恩戴德，歸服聽命於齊國。安定好齊國現有的地盤，佔據膠州、泗水一帶，以恩德安撫諸侯，從容有禮，那麼天下的君王都會相繼到齊國朝見了。我聽說『上天賜予的好處不要，反而受害；時機到了不行動，反而遭殃』。希望你仔細考慮。」

韓信道：「漢王對我恩德深厚，把他自己的車給我坐，把他自己的衣服給我穿，把他自己的食物給我吃。我聽說：乘別人的車就要替別人承受患難，穿別人的衣服就要替別人操心，吃別人的飯就要為別人的事盡力，我怎麼能為了追求私利而背信棄義呢！」

蒯通道：「你自以為和漢王交情深厚，要因此而建立不朽的功業，我私下認為這種想法錯了。當初常山王張耳、成安君陳餘還在平民時，彼此結成了生死之交。可後來因為張黶、陳澤的事發生爭執，兩人互相責怪。張耳背叛項羽，帶了項羽使者項嬰的腦袋逃走，歸附了漢王。漢王派他領兵東下，在泜水之南殺了陳餘，使陳餘身首分離，結果為天下人恥笑。他們兩人的關係，是天下最融洽的了，可最後還是反目為仇，互相攻打，這是為甚麼呢？原因就在於憂患產生於慾望太多，人心難測。現在你要忠誠守信和漢王交往，你們之間的信任程度不能比張耳、陳餘他們兩個人更強，而你們之間所發生的事情則大多比張黶、陳澤的事大。所以我認為你相信漢王不會加害你，也錯了。大夫文種、范蠡復興了即將滅亡的越國，輔佐越王句踐稱霸諸侯，立了功，成了名，但最後還是一個被殺，一個被迫逃亡。野獸打盡了，獵狗也就烹殺了。以交友而論，你與漢王的關係比不上張耳和陳餘的關係；以忠臣守信而論，你與漢王也超不過文種、范蠡與句踐。這兩件人和事，就足以借鑒了。望你仔細考慮。況且我曾聽說，勇敢和謀略震懾君主的人自身就有危險，而功勞太大的人則得不到獎賞。請允許我說說你的功勳和謀略吧：你橫渡黃河，俘虜魏豹，活捉夏說，率兵下井陘隘，處死陳餘，滅掉趙國，逼降燕國，平定齊國，南下打垮楚軍二十萬，在東方殺了龍且，向西報捷。這可以說是功勞之大，舉世無雙；謀略之強，世間少有。如今你蒙着震動主上的威勢，帶着無法行賞的功勞，歸附楚，楚國人不信任；歸附漢，漢人又害怕。在這種情況下你準備往哪邊走？作為臣下而有震動君主的威勢，譽滿天下，真替你擔心！」韓信婉轉地說道：「你不必說了，我會考慮的。」

幾天後，蒯通又對韓信說道：「能聽取意見，是事情成功的徵兆；能仔細考慮，是事情成功的關鍵。不聽取意見，不考慮得失，而能夠長期安定的，很少。聽取建議，如果誤解的不超過一兩成，那就不會被花言巧語所迷惑；考慮周全，能權衡主次輕重，就不會受到別人議論的干擾。安於做劈柴養馬差事的人，就會失去當君王的可能；滿足於微薄俸祿的人，就得不到卿相的高職。所以說，辦事堅決，是智者果斷的表現，而猶豫不決，則是誤事的根源，斤斤計較一毫一厘的小利，而忘記了天下的大局，心裏雖然明白，但不敢下決心實行，那就是不能成就任何事情的禍根。所以說：『猛虎的遊移不前，還不如蜂蠍的施用毒刺；良馬的徘徊不前，還比不上劣馬的穩步前進；孟賁那樣的勇士優柔寡斷，還不如一般的人決意為事情的成功而苦幹；雖然有舜和禹那樣的智慧，但閉口不言，還不如聾啞人的用手示意。』這也就是說可貴在於能行動。功業難於建立而容易失敗，時機難於得到卻容易喪失。時機啊，時機，失去了不再來。希望你還是仔細考慮。」韓信猶豫不決，不忍心背叛漢，又自認為功勞大，漢王終究不會來奪走自己的齊國，於是辭謝蒯通。蒯通的建議沒被採納，後來他就裝瘋做巫師去了。

漢王在固陵受到困阻，採納張良的計策，召齊王韓信，韓信率兵在垓下會戰。漢王又用突然襲擊的辦法奪走了齊王的軍隊。漢五年正月，遷齊王韓信為楚王，定都下邳。

韓信到達封國楚地，找來曾經給他食物的那位漂母，賜黃金一千作為報酬。又找到下鄉南昌亭長，賜給一百錢，說道：「你是個小人，做好事有始無終。」召來曾讓他從胯下鑽過去侮辱他的那個年輕人，任命他為楚國中尉。並對將領們說道：「這真是個壯士。當時他侮辱我時，我難道真不敢殺他嗎？殺了他不能成名，所以就忍辱而達到了現在的境地。」

項羽的逃將鍾離眜家在伊廬邑，平素和韓信相好。項羽死後，逃亡歸附韓信。漢王怨恨鍾離眜。韓信剛到楚國，巡視縣邑，出入帶兵護衛。漢六年，有人上書控告楚王韓信謀反。高帝劉邦採納陳平的計策，以天子巡視的名義會見諸侯，南方有個雲夢澤，派使者通知各諸侯王到陳地相會說：「我將到雲夢澤遊玩。」實際上是想襲擊韓信，韓信並不知道。高帝將到楚國時，韓信準備率兵反叛，但又自以為沒有罪，用不着；想進見高帝，又擔心被擒拿。有人建議韓信道：「斬了鍾離眜進見高帝，高帝必定高興，也就不會有禍患了。」韓信和鍾離眜商量，鍾離眜說道：「漢所以不派兵用武力攻打楚國，是因為我在你這裏。你要是抓了我去向漢王獻媚，我現在死了，你也隨着就沒命了。」於是又罵韓信道：「你並不是一個忠厚長者！」說罷，自刎而死。韓信帶了他的首級，在陳縣進見了高帝。高帝命令武士把韓信捆了起來，關在隨行的囚車上。韓信道：「果然像別人所說的，『狡兔死了，良狗就被烹殺；飛鳥射盡了，良弓也就被收藏起來；敵國滅了，謀將也就要被處殺』。現在天下已經太平了，本是我要被烹殺的時候了！」高帝道：「有人告你謀反。」於是把韓信扣上刑具。到洛陽後，赦免了韓信的罪，降封為淮陰侯。

韓信知道高帝害怕和嫉妒他的才能，經常稱病不來朝見和侍從。韓信因此整天牢騷滿腹，抱怨不迭，經常悶悶不樂，羞於和周勃、灌嬰等處於同等地位。韓信曾到將軍樊噲家，樊噲跪拜迎送，自稱為臣，並說：「真沒想到大王你竟然願意屈駕光臨臣下家門！」韓信出來後，笑道：「想不到我竟然可與樊噲等人為伍！」高帝曾和韓信閒聊諸將能力的大小，評價各有短長。高帝問道：「像我這樣能帶多少軍隊？」韓信道：「陛下不過能帶十萬而已。」高帝又問道：「你又怎麼樣？」韓信道：「我多多益善。」高帝笑道：「多多益善，為甚麼又被我抓獲了？」韓信答道：「陛下不擅長領兵，但善於帶將，這就是我韓信之所以被你捉拿的原因了。況且你是上天授予的，並不是人力所能達到的。」

陳豨被任命為鉅鹿郡守，向韓信告別。韓信握着他的手，屏退旁邊的人，和他在庭中散步，仰天而歎道：「能和你談一談嗎？我有話要跟你說。」陳豨道：「你就請講吧。」韓信道：「你所處的地方，是天下精兵聚集的要地；而你，是皇上親信寵倖的人。如果有人說你謀反，皇上肯定不會相信；要是再有人說，皇上就會懷疑了；待到第三個人這麼說時，皇上就會大為發怒並親自帶兵來攻打你了。我替你作內應，那麼天下就有希望奪到手了。」陳豨素來知道韓信有才能，就相信了，並說道：「還望多多指教！」漢十年，陳豨果然反叛。高帝親自率兵去攻打，韓信稱病沒有同去。悄悄派人到陳豨那裏，告訴他：「儘管起兵，我在這裏助你一臂之力。」韓信於是和隨從親信商量晚上作假詔令赦免各衙署領有的苦役和官奴，準備派去襲擊呂后、太子。部署好以後，等着陳豨的回信。他的門客中有個人得罪了韓信，韓信把他關了起來，準備殺了他。這人的弟弟上書，把韓信要謀反的事報告了呂后。呂后想把韓信召來，又怕他的黨羽不肯就範。於是和相國蕭何謀畫，派人假裝從高帝那裏來，說陳豨已經被捕處死了，諸侯百官紛紛朝賀。蕭何騙韓信道：「雖然有病，還是勉強支持着進宮來祝賀。」韓信進宮後，呂后派武士把韓信捆了起來，在長樂宮中掛鐘的屋子裏斬了他。韓信臨斬時，說道：「我真後悔不採納蒯通的計策，而被女人小孩欺騙，這難道不是天意嗎！」於是滅了韓信的三族。

後來高帝打敗陳豨的軍隊回來，回到宮中，見韓信已死，感到既高興又可憐，問道：「韓信死時說了甚麼？」呂后答道：「韓信說悔恨沒有用蒯通的計策。」高帝道：「那是一個齊國辯士。」於是下令齊國捉拿蒯通。蒯通到後，高帝問道：「是你慫恿韓信背叛我嗎？」蒯通答道：「是的，我確實勸過他。這小子不採用我的計策，所以才在這裏身死族滅。倘若那小子聽從我的計謀，那你又怎麼能把他抓起來殺了呢！」高帝怒道：「烹了他！」蒯通歎道：「唉，烹死我，冤枉啊！」高帝問道：「你慫恿韓信謀反，有甚麼冤枉？」蒯通答道：「秦朝綱紀廢弛，崤山以東大亂，異姓紛紛起兵，天下英雄豪傑如烏鴉似的羣集起來。秦政權崩潰，天下紛紛爭奪，於是才智高超、行動敏捷的人就取得了勝利。『蹠的狗對着堯狂叫，並不是堯帝不仁，狗的生性本來就是對着不是自己的主人吠叫。』在那個時候，我只熟悉韓信，而不熟悉陛下。況且天下磨刀執劍要像你一樣爭奪天下的人很多，只是力不能及罷了，難道你又能夠把他們全部烹殺嗎！」高帝於是命令：「放了他。」赦免了蒯通的罪過。

太史公道：我到淮陰去，淮陰人對我説，韓信還是普通百姓的時候，志向就與眾不同。他的母親去世，家裏窮得無法安葬，可他還是四處謀求地勢高而寬敞的地方，要讓旁邊可以居下上萬戶人家。我看了他母親的墳地，確實是這樣。假使韓信明理謙讓，不居功自傲，不自誇才高，那麼他在漢朝的功勳就差不多可以和古代的周公、召公、太公等人相媲美了，封國也就可以傳之不絕，他也就可以享受到後世的祭祀了。他不這樣做，而在天下已經統一時，還圖謀反叛，被滅掉宗族，難道不是應該的嗎！

季布欒布列傳

季布和欒布是漢初兩位很有俠義風度的勇士。本篇寫季布，着意刻畫他那種大丈夫能屈能伸，直言不諱，嫉惡如仇，注重信譽的品格。寫欒布，側重描述他對彭越的忠誠以及視死如歸的精神。作者在寫這篇傳記時，正像寫《刺客列傳》等篇一樣，融入了個人對人生世事的深沉感慨。「太史公曰」中所說的「自負其才，故受辱而不羞」、「賢者誠重其死」這些話，正是司馬遷忍辱重死以成《史記》的自我寫照。讀者在欣賞本篇時，聯繫《史記》中與這篇相類似的論述，當可認識到司馬遷所説的「死或重於泰山，或輕於鴻毛」，並不是偶然激憤的話。

季布者，楚人也。為氣任俠，有名於楚。項籍使將兵，數窘漢王。及項羽滅，高祖購求布千金，敢有舍匿，罪及三族。季布匿濮陽周氏。周氏曰：「漢購將軍急，跡且至臣家，將軍能聽臣，臣敢獻計；即不能，願先自剄。」季布許之。乃髡鉗季布①，衣褐衣，置廣柳車中②，並與其家僮數十人，之魯朱家所賣之。朱家心知是季布，乃買而置之田。誡其子曰：「田事聽此奴，必與同食。」朱家乃乘軺車之洛陽③，見汝陰侯滕公④。滕公留朱家飲數日。因謂滕公曰：「季布何大罪，而上求之急也？」滕公曰：「布數為項羽窘上，上怨之，故必欲得之。」朱家曰：「君視季布何如人也？」曰：「賢者也。」朱家曰：「臣各為其主用，季布為項籍用，職耳。項氏臣可盡誅邪？今上始得天下，獨以己之私怨求一人，何示天下之不廣也！且以季布之賢而漢求之急如此，此不北走胡即南走越耳。夫忌壯士以資敵國，此伍子胥所以鞭荊平王之墓也⑤。君何不從容為上言邪？」汝陰侯滕公心知朱家大俠，意季布匿其所，乃許曰：「諾。」待閒，果言如朱家指。上乃赦季布。當是時，諸公皆多季布能摧剛為柔⑥，朱家亦以此名聞當世。季布召見，謝，上拜為郎中。

【注釋】❶髡（kūn）鉗：秦時的刑罰。髡是去髮，鉗是用鐵箍紮着脖子。❷廣柳車：當時運輸用的大牛車，一說是裝棺柩的喪車。❸軺（yáo）車：趕路用的輕便車。❹滕公：即夏侯嬰。❺伍子胥鞭荊平王之墓：伍子胥的父親被楚平王殺了，他逃到吳國，幫助吳國打敗楚國，於是把平王的屍骨挖出，鞭打三百，以泄私仇。❻諸公：泛指當時一般評論的人。多：推重，讚揚。

孝惠時，為中郎將。單于嘗為書嫚呂后①，不遜，呂后大怒，召諸將議之。上將軍樊噲曰：「臣願得十萬眾，橫行匈奴中。」諸將皆阿呂后意，曰「然」。季布曰：「樊噲可斬也！夫高祖將兵四十餘萬眾，困於平城②，今噲奈何以十萬眾橫行匈奴中，面欺！且秦以事於胡，陳勝等起。於今創痍未瘳③，噲又面諛，欲搖動天下。」是時殿上皆恐，太后罷朝，遂不復議擊匈奴事。

季布為河東守④。孝文時，人有言其賢者，孝文召，欲以為御史大夫。復有言其勇，使酒難近。至，留邸一月，見罷。季布因進曰：「臣無功竊寵，待罪河東⑤，陛下無故召臣，此人必有以臣欺陛下者；今臣至，無所受事，罷去，此人必有以毀臣者。夫陛下以一人之譽而召臣，一人之毀而去臣，臣恐天下有識聞之有以窺陛下也⑥。」上默然慚，良久曰：「河東吾股肱郡⑦，故特召君耳。」布辭之官。

【注釋】❶嫚（màn）：輕視，侮辱。❷困於平城：事見《陳丞相世家》。❸瘳（chōu）：病癒。❹河東守：即河東郡的郡守。河東郡在今山西省西南。❺待罪：謙詞，指任職。意為在職恐懼，時時警惕自己的罪過。❻有以窺陛下：有人通過這窺見陛下的深淺。❼股肱（gōng）：股是大腿，肱是胳膊。這裏是比喻河東郡的地理位置很重要。

楚人曹丘生，辯士，數招權顧金錢①。事貴人趙同等②，與竇長君善③。季布聞之，寄書諫竇長君曰：「吾聞曹丘生非長者，勿與通。」及曹丘生歸④，欲得書請季布⑤。竇長君曰：「季將軍不說足下，足下無往。」固請書，遂行。使人先發書，季布果大怒，待曹丘。曹丘至，即揖季布曰：「楚人諺曰：得黃金百，不如得季布一諾。足下何以得此聲於梁楚間哉？且僕楚人，足下亦楚人也，僕遊揚足下之名於天下，顧不重邪？何足下距僕之深也！」季布乃大說，引入，留數月，為上客，厚送之。季布名所以益聞者，曹丘揚之也。

【注釋】❶招權：倚仗權勢。顧金錢：取錢財。❷趙同：即當時的宦官趙談，因司馬遷避父司馬談之諱而改談為同。❸竇長君：文帝竇后的哥哥。❹歸：自京城回楚。❺欲得書請季布：要竇長君給他一封介紹信，求見季布。請，謁見。

季布弟季心，氣蓋關中，遇人恭謹，為任俠，方數千里，士皆爭為之死。嘗殺人，亡之吳，從袁絲匿。長事袁絲①，弟畜灌夫、籍福之屬②。嘗為中司馬③，中尉郅都不敢不加禮，少年多時時竊籍其名以行④。當是時，季心以勇，布以諾，著聞關中。

季布母弟丁公，為楚將。丁公為項羽逐窘高祖彭城西，短兵接，高祖急，顧丁公曰：「兩賢豈相戹哉！」於是丁公引兵而還，漢王遂解去。及項王滅，丁公謁見高祖。高祖以丁公徇軍中，曰：「丁公為項王臣不忠，使項王失天下者，乃丁公也。」遂斬丁公，曰：「使後世為人臣者無效丁公！」

【注釋】❶長事袁絲：像對待長輩那樣來對待袁絲。袁絲，即袁盎，袁盎字絲。❷弟畜灌夫、籍福之屬：把灌夫、籍福等人當做弟輩來看待。❸中司馬：中尉所屬的司馬，即後文所提到的中尉郅都的下屬。❹竊籍其名以行：暗地裏打着他的招牌來行事。

欒布者，梁人也。始梁王彭越為家人時①，嘗與布遊。窮困，賃傭於齊，為酒人保②。數歲，彭越去之巨野中為盜，而布為人所略賣，為奴於燕。為其家主報仇，燕將臧荼舉以為都尉。臧荼後為燕王，以布為將。及臧荼反，漢擊燕，虜布，梁王彭越聞之，乃言上，請贖布以為梁大夫。

使於齊，未還，漢召彭越，責以謀反，夷三族。已而梟彭越頭於雒陽下，詔曰：「有敢收視者，輒捕之。」布從齊還，奏事彭越頭下③，祠而哭之。吏捕布以聞。上召布，罵曰：「若與彭越反邪？吾禁人勿收，若獨祠而哭之，與越反明矣。趣亨之④。」方提趣湯⑤，布顧曰：「願一言而死。」上曰：「何言？」布曰：「方上之困於彭城，敗滎陽、成皋間，項王所以不能遂西，徒以彭王居梁地，與漢合從苦楚也。當是之時，彭王一顧，與楚則漢破，與漢則楚破。且垓下之會，微彭王⑥，項氏不亡。天下已定，彭王剖符受封，亦欲傳之萬世。今陛下一徵兵於梁，彭王病不行，而陛下疑以為反，反形未見，以苛小案誅滅之，臣恐功臣人人自危也。今彭王已死，臣生不如死，請就亨。」於是上乃釋布罪，拜為都尉。

孝文時，為燕相，至將軍。布乃稱曰：「窮困不能辱身下志，非人也；富貴不能快意，非賢也。」於是嘗有德者厚報之，有怨者必以法滅之。吳楚反時⑦，以軍功封俞侯，復為燕相。燕齊之間皆為欒布立社⑧，號曰欒公社。

景帝中五年薨。子賁嗣，為太常，犧牲不如令，國除。

【注釋】❶家人：一般的平民。❷保：僱員。❸奏事彭越頭下：指受彭越之命出使齊國的欒布從齊返回，仍照舊在彭越的頭下匯報。❹趣（cù）亨之：立即烹殺你。趣，同「促」，急也。❺趣（qū）：這裏同「趨」。❻微：無。❼吳楚反：指景帝時的吳楚七國之亂。❽立社：相當於後世的建造祠堂。

太史公曰：以項羽之氣，而季布以勇顯於楚，身屨軍搴旗者數矣①，可謂壯士。然至被刑戮，為人奴而不死，何其下也！彼必自負其材，故受辱而不羞，欲有所用其未足也②，故終為漢名將。賢者誠重其死。夫婢妾賤人感慨而自殺者，非能勇也，其計畫無復之耳③。欒布哭彭越，趣湯如歸者，彼誠知所處，不自重其死。雖往古烈士，何以加哉！

【注釋】❶身履（jù）軍搴旗者數矣：親自多次消滅敵軍、拔取敵旗。搴，拔取。履，本當作「覆」，覆滅。❷欲有所用其未足也：要去發揮和完成他還沒有施展出來的才能和抱負。❸其計畫無復之耳：只是他們覺得沒有任何別的出路罷了。

【翻譯】

季布是楚國人。喜歡仗義行俠，在楚國很有聲望。項羽派他帶兵打仗，多次圍困漢王劉邦。因此到了項羽兵敗身亡時，漢高祖就懸賞千金捉拿季布，誰膽敢窩藏季布就滅絕他的三族。季布逃亡到了濮陽人姓周的家裏。周氏對季布說：「漢王朝正急於捉拿將軍，此時快要搜尋到我家了，倘若將軍能聽我一言，我就冒昧地獻上一計；倘若不能的話，我情願先在你面前自殺算了。」季布答應了周氏。於是周氏剃去他的頭髮，用鐵箍紮着他的脖子，讓他穿上粗布衣，裝進廣柳車裏，並和他的幾十名家奴裝在一起，運到魯國一個叫朱家的家裏把他們賣掉，朱家心裏明白其中誰是季布，就把他買了下來放進莊園裏勞動。他告誡自己的兒子說：「種田的事情要聽這個奴隸的，你一定讓他和你吃一樣的飯菜。」朱家自己便乘坐輕便的快車趕到洛陽，去見汝陰侯滕公。滕公留朱家住下，款待了好幾天，朱家找到一個適當的機會詢問滕公：「季布犯了甚麼大罪，皇上卻這樣急於捉拿他？」滕公答道：「季布曾多次為項羽賣命圍困皇上，皇上很恨他，所以一定要捉拿到他。」朱家又問：「你覺得季布這個人怎麼樣？」滕公回答說：「他是個德才兼備的人。」朱家於是進言：「做臣子的各被自己的君主所用，季布被項羽起用，只不過是盡職罷了。難道項羽的臣子都要殺盡嗎？今天皇上才得到天下，難道僅僅因為自己的私仇就去捉拿一個人，何必要向天下人表明自己這種狹小的氣度呢？況且憑着季布的德才而漢王朝又這麼急於抓拿他，這樣一來他不是北投匈奴就是南奔南越了。忌恨豪傑，就會幫助敵國，這就是楚平王的屍骨為甚麼遭到伍子胥鞭笞的原因。你為甚麼不從中斡旋向皇上進言呢？」汝陰侯滕公知道朱家是個仗義的大俠，猜測季布就藏在他的家裏，於是答應說：「好吧。」等有一個機會時，果然照朱家的意思向皇上講了，漢高祖於是赦免了季布。這時，社會上的輿論都讚揚季布剛柔相濟，能屈能伸，朱家也由於這件事而聞名於當世。季布受到召見，謝罪。於是高祖任命他為郎中。

孝惠帝時，季布任中郎將。匈奴單于曾寫信侮辱呂后，語氣不恭。呂后勃然大怒，召集大將們討論如何應對這件事。上將軍樊噲說：「我只要率十萬兵馬，就能蕩平匈奴。」大將們都迎合呂后的旨意，說：「是這樣的。」季布反駁道：「樊噲該殺！高帝曾率兵四十多萬，卻被匈奴圍困在平城，今天樊噲怎麼能用十萬兵馬去蕩平匈奴，這是當面撒謊！況且秦朝就是因為對匈奴用兵，才引起了陳勝等人的起義。而在今天戰爭的創傷還沒有醫治好，樊噲又當面說謊逢迎，這是要毀掉我們的國家。」這時在座的無不心驚膽寒，太后於是退朝，再也不議論出擊匈奴的事了。

季布任河東守，在孝文帝時，有人讚揚他是個德才兼備的人，於是孝文帝召見他，想任命他為御史大夫。後又有人說他勇悍，好發酒瘋使人難以接近。所以季布到了京城，在客館裏住了一個月，受到接見後沒有得到任何新的任命就要他回去。季布因此上言道：「我沒有功勞卻竊取了皇上的寵愛，因此能在河東任郡守。陛下無故召我來，這必然有人稱讚我有才能來欺騙陛下。現在我來了，卻沒有接受任何新的任命就要我回去，這必然又有人在陛下的面前詆毀我。陛下因為一個人的讚美就召我來，又因為一個人的誹謗打發我走，我害怕天下有識之士聽說這件事，從而能窺測到陛下的好惡了。」文帝默不作聲內心慚愧，過了許久才說：「河東郡是我的一個很重要的郡，所以我是特地召你來詢問一下的。」季布告別了文帝，去河東郡就任原職。

楚國人曹丘生，是個辯士，多次依仗權勢謀取錢財。事奉宦官趙談等，和竇長君要好。季布聽說這事，寄信去規勸竇長君：「我聽說曹丘生不是個德行好的人，請不要和他來往了。」到曹丘生回楚國時，他要竇長君向季布寫封信引薦一下他，竇長君勸道：

「季將軍不喜歡你，請你不要去了。」曹丘生執意請求給他寫了介紹信，於是起程去楚國。他叫人先送去這封信，季布見信後果然怒火中燒，等着曹丘生登門時發作。曹丘生一到，就向季布長揖道：「楚國人有句歌謠說：『得到一百黃金，還不如得到季布的一句許諾。』你知道你是怎樣在梁楚一帶得到這樣好的名聲嗎？況且我是個楚國人，你也是楚國人。我把你的大名到處傳播，難道就沒有一點可看重的嗎？你為甚麼要這樣固執地拒絕我！」季布於是大喜，引入內室，留曹丘生住了幾個月，把他當上賓款待，厚禮送別。季布的名聲後來愈發大振的原因，是曹丘生宣揚傳播的結果。

季布的弟弟季心，他的勇氣過人稱雄關中，待人恭謹，好仗義行俠，方圓幾千里以內，壯士們都爭着為他效死。季心曾殺過人，逃亡到吳國，躲在袁絲的家裏。他像對待長輩那樣對待袁絲，像對待弟弟一樣對待灌夫、籍福等人。曾做過中司馬，就是他的直接上司中尉郅都也不敢對他不禮貌。少年們大多常常私下用他的名義來行事。在那時，季心以他的勇氣，季布以他的信譽，聞名於關中一帶。

季布的舅舅丁公，是項羽的部將。丁公有次追逼漢高祖劉邦到彭城西南，兩軍短兵相接，高祖被追急了，回頭對丁公說道：「兩位好漢何苦這樣彼此廝殺，相互困鬥喲！」於是丁公領兵而去，漢高祖才得以脫險逃出。到了項羽被滅時，丁公來求見高祖，高祖卻把丁公抓了起來巡示軍中，說道：「丁公作為一個項王的臣子卻不忠誠，使項王失掉了天下的人，就是這個丁公。」於是殺了丁公，告誡全軍：「我這樣做是為了讓後來當臣子的人不要去仿效丁公！」

欒布為梁國人。當初，梁王彭越為普通老百姓時，曾和欒布有過交遊。由於貧困，他們去齊國做工，當了酒家的傭人。幾年後，彭越跑到巨野大澤中當了強盜，欒布卻被人掠去出賣，在燕國當家奴。因為他為自己的家主報了仇，被燕國將領臧荼推薦當了都尉。臧荼後來做了燕王，起用欒布為將。到了臧荼謀反時，漢朝擊敗了燕王，俘虜了欒布。梁王彭越聽到這一消息，於是向高祖說情，懇求贖回了欒布，並任命他為梁國的大夫。

欒布受彭越之命出使齊國，還沒有返回，漢朝就召去彭越，以謀反為名加罪於他，誅滅了他的三族。不久就把彭越的頭砍下懸掛在洛陽城下，高祖並下詔告示天下：「有誰敢來收屍或者來哀悼祭祀的，立即捉拿。」欒布從齊國返回，趕到洛陽城下，照舊在彭越的頭下稟告出使齊國的情況，接着又是痛哭流涕地拜祭。官吏立即捉拿了欒布，報告漢高祖。高祖召見欒布，大聲罵道：「你要跟隨彭越造反嗎？我禁止任何人收斂彭越的頭顱，只有你一人為他拜祭而且還為他痛哭流涕，很顯然你是要跟彭越造反了。我要立即把你烹了。」刑吏正要架起欒布走向那燒着開水的鼎鑊時，欒布回頭對高祖說：「我想在死前說一句話。」高祖問：「你要講甚麼？」欒布說：「當初你在彭城受困，在滎陽、成皋一帶受挫時，項王所以最終不能西進，只是因為彭王據守梁國一帶與漢王你聯合起來牽制了楚軍而已。當時，彭王只要偏向一方，或者幫助楚國，漢就滅亡，或者幫助漢國，楚便滅亡。再說垓下會戰，沒有彭王，項羽就不會失敗。天下已經平定了，彭王與你盟誓剖符，接受你的冊封，也是想把你給的封賜傳給子孫萬代罷了。如今陛下向梁國徵兵，彭王有病不能帶兵前來，於是陛下就懷疑他有謀反之心，沒有拿到謀反的證據，就用那些微不足道的小過失為理由來誅滅他，我害怕這樣一來功臣們會人人自危。現在彭王已經死了，我活着還不如死了，請你把我烹了吧。」聽到這裏，高祖於是便赦免了欒布的罪過，任命他為都尉。

孝文帝時，欒布做了燕國的宰相，後來又升為將軍。於是欒布向世人宣稱：「貧困的時候，如果不能委曲求全降低志向，就是不知道做人的道理；富貴的時候，如果不能揚眉吐氣施展自己的抱負，就不是一個有德才的人。」於是他就加倍報答那些曾給過他恩德的人，而用刑法去誅滅那些曾和他結過怨仇的人。吳楚叛亂時，他因為有軍功受封為俞侯，又做了燕國的宰相。燕國、齊國一帶都為欒布建造祠堂，取名為欒公社。

景帝中五年時，欒布去世，他的侯國由兒子欒賁繼承，欒賁被任命為太常，後因祭祀時所用的牲畜沒有遵照法令的要求，侯國就被廢除了。

太史公評論道：由於項羽崇尚氣力，所以季布得以用他的勇氣在楚國一帶揚名，他多次親自率兵消滅敵軍，拔取敵軍戰旗，可以稱得上是一名壯士。然而到了將要受刑被誅殺時，他卻躲藏在別人家中為奴偷生，這是何等的低下喲！他一定是認為自己才志遠大，所以屈身受辱卻不感到羞恥，這是想要發揮他那還沒有充分施展出來的抱負和才能，因此後來他終於成了漢代的名將。有才志的人是不願輕易喪生的。而那些女奴賤人們因為一時的怨憤就自殺尋死，不是他們有甚麼勇氣，而只是他們覺得沒有任何別的出路和希望罷了。欒布哀哭彭越，走向就要烹殺他的鼎鑊卻從容自在，這是因為他確實知道自己該怎樣來安排自己的命運，所以他對死並不畏懼。即使是古代的英烈們，也不能超過他了呀！

張釋之馮唐列傳

張釋之事奉漢文帝，善於進言應對。特別是熟悉秦漢之際的歷史，能分析秦朝滅亡的原因，得到漢文帝的信任，職位一再提升，最後擔任廷尉。這篇列傳以生動的事例，流暢的語言，記敘張釋之盡力職事，持議公平，對於觸犯法令者，無論太子王侯、平民百姓，一概以法為準繩加以處置。他出任廷尉後，自知「廷尉，天下之平也，一傾而天下用法皆為輕重」。因此，斷案務求平允，不迎合皇上的意旨。他諫說漢文帝：法是天子與天下庶民共有共遵的。他問罪以法為準，量刑不隨意輕重。通篇傳文把張釋之為人處世的態度及個性特點，寫得形象動人，栩栩如生。這篇傳記也展現了當時的社會矛盾，顯示了廣闊的社會歷史背景。

馮唐好直言，在傳文中着重載列了他與漢文帝的對話，述說了委任、信用將帥，給予在外指揮作戰的將帥以職權的重要性，從中可見他對在戰爭中應重視將帥作用的問題確有真知灼見。

張廷尉釋之者，堵陽人也①，字季。有兄仲同居。以訾為騎郎②，事孝文帝，十歲不得調，無所知名。釋之曰：「久宦減仲之產，不遂。」欲自免歸。中郎將袁盎知其賢③，惜其去，乃請徙釋之補謁者④。釋之既朝畢，因前言便宜事。文帝曰：「卑之，毋甚高論，令今可施行也。」於是釋之言秦漢之間事，秦所以失而漢所以興者久之。文帝稱善，乃拜釋之為謁者僕射⑤。

【注釋】❶堵陽：即堵陽縣，其地在今河南省西南部唐河上游。❷訾（zǐ）：同「貲」，本指家財，這裏指家財殷實，合於出任官職的條件。騎郎：負責侍衛的官員。❸中郎將：皇帝的侍衛武官，屬郎中令。❹謁者：皇帝的侍從人員，職掌接收文奏，通報傳達，是郎中令的屬官。❺僕射（pú yè）：官名。是領管某一職事的官員。謁者僕射，是領管謁者的長官。

釋之從行，登虎圈①。上問上林尉諸禽獸簿②，十餘問，尉左右視，盡不能對。虎圈嗇夫從旁代尉對上所問禽獸簿甚悉③，欲以觀其能口對響應無窮者。文帝曰：「吏不當若是邪？尉無賴！」乃詔釋之拜嗇夫為上林令。釋之久之前曰：「陛下以絳侯周勃何如人也？」上曰：「長者也。」又復問：「東陽侯張相如何如人也？」上復曰：「長者。」釋之曰：「夫絳侯、東陽侯稱為長者，此兩人言事曾不能出口④，豈斆此嗇夫諜諜利口捷給哉⑤！且秦以任刀筆之吏，吏爭以亟疾苛察相高，然其敝徒文具耳，無惻隱之實。以故不聞其過。陵遲而至於二世⑥，天下土崩。今陛下以嗇夫口辯而超遷之，臣恐天下隨風靡靡，爭為口辯而無其實。且下之化上疾於景響⑦，舉錯不可不審也⑧。」文帝曰：「善。」乃止不拜嗇夫。

上就車，召釋之參乘⑨，徐行，問釋之秦之敝。具以質言。至宮，上拜釋之為公車令⑩。

【注釋】❶虎圈：上林苑養禽獸的地方。❷上林尉：管理上林苑的官員。禽獸簿：指登記禽獸的各種簿冊。❸嗇（sè）夫：官名，這裏指管理虎圈事務的小官吏。❹曾不能出口：文帝曾問右丞相周勃，天下一年內決獄多少，錢、穀出入多少。周勃不能回答。「曾不能出口」就是指的此事。參看《陳丞相世家》。❺斅（xiào）：效法。諜諜：亦作喋喋，形容快嘴多言。❻陵遲：或作陵夷、凌遲，這裏指衰頹。❼疾於景響：比影之隨形、響之應聲還要快。景，同「影」。❽錯：通「措」。❾參乘（cān shèng）：陪乘。參或作「驂」。❿公車令：掌管司馬門屯衛的官員。

頃之，太子與梁王共車入朝，不下司馬門，於是釋之追止太子、梁王無得入殿門。遂劾不下公門不敬，奏之。薄太后聞之，文帝免冠謝曰：「教兒子不謹。」薄太后乃使使承詔赦太子、梁王，然後得入。文帝由是奇釋之，拜為中大夫①。

頃之，至中郎將。從行至霸陵，居北臨廁②。是時慎夫人從，上指示慎夫人新豐道，曰：「此走邯鄲道也。」使慎夫人鼓瑟，上自倚瑟而歌，意慘悽悲懷，顧謂羣臣曰：「嗟乎！以北山石為椁③，用紵絮斮陳④，蕠漆其間，豈可動哉！」左右皆曰善。釋之前進曰：「使其中有可欲者⑤，雖錮南山猶有郄；使其中無可欲者，雖無石椁，又何戚焉！」文帝稱善。其後拜釋之為廷尉⑥。

【注釋】❶中大夫：郎中令的屬官，掌管議論。❷居：登。臨：親臨。廁：同「側」。❸椁（guǒ）：棺外的套棺，俗稱外棺。❹紵絮斮陳：斬切紵絲布列於縫隙之間。斮，斫的異體字，切，斬。陳，布列。❺有可欲者：有能引起人們慾望的東西，這裏指珍寶一類的隨葬品。張釋之的意思是反對文帝厚葬。❻廷尉：最高的法官。

頃之，上行出中渭橋，有一人從橋下走出，乘輿馬驚。於是使騎捕，屬之廷尉。釋之治問。曰：「縣人來，聞蹕①，匿橋下。久之，以為行已過，即出，見乘輿車騎，即走耳。」廷尉奏當：一人犯蹕，當罰金。文帝怒曰：「此人親驚吾馬，吾馬賴柔和，令他馬，固不敗傷我乎？而廷尉乃當之罰金！」釋之曰：「法者天子所與天下公共也。今法如此而更重之，是法不信於民也。且方其時，上使立誅之則已。今既下廷尉，廷尉，天下之平也，一傾而天下用法皆為輕重，民安所措其手足？唯陛下察之。」良久，上曰：「廷尉當是也。」

其後有人盜高廟坐前玉環，捕得，文帝怒，下廷尉治。釋之案律盜宗廟服御物者為奏②，奏當棄市。上大怒曰：「人之無道，乃盜先帝廟器。吾屬廷尉者，欲致之族，而君以法奏之，非吾所以共承宗廟意也。」釋之免冠頓首謝曰：「法如是足也。且罪等，然以逆順為差。今盜宗廟器而族之，有如萬分之一，假令愚民取長陵一抔土③，陛下何以加其法乎？」久之，文帝與太后言之，乃許廷尉當。是時，中尉條侯周亞夫與梁相山都侯王恬開見釋之持議平，乃結為親友。張廷尉由此天下稱之。

後文帝崩，景帝立，釋之恐，稱病。欲免去，懼大誅至；欲見謝，則未知何如。用王生計，卒見謝，景帝不過也。

【注釋】❶蹕：帝王出行時清道，禁止行人來往的戒嚴令。❷案律：依照法律規定。案，同「按」。❸長陵：漢高祖的陵墓。一抔（póu）土：一捧土。後世因此用「一抔土」代稱墳墓。

王生者，善為黃老言，處士也。嘗召居廷中，三公九卿盡會立，王生老人，曰：

「吾襪解。」顧謂張廷尉：「為我結襪①！」釋之跪而結之。既已，人或謂王生曰：「獨奈何廷辱張廷尉，使跪結襪？」王生曰：「吾老且賤，自度終無益於張廷尉。張廷尉方今天下名臣，吾故聊辱廷尉，使跪結襪，欲以重之。」諸公聞之，賢王生而重張廷尉。

張廷尉事景帝歲餘，為淮南王相，猶尚以前過也。久之，釋之卒。其子曰張摯，字長公，官至大夫，免。以不能取容當世，故終身不仕。

【注釋】❶結襪：把襪子繫（jì）好。

馮唐者，其大父趙人①。父徙代。漢興徙安陵。唐以孝著，為中郎署長②，事文帝。文帝輦過，問唐曰：「父老何自為郎？家安在？」唐具以實對。文帝曰：「吾居代時，吾尚食監高祛數為我言趙將李齊之賢③，戰於鉅鹿下。今吾每飯，意未嘗不在鉅鹿也。父知之乎？」唐對曰：「尚不如廉頗、李牧之為將也。」上曰：「何以？」唐曰：「臣大父在趙時，為官率將④，善李牧。臣父故為代相，善趙將李齊，知其為人也。」上既聞廉頗、李牧為人，良說⑤，而搏髀曰⑥：「嗟乎！吾獨不得廉頗、李牧時為吾將，吾豈憂匈奴哉！」唐曰：「主臣⑦！陛下雖得廉頗、李牧，弗能用也。」上怒，起入禁中。良久，召唐讓曰：「公奈何眾辱我，獨無間處乎⑧？」唐謝曰：「鄙人不知忌諱。」

【注釋】❶大父：祖父。❷中郎署長：官名，中郎署之長。中郎是侍從皇帝的。❸尚食監：官名。掌管供給王者的膳食。❹官率將：又稱「官士將」，是統率百人的隊長。❺說：通「悅」。❻搏髀（bì）：拍大腿。❼主臣：對皇帝說話時惶恐而恭敬的稱謂，與稱「昧死」相當。❽間處：這裏指沒有旁人在場、彼此可以直率地談話的地方。

當是之時，匈奴新大入朝那①，殺北地都尉卬，上以胡寇為意，乃卒復問唐曰：「公何以知吾不能用廉頗、李牧也？」唐對曰：「臣聞上古王者之遣將也，跪而推轂，曰：『閫以內者②，寡人制之；閫以外者，將軍制之。』軍功爵賞皆決於外，歸而奏之。此非虛言也。臣大父言，李牧為趙將居邊，軍市之租皆自用饗士，賞賜決於外，不從中擾也。委任而責成功，故李牧乃得盡其智能，遣選車千三百乘，彀騎萬三千③，百金之士十萬④，是以北逐單于，破東胡，滅澹林⑤，西抑強秦，南支韓、魏。當是之時，趙幾霸。其後會趙王遷立，其母倡也。王遷立，乃用郭開讒，卒誅李牧，令顏聚代之。是以兵破士北，為秦所禽滅。今臣竊聞魏尚為雲中守，其軍市租盡以饗士卒，出私養錢，五日一椎牛⑥，饗賓客軍吏舍人，是以匈奴遠避，不近雲中之塞。虜曾一入，尚率車騎擊之，所殺甚眾。夫士卒盡家人子⑦，起田中從軍，安知尺籍伍符⑧，終日力戰，斬首捕虜，上功莫府⑨，一言不相應，文吏以法繩之。其賞不行而吏奉法必用。臣愚，以為陛下法太明，賞太輕，罰太重。且雲中守魏尚坐上功首虜差六級，陛下下之吏，削其爵，罰作之。由此言之，陛下雖得廉頗、李牧，弗能用也。臣誠愚，觸忌諱，死罪死罪！」文帝說。是日令馮唐持節赦魏尚，復以為雲中守，而拜唐為車騎都尉⑩，主中尉及郡國車士。

七年，景帝立，以唐為楚相，免。武帝立，求賢良，舉馮唐。唐時年九十餘，不能復為官，乃以唐子馮遂為郎。遂字王孫，亦奇士，與余善。

【注釋】❶朝那（zhū nuó）：縣名，西漢置。縣治在今寧夏固原東南。❷閫（kǔn）：門檻，這裏指城門。❸彀（gòu）騎：騎射之士。彀，張弓。❹百金之士：出戰能立功，其功可賞百金的戰士。❺澹（dàn）林：古族名，或作儋林、襜襤。❻椎牛：殺牛。❼家人：平民百姓。❽尺籍：古代書寫軍令的簿冊。伍符：古代軍中各伍互相作保的符信。五人為「伍」。❾莫府：即幕府。❿車騎都尉：管領京師及各地方政府的車戰之士。

太史公曰：張季之言長者，守法不阿意；馮公之論將率，有味哉！有味哉！語曰：「不知其人，視其友。」二君之所稱誦，可著廊廟①。《書》曰：「不偏不黨，王道蕩蕩；不黨不偏，王道便便②。」張季、馮公近之矣。

【注釋】❶廊廟：朝廷。❷「不偏不黨」句：見《尚書・洪範》。原文是：「無偏無黨，王道蕩蕩；無黨無偏，王道平平。」無，不。

【翻譯】

張釋之廷尉是堵陽人，字季。與兄張仲居住在一起。因家庭殷實，得以選拔為皇帝的侍從，侍奉孝文帝，整整十年沒有升遷，沒有甚麼名聲。釋之道：「騎郎當久了，消耗了我哥哥的家產，真不順心啊。」想自動請求免職歸家。中郎將袁盎知道釋之的賢能，捨不得讓他離去，於是請求升調釋之，讓他擔任負責上傳下達職事的謁者。釋之在朝見皇帝後，上前向皇帝陳說國家當前應做的事情。文帝說：「說些淺顯易曉的道理，不要發太高的議論，所議論的應是當前切實可行的啊。」於是釋之談論秦、漢之間的舊事，論說秦滅亡和漢興起的原因，談了許久。文帝稱讚說得好，於是任命釋之為謁者的長官。

釋之隨從文帝出行，臨觀上林苑中畜養禽獸的地方——虎圈。文帝問主管上林苑的尉官，苑中各種禽獸登錄在冊的情況，問了十多個問題，尉官左邊瞅瞅，右邊看看，全不能回答。而在這時，料理虎圈的小官從旁代替尉官回答文帝所問禽獸登錄在冊情況，十分詳盡，他想以此表現自己能隨口對答問題，就像回聲那樣有迅速響應的本領。文帝說：「難道當官主事的不應該這樣啊？尉官才能低下，不足任使。」於是詔令釋之將嗇夫提升為上林苑的令長。過了一會後釋之上前說：「陛下認為絳侯周勃是甚麼樣的人？」文帝說：「他是有德行、有名望的人。」釋之又問道：「東陽侯張相如是甚麼樣的人？」文帝回答說：「他也是有德行、有名望的人。」釋之說：「那絳侯、東陽侯可以稱得上是德高望重的人，但這兩個人在回答問題時，也曾經是不能脫口出言應對，難道都要效法嗇夫那樣滔滔不絕、能言善對嗎！再說秦朝因為信任捉刀弄筆辦理文牘的官吏，這些官吏以辦事緊急、督察苛刻來爭勝，而秦朝的弊端正是空具有其官樣文書，卻毫無關心憐憫黎民百姓的實際舉措。因此緣故，秦始皇不能聽說到他的過失，敗壞到二世君臨天下之時，秦王朝便土崩瓦解了。而今陛下因為虎圈嗇夫能言善對而越級提拔他，我唯恐天下的人隨風行事，形成不良的風尚，人們競相注重應對善辯而無實際的才幹。況且下面接受上面的教化，比影之隨形、響之應聲還要快。因此賞罰舉措不可不謹慎啊！」文帝聽後說：「說得對。」於是廢除了升遷嗇夫的命令，不任命嗇夫為上林令。

　　文帝上車，召令釋之與他同車陪坐。車乘慢慢地行進，文帝向釋之詢問秦朝的弊政，釋之詳盡地以實情稟告。回到宮中後，文帝任命釋之為掌管司馬門的公車令。

過了不久，太子和梁王同車入朝，進入司馬門時竟不下車，釋之當即追上前去阻攔太子和梁王，不許乘車進入殿門。於是釋之彈劾太子、梁王入司馬門不下車，是大不敬，上奏皇帝。薄太后聽説了這一彈劾太子的事，文帝摘下皇冠向太后請罪道：「是我教子不嚴。」薄太后於是派使者傳詔令赦太子和梁王。然後釋之才准許他們入宮。文帝由這件事的處理而看出釋之有奇才，任命他為掌管議論的中大夫。

過了不久，釋之又升調為中郎將。隨從文帝出行到了霸陵。文帝登上霸陵，親臨陵北的霸水側畔眺望。當時文帝寵愛的慎夫人隨行，文帝指着去新豐的道路給慎夫人看，感慨地説：「這就是通往邯鄲的道路啊。」文帝命慎夫人彈瑟，自己和着瑟調歌詠，意境淒惋悲涼，回頭對羣臣説：「唉！用北山的美石做外棺，將絲絮綿填塞其縫隙，塗上漆膠，又怎能振撼它！」左右隨從都同聲稱好。釋之上前進言説：「假若棺槨中有珍寶金銀，即使是將整座南山澆鑄起來，那它也還是有縫隙的；假若棺內沒有奇物異寶，雖然沒有石槨，又有甚麼可憂慮的啊！」説得文帝連聲稱讚。此後文帝又任命釋之為廷尉。

不久，文帝出行經中渭橋，有一人從橋下走出來，皇帝御輦的馭馬受驚。文帝於是派騎士捕捉這驚駕的人，將他交給廷尉。釋之審問查究。驚駕人交代説：「我是長安縣人，來到中渭橋，聽到清道戒嚴令，只得藏匿橋下。過了好久，以為皇上御駕已過了中渭橋，便從橋下出來，看見了皇帝的御車，只好馬上轉身奔跑。」廷尉奏上判決結果：

此人干犯戒嚴，應處罰金。文帝憤怒地説：「此人直接使我的馬受驚，幸虧我的馬溫順，假使是別的馬匹，不就要翻車傷我麼！可是廷尉卻僅僅判處他罰金！」釋之進言説：「法律是天子和老百姓共有共守的。現在按法律規定是判罰金，而如果改判重罪，那麼這法律就不能取信於民了。再説假使在當時，你派人立即把他殺掉也就罷了。現在既然下交給我廷尉，而廷尉正是天下的公平執法人。廷尉一有偏差，全國的執法用律就都會跟着偏輕偏重，這樣，平民百姓將何處措手足？請陛下體察考慮這用法的事情。」過了好久，文帝説：「廷尉的判決是對的。」

後來有人偷盜高祖廟神座前的玉環，盜竊者被捕獲，文帝發怒，將犯人交給廷尉治罪。釋之依照法律規定，援引盜取宗廟內供用物的罪名上奏，奏上的判決是處以死刑。皇上大怒，説道：「此人無道至極，竟然盜竊先帝廟裏的供奉器物，我將此案交給廷尉的意思，是要誅殺他和他的父母兄弟妻子，而你卻援引法律奏請判處死刑，這不是我所要恭敬奉承先人宗廟的本意啊。」釋之脱帽叩頭説：「依法決斷處死已經足夠了，況且即使是罪名相等的，也要以順逆程度的差異來確定判刑的輕重。而今因為罪犯偷竊了宗廟供奉器物竟誅殺他們父母兄弟妻子，那麼萬一有蠢人在長陵上取走一把土，你又怎樣去加重處罰他呢？」過了許久，文帝與太后談到這件事，於是批准了廷尉的判決。當時，中尉條侯周亞夫和梁王的相山都侯王恬開，親見釋之議事執法公平，便與他結為親友。

因此天下稱讚張廷尉的為人。

後來文帝逝世，景帝繼立為帝，釋之因為景帝為太子時，自己曾有呵止他入朝一事，心中恐懼，便託病請假。想要辭官離開吧，怕更大更重的罪責會隨之而來；想要進見景帝當面謝罪吧，又不知會有怎麼樣的結果。後來他聽了王生的計謀，終於拜見了景帝，當面謝罪，景帝並不譴責他。

王生其人，精通黃老學説，是隱居之士，他曾經被召參加朝廷的大會，王生得居中坐，而三公九卿全都站着。王生年邁，説：「我的襪帶鬆脱了。」回頭吩咐張廷尉：「替我把襪子繫上！」釋之當即跪下替他繫上襪帶。事後，有人對王生説：「怎麼單單在朝廷上當眾羞辱張廷尉，要他跪下繫襪？」王生説：「我年邁並且身份卑賤，自己忖度對張廷尉不會有甚麼幫助。張廷尉是當今天下的名臣，我故意隨便屈辱廷尉，使他跪下結襪，想以此來推重他。」各位公卿聽了這番話，都認為王生賢明並且尊重張廷尉。

張廷尉事奉景帝一年多，由廷尉外調為淮南國相，仍然還是因為從前有呵止太子入朝的過錯。過了一段時間，釋之逝世。他的兒子叫張摯，字長公，任官職到大夫後，被罷免。因為他不能阿附世俗以求容身於當朝，所以免官之後，直至身死沒有再任官職。

馮唐，他的祖父是趙國人。父親遷徙到代地。漢王朝建立後，又遷徙到了安陵。馮唐因為能盡孝道而著稱，任職為中郎署的署長，事奉漢文帝。文帝乘輦車經過郎署，問馮唐道：「您年老，是怎樣任為郎官的？家住在哪裏？」馮唐完完全全地據實回答。文帝說：「當我任代王時，我的膳食官高袪多次對我講起趙將李齊的賢能，以及他大戰於鉅鹿城下的一段故事。現在當我每次進餐時，心裏總是聯想到李齊大戰鉅鹿城下的事，您知道這事嗎？」馮唐回答說：「李齊還比不上廉頗、李牧那樣的為將勇猛賢能。」文帝問：「根據甚麼？」馮唐說：「我祖父在趙國時，擔任帶兵的隊長，與李牧交好。我的父親曾任過代國的國相，同趙將李齊是好友，知道他的為人。」文帝既已聽說了廉頗、李牧的為人，很是喜悅，並且拍着大腿說：「唉，我偏偏得不到廉頗、李牧現在為我的將帥，不然的話，我怎麼會憂慮匈奴的進犯呢？」馮唐說：「主臣！陛下即使得到廉頗、李牧，也不可能任用他們的。」文帝聽後惱怒，起身進入宮中。過了好一會，文帝召見馮唐責備說：「您為甚麼當眾侮辱我，難道就沒有我們彼此說話的僻靜地方嗎？」馮唐謝罪說：「我這人不知道忌諱。」

就在這時，匈奴又大舉進犯朝那，並擊殺北地都尉孫卬。文帝因匈奴的騷擾而思慮，於是再召馮唐問道：「您何以知道我不能任用廉頗、李牧？」馮唐回答說：「我聽說古時的王者派遣將帥出師，親自跪着為大將推車，並且宣佈說：『城門以內的事情，我自己來處置；城門以外的事情，都由將軍你處置。』按軍功的大小給予的爵位及獎賞，都由將領在外定奪，回朝後再奏給皇帝。這些並不是虛假之言。我的祖父說：李牧擔任趙將駐紮在邊關的時候，軍中市場上所收入的租稅都是自己支配用以犒勞士卒，賞賜由在外的將領決定，朝廷不從中干擾。國君只是委任將領並督責他們成功。所以李牧能夠充分施展自己的才能，派遣經過挑選的兵車一千三百輛，騎射之士一萬三千人，能立功受賞的猛士十萬人，因此能北逐匈奴、大敗東胡、攻滅澹林。西面能抑制強秦，南面能控制韓、魏。當時，趙國幾乎可以稱霸了。後來正值趙王遷繼位，王遷的母親是歌舞藝人。王遷即位後，竟聽信了郭開的讒言，終於殺害李牧，命令顏聚代李牧為將。因此軍隊失敗，士卒逃散，顏聚被秦軍擒獲誅殺。現在我私下聽說魏尚任雲中郡的郡守，他那裏軍市的租稅都拿來慰勞士卒，並把自己積蓄的錢財都拿出來，每五日宰殺一次牛，以奉饗賓客及屬下的軍吏和左右親近人等，因此匈奴遠遠地避開，不敢接近雲中郡的邊塞。匈奴曾有一次進犯，魏尚率領車騎出擊匈奴，殺傷了許多進犯者。士卒都是平民百姓的子弟，從農田耕作中出來從軍，哪裏知道軍令簿冊、部伍符信。他們只是終日竭力作戰，斬獲敵人的首級、捕捉俘虜，向幕府報功，可是只要所報的事狀有一言半語不相合，辦案的官吏便援引法規來懲治他們。這樣，軍功獎賞不能施行，而辦案官吏搬出來的法規卻不折不扣地施用。我愚昧無知，認為陛下的法律訂得太繁瑣，賞賜太微薄，懲罰太苛重。而且雲中郡守魏尚因為報功狀上多報了六顆首級而被判罪，陛下把他交付給獄吏去制裁，革除了他的爵位，判徒刑服勞役。由此說來，陛下縱使能得到廉頗、李牧，也不可能任用。我確實愚陋，這些陳言，觸犯了忌諱，真是死罪，死罪！」文帝聽得十分高興。當天就命令馮唐手持符節傳達旨意，赦魏尚無罪出獄，重新擔任雲中郡守，而任用馮唐為車騎都尉，主管中尉及各郡、各侯國的車戰之士。

漢文帝後元七年，景帝即位，任命馮唐為楚國相，後來被免職。武帝繼位後，徵舉賢良之士，有人推舉了馮唐。馮唐當時已有九十餘歲，不能再出任官職，於是任命馮唐的兒子馮遂為郎。馮遂字王孫，也是傑出之士，同我交好。

太史公評論說：張釋之評說周勃、張相如長者的故事，堅守法律，不阿附皇帝的意旨；馮唐談論任用將帥的故事，有意味啊！真有意味啊！諺語說：「不知其人，視其友。」很對。張、馮二君所稱誦的長者和將帥的故事，都可以記錄在朝廷的案卷裏。《尚書》說：「不偏邪、不結私黨，聖王之道就能開拓光大；不結私黨、不偏邪，聖王之道就能井然有序地實行。」張季和馮唐夠得上這不偏不黨的品格啊！

魏其武安侯列傳

本文雖題為《魏其武安侯列傳》，實則是竇嬰、田蚡、灌夫三人的合傳。作品通過魏其侯竇嬰與武安侯田蚡之間的矛盾鬥爭，揭露了漢代統治集團內部爾虞我詐、相互殘殺的黑暗現實。由於這場貴族之間的互相傾軋是與宮廷內皇帝與太后的矛盾相聯繫的，因此具有了更典型和深刻的意義。

竇嬰為人正直，有戰功，能薦進賢士；灌夫性倔強、尚俠義，不凌侮弱小，在強權面前不低頭，這些都是作者讚賞的。但他們同時又具有豪強貴族驕橫的劣性。田蚡是勢利小人，倚靠裙帶關係飛黃騰達，專橫跋扈，貪婪驕奢，仗勢害人，氣焰極盛，甚至武帝也難以忍受。田蚡及其靠山王太后，是作者極力鞭撻的對象。作品在表現漢景帝與竇太后、王太后與竇太后、漢武帝與王太后之間的權力之爭時，用筆雖很含蓄，當時的真實情況還是一目了然的。

魏其侯竇嬰者①，孝文后從兄子也②。父世觀津人③。喜賓客。孝文時，嬰為吳相，病免。孝景初即位，為詹事④。

【注釋】❶魏其（jī）侯竇嬰：魏其侯是竇嬰在擊敗吳楚七國叛亂後所得到的封號，見下文。❷孝文后：即景帝母竇太后。❸觀津：戰國趙地，故城在今河北武邑縣東南。❹詹事：掌管皇后、太子宮中事務的官。

梁孝王者，孝景弟也，其母竇太后愛之。梁孝王朝，因昆弟燕飲。是時上未立太子，酒酣，從容言曰：「千秋之後傳梁王。」太后驩。竇嬰引卮酒進上，曰：「天下者，高祖天下，父子相傳，此漢之約也，上何以得擅傳梁王！」太后由此憎竇嬰。竇嬰亦薄其官，因病免。太后除竇嬰門籍，不得入朝請。

孝景三年，吳楚反，上察宗室諸竇毋如竇嬰賢，乃召嬰。嬰入見，固辭謝病不足任。太后亦慚。於是上曰：「天下方有急，王孫寧可以讓邪！」乃拜嬰為大將軍，賜金千斤。嬰乃言袁盎、欒布諸名將賢士在家者進之。所賜金，陳之廊廡下，軍吏過，輒令財取為用①，金無入家者。竇嬰守滎陽，監齊、趙兵。七國兵已盡破，封嬰為魏其侯。諸遊士賓客爭歸魏其侯。孝景時，每朝議大事，條侯、魏其侯，諸列侯莫敢與亢禮②。孝景四年，立栗太子，使魏其侯為太子傅。

孝景七年，栗太子廢，魏其數爭不能得。魏其謝病，屏居藍田南山之下數月，諸賓客辯士說之，莫能來。梁人高遂乃說魏其曰：「能富貴將軍者，上也；能親將軍者，太后也。今將軍傅太子，太子廢而不能爭；爭不能得，又弗能死。自引謝病③，擁趙女，屏閒處而不朝。相提而論，是自明揚主上之過。有如兩宮螫將軍④，則妻子毋類矣⑤。」魏其侯然之，乃遂起，朝請如故。

桃侯免相⑥，竇太后數言魏其侯。孝景帝曰：「太后豈以為臣有愛，不相魏其⑦？魏其者，沾沾自喜耳，多易⑧。難以為相，持重。」遂不用，用建陵侯衛綰為丞相。

【注釋】❶財取為用：酌量用度，隨便取去。財，通「裁」，裁酌。❷亢禮：平等的禮儀。亢，同「抗」。❸自引謝病：託病走開。❹兩宮：這裏指太后和景帝。螫（shì）：蜂、蠍用針刺刺人，這裏指忌恨、加害。❺妻子毋類：妻和子都被誅滅。毋類，絕種，一個不留。❻桃侯：名劉舍。❼愛：愛惜，吝惜。❽多易：常常草率從事。

武安侯田蚡者①，孝景后同母弟也，生長陵。魏其已為大將軍後，方盛，蚡為諸郎，未貴，往來侍酒魏其，跪起如子姓②。及孝景晚節，蚡益貴幸，為太中大夫。蚡辯有口，學《槃盂》諸書③，王太后賢之。孝景崩，即日太子立，稱制④，所鎮撫多有田蚡賓客計策。蚡弟田勝，皆以太后弟，孝景後三年封蚡為武安侯，勝為周陽侯。

【注釋】❶武安侯田蚡（fén）：武安侯是田蚡在漢武帝初年得到的封號。❷子姓：相當於說子孫。❸《槃盂》諸書：相傳為黃帝史官孔甲所作的銘文，書寫在槃、盂等器物上。❹稱制：代行皇帝的職權。

武安侯新欲用事為相，卑下賓客，進名士家居者貴之，欲以傾魏其諸將相。建元元年，丞相綰病免，上議置丞相、太尉。籍福說武安侯曰：「魏其貴久矣，天下士素歸之。今將軍初興，未如魏其，即上以將軍為丞相，必讓魏其。魏其為丞相，將軍必為太尉。太尉、丞相尊等耳，又有讓賢名。」武安侯乃微言太后風上①，於是乃以魏其侯為丞相，武安侯為太尉。籍福賀魏其侯，因弔曰②：「君侯資性喜善疾惡，方今善人譽君侯，故至丞相；然君侯且疾惡，惡人眾，亦且毀君侯。君侯能兼容，則幸久；不能，今以毀去矣。」魏其不聽。

魏其、武安俱好儒術，推轂趙綰為御史大夫③，王臧為郎中令。迎魯申公，欲設明堂④，令列侯就國，除關，以禮為服制，以興太平。舉適諸竇宗室毋節行者⑤，除其屬籍。時諸外家為列侯，列侯多尚公主，皆不欲就國。以故毀日至竇太后。太后好黃、老之言，而魏其、武安、趙綰、王臧等務隆推儒術，貶道家言，是以竇太后滋不說魏其等。及建元二年，御史大夫趙綰請無奏事東宮⑥。竇太后大怒，乃罷逐趙綰、王臧等，而免丞相、太尉，以柏至侯許昌為丞相，武強侯莊青翟為御史大夫。魏其、武安由此以侯家居。

【注釋】❶微言：委婉地說。風：同「諷」，暗示的意思。❷弔：賀的反義，這裏指告誡、警告、提醒。❸推轂（gǔ）：本指推車前進，這裏藉以比喻推薦人才。轂，車軸。❹明堂：古代帝王宣明政教的地方。❺舉適：指摘。適，通「謫」。❻東宮：當時太后居於長樂宮，長樂宮在大內東部。這裏借指太后。

武安者，貌侵①，生貴甚。又以為諸侯王多長，上初即位，富於春秋，蚡以肺腑為京師相，非痛折節以禮詘之，天下不肅。當是時，丞相入奏事，坐語移日，所言皆聽。薦人或起家至二千石，權移主上。上乃曰：「君除吏已盡未？吾亦欲除吏②。」嘗請考工地益宅，上怒曰：「君何不遂取武庫！」是後乃退。嘗召客飲，坐其兄蓋侯南鄉，自坐東鄉，以為漢相尊，不可以兄故私橈。武安由此滋驕，治宅甲諸第。田園極膏腴，而市買郡縣器物相屬於道③。前堂羅鍾鼓，立曲旃；後房婦女以百數。諸侯奉金玉狗馬玩好，不可勝數。

【注釋】❶貌侵：其貌不揚。侵，同「寢」，容貌醜陋。❷除吏：除去舊職換新職，後來以新授官職叫除授。❸屬（zhǔ）：連接。

魏其失竇太后，益疏不用，無勢。諸客稍稍自引而怠傲，惟灌將軍獨不失故。魏其日默默不得志，而獨厚遇灌將軍。

灌將軍夫者，潁陰人也①。夫父張孟，嘗為潁陰侯嬰舍人，得幸，因進之至二千石，故蒙灌氏姓為灌孟。吳楚反時，潁陰侯灌何為將軍，屬太尉，請灌孟為校尉。夫以千人與父俱。灌孟年老，潁陰侯強請之，鬱鬱不得意，故戰常陷堅，遂死吳軍中。軍法：父子俱從軍，有死事，得與喪歸。灌夫不肯隨喪歸，奮曰：「願取吳王若將軍頭，以報父之仇。」於是灌夫被甲持戟，募軍中壯士所善願從者數十人。及出壁門，莫敢前。獨二人及從奴十數騎馳入吳軍，至吳將麾下，所殺傷數十人。不得前。復馳還，走入漢壁，皆亡其奴，獨與一騎歸。夫身中大創十餘，適有萬金良藥，故得無死。夫創少瘳，又復請將軍曰：「吾益知吳壁中曲折，請復往。」將軍壯義之，恐亡夫，乃言太尉，太尉乃固止之。吳已破，灌夫以此名聞天下。

【注釋】❶潁陰：今河南許昌。

潁陰侯言之上，上以夫為中郎將。數月，坐法去。後家居長安，長安中諸公莫弗稱之。孝景時，至代相。孝景崩，今上初即位，以為淮陽天下交，勁兵處，故徙夫為淮陽太守。建元元年，入為太僕。二年，夫與長樂衛尉竇甫飲，輕重不得。夫醉，搏甫。甫，竇太后昆弟也。上恐太后誅夫，徙為燕相。數歲，坐法去官，家居長安。

灌夫為人剛直使酒，不好面諛。貴戚諸有勢在己之右，不欲加禮，必陵之；諸士在己之左，愈貧賤，尤益敬，與鈞①。稠人廣眾，薦寵下輩。士亦以此多之②。

夫不喜文學，好任俠，已然諾。諸所與交通，無非豪傑大猾。家累數千萬，食客日數十百人。陂池田園，宗族賓客為權利，橫於潁川。潁川兒乃歌之曰：「潁水清，灌氏寧；潁水濁，灌氏族。」

【注釋】❶鈞：通「均」。❷多：推重。

灌夫家居雖富，然失勢，卿相侍中賓客益衰。及魏其侯失勢，亦欲倚灌夫引繩批根生平慕之後棄之者①。灌夫亦倚魏其而通列侯宗室為名高。兩人相為引重，其遊如父子然。相得驩甚，無厭，恨相知晚也。

灌夫有服[2]，過丞相。丞相從容曰：「吾欲與仲孺過魏其侯，會仲孺有服。」灌夫曰：「將軍乃肯幸臨況魏其侯，夫安敢以服為解！請語魏其侯帳具[3]，將軍旦日蚤臨[4]！」武安許諾。灌夫具語魏其侯如所謂武安侯。魏其與其夫人益市牛酒，夜灑掃，早帳具至旦。平明，令門下候伺。至日中，丞相不來。魏其謂灌夫曰：「丞相豈忘之哉？」灌夫不懌[5]，曰：「夫以服請，宜往。」乃駕，自往迎丞相。丞相特前戲許灌夫，殊無意往。及夫至門，丞相尚臥。於是夫入見，曰：「將軍昨日幸許過魏其，魏其夫妻治具，自旦至今，未敢嘗食。」武安愕謝曰：「吾昨日醉，忽忘與仲孺言。」乃駕往，又徐行，灌夫愈益怒。及飲酒酣，夫起舞屬丞相[6]，丞相不起，夫從坐上語侵之。魏其乃扶灌夫去，謝丞相。丞相卒飲至夜，極驩而去。

丞相嘗使籍福請魏其城南田。魏其大望[7]，曰：「老僕雖棄，將軍雖貴，寧可以勢奪乎！」不許。灌夫聞，怒，罵籍福。籍福惡兩人有郤，乃謾自好謝丞相曰[8]：「魏其老且死，易忍，且待之！」已而武安聞魏其、灌夫實怒不予田，亦怒曰：「魏其子嘗殺人，蚡活之。蚡事魏其無所不可，何愛數頃田！且灌夫何與也？吾不敢復求田！」武安由此大怨灌夫、魏其。

元光四年春，丞相言：「灌夫家在潁川，橫甚，民苦之。請案⑨！」上曰：「此丞相事，何請！」灌夫亦持丞相陰事，為姦利，受淮南王金與語言。賓客居間，遂止，俱解。

【注釋】❶引繩批根：互相合力，排斥異己。❷有服：服指舊時喪禮規定穿戴的喪服。有服即居喪的意思。❸帳具：指一切陳設用的器具。❹蚤：同「早」。❺不懌（yì）：不高興。懌，悅。❻起舞屬丞相：起舞完畢，請丞相田蚡起舞。這是一種禮節。屬，請。❼望：怨望，怨恨。❽謾：欺蒙、詭詐。❾案：案問，檢查、核實。

夏，丞相取燕王女為夫人，有太后詔，召列侯宗室皆往賀。魏其侯過灌夫，欲與俱。夫謝曰：「夫數以酒失得過丞相，丞相今者又與夫有郤。」魏其曰：「事已解。」強與俱。飲酒酣，武安起為壽，坐皆避席伏。已魏其侯為壽，獨故人避席耳，餘半膝席。灌夫不悅。起行酒，至武安，武安膝席曰：「不能滿觴。」夫怒，因嘻笑曰：「將軍貴人也，屬之！」時武安不肯。行酒次至臨汝侯。臨汝侯方與程不識耳語，又不避席。夫無所發怒，乃罵臨汝侯曰：「生平毀程不識不直一錢，今日長者為壽，乃效女兒呫囁耳語！」武安謂灌夫曰：「程、李俱東、西宮衛尉，今眾辱程將軍，仲孺獨不為李將軍地乎！」灌夫曰：「今日斬頭陷匈①，何知程、李乎！」坐乃起更衣②，稍稍去。魏其侯去，麾灌夫出。武安遂怒曰：「此吾驕灌夫罪。」乃令騎留灌夫。灌夫欲出不得。籍福起為謝，案灌夫項令謝。夫愈怒，不肯謝。武安乃麾騎縛夫置傳舍，召長史曰：「今日召宗室，有詔。」劾灌夫罵坐不敬，繫居室。遂按其前事，遣吏分曹逐捕諸灌氏支屬，皆得棄市罪。魏其侯大愧，為資使賓客請，莫能解。武安吏皆為耳目，諸灌氏皆亡匿，夫繫，遂不得告言武安陰事。

【注釋】❶匈：通「胸」。❷更衣：婉辭，指上廁所。

魏其銳身為救灌夫，夫人諫魏其曰：「灌將軍得罪丞相，與太后家忤，寧可救邪？」魏其侯曰：「侯自我得之，自我捐之，無所恨！且終不令灌仲孺獨死，嬰獨生。」乃匿其家，竊出上書。立召入，具言灌夫醉飽事，不足誅。上然之，賜魏其食，曰：「東朝廷辯之①。」

魏其之東朝，盛推灌夫之善，言其醉飽得過，乃丞相以他事誣罪之。武安又盛毀灌夫所為橫恣，罪逆不道。魏其度不可奈何，因言丞相短。武安曰：「天下幸而安樂無事，蚡得為肺腑，所好音樂狗馬田宅。蚡所愛倡優巧匠之屬，不如魏其、灌夫日夜招聚天下豪傑壯士與論議，腹誹而心謗，不仰視天而俯畫地，辟倪兩宮間②，幸天下有變，而欲有大功。臣乃不知魏其等所為。」於是上問朝臣：「兩人孰是？」御史大夫韓安國曰：「魏其言灌夫父死事，身荷戟馳入不測之吳軍，身被數十創，名冠三軍，此天下壯士，非有大惡，爭杯酒，不足引他過以誅也，魏其言是也。丞相亦言灌夫通姦猾，侵細民，家累巨萬，橫恣潁川，凌轢宗室③，侵犯骨肉，此所謂『枝大於本，脛大於股，不折必披』，丞相言亦是。唯明主裁之！」主爵都尉汲黯是魏其。內史鄭當時是魏其，後不敢堅對。餘皆莫敢對。上怒內史曰：「公平生數言魏其、武安長短，今日廷論，局趣效轅下駒④，吾并斬若屬矣。」既罷起入，上食太后。太后亦已使人候伺，具以告太后。太后怒，不食，曰：「今我在也，而人皆藉吾弟⑤；令我百歲後，皆魚肉之矣。且帝寧能為石人邪！此特帝在，即錄錄，設百歲後，是屬寧有可信者乎？」上謝曰：「俱宗室外家，故廷辯之。不然，此一獄吏所決耳。」是時，郎中令石建為上分別言兩人事。

【注釋】❶東朝：即太后居住的東宮。❷辟倪：通「睥睨（pì nì）」。窺視。❸凌轢（lì）：糟蹋。凌，凌駕，欺壓。轢，本指車輪碾壓，這裏指欺凌。❹局趣：即偪促，拘束。趣，通「促」。❺藉（jí）：踐踏，欺凌。

武安已罷朝，出止車門①，召韓御史大夫載，怒曰：「與長孺共一老禿翁，何為首鼠兩端！」韓御史良久謂丞相曰：「君何不自喜②？夫魏其毀君，君當免冠解印綬歸，曰：『臣以肺腑幸得待罪，固非其任，魏其言皆是。』如此，上必多君有讓，不廢君。魏其必內愧，杜門齰舌自殺③。今人毀君，君亦毀人，譬如賈豎女子爭言，何其無大體也！」武安謝罪曰：「爭時急，不知出此。」

於是上使御史簿責魏其所言灌夫，頗不讎，欺謾。劾繫都司空。孝景時，魏其常受遺詔④，曰：「事有不便，以便宜論上。」及繫，灌夫罪至族。事日急，諸公莫敢復明言於上。魏其乃使昆弟子上書言之，幸得復召見。書奏上，而案尚書大行無遺詔。詔書獨藏魏其家，家丞封。乃劾魏其矯先帝詔。罪當棄市。五年十月，悉論灌夫及家屬。魏其良久乃聞，聞即恚⑤，病痱⑥，不食欲死。或聞上無意殺魏其，魏其復食，治病，議定不死矣。乃有蜚語為惡言聞上，故以十二月晦論棄市渭城。

【注釋】❶止車門：宮禁的外門，百官到此下車，步行入宮。❷不自喜：不自重，不自愛。❸齰（zé）舌：

指緘唇不説話。齰，齧，咬。❹常：通「嘗」，曾經。❺恚（huì）：惱恨、發怒。❻痱（féi）：風病，小腫。

其春，武安侯病，專呼服謝罪。使巫視鬼者視之，見魏其、灌夫共守，欲殺之。竟死。子恬嗣。元朔三年，武安侯坐衣襜褕入宮，不敬。

淮南王安謀反覺，治。王前朝，武安侯為太尉，時迎王至霸上，謂王曰：「上未有太子，大王最賢，高祖孫，即宮車晏駕，非大王立當誰哉！」淮南王大喜，厚遺金財物。上自魏其時不直武安，特為太后故耳。及聞淮南王金事，上曰：「使武安侯在者，族矣！」

太史公曰：魏其、武安皆以外戚重，灌夫用一時決策而名顯。魏其之舉以吳、楚，武安之貴在日月之際。然魏其誠不知時變，灌夫無術而不遜，兩人相翼，乃成禍亂。武安負貴而好權，杯酒責望，陷彼兩賢。嗚呼哀哉！遷怒及人，命亦不延。眾庶不載，竟被惡言。嗚呼哀哉！禍所從來矣！

【翻譯】

魏其侯竇嬰，是孝文皇后的堂姪。他父親以前世代是觀津人，喜歡交結賓客。孝文帝時，竇嬰是吳國國相，因病免職。孝景帝剛繼位時，他擔任詹事官。

梁孝王是漢景帝的弟弟，他的母親竇太后很喜歡他。梁孝王入朝覲見，以親兄弟的身份出席皇帝的宴會。當時皇上還沒有立太子，喝酒喝到高興時，景帝滿不在乎地說：「我去世後傳位給梁王。」太后十分高興。竇嬰舉了一杯酒，獻給景帝，說：「天下，是高祖的天下，父子相傳，這是漢朝的制度，皇上怎麼可以擅自做主傳位給梁王呢！」太后因此憎恨竇嬰。竇嬰也嫌官位小，便稱病辭職。太后收回了竇嬰出入宮門的門籍，不許他參加朝見。

孝景三年，吳楚七國發動叛亂，皇帝查遍劉氏宗族和外戚竇氏的人，都沒有像竇嬰那樣有才智的，於是召見竇嬰。竇嬰入朝見皇上，他堅決推辭，說自己身體有病，負不起這個責任。太后也感到慚愧。於是皇帝說：「國家正有危急，你難道可以推讓啊？」就任命竇嬰為大將軍，賞給他千斤金。竇嬰於是把閒居在家的袁盎、欒布等名將、賢臣推薦給皇帝。他把皇帝賞賜他的金子，擺在走廊和穿堂之內，軍士官吏經過就叫他們隨意取用，賞賜的金子沒有拿回自己家中的。竇嬰駐守滎陽，監督討伐齊、趙的各路兵馬。

七國亂軍都被擊敗，封竇嬰為魏其侯。那些遊說的士人、食客們爭相歸附到竇嬰門下。景帝的時候，每當朝廷商議大事，別的大臣都不敢和條侯周亞夫、魏其侯竇嬰平起平坐。

孝景帝四年，立栗太子，讓魏其侯當太子的老師。景帝七年，廢除栗太子，竇嬰多次諫爭，沒有被採納。他便托病退居，在藍田山下住了幾個月，很多賓客和辯士前去規勸，沒有人能把他勸回來。於是梁人高遂勸竇嬰說：「能使將軍富貴的，是皇上；能親愛將軍的，是太后。現在你當太子的老師，太子被廢除不能爭辯；爭辯也沒有人聽，又不能去死。自己稱病引退，懷抱美女，隱居而不上朝，相比而言，這是自我表白而宣揚主上的過失。假如兩宮要懲治你，妻子、兒女將無一倖免了。」魏其侯同意了他的意見，於是就起身，入拜朝見如同從前一樣。

桃侯劉舍被免去丞相，竇太后多次提出讓竇嬰任相。景帝說：「難道你以為我有所吝惜，而不肯讓竇嬰為相麼！魏其侯這個人，只會沾沾自喜罷了，辦事常常草率輕浮。很難勝任丞相，擔當重任。」終於沒用他，讓建陵侯衛綰當了丞相。

武安侯田蚡，是景帝皇后的同母弟弟，生於長陵。竇嬰已經當了大將軍，正當權力興盛時，田蚡只是個普通郎官，還沒有顯貴，往來於竇嬰家，侍宴斟酒，跪起恭敬如同竇嬰的子孫一樣。到景帝晚年，田蚡高升而且得寵，任職太中大夫。田蚡善辯論，有口才，能傳習古文字，王太后更看重他。景帝去世，當天太子繼位，王太后臨朝稱制，所有安撫、鎮壓的事大多採納田蚡及其賓客的計策。田蚡弟弟田勝，都因是太后弟弟，景帝後三年，封田蚡為武安侯，田勝為周陽侯。

武安侯開始想當權做丞相，謙恭卑下，延攬賓客，推薦閒居在家的有名望的人，給予優厚的待遇，想以此排擠竇嬰一派的將相們。建元元年，丞相衛綰因病免官，皇帝讓大臣們討論誰來擔任丞相、太尉。籍福勸田蚡說：「魏其居高官時間很長，天下有識之士都歸附他。現在你剛剛興盛，比不過魏其。即使皇帝讓你當丞相，你也要讓給魏其。魏其當了丞相，你一定是太尉。太尉、丞相地位同樣尊貴，而你又得到讓賢的名聲。」武安侯就把這一意見含蓄地告訴了太后，讓她轉達給武帝，於是讓魏其侯當了丞相，武安侯當太尉。籍福去向魏其侯祝賀，順便告誡他，說：「大人您生性喜歡好人，討厭壞人，現在好人稱譽大人，所以您當了丞相；但大人還討厭壞人，壞人很多，也能夠毀掉大人。您如果好、壞都能相容，那就可以長期受寵倖；如果不能，馬上就會受到人家的誹謗而失掉相位。」魏其沒有聽。

竇嬰、田蚡都喜歡儒家學說，推薦趙綰為御史大夫，王臧為郎中令。請來魯申公，準備設立明堂，讓列侯都回到自己的封地上去，廢除關門之税，按照禮制來規定吉凶的各種服制，用這來興起太平之治。檢舉竇氏和劉氏宗室中品行不好的人，取消他們在族譜中的名字。當時很多外戚是列侯，他們大多娶公主為妻，都不想回封國。因此，譭謗竇嬰、田蚡等人的話每天都傳到竇太后耳朵裏。太后喜歡黃老學說，而竇嬰、田蚡、趙綰、王臧等人卻極力推崇儒家學說，貶低道家學說，所以竇太后更不喜歡竇嬰等人。到建元二年，御史大夫趙綰請武帝不要再把政事奏告竇太后。太后大怒，就罷免了趙綰、王臧等，撤了丞相、太尉。讓柏至侯許昌任丞相，武強侯莊青翟任御史大夫。從此，竇嬰、田蚡以侯的身份在家閒居。

田蚡雖然不當官了，但由於王太后的關係，照樣受到寵愛，多次發表意見都被採納，各地官吏士人中趨炎附勢的，都離開竇嬰跑到田蚡門下。田蚡日益驕橫。建元六年，竇太后去世，丞相許昌、御史大夫莊青翟因操辦竇太后的喪事不力，被免去職務。讓武安侯田蚡任丞相，大司農韓安國任御史大夫。天下士人、郡國官吏及諸侯更加依附於田蚡。

田蚡其貌不揚，出身非常高貴。他認為：諸侯王年紀都比自己大，新皇帝剛剛繼位還很年輕，自己以外戚的地位來當漢相，如果不以禮法屈服諸侯，使他們狠下決心收斂行為克制自己，那天下便不能整肅。當時，丞相入朝奏事，坐在那裏談話一談就是很久，他說的皇帝無不採納。他推薦的人有的由家居之人提拔到二千石的職位，權力足以左右皇上。於是皇帝就說：「你委任官吏完了沒有？我也要委任幾個官呢！」田蚡曾經請求佔用考工室衙門的餘地擴大自己的私宅，皇帝大怒：「你何不佔取武庫！」此後他稍稍收斂了一些。他曾經請客喝酒，讓自己的哥哥蓋侯面朝南而坐，自己面朝東而坐，以表明漢朝丞相的尊貴，不能因為哥哥的緣故而私自降低身份。田蚡從此更加驕橫，修造自己的住宅勝過一切府第，田園都是極好的肥沃之地，派到各地郡縣去採辦器具物品的人在路上接連不斷。前堂排列着鐘鼓之樂，豎立着整幅繡帛製作的曲柄長幡；後院婦女上百人。諸侯進獻的狗馬玩物，多得數也數不清。

魏其侯失去竇太后的庇護，更加被疏遠不受重用，沒有權勢了。門下的許多賓客漸漸地離開了他，對他怠慢起來，只有灌將軍不改變原來的態度。竇嬰因不得志而悶悶不樂，只是對灌將軍很優待。

灌夫將軍是潁陰人。他的父親張孟，曾經當過潁陰侯灌嬰的家僕，得到寵信，因此被灌嬰推薦，當到品秩二千石的官，頂灌氏的姓改名為灌孟。吳楚七國叛亂時，潁陰侯灌何任將軍，隸屬於太尉周亞夫，他請求灌孟任他的校尉。灌夫帶一千人和他父親同行。灌孟年老，潁陰侯極力請他同行，心裏很不痛快，所以戰鬥時常常衝擊敵陣的堅強處，終於戰死在吳軍陣中。軍法規定：凡是父子都從軍的，如有一人死亡，沒有死的可以護送靈柩歸鄉。灌夫不肯隨父親的靈柩回去，激奮地說：「我要取吳王或者吳將的頭顱，來報殺父之仇。」於是灌夫披甲持戟，召集軍中素來相好的或情願跟他一起去的壯士幾十人。等到走出營門，大多不敢向前。只有二人和隨從的奴僕十幾騎沖入吳軍中，沖到吳將的指揮旗下，殺傷了敵人幾十人。不能再向前沖，才又退回漢營，家奴都陣亡了，只和一騎返回。灌夫身受重傷十多處，恰好有名貴的刀瘡藥，才沒有死。灌夫的傷略微好了一些，又去請命於將軍說：「我更熟悉吳營中的地形了，請允許我再出戰。」灌何為灌夫的膽量所感動，怕灌夫戰死，於是把這件事告知太尉周亞夫，太尉便堅決阻止他。吳軍被打敗後，灌夫因此名聞天下。

灌何把灌夫的英勇行為告知景帝，景帝任灌夫為中郎將。幾個月後，因違法行為而免官。後居住在長安，長安的很多貴人沒有不稱讚灌夫的。景帝時，當過代相。景帝死，武帝剛剛即位，認為淮陽是天下的交通樞紐，又是強兵聚集的地方，所以將灌夫由代相調任淮陽太守。建元元年，由淮陽太守內調為太僕。建元二年，灌夫和長樂衛尉竇甫飲酒，酒量不一樣。灌夫醉，打了竇甫。竇甫是竇太后的兄弟。皇上怕太后誅殺灌夫，調他任燕相。幾年後因違法免官，居住在長安。

灌夫為人剛強直爽，常使酒性，不喜歡當面恭維人。對一些權勢在自己之上的貴戚，不願意特別恭敬他們，而且一定要冒犯他們；對一些地位比自己低下的士人，越是貧賤的，越加敬重，和他們平起平坐。在大庭廣眾的場合，獎掖後輩。士人也因此推重他。

灌夫不喜歡斯斯文文，好仗義任俠，答應了人家的事，一定辦到。他所交往的人，無不是有名有勢的豪強或狡黠之徒。積累家財值數千萬金，食客每天有幾十上百人。廣佔陂堤池塘和田園，宗族賓客為爭權奪利，在潁川一帶橫行霸道。潁川的兒童於是為此而歌唱道：「潁水清清，灌家安寧；潁水混濁，灌家滅族。」

灌夫家裏雖然很富有，但失去勢力，位居卿相侍中的顯貴及賓客們來往的越來越少了。等到魏其侯失勢時，也打算依靠灌夫去打擊那班先前敬慕自己，後來又背棄自己的人。灌夫也依靠魏其的地位藉以跟那些列侯宗室往來，以抬高自己的名聲。兩個人互相攀引，互相借重。他們的交往簡直像父子一樣，彼此投機，十分要好，沒有一點矛盾，只恨認識得太晚了。

灌夫家有喪事，登門拜訪丞相。丞相田蚡從容地說：「我想和你一塊拜訪魏其侯，不巧你有喪事。」灌夫說：「你光臨他家，是他的幸事，我怎敢因居喪服而推託呢！請讓我先告知魏其侯，好叫他有所準備。請您明天早晨早些光臨！」田蚡答應了。灌夫原原本本告知竇嬰以及自己對田蚡所說的話。魏其侯與夫人買了很多酒肉，連夜打掃房屋，早早陳設起來，直忙到天亮。剛天亮，魏其侯就命家人等在門外探聽侍候。到中午田蚡也沒來。竇嬰對灌夫說：「丞相難道忘了嗎？」灌夫不高興了，說：「是我居喪約請他，現在應該我親往他家。」於是備車駕，親自去迎接丞相。丞相昨天只是開玩笑地答應灌夫，根本無意前往。等灌夫到他家，丞相還在睡覺。灌夫進去見他，說：「昨天將軍答應過到魏其侯家去，魏其夫婦酒席已經置辦好了，從早晨等到現在，還不敢開席。」田蚡一愣，表示歉意說：「我昨天喝醉了，一時間忘記了與你的約會。」於是坐車前往，路上走得很慢，灌夫越發生氣。等到酒喝到高興時，灌夫起舞完畢，邀請田蚡接着起舞，田蚡不起來，灌夫在席上的談話中諷刺田蚡。魏其侯於是把灌夫扶下去，向田蚡表示歉意。田蚡最後喝到夜裏，盡興而歸。

田蚡曾經派籍福求取竇嬰在城南的土地。魏其侯大為怨恨，說：「我雖被棄置不用，將軍雖然在高位，難道可以仗勢奪取嗎！」沒有答應。灌夫聽說後，大怒，罵籍福。籍福不願讓田蚡和竇嬰之間發生矛盾，就撒了一個謊，自己用好言去回報田蚡，說：「魏其侯年老將死，容易動氣，姑且先等等吧！」不久，田蚡聽說魏其侯、灌夫實際是出於憤怒而不肯把田給他，也很氣憤，說：「魏其的兒子曾經殺過人，是我救了他。我服侍竇嬰的時候甚麼都肯幹，為甚麼他卻吝惜這幾頃田地呢！況且這與灌夫又有甚麼關係？我不敢再提求田的事了！」田蚡從此十分怨恨灌夫、竇嬰。

元光四年春天，丞相說：「灌夫家在潁川，橫行霸道，百姓受他們的苦，請查辦！」皇上說：「這是你丞相的事，何必請示！」灌夫也抓住了丞相的短處：用不正當的手段謀取財利；收受淮南王的賄賂，洩露不該說的話。賓客們從中調解，雙方的爭執平息了，怨恨也得到了緩解。

這年夏天，丞相娶燕王的女兒為夫人，太后下詔叫列侯宗室都前往祝賀。魏其侯去找灌夫，打算和他一齊去，灌夫推辭說：「我多次因為酒醉使氣而得罪丞相，他現在跟我有怨隙。」魏其說：「事情已經過去了。」硬拉灌夫一起去。喝酒到高興的時候，田蚡起立為客人敬酒，客人都離開自己的坐席，伏在地上。輪到魏其侯敬酒，只有那些與魏其侯有舊交情的人離席，其餘半數的客人不過稍稍欠身一膝跪在席上。灌夫很不高興。灌夫起來按次序敬酒到主人面前，武安一膝跪在席上說：「我不能喝滿杯。」灌夫怒，因而嘲笑道：「你是貴人，請喝乾！」田蚡不肯。按順序行酒輪到了臨汝侯，他正在湊着程不識耳朵低聲說話，又不離坐，灌夫正沒地方出氣，就大罵臨汝侯灌賢：「你平日誹謗程不識，把他貶得不值一文錢，現在長輩來敬酒，你反倒學那女人樣子，嘰嘰咕咕地說個沒完！」田蚡對灌夫說：「程不識和李廣都是宮廷的衛尉。你今天當眾羞辱程將軍，你難道不給李廣留點面子嗎？」灌夫說：「今天準備着砍頭穿胸，管甚麼程啊李的！」坐客們於是藉故上廁所，陸續散去。魏其侯也離開了，並令灌夫也退下去。田蚡氣憤地說：「這是我平時驕寵灌夫的過錯。」便命令手下的軍士扣留灌夫。灌夫想走但走不了。籍福站起來為灌夫謝罪，並且用手按住灌夫的脖子叫他低頭認錯。灌夫更加氣憤，不肯認錯。田蚡於是命令手下把灌夫捆綁起來，看押在客館裏，把長史叫來說：「今天宴請宗室，奉有太后的旨意。」參奏灌夫故意辱罵客人，輕侮旨意，應該按不敬罪處理，關押在居室。於是重提舊案，查辦他以前在潁川的不法事實，派遣人分頭去追捕灌氏各支的族人，捉拿到的灌氏族人都處以死刑。竇嬰十分懊悔，出錢請賓客為灌夫講情，沒有成功。田蚡的手下都是他的耳目，灌氏的人都躲藏了起來，而灌夫本人又被拘押，因而他們不可能再揭發田蚡的罪行。

魏其侯挺身而出全力營救灌夫，他的夫人勸他說：「灌將軍得罪了丞相，和太后作對，難道可以救嗎？」竇嬰說：「侯爵是我自己得來的，又是我自己拋棄的，得失無所遺憾！何況我也絕不能讓灌夫一個人去死，我竇嬰倒一個人活着！」便瞞着家裏人，偷偷上書給皇帝。皇上立刻把他召進宮裏，竇嬰詳細説明了灌夫酒醉失態的事情，夠不上死罪。皇上同意他的看法，招待他吃飯，説：「到東宮太后那裏去當面解釋。」

魏其侯到東宮去了，他極力推獎灌夫的長處，説明他因為喝醉酒而犯了過錯，丞相卻用別的事端來對他誣陷治罪。田蚡又極力詆毀灌夫，説他所作所為驕橫而且放肆，他的罪行實為大逆不道。魏其侯揣度對田蚡再沒有辦法了，就揭出了田蚡的隱私。田蚡説：「天下有幸平安無事，我得以充任肺腑之臣，我所愛好的也只是音樂田宅狗馬而已。我所喜愛的歌舞樂人、能工巧匠之類，遠不如竇嬰、灌夫日夜招集天下豪傑壯士，和他們討論商議，心懷不滿，暗地裏誹謗朝政，不是仰視天文，便是俯畫地理，窺測太后和皇上的動靜，希望天下變亂，妄圖趁機建立大功。我倒不明白竇嬰他們究竟在那裏幹些甚麼。」於是皇上問大臣們：「竇嬰、田蚡兩個人誰是誰非？」御史大夫韓安國説：「魏其侯說，灌夫父親為國戰死，他親自持戟闖入險惡的吳軍營中，身受重傷幾十處，名冠三軍，他是天下的勇士，沒有太大的罪，只不過是喝醉了酒而發生口角，不能夠援引別的過失來殺他。魏其侯說得有道理。丞相也說，灌夫勾結奸猾不軌之徒，侵奪小民，家財積累多達千萬，在潁川任意橫行，觸犯宗室，欺凌皇族，這正像俗語說的『樹枝比樹幹粗，小腿比大腿粗，不折斷一定分裂』，丞相說得也對。只有請賢明的皇帝你來裁決了！」主爵都尉汲黯認為竇嬰說得對。內史鄭當時先前也認為竇嬰說得對，後來不敢堅持自己的意見。其餘的人都沒敢發表意見。皇上氣憤鄭當時的態度，說：「你平時多次談論魏其侯、武安侯的長短，今天當廷公開辯論，卻又像駕在車轅下的馬一樣畏首畏尾，我把你們這些傢伙一併斬了！」罷朝後進入宮內，皇上侍候太后吃飯。太后也已經派人暗中探聽朝廷辯論的情況，這些人把情況詳細地告訴了太后。太后很生氣，不吃飯，說：「現在我還活着，他們都竟敢糟踐我弟弟；假如我死後，我弟弟還不是任人宰割。況且皇帝你能像石頭人那樣無動於衷嗎！特別是現在皇帝尚健在，就這樣附和他們；試想你去世後，這批人還能靠得住嗎？」皇上解釋說：「都是皇族和外戚家的人，所以讓他們當廷辯論。否則，一個獄吏就能決斷這件事。」這時，郎中令石建把竇嬰和田蚡兩個人的事分別向皇上作了介紹。

田蚡下朝出了宮禁的外門，招呼御史大夫韓安國共乘自己的車子同行，生氣地說：

「我和你共同對付一個禿老頭子，你為甚麼還猶豫不定呢？」韓安國沉默了好一會兒，才對丞相說：「你為甚麼不暗自高興？魏其侯攻擊你，你應當免冠解下印綬歸還天子，說『我因為至親的緣故，僥倖身居相位，本來是不能勝任的，魏其侯說的都是對的』。這樣，皇上一定讚賞你有謙讓之德，不讓你辭職。魏其侯必定自己內心慚愧，屏人獨居，緘口不言，終致自殺。現在別人攻擊你，你也攻擊別人，好像奸商潑婦吵架，多麼不識大體啊！」田蚡認錯說：「爭辯時性急，沒有想到這樣做。」

這時皇上派御史按簿籍所載的灌夫罪狀，而去責問竇嬰，多有與事實不相符合的，認為竇嬰故意欺騙、隱瞞。竇嬰被彈劾而拘押在都司空的獄中。景帝時，竇嬰曾經接受過景帝臨死的遺書，遺書上說：「遇到麻煩，可以看情況向皇帝報告、說明。」等到灌夫被捕後，罪該滅族。情況一天比一天緊急，多數大臣不敢再向皇帝公開請求。魏其侯就讓姪子上書，說明受有遺詔，有幸又被召見。上書奏給皇帝後，但查對尚書省的檔案，找不到先帝的遺詔。詔書只藏在魏其侯家，由家臣封存的。於是指控魏其侯偽造景帝遺詔，罪應處死。元光五年十月，把灌夫和家屬全部都處決了。魏其侯過了很長時間才聽說，聽說後非常惱怒，得了風腫病，拒絕進食，打算就這樣死去。有人聽說皇上不準備殺魏其侯，他才又吃飯、治病了，盼着能定個不死罪。這時有製造惡毒的謠言陷害竇嬰，故意讓皇上聽到，所以在十二月的最後一天把竇嬰處決在渭城。

當年春天，田蚡患病，只是叫喊服罪謝過的話。讓能看見鬼的巫師來看這種怪病，只見竇嬰、灌夫一齊守住了田蚡，要殺死他。田蚡終於死去。他的兒子田恬繼承武安侯封號。元朔三年，田恬被處以穿短衣入朝的不敬罪。

淮南王劉安準備謀反被發覺，審問追查黨羽。淮南王前次入朝時，田蚡是太尉，到霸上迎接淮南王，對劉安說：「皇帝沒有太子，大王您最賢，是高祖的嫡孫，等皇帝去世後，不立大王，還有誰可立呢！」淮南王大喜，厚贈田蚡金帛財物。武帝自從魏其侯被殺時起，就對田蚡不滿，只因礙於太后面子的緣故，不便把他怎樣罷了。等聽說淮南王與武安侯勾結贈金等事，武帝說：「假使武安侯還活着的話，一定要滅族的！」

太史公說：竇嬰、田蚡都是以外戚身份被重用，灌夫因為一時決策馳入吳軍報父仇而出名。魏其侯竇嬰是因為平定吳、楚七國之亂而發跡，武安侯田蚡的尊貴是憑藉武帝剛繼位和竇太后、王太后當權等機會。但是竇嬰實在不懂隨時變通的道理，灌夫沒有手腕卻又不肯謙讓，竇、灌二人互相依重，於是釀成禍亂。田蚡自恃地位尊貴而好弄權術，因為杯酒之間的小事而怨恨別人，陷害兩個好人，可哀可痛！因為恨灌夫而兼及竇嬰，自己也沒有活多久。朝野上下都不推重，終於蒙受了壞名聲。唉，可悲可歎！這就是招致禍患的緣由！

李將軍列傳

本篇成功地塑造了一代名將李廣的感人形象。作者用神來之筆讚頌了李廣良好的軍事素質和敢於拼殺的英雄氣概。李廣以其高超的箭術，英勇善戰，被譽為「飛將軍」。李廣為人簡易，號令不煩，愛惜士兵，不貪錢財，在人們心目中享有很高的聲望。然而，這位身經七十餘戰的傑出將領，最後不得不以自刎結束自己幾十年的征戰生涯。司馬遷深切地惋惜和同情李廣壯志未酬的境遇，同時揭露了當時最高統治階層內的矛盾與傾軋。

司馬遷曾因替投降匈奴的李陵辯解，得罪入獄，蒙受殘酷的腐刑，因此，他在寫這篇傳記時，不可能不灌注個人強烈的主觀情感，對李廣、李陵的事蹟和功勞作了某些不太客觀的渲染。這一點也是我們在讀這篇傳記時應當加以分辨的。

李將軍廣者，隴西成紀人也①。其先曰李信，秦時為將，逐得燕太子丹者也。故槐里②，徙成紀。廣家世世受射。孝文帝十四年，匈奴大入蕭關③，而廣以良家子從軍擊胡，用善騎射，殺首虜多，為漢中郎④。廣從弟李蔡亦為郎，皆為武騎常侍⑤，秩八百石。嘗從行，有所衝陷折關及格猛獸，而文帝曰：「惜乎，子不遇時！如令子當高帝時，萬户侯豈足道哉⑥！」

【注釋】❶隴西：郡名，在今甘肅省東部。成紀：縣名，在今甘肅省秦安縣北。❷槐里：在今陝西興平東南。❸蕭關：在今甘肅省環縣西北。❹中郎：郎中令屬官，掌守門戶，出充車騎，秩比六百石。❺武騎常侍：郎官的加銜。❻萬戶侯：食邑萬戶的列侯。

及孝景初立，廣為隴西都尉①，徙為騎郎將②。吳、楚軍時③，廣為驍騎都尉，從太尉亞夫擊吳、楚軍④，取旗，顯功名昌邑下⑤。以梁王授廣將軍印，還，賞不行，徙為上谷太守⑥，匈奴日以合戰。典屬國公孫昆邪為上泣曰⑦：「李廣才氣，天下無雙，自負其能，數與虜敵戰，恐亡之。」於是乃徙為上郡太守。後廣轉為邊郡太守，徙上郡。嘗為隴西、北地、雁門、代郡、雲中太守⑧，皆以力戰為名。

【注釋】❶都尉：即郡尉，掌佐郡守典武職甲卒，景帝時改名都尉。❷騎郎將：郎官有戶、車、騎三將，騎郎將即其中一種。❸吳、楚軍時：即漢景帝時吳、楚等七國的叛亂。❹太尉：最高軍事長官。❺昌邑：今山東省金鄉縣西北。❻上谷：今河北省西北部及中部一部分地區。❼典屬國：處理外族降人的官。公孫：姓。昆（huì）邪：名。❽北地：今甘肅東北部和寧夏回族自治區一部分。雁門：今山西西北部。代郡：今山西、河北兩省北部。雲中：今山西西北部和內蒙古自治區西南部。

匈奴大入上郡①，天子使中貴人從廣勒習兵擊匈奴②。中貴人將騎數十縱，見匈奴三人，與戰。三人還射，傷中貴人③，殺其騎且盡。中貴人走廣。廣曰：「是必射雕者也。」廣乃遂從百騎往馳三人。三人亡馬步行④，行數十里。廣令其騎張左右翼，而廣身自射彼三人者，殺其二人，生得一人，果匈奴射雕者也。已縛之上馬，望匈奴有數千騎，見廣，以為誘騎，皆驚，上山陳⑤。廣之百騎皆大恐，欲馳還走。廣曰：「吾去大軍數十里，今如此以百騎走，匈奴追射我立盡。今我留，匈奴必以我為大軍之誘，必不敢擊我。」廣令諸騎曰：「前！」前未到匈奴陳二里所，止，令曰：「皆下馬解鞍！」其騎曰：「虜多且近，即有急，奈何？」廣曰：「彼虜以我為走，今皆解鞍以示不走，用堅其意。」於是胡騎遂不敢擊。有白馬將出護其兵，李廣上馬與十餘騎奔射殺胡白馬將，而復還至其騎中，解鞍，令士皆縱馬臥。是時會暮，胡兵終怪之，不敢擊。夜半時，胡兵亦以為漢有伏軍於旁欲夜取之，胡皆引兵而去。平旦，李廣乃歸其大軍。大軍不知廣所之，故弗從。

【注釋】❶上郡：今山西省北部及內蒙古自治區一部分。❷中貴人：指親信宦官。中，禁中。❸還（xuán）：旋轉身。❹亡：通「無」。❺陳（zhèn）：通「陣」。

居久之，孝景崩，武帝立，左右以為廣名將也，於是廣以上郡太守為未央衛尉①，而程不識亦為長樂衛尉②。程不識故與李廣俱以邊太守將軍屯。及出擊胡，而廣行無部伍行陳③，就善水草屯，舍止，人人自便，不擊刀斗以自衛④，莫府省約文書籍事⑤，然亦遠斥候⑥，未嘗遇害。程不識正部曲行伍營陳，擊刀斗，士吏治軍簿至明，軍不得休息，然亦未嘗遇害。不識曰：「李廣軍極簡易，然虜卒犯之，無以禁也，而其士卒亦佚樂，咸樂為之死。我軍雖煩擾，然虜亦不得犯我。」是時漢邊郡李廣、程不識皆為名將，然匈奴畏李廣之略，士卒亦多樂從李廣而苦程不識。程不識孝景時以數直諫為太中大夫⑦。為人廉，謹於文法。

【注釋】❶未央衛尉：未央宮門禁衛軍的長官。❷長樂衛尉：長樂宮門禁衛軍的長官。❸行陳（háng zhèn）：行列陣勢。❹刀斗：即刁斗，銅鍋，可盛一斗。行軍時，白天做飯，夜間用為巡更的器具。

❺莫府：即幕府。❻斥：偵察。候：望視，窺視。斥候，偵探敵情的哨兵。❼太中大夫：郎中令屬官，掌議論。

後漢以馬邑城誘單于①，使大軍伏馬邑旁谷②，而廣為驍騎將軍，領屬護軍將軍③。是時單于覺之，去，漢軍皆無功。其後四歲，廣以衛尉為將軍，出雁門擊匈奴。匈奴兵多，破敗廣軍，生得廣。單于素聞廣賢，令曰：「得李廣必生致之！」胡騎得廣，廣時傷病，置廣兩馬間，絡而盛臥廣④。行十餘里，廣詳死⑤，睨其旁有一胡兒騎善馬⑥，廣暫騰而上胡兒馬，因推墮兒，取其弓，鞭馬南馳數十里，復得其餘軍，因引而入塞。匈奴捕者騎數百追之，廣行取胡兒弓，射殺追騎，以故得脫。於是至漢，漢下廣吏。吏當廣所失亡多，為虜所生得，當斬，贖為庶人。

【注釋】❶單（chán）于：匈奴君主的稱號。❷馬邑：今山西省朔城。❸驍騎將軍、護軍將軍：驍騎和護軍都是當時將軍的冠號，冠號的將軍不常設，後世稱之為「雜號將軍」。❹盛（chéng）：以器具受物。❺詳（yáng）：通「佯」，假裝。❻睨（nì）：斜視。

頃之，家居數歲。廣家與故潁陰侯孫屏野居藍田南山中射獵①。嘗夜從一騎出，從人田間飲。還至霸陵亭②，霸陵尉醉，呵止廣。廣騎曰：「故李將軍。」尉曰：「今將軍尚不得夜行，何乃故也！」止廣宿亭下。居無何，匈奴入殺遼西太守③，敗韓將軍，後韓將軍徙右北平④。於是天子乃召拜廣為右北平太守。廣即請霸陵尉與俱，至軍而斬之。

【注釋】❶屏野：退職家居，猶言下野。藍田南山：藍田縣的南山之麓，當時為朝貴退休後的遊樂處。❷霸陵：縣名，在今陝西省長安東。亭：守衛霸陵的驛站。❸遼西：今河北省盧龍縣東。❹右北平：秦置郡名，地在今河北省東北部。治所在平剛，即今河北平泉縣。

廣居右北平，匈奴聞之，號曰「漢之飛將軍」，避之數歲，不敢入右北平。

廣出獵，見草中石，以為虎而射之，中石沒鏃，視之石也。因復更射之，終不能復入石矣。廣所居郡聞有虎，嘗自射之。及居右北平射虎，虎騰傷廣，廣亦竟射殺之。

廣廉，得賞賜輒分其麾下，飲食與士共之。終廣之身，為二千石四十餘年①，家無餘財，終不言家產事。廣為人長，猨臂②，其善射亦天性也。雖其子孫他人學者，莫能及廣。廣訥口少言③，與人居則畫地為軍陳，射闊狹以飲。專以射為戲，竟死。廣之將兵，乏絕之處，見水，士卒不盡飲，廣不近水；士卒不盡食，廣不嘗食。寬緩不苛，士以此愛樂為用。其射，見敵急，非在數十步之內，度不中不發④，發即應弦而倒。用此，其將兵數困辱，其射猛獸亦為所傷云。

【注釋】❶二千石：漢代內自九卿郎將，外至郡守尉的俸祿等級，都是二千石。後因稱郎將、郡守和知府為二千石。❷猨：同「猿」。❸訥（nè）：說話遲鈍。❹度（duó）：料想、估計。

居頃之，石建卒，於是上召廣代建為郎中令。元朔六年，廣復為後將軍，從大將軍軍出定襄①，擊匈奴。諸將多中首虜率，以功為侯者，而廣軍無功。後二歲，廣以郎中令將四千騎出右北平，博望侯張騫將萬騎與廣俱，異道。行可數百里，匈奴左賢王將四萬騎圍廣②。廣軍士皆恐，廣乃使其子敢往馳之。敢獨與數十騎馳，直貫胡騎，出其左右而還，告廣曰：「胡虜易與耳。」軍士乃安。廣為圜陳外向，胡急擊之，矢下如雨。漢兵死者過半，漢矢且盡。廣乃令士持滿毋發，而廣身自以大黃射其裨將③，殺數人，胡虜益解。會日暮，吏士皆無人色，而廣意氣自如，益治軍。軍中自是服其勇也。明日，復力戰，而博望侯軍亦至，匈奴軍乃解去。漢軍罷④，弗能追。是時廣軍幾沒，罷歸。漢法，博望侯留遲後期，當死，贖為庶人。廣軍功自如，無賞。

【注釋】❶定襄：今山西省右玉縣以北和內蒙古自治區西南部。❷左賢王：匈奴單于手下的統帥。當時置左賢王和右賢王。左賢王居東方，右賢王居西方。❸大黃：連弩名，又稱角弩。因體大色黃，故名大黃。❹罷（pí）：通「疲」。

初，廣之從弟李蔡與廣俱事孝文帝。景帝時，蔡積功勞至二千石。孝武帝時，至代相。以元朔五年為輕車將軍①，從大將軍擊右賢王，有功中率，封為樂安侯②。元狩二年中，代公孫弘為丞相③。蔡為人在下中，名聲出廣下甚遠，然廣不得爵邑，官不過九卿，而蔡為列侯，位至三公。諸廣之軍吏及士卒或取封侯。廣嘗與望氣王朔燕語④，曰：「自漢擊匈奴，而廣未嘗不在其中，而諸部校尉以下，才能不及中人，然以擊胡軍功取侯者數十人，而廣不為後人，然無尺寸之功以得封邑者，何也？豈吾相不當侯邪？且固命也⑤？」朔曰：「將軍自念，豈嘗有所恨乎？」廣曰：「吾嘗為隴西守，羌嘗反，吾誘而降，降者八百餘人，吾詐而同日殺之。至今大恨獨此耳。」朔曰：「禍莫大於殺已降，此乃將軍所以不得侯者也。」

【注釋】❶輕車將軍：雜號將軍之一。❷樂安：故城在今山東省博興縣北。❸公孫弘：字季，薛人，武帝初為博士，元朔中為丞相，封平津侯。❹望氣：是一種迷信活動，望人面色或天上雲彩來預測凶吉的徵兆。❺也：讀如「耶」。

後二歲，大將軍、驃騎將軍大出擊匈奴，廣數自請行。天子以為老，弗許；良久乃許之，以為前將軍。是歲，元狩四年也。

廣既從大將軍青擊匈奴，既出塞，青捕虜知單于所居，乃自以精兵走之，而令廣并於右將軍軍，出東道。東道少回遠，而大軍行水草少，其勢不屯行。廣自請曰：「臣部為前將軍，今大將軍乃徙令臣出東道，且臣結髮而與匈奴戰①，今乃一得當單于，臣願居前，先死單于。」大將軍青亦陰受上誡，以為李廣老，數奇②，毋令當單于，恐不得所欲。而是時公孫敖新失侯③，為中將軍從大將軍，大將軍亦欲使敖與俱當單于，故徙前將軍廣。廣時知之，因自辭於大將軍。大將軍不聽，令長史封書與廣之莫府，曰：「急詣部，如書！」廣不謝大將軍而起行，意甚慍怒而就部，引兵與右將軍食其合軍出東道④。軍亡導，或失道，後大將軍。大將軍與單于接戰，單于遁走，弗能得而還。南絕幕，遇前將軍、右將軍。廣已見大將軍，還入軍。大將軍使長史持糒醪遺廣⑤，因問廣、食其失道狀，青欲上書報天子軍曲折。廣未對，大將軍使長史急責廣之幕府對簿⑥。廣曰：「諸校尉無罪，乃我自失道。吾今自上簿。」至莫府，廣謂其麾下曰：「廣結髮與匈奴大小七十餘戰，今幸從大將軍出接單于兵，而大將軍又徙廣部行回遠，而又迷失道，豈非天哉！且廣年六十餘矣，終不能復對刀筆之吏⑦。」遂引刀自剄。廣軍士大夫一軍皆哭。百姓聞之，知與不知，無老壯皆為垂涕。而右將軍獨下吏，當死，贖為庶人。

【注釋】❶結髮：指童年初能勝冠的時候。❷數奇（jī）：命運不順。❸公孫敖：初為騎郎，因三次從衛青攻打匈奴有功，封合騎侯。元狩二年因耽誤軍期，失去列侯爵位。❹食其（yì jī）：人名。❺糒醪（bèi láo）：糒，乾飯。醪，酒漿。❻對簿：聽審受質。❼刀筆之吏：主辦文案的官吏。

廣子三人，曰當户、椒、敢，為郎。天子與韓嫣戲①，嫣少不遜，當户擊嫣，嫣走。於是天子以為勇。當户早死，拜椒為代郡太守，皆先廣死。當户有遺腹子名陵②。廣死軍時，敢從驃騎將軍。廣死明年，李蔡以丞相坐侵孝景園壖地③，當下吏治，蔡亦自殺，不對獄，國除。李敢以校尉從驃騎將軍擊胡左賢王，力戰，奪左賢王鼓旗，斬首多，賜爵關內侯④，食邑二百户，代廣為郎中令。頃之，怨大將軍青之恨其父，乃擊傷大將軍，大將軍匿諱之。居無何，敢從上雍，至甘泉宮獵⑤。驃騎將軍去病與青有親，射殺敢。去病時方貴幸，上諱云鹿觸殺之。居歲餘，去病死。而敢有女為太子中人⑥，愛幸，敢男禹有寵於太子，然好利，李氏陵遲衰微矣。

【注釋】❶韓嫣（yàn）：韓王信的孫子。官至上大夫，後為太后賜死。❷遺腹子：父親死後才出生的子女。❸壖：空地。❹關內侯：下於列侯一等，有侯號，居京畿，無國邑。❺甘泉宮：本秦之離宮，為漢武帝遊獵避暑處。❻中人：沒有位號的宮妾。

李陵既壯，選為建章監①，監諸騎。善射，愛士卒。天子以為李氏世將，而使將八百騎。嘗深入匈奴二千餘里，過居延視地形②，無所見虜而還。拜為騎都尉③，將丹陽楚人五千人④，教射酒泉、張掖以屯衛胡⑤。

數歲，天漢二年秋，貳師將軍李廣利將三萬騎擊匈奴右賢王於祁連、天山⑥，而使陵將其射士步兵五千人出居延北可千餘里，欲以分匈奴兵，毋令專走貳師也。陵既至期還，而單于以兵八萬圍擊陵軍。陵軍五千人，兵矢既盡，士死者過半，而所殺傷匈奴亦萬餘人。且引且戰，連鬥八日，還未到居延百餘里，匈奴遮狹絕道。陵食乏而救兵不到，虜急擊招降陵。陵曰：「無面目報陛下。」遂降匈奴。其兵盡沒，餘亡散得歸漢者四百餘人。

單于既得陵，素聞其家聲，及戰又壯，乃以其女妻陵而貴之。漢聞，族陵母妻子，自是之後，李氏名敗，而隴西之士居門下者皆用為恥焉。

【注釋】❶建章監：督帶建章營羽林騎郎的長官，隸屬郎中令。❷居延：今甘肅省酒泉居延海。❸騎都尉：掌監羽林軍，秩比二千石。❹丹陽：郡名，治宛陵縣，即今安徽省宣城。❺酒泉：郡名，治所在祿福，今甘肅酒泉。張掖：郡名，郡治故城在今甘肅省張掖西北。❻貳師：指李廣利，武帝李夫人之兄。

太史公曰：《傳》曰「其身正，不令而行；其身不正，雖令不從」①。其李將軍之謂也？余睹李將軍悛悛如鄙人②，口不能道辭。及死之日，天下知與不知，皆為盡哀。彼其忠實心誠信於士大夫也？諺曰：「桃李不言，下自成蹊③。」此言雖小，可以喻大也④。

【注釋】❶「其身正」四句：見《論語・子路篇》。❷悛（xún）悛：誠實恭謹的樣子。悛，同「恂」。❸蹊（xī）：小路。❹諭：通「喻」。

【翻譯】

李將軍名廣，是隴西成紀人。他的祖先有個李信，秦王嬴政時為將，就是追逐捕殺燕太子丹的人。原籍槐里，後來遷徙到成紀。李廣家世世代代傳習箭法。孝文帝十四年，匈奴大舉入侵蕭關，李廣以良家子的身份從軍抗擊匈奴，因他精通騎馬射箭，殺死俘獲了很多敵人，做了漢朝的中郎。他的堂弟李蔡也做了郎官，他們倆都是武騎常侍，品秩八百石。李廣曾經隨文帝出行，每逢衝鋒陷陣，守關禦敵以及跟猛獸搏鬥，總是奮勇當先。文帝說：「可惜呀，你生不逢時！假使你生在高祖時，封個萬戶侯又算得了甚麼！」

景帝即位時，李廣就做了隴西都尉，後又調任騎郎將。吳、楚七國叛亂時，李廣任驍騎都尉，跟隨太尉周亞夫迎擊吳、楚叛軍，在昌邑奪取敵軍帥旗，立功揚名。因為李廣接受了梁王給他的將軍大印，回京後，未得到封賞。調任上谷太守，每天與匈奴兵交戰。典屬國公孫昆邪哭着對皇帝說：「李廣的才能天下無雙，可他十分自信自己的能力，多次與匈奴人力戰，我很擔心他會陣亡的。」於是，景帝就將李廣調任上郡太守。李廣歷任邊郡太守，徙上郡。後曾輾轉徙任隴西、北地、雁門、代郡、雲中太守，都以力戰匈奴出名。

匈奴大舉入侵上郡，漢景帝派親信宦官到李廣部下接受軍事訓練，參加抗擊匈奴。有一次這個宦官帶領幾十名騎兵縱馬前進，看到三個匈奴人，就和他們交戰。那三個匈奴人轉身射傷了這個宦官，把騎兵也差不多殺光了。宦官逃回去告訴李廣。李廣說：「這三個人一定是射雕手。」於是李廣馬上帶領一百名騎兵去追趕那三人。那三人因沒有馬而徒步行走，走了幾十里。李廣命令手下騎兵向左右兩側散開。李廣親自射擊那三人，射死兩人，活捉一人，一問，果然是匈奴射雕手。把捕獲的一人捆上馬後，遠遠望見有幾千名匈奴騎兵過來了，他們看見李廣軍，以為是誘騙他們的疑兵，都很吃驚，立即上山擺開陣勢。李廣手下的一百名騎兵都非常驚慌，想策馬飛馳回營。李廣對他們說：「我們離大部隊幾十里，現在就這樣憑一百人馬往回跑，匈奴人會來追趕，很快會把我們全部射死。現在我們停下來，匈奴人一定認為我們是大部隊派出來的誘兵，一定不敢來襲擊我們。」接着李廣命令手下騎兵：「前進！」前進到離匈奴人陣地約二里左右處停下來，又發佈命令：「全部下馬，卸鞍！」騎兵們說：「敵人這麼多，離我們又這麼近，如有緊急情況，我們怎麼辦呢？」李廣說：「敵人以為我們會逃跑，現在我們卻都解下馬鞍，表示不走，使他們更加相信我們是疑兵。」果然，匈奴騎兵不敢出擊。有一個騎白馬的匈奴將領出陣監護他們的軍隊，李廣跳上馬和十多名騎兵飛奔過去，射死了匈奴白馬將，又還至自己的隊伍中，卸下馬鞍，讓士兵們放開馬，躺下歇息，這時恰巧天快黑了，匈奴人始終捉摸不定，不敢前來攻擊。到半夜，匈奴軍隊也以為漢軍埋伏在附近，準備趁夜襲擊他們，就都連夜撤走了。天亮後，李廣才回到大本營。大本營中不知道李廣的去向，所以沒有能派兵接應李廣。

過了很久，景帝逝世，武帝即位，左右大臣認為李廣是名將，武帝就將他從上郡太守任上調回任未央宮衛尉，這時程不識也擔任了長樂宮衛尉。程不識和李廣過去都是任邊郡太守而兼管軍屯事務的。他們出擊匈奴，李廣行軍沒有嚴格的編制和一定的行列，只是靠近水草充足的地方屯駐，起居聽任將士們自便，夜間也不打更警戒，軍營的公文表冊十分簡單，但也派哨兵深入偵察，從未遇到甚麼危險。程不識卻嚴格約束手下的部隊，整頓編制和軍規，晚上總有人打更巡夜，部下們辦理軍事文書非常詳明，大家都不得休息，然而也從未碰到過甚麼危險。程不識說：「李廣帶兵十分簡易，可是如果匈奴突然襲擊李廣，也沒有辦法箝制他，他的士兵安閒舒適，都樂意為他出死力。我帶兵雖然忙亂一些，可是匈奴也奈何不了我。」當時，李廣、程不識都是邊郡名將，但是匈奴更害怕李廣的謀略，士兵也大多樂意跟從李廣而不願跟隨程不識。程不識在景帝時因屢次直言勸諫，被任命為太中大夫。他為人清廉，謹守文書法度。

後來，漢朝想用馬邑城誘破匈奴，派大軍埋伏在馬邑旁的山谷裏，這次李廣任驍騎將軍，受護軍將軍韓安國節制。這一次單于發現上當了，逃去，漢朝軍隊都沒有成功。此後四年，李廣從衛尉調任將軍，領兵北出雁門，出擊匈奴。這次匈奴兵力強大，打敗了李廣的軍隊，活捉了李廣。單于一向聽說李廣賢能，發佈命令說：「抓住李廣，一定要活的給我送來！」匈奴騎兵抓住了李廣，這時李廣受了重傷，匈奴兵就讓他躺在一張網裏，掛在兩匹馬中間兜着走。走了十幾里，李廣裝死，偷眼看到旁邊有一年輕的匈奴兵騎着一匹好馬，李廣突然縱身跳上那個年輕的匈奴兵的馬上，趁勢將他推下馬，奪取了他的弓箭，快馬加鞭向南奔馳幾十里，又會合了部下殘兵，帶他們進了雁門。這時，匈奴騎兵幾百人追趕他們，李廣一邊策馬一邊拿起年輕匈奴兵的弓箭，射殺匈奴追兵，這樣得以脱身。當時回到漢朝後，漢朝皇帝將李廣交執法官審問。執法官判決李廣軍隊傷亡慘重，自己又被匈奴人生擒，罪該斬首，後來納金免刑，削去官位，降為平民。

一轉眼李廣在家住了好幾年。李廣和從前潁陰侯的孫子灌強都賦閒家居藍田縣南山腳下，他們常到山中打獵。一天夜晚，李廣帶着一名騎馬的隨從跟朋友在鄉村喝酒。回家路過霸陵亭，霸陵尉喝醉了酒，吆喝着攔住李廣。李廣的隨從説：「這位是前任李將軍。」霸陵尉説：「就是現任將軍也不准夜間通行，何況是前任將軍！」命令李廣停宿在驛亭中。過了不久，匈奴入侵，殺死遼西太守，打敗了韓安國將軍。韓安國被調到右北平。於是，武帝召見李廣，任命他為右北平太守。李廣請求讓霸陵尉同他一起赴任，霸陵尉一到軍中，李廣就把他殺了。

李廣鎮守右北平，匈奴人聽説後，稱李廣是「漢朝的飛將軍」，一直避開他，好多年不敢入侵右北平。

有一次，李廣出外打獵，看到草叢中的一塊石頭，以為是一隻老虎，一箭射去，箭頭全部鑽入石頭之中，走近一看，才知道是一塊石頭。於是又連射幾箭，卻不能將箭鏃再射入石頭。李廣所鎮守的郡地，聽説有老虎，就親自去射殺。鎮守右北平時，有一次射虎，虎猛撲過來抓傷了他，但最後李廣還是把牠射死了。

李廣為人廉潔，得到賞賜都分給他的部下，吃喝和士兵在一起。他一生做了四十多年品秩為二千石的高官，但家裏卻沒有多餘的財產。從來不談個人家產的事。李廣身材高大，臂膀像猿一樣，他射箭射得那麼好，也是由於天賦的本能。即使是他的子孫和別人跟他學習，也沒有一個人趕得上他的。李廣拙於口才，很少說話，平常和別人在一起時，就畫地為軍陣，按寬窄遠近比賽射箭來罰酒。他專以比賽射箭為遊戲，一直到死都是如此。李廣帶兵遇到缺水斷糧的情形，發現可以飲用的水，士兵們沒有全部喝到時，他是滴水不沾的；士兵們沒有全部吃到時，他不嚐一口飯。他對士兵寬厚而不苛刻，士兵因此都愛戴李廣，樂於聽他使用。他張弓射箭，見敵人離得很近，不逼近在幾十步以內，或估計射不中的，他就不放箭，只要箭射出去，敵人就應聲而倒。正因為這樣，李廣帶兵作戰時多次吃虧受辱，射猛獸時也被猛獸撲傷。

過了不久，石建死了，這時武帝讓李廣接替石建，任郎中令。元朔六年，李廣又調任後將軍，跟隨大將軍衛青從定襄出擊匈奴。當時從征諸將，多因達到規定的殺死和俘虜敵人的標準而被論功封侯，而李廣這支軍隊卻沒有甚麼戰績。又過了兩年，李廣任郎中令，率領四千騎兵從右北平出發，博望侯張騫帶領一萬名騎兵和他同行，他們分兩路圍剿匈奴。前進了約幾百里，匈奴左賢王率四萬騎兵包圍了李廣。李廣部下的士兵都恐慌起來，李廣就派他的兒子李敢沖向敵軍。李敢只率領數十騎衝鋒，徑直穿過匈奴部隊，突破匈奴軍左右兩翼回到自己的陣地，向李廣報告說：「匈奴軍容易對付。」軍心這才安定下來。李廣命令士兵擺成圓形的陣勢，面向敵人，匈奴兵瘋狂進攻，箭如雨下。漢軍陣亡超過了一半，箭也快用光了。李廣命令士兵拉滿弓，控弦不發，他自己親自用威力很大的硬弓射敵軍副將，射殺數人，敵人的進攻才慢慢緩和下來。到傍晚時，將士們都面無人色，但李廣神色自如，精神煥發地指揮戰鬥。他的部下因此更加欽佩他的勇氣了。第二天，又和匈奴軍隊激戰，正好博望侯張騫的軍隊也趕來了，匈奴兵才解圍而去。漢軍已非常疲憊，無力追趕。這一次李廣幾乎全軍覆沒，只得撤兵而歸。按漢朝法律，張騫誤了軍期，應處死刑，後出錢贖了死罪，貶為平民。李廣功過相當，沒有得到封賞。

當初，李廣的堂弟李蔡與李廣一起事奉漢文帝。漢景帝時，李蔡累積軍功，做了俸祿二千石的高官，漢武帝時，做了代國的國相。元朔五年，李蔡任輕車將軍跟從大將軍衛青攻打匈奴右賢王，功勞合乎封侯標準，封為樂安侯。元朔二年中，李蔡替代公孫弘為丞相。李蔡的行為品格在下等之中，名聲較李廣低得多，但李廣沒有得到爵位和封邑，官位不超過九卿，而李蔡被封為列侯，身居三公高位。李廣手下的將士有的已立功封侯。李廣曾和善於占候天色星相的王朔私下交談說：「自從漢朝攻打匈奴以來，我李廣沒有一次不參與其中，而那些各部校尉以下的將士，他們的才能還夠不上中等水準，但憑攻打匈奴立功封侯的有幾十人，我李廣從不落在別人後面，但卻沒有些小的功勞來取得爵位和封邑，這是為甚麼呢？難道我的色相不該封侯的嗎？還是我的命數早已註定的麼？」王朔說：「你自己想一下，難道心裏曾有過甚麼抱恨的事情嗎？」李廣說：「我做過隴西太守，羌人曾起兵反漢，我誘騙他們投降，投降的有八百多人，我又行詐把這八百人在同一天內殺掉了。到現在我心裏一直非常抱恨的，就這麼一件事。」王朔說：「禍殃沒有比殺戮已經投降的人更大了，這就是你不能得到封侯的原因呵！」

過了兩年，衛青、霍去病大舉出兵攻打匈奴，李廣屢次自動奏請隨軍征戰。武帝認為他年老，不同意；過了好長時間才允許他的請求，任命他為前將軍。這一年是元狩四年。

李廣已經跟從大將軍衛青攻打匈奴，出塞後，衛青捕捉了匈奴俘虜，得知單于居住的地方，就自己率精兵去攻打單于，命令李廣的軍隊與右將軍趙食其的軍隊合併，從東路出兵。東路稍稍迂迴遼遠些，而且大軍經行水草不多，這種情勢不能並隊行進。李廣請求說：「我是前將軍，現在大將軍讓我從東路出兵，我自少年時和匈奴作戰，今天才得到一個迎戰單于的機會，我願居前鋒，先和單于拼一死戰。」大將軍衛青也暗中接受了武帝的吩咐，以為李廣年紀大了，命運不好，不要讓他從正面迎戰單于，恐怕不會獲得預期的勝利。這時，公孫敖剛失去列侯爵位，以中將軍身份跟隨大將軍衛青，衛青也想讓公孫敖和他一起從正面迎戰單于，所以調開前將軍李廣。李廣知道這件事後，堅決向衛青請求不要調出前鋒。衛青不允許他的請求，命令長史下一道文書給李廣的幕府，文書上說：「趕快到右將軍軍部，照文書所說的辦！」李廣不向衛青告別就啟程了，他心裏非常怨憤，回到指定的部隊，帶領士兵和右將軍趙食其合兵一處，從東道進軍。軍中沒有嚮導，有時迷路，耽誤了與衛青會師的約期。衛青和單于交戰，單于敗逃，沒有能俘獲單于便還軍。衛青向南橫渡沙漠，才遇上李廣和趙食其的軍隊。李廣見過衛青後，回到自己軍中。衛青派長史送酒食給李廣，順便詢問李廣、趙食其迷路情況，衛青要把東路軍迷路的情況詳細報告漢武帝。李廣沒有回答，衛青派長史催促李廣的幕府人員前往接受質詢，李廣說：「校尉們沒有罪，這次是我自己迷了路。現在，我自己去接受質詢。」

到了幕府，李廣對他的部下說：「我剛成年就與匈奴作戰，到現在經歷了大小七十多次戰鬥，這次有幸跟從大將軍出塞和單于交戰，但大將軍又調我的部隊走迂迴遙遠的道路，而我又迷了路，這難道不是天意嗎！再說我李廣已六十多歲了，到底不能再受刀筆之吏侮辱了。」於是抽出刀來自殺了。他的幕僚軍吏士卒等全軍上下都哭了。老百姓聽到他自殺的消息，不論是熟識的還是不熟識的，無論是年老的還是年輕的都為他流下眼淚。只有右將軍趙食其一人交執法官審問，被判處死刑，後以錢財贖免了死罪，貶為平民。

李廣有三個兒子，名叫李當戶、李椒、李敢。他們都做郎官。有一次，皇帝和韓嫣調笑戲謔，韓嫣稍稍有些放肆，李當戶打了韓嫣，韓嫣逃走了。這樣，皇帝認為李當戶很勇敢。李當戶很早就死了，任命李椒為代郡太守，他們兩人都比李廣先死。李當戶有遺腹子，名叫李陵。李廣在軍中自殺時，李敢正跟隨驃騎將軍。李廣死後的第二年，李蔡在丞相任上，因侵佔景帝陵園神道外邊的空地而獲罪，應交執法官審問，李蔡也自殺了，不願意接受審問，他的封邑也被取消了。李敢以校尉身份跟隨驃騎將軍攻打匈奴左賢王，他奮力拼戰，奪取了左賢王的軍鼓和旗幟，斬殺敵人的首級很多，皇帝賞賜他關內侯爵位，有食邑二百戶，接替李廣做了郎中令。不久，因怨恨大將軍衛青害得他父親自殺，李敢就打傷了大將軍衛青，衛青避而不談這件事。不久，李敢跟隨皇帝到雍地，去甘泉宮打獵。驃騎將軍霍去病與衛青有親戚關係，他便射死了李敢。霍去病這時正得到皇帝寵倖，皇帝便諱言霍去病殺死李敢，而稱李敢是被鹿撞觸而死的。過了一年多，霍去病也死了。李敢有一個女兒為太子中人，得到太子寵愛，李敢的兒子李禹也得到太子寵愛，但喜歡貪小便宜，李氏家族到此時已是頹敗不振了。

李陵成年後，被選為建章監，監護騎兵。李陵善於射箭，愛護士卒，皇帝因為李氏家族世世為將的緣故，派李陵帶領八百騎兵。李陵曾深入匈奴境內二千餘里，經過居延時，視察過地形，沒有遇到敵人，便回師。後來，任命他為騎都尉，帶領五千名丹陽楚人，將他們分別駐紮在酒泉、張掖一帶，教他們箭術以備匈奴。

又過了幾年，到了天漢二年秋天，貳師將軍李廣利帶三萬騎兵在祁連山攻打匈奴右賢王，派李陵帶他的射手步兵五千名從居延出發向北推進約一千多里，想以此來分散匈奴兵力，不讓匈奴軍隊專門集中在李廣利的一路。李陵到了約定時間後，帶兵南還，但匈奴單于派兵八萬名包圍攻打李陵軍。李陵軍只有五千士兵，弓箭等武器都已用盡，士兵死了一大半，但所殺的匈奴也有一萬多人。他們一邊撤退，一邊作戰，連續打了八天，離居延還有一百多里，匈奴軍擋住沙漠中的狹路，切斷李陵的退路。李陵的軍隊給養缺乏，援兵又不到，匈奴一邊加緊攻擊，一邊派人招降李陵。李陵說：「我沒有臉面去見皇上了。」於是就投降了匈奴。李陵全軍覆沒，剩下逃亡回到漢朝的只有四百多人。

單于得到了李陵，一向聽說李氏家族的聲譽，李陵又作戰勇敢身體健壯，就將自己的女兒嫁給他，使他得到富貴。漢武帝聽到這些後，把李陵的母親妻子兒女等家人都殺了，從此以後，李氏家族名聲敗壞了，在李陵門下的隴西人士都因為他投敵而引以為恥。

太史公說：《論語》上說「立身正的人，雖不發號施令，別人也樂意聽從；立身不正的人，雖發號施令，別人也並不願意聽」。這幾句話不正是說的李將軍嗎？我看到的李將軍，老老實實，像個鄉下人，不善於言辭。到他死的時候，天下人無論是熟識的還是不熟識的，都為他哭泣致哀。那是他一片忠實心情，使得士大夫對他產生了真誠的信仰啊！諺語說：「桃樹李樹不會說話，憑着花和果實，自能吸引人們前來觀賞，在樹下走成一條路。」這諺語雖然是講桃李那樣的小事，但可以說明大的道理。

汲鄭列傳

本文記載了汲黯和鄭當時二人的事蹟。他們都在漢武帝時期任職。當時是西漢王朝的鼎盛時期，國力強盛，漢武帝在軍事上耀武征戰，政治上尊儒術而又多用嚴官苛吏，致使國家財力日益消耗，階級矛盾加劇。司馬遷在這篇列傳中，對當時的社會情狀，多有描述，而其着力記述的是在這一歷史舞台上居於相當重要地位的汲黯和鄭當時。這兩人都習黃老學派的學説，但行為表現卻不盡相同。汲黯的剛直不阿、遇事好犯顏直諫，與鄭當時的守法求官、克己求容、膽小如鼠形成了鮮明的對比。他們居於高官顯位時，以廉潔為當時所重，但到中途罷官，家境貧困，賓客就多離散而去，這一事實，足以反映當時的炎涼世態，可以説是真切的社會寫照。

在這篇傳文中，對於漢武帝「內多欲而外施仁義」，以及朝廷官場中的矛盾，多有敍述，它為我們了解當時的政治狀況，提供了豐富的資料。

汲黯字長孺，濮陽人也①。其先有寵於古之衛君。至黯七世，世為卿大夫。黯以父任，孝景時為太子洗馬②，以莊見憚。孝景帝崩，太子即位，黯為謁者③。東越相攻，上使黯往視之。不至，至吳而還，報曰：「越人相攻，固其俗然，不足以辱天子之使。」河內失火，延燒千餘家，上使黯往視之。還報曰：「家人失火，屋比延燒，不足憂也。臣過河南，河南貧人傷水旱萬餘家，或父子相食，臣謹以便宜④，持節發河南倉粟以振貧民。臣請歸節，伏矯制之罪。」上賢而釋之，遷為滎陽令。黯恥為令，病歸田里。上聞，乃召拜為中大夫。以數切諫，不得久留內，遷為東海太守。黯學黃老之言，治官理民，好清靜，擇丞史而任之。其治，責大指而已，不苛小。黯多病，臥閨閤內不出。歲餘，東海大治。稱之。上聞，召以為主爵都尉，列於九卿。治務在無為而已，弘大體，不拘文法。

【注釋】❶濮（pú）陽：縣名，地在今河北濮陽南。❷太子洗（xiǎn）馬：太子宮中的官屬，秦為先馬，掌管傳達，太子出行時作前導。❸謁者：官名，掌管晉見、接待賓客、奉詔出使等，充當皇帝近侍。❺便（biàn）宜：指看事情的方便適宜，酌情處理。

黯為人性倨①，少禮，面折②，不能容人之過。合己者善待之，不合己者不能忍見，士亦以此不附焉。然好學，遊俠，任氣節，內行修潔，好直諫，數犯主之顏色，常慕傅柏、袁盎之為人也③。善灌夫、鄭當時及宗正劉棄④。亦以數直諫，不得久居位。

【注釋】❶倨（jù）：傲慢、不恭敬。❷面折：當面指斥。❸傅柏：梁人，為梁孝王將。袁盎：楚人，曾任吳王相。兩人都因伉直出名。❹宗正：九卿之一，掌管王室親族的事物。

當是時，太后弟武安侯蚡為丞相，中二千石來拜謁，蚡不為禮。然黯見蚡未嘗拜，常揖之①。天子方招文學儒者，上曰吾欲云云，黯對曰：「陛下內多欲而外施仁義，奈何欲效唐虞之治乎！」上默然，怒，變色而罷朝。公卿皆為黯懼。上退，謂左右曰：「甚矣，汲黯之憨也！」羣臣或數黯，黯曰：「天子置公卿輔弼之臣，寧令從諛承意，陷主於不義乎？且已在其位，縱愛身②，奈辱朝廷何！」

黯多病，病且滿三月，上常賜告者數③，終不愈。最後病，莊助為請告，上曰：「汲黯何如人哉？」助曰：「使黯任職居官，無以逾人。然至其輔少主，守城深堅④，招之不來，麾之不去，雖自謂賁、育亦不能奪之矣⑤。」上曰：「然。古有社稷之臣，至如黯，近之矣。」

大將軍青侍中，上踞廁而視之⑥。丞相弘燕見⑦，上或時不冠。至如黯見，上不冠不見也。上嘗坐武帳中，黯前奏事，上不冠，望見黯，避帳中，使人可其奏。其見敬禮如此。

【注釋】❶揖（yī）：拱手行禮。❷縱愛身：縱，即使。愛身，指貪戀官位，苟全性命。❸賜告：皇帝優賜歸家治病。告，漢制二千石官員病滿三月，得以居家養病。❹守城：《漢書》作「守成」。❺賁（bēn）：指孟賁。育：指夏育。兩人都是古時的勇士。❻踞：蹲或坐。廁：這裏通「側」，指牀邊。❼燕見：在皇帝內廷朝見。

張湯方以更定律令為廷尉，黯數質責湯於上前，曰：「公為正卿，上不能褒先帝之功業，下不能抑天下之邪心，安國富民，使囹圄空虛①，二者無一焉。非苦就行②，放析就功③，何乃取高皇帝約束紛更之為？公以此無種矣。」黯時與湯論議，湯辯常在文深小苛，黯伉厲守高不能屈④，忿發罵曰：「天下謂刀筆吏不可以為公卿，果然。必湯也，令天下重足而立⑤，側目而視矣！」

【注釋】❶囹圄（líng yǔ）：監獄。❷非：這裏指事情的是非或過失。苦：指別人的痛苦。❸放析：散亂。❹伉：伉直。厲：凌厲。守高：指把握事情的最高原則。❺重足：疊足站立，不敢前進。形容非常恐懼。

是時，漢方征匈奴，招懷四夷。黯務少事，乘上間，常言與胡和親，無起兵。上方向儒術，尊公孫弘①。及事益多，吏民巧弄。上分別文法，湯等數奏決讞以幸②。而黯常毀儒，面觸弘等徒懷詐飾智以阿人主取容③，而刀筆吏專深文巧詆，陷人於罪，使不得反其真，以勝為功。上愈益貴弘、湯，弘、湯深心疾黯，唯天子亦不說也，欲誅之以事。弘為丞相，乃言上曰：「右內史界部中多貴人宗室，難治，非素重臣不能任，請徙黯為右內史。」為右內史數歲，官事不廢。

【注釋】❶公孫弘：字季，菑川薛（今山東微山）人，武帝初以賢良為博士，他善於援引儒家經義議論政治，深得武帝信任。❷讞（yàn）：判決的罪案。❸面觸：當面指責。

大將軍青既益尊，姊為皇后，然黯與亢禮①。人或說黯曰：「自天子欲羣臣下大將軍，大將軍尊重益貴，君不可以不拜。」黯曰：「夫以大將軍有揖客，反不重邪？」大將軍聞，愈賢黯，數請問國家朝廷所疑，遇黯過於平生。

【注釋】❶亢禮：也作抗禮，平等地行禮。

淮南王謀反，憚黯，曰：「好直諫，守節死義，難惑以非。至如說丞相弘，如發蒙振落耳。」

天子既數征匈奴有功，黯之言益不用。

始黯列為九卿，而公孫弘、張湯為小吏。及弘、湯稍益貴，與黯同位，黯又非毀弘、湯等。已而弘至丞相，封為侯；湯至御史大夫；故黯時丞相史皆與黯同列①，或尊用過之。黯褊心②，不能無少望，見上，前言曰：「陛下用羣臣如積薪耳，後來者居上。」上默然。有間黯罷，上曰：「人果不可以無學，觀黯之言也日益甚。」

【注釋】❶丞相史：當為丞史，中央或地方官吏的助理官。❷褊心：指心地狹窄。褊，或作偏，指褊急，氣量狹小，性情急躁。

居無何，匈奴渾邪王率眾來降，漢發車二萬乘。縣官無錢，從民貰馬①。民或匿馬，馬不具。上怒，欲斬長安令，黯曰：「長安令無罪，獨斬黯，民乃肯出馬。且匈奴畔其主而降漢，漢徐以縣次傳之，何至令天下騷動，罷弊中國而以事夷狄之人乎！」上默然。及渾邪至，賈人與市者，坐當死者五百餘人。黯請間，見高門，曰：「夫匈奴攻當路塞，絕和親，中國興兵誅之，死傷者不可勝計，而費以巨萬百數。臣愚以為陛下得胡人，皆以為奴婢以賜從軍死事者家；所鹵獲②，因予之，以謝天下之苦，塞百姓之心。今縱不能，渾邪率數萬之眾來降，虛府庫賞賜，發良民侍養，譬若奉驕子。愚民安知市買長安中物而文吏繩以為闌出財物于邊關乎③？陛下縱不能得匈奴之資以謝天下，又以微文殺無知者五百餘人④，是所謂『庇其葉而傷其枝』者也，臣竊為陛下不取也。」上默然，不許，曰：「吾久不聞汲黯之言，今又復妄發矣。」後數月，黯坐小法，會赦免官。於是黯隱於田園。

【注釋】❶貰（shì）：租借，賒貸。❷鹵獲：即虜獲。鹵，通「虜」。❸闌出：擅自輸出。❹微文：這裏指苛細的法律條文。

居數年，會更五銖錢，民多盜鑄錢，楚地尤甚。上以為淮陽，楚地之郊，乃召拜黯為淮陽太守。黯伏謝不受印，詔數強予，然後奉詔。詔召見黯，黯為上泣曰：「臣自以為填溝壑①，不復見陛下，不意陛下復收用之。臣常有狗馬病②，力不能任郡事，臣願為中郎，出入禁闥③，補過拾遺，臣之願也。」上曰：「君薄淮陽邪？吾今召君矣。顧淮陽吏民不相得，吾徒得君之重，臥而治之。」黯既辭行，過大行李息④，曰：「黯棄居郡，不得與朝廷議也。然御史大夫張湯智足以拒諫，詐足以飾非，務巧佞之語，辯數之辭⑤，非肯正為天下言，專阿主意。主意所不欲，因而毀之；主意所欲，因而譽之。好興事，舞文法，內懷詐以御主心⑥，外挾賊吏以為威重。公列九卿，不早言之，公與之俱受其僇矣⑦。」息畏湯，終不敢言。黯居郡如故治，淮陽政清。後張湯果敗，上聞黯與息言，抵息罪。令黯以諸侯相秩居淮陽。七歲而卒。

卒後，上以黯故，官其弟汲仁至九卿，子汲偃至諸侯相。黯姑姊子司馬安亦少與黯為太子洗馬。安文深巧善宦，官四至九卿，以河南太守卒。昆弟以安故，同時至二千石者十人。濮陽段宏始事蓋侯信，信任宏，宏亦再至九卿。然衛人仕者皆嚴憚汲黯⑧，出其下。

【注釋】❶填溝壑（hè）：謙辭，意思是死無葬身的地方，屍體填塞在荒谷野溝中，借指死。❷狗馬病：謙辭，指自己生的病像狗馬的病一樣。❸禁闥：宮廷的門戶。❹大行：官名，掌接待賓客，漢武帝太初元年改名為大鴻臚。❺佞：諂媚。數：數落、責備。❻內：指內心。御：這裏指侍奉，有迎合討好的意思。❼僇：通「戮」。❽衛人仕者：這裏指濮陽縣在外做官的人。因濮陽是從前衛國的境地，故將濮陽縣的人稱作衛人。

鄭當時者，字莊，陳人也①。其先鄭君嘗為項籍將；籍死，已而屬漢。高祖令諸故項籍臣名籍②，鄭君獨不奉詔。詔盡拜名籍者為大夫，而逐鄭君。鄭君死孝文時。

鄭莊以任俠自喜，脫張羽於厄③，聲聞梁、楚之間。孝景時，為太子舍人。每五日洗沐④，常置驛馬長安諸郊，存諸故人，請謝賓客，夜以繼日，至其明旦，常恐不遍。莊好黃老之言，其慕長者如恐不見。年少官薄，然其遊知交皆其大父行⑤，天下有名之士也。

武帝立，莊稍遷為魯中尉、濟南太守、江都相，至九卿為右內史。以武安侯、魏其時議，貶秩為詹事⑥，遷為大農令⑦。

【注釋】❶陳：縣名，地在今河南省淮陽縣一帶。❷名籍：直呼項籍姓名。名，稱呼。❸張羽：梁孝王之將。❹洗沐：這裏指放假休息。❺大父行：指祖父的同輩。❻詹事：官名，秩二千石，掌皇后、太子家事。❼大農令：官名，掌管錢穀之事。

莊為太史，誡門下：「客至，無貴賤無留門者。」執賓主之禮，以其貴下人。莊廉，又不治其產業，仰奉賜以給諸公，然其餽遺人，不過算器食①。每朝，候上之間，說未嘗不言天下之長者。其推轂士及官屬丞史，誠有味其言之也，常引以為賢於己。未嘗名吏，與官屬言，若恐傷之。聞人之善言，進之上，唯恐後。山東士諸公以此翕然稱鄭莊。

鄭莊使視決河，自請治行五日②。上曰：「吾聞『鄭莊行，千里不齎糧』，請治行者何也？」然鄭莊在朝，常趨和承意，不敢甚引當否③。及晚節，漢征匈奴，招四夷，天下費多，財用益匱。莊任人賓客為大農僦人④，多逋負⑤。司馬安為淮陽太守，發其事，莊以此陷罪，贖為庶人。頃之，守長史。上以為老，以莊為汝南太守。數歲，以官卒。

【注釋】❶算：盛食物的竹器。❷治行：整理行裝。❸引：這裏是決斷的意思。❹僦（jiù）人：承僱服役的人。僦，本是租賃的意思。❺逋負：拖欠款項。

鄭莊、汲黯始列為九卿，廉，內行修潔。此兩人中廢①，家貧，賓客益落。及居郡，卒後家無餘貲財②。莊兄弟子孫以莊故，至二千石六七人焉。

太史公曰：夫以汲、鄭之賢，有勢則賓客十倍，無勢則否，況眾人乎！下邽翟公有言③，始翟公為廷尉，賓客闐門；及廢，門外可設雀羅④。翟公復為廷尉，賓客欲往，翟公乃大署其門曰⑤：「一死一生，乃知交情。一貧一富，乃知交態。一貴一賤，交情乃見。」汲、鄭亦云，悲夫！

【注釋】❶中廢：指在中途免官。❷貲財：即資財，財產。❸下邽（guī）：春秋秦邽邑，漢分置上邽、下邽兩縣，下邽縣在今陝西省臨渭境內。❹雀羅：捕雀的網。羅，本為張網捕捉，此處動詞活用為名詞。❺署：寫，刻。

【翻譯】

汲黯，字長孺，濮陽人。他的祖先得寵於古代的衛君。到汲黯時已有七代，代代都為卿大夫。汲黯因為他父親的緣故而被保任為官，孝景帝時擔任太子洗馬的職務，因行事嚴肅而為他人所敬畏。孝景帝死後，武帝即位，汲黯擔任謁者。當時東越正在內部互相攻殺，武帝便派汲黯前往視察。汲黯未到達東越，只到吳地就回來了，他回報武帝說：「越人內部相互攻殺，他們的習俗本來就是這樣，不值得煩勞天子的使者前往視察。」河內郡失火，蔓延焚燒了一千多家，皇帝派汲黯前往察看。汲黯回報說：「百姓失火，房屋因毗連蔓延焚燒，不值得憂慮。我在經過河南郡時，河南郡的貧民遭受水旱災害的有一萬餘家，有的父子相食，我就酌情處置，憑着符節而散發河南郡糧倉中的粟米以賑救貧民。我請求繳還符節，願接受假傳皇上命令之罪的處治。」武帝因器重他的賢能而沒有給他定罪，將他外調為滎陽令。汲黯恥為縣令，託病回鄉。武帝知道後，就召回來並拜他為中大夫。汲黯由於屢次切直上諫，所以不得久留朝廷，被外調為東海太守。汲黯治習黃老學説，治官理民，喜歡清靜無為，選擇郡丞和能幹的書史並加以重用。治理郡政，求其大體而已，從不苛求瑣碎的小節。汲黯體弱多病，常臥內室不出。一年多的光陰，東海郡治理得非常好。人們都稱道他。武帝聽説後，便召他為主爵都尉，位列九卿。汲黯處理事務只是講求無為而已，宏揚大體，不拘泥於規章條文。

汲黯為人性情高傲，不太注重禮節，常當面駁斥別人，不能容忍他人的過失。對於與自己合得來的人就很好地對待他們，而對於那些和自己合不來的人則連見他們一面也容忍不了。士人也因此不願依附他。然而汲黯喜歡治學，結交遊俠，講求氣節，並且操守嚴正而廉潔，喜歡直切上諫，屢次觸犯君主的面子。平常敬慕傅伯、袁盎的為人，和灌夫、鄭當時及宗正劉棄等人交情很好。也因為屢次直切上諫，不能久居官位。

正值此時，皇太后的弟弟武安侯田蚡擔任丞相，職位在二千石左右的官前來謁見他，都行拜禮，田蚡不還禮，然而汲黯見田蚡卻不曾行拜禮，經常只是作揖而已。當時，天子正在招納通經儒士，正當武帝開口我將如何如何時，汲黯打斷他的話説：「陛下內心存有許多慾望而表面上卻裝出施行仁義的樣子，想要效法唐虞之治怎麼能行呢！」武帝沉默不語，很惱怒，面帶怒色而罷朝。公卿大夫們都為汲黯擔驚害怕。武帝退朝後，對左右的人説：「汲黯真是憨透了！」羣臣中有人數落他，汲黯説：「天子設置公卿輔佐君主的大臣，難道只是要他們阿諛奉承而使主上陷入不義之地嗎？況且我身處公卿之位，縱然愛惜自己的生命，又怎麼能瀆職而給朝廷帶來恥辱！」

汲黯體弱多病，病將滿三個月，漢武帝曾多次特許他在家養病，但最終他的病還是不能好。汲黯最後一次病倒後，莊助為他向武帝請假。武帝問莊助：「你以為汲黯是一個甚麼樣的人？」莊助回答說：「如果讓汲黯當官行事，他倒沒有甚麼超過他人的地方。但至於說到他輔助少主，卻能堅定不移，別人招攬引誘他，他不盲從，別人脅迫他，他不動搖，即使有人自以為有孟賁、夏育那樣的勇力也不可能移奪他的志節。」武帝說道：「是的。古時有許多能與國家共患難的忠臣，至於汲黯，也就近乎是這樣的臣子了。」

大將軍衛青入侍宮中，武帝只是坐在牀邊召見他。丞相公孫弘因事私見武帝，武帝有時不整冠就召見了他。至於汲黯求見，武帝不整齊衣冠不見。武帝有次曾坐在武帳中，汲黯上前奏事，武帝沒有戴冠，見汲黯走來，躲入帳中，派人過去應許他的奏事。汲黯就是這樣受到武帝的敬重和禮待。

張湯剛因更定律令而擔任廷尉，汲黯多次在漢武帝面前責難張湯，說道：「你身為公卿，對上不能褒揚先帝的功業，對下不能遏止天下羣民的邪惡之心，既不能安定國家，致富百姓，又不能使監獄中沒有犯人，這兩方面你沒有一方面做到了。不論是非與別人的痛苦，我行我素，事情散亂，沒有章法，只顧成就自己的功名，怎麼竟敢把高皇帝的舊章律令胡亂加以更改呢？你將因此而遺禍子孫了。」汲黯常與張湯展開辯論，張湯辯論往往糾纏於文字細節，汲黯高傲犀利、堅守大的原則而不可折服。他怒罵張湯道：「人們都說舞文弄墨的書吏不能委任公卿的職務，果真如此。如果一定要按張湯的苛法行事，那麼將會使得天下的人連路都不敢走，眼睛也不敢正視了！」

當時，漢正在征討匈奴，招徠安撫四夷。汲黯為省事起見，常趁武帝空閒時進言，勸說與匈奴和親，不要興兵征伐。武帝當時正傾向儒家學說，尊用公孫弘。等到國事增多，官吏乘機巧弄文法，百姓也巧取規避。武帝便用律法來分別處治這些吏民，於是張湯等人便常把重罪要案奏上迎合武帝。汲黯卻常詆毀儒學，當面指斥公孫弘等人只會心懷詭詐賣弄技巧以阿諛君主求取信任，而張湯等刀筆吏專門羅織罪名詆毀他人，陷他人於深罪之淵，並使他們不能申辯事情的真相，以制服他人為功。武帝更加器重公孫弘和張湯，他們二人心中極為痛恨汲黯，因為武帝也不喜歡汲黯，他們便想法尋找事端陷害汲黯。公孫弘擔任丞相，就對武帝說：「右內史所轄區中多達官顯貴宗室，很難治理，不是素有威望的重臣不能勝任，請調汲黯為右內史。」汲黯任右內史幾年，政事料理妥貼不荒廢。

大將軍衛青已日益尊貴，他的姐姐為皇后，但汲黯仍和他行對等之禮。有人對汲黯說：「自皇上要求羣臣屈從大將軍後，他更加尊貴，你對他不能不行拜禮。」汲黯說：「以大將軍的尊貴，還有客向他作揖不拜，反而不是使自己更被人尊重嗎？」大將軍衛青聽說後，更加禮遇汲黯，常向他請教國家朝廷中的疑難大事，對待汲黯超過平生所有相好的朋友。

淮南王劉安謀反，但懼怕汲黯，說道：「汲黯喜歡切直上諫，堅守志節，誓死捍衛正義，很難用假的來迷惑他。至於遊說公孫弘，那就只不過容易得像揭開一個罩蓋，振落幾片枯葉一樣罷了。」

武帝既然屢次征伐匈奴都有所建樹，汲黯的建議也就更加不被採用了。

當初汲黯位列九卿，而公孫弘、張湯僅為小吏。等到公孫弘、張湯日益尊貴，和汲黯地位相等，汲黯又常詆毀公孫弘、張湯等人。後來公孫弘位至丞相，封為侯爵；張湯位至御史大夫；從前汲黯任職時的下屬官吏，到這時已升到了與他同等的地位，有的被重用超過了他。汲黯為人心胸狹窄，對此不能不有些不滿之意，他見到武帝，便上前說道：「陛下用羣臣像堆柴垛一樣，後來的居上。」武帝緘口無言。過了一會兒，汲黯退了出去，武帝便說：「一個人果真是不能沒有學識，看汲黯說的這番話，可見他的沒有學識，一天比一天加重了。」

不久，匈奴渾邪王率眾前來降漢，漢朝徵發兩萬餘輛車前往迎降。國庫中沒有足夠的錢以供使用，只得向民間借馬。民間有人將馬匹藏起來，於是預定徵調的馬匹不能足數。武帝很氣憤，準備處斬長安縣令。汲黯說道：「長安縣令無罪，您只須將我汲黯殺掉，百姓就肯獻出馬匹。匈奴人背叛自己的君主而歸降漢室，漢室只須由沿途各縣挨次傳送這些匈奴降眾也就夠了，何至於使全國騷動不安，竭盡國中的財物來侍候這些匈奴降眾呢？」武帝默默不語。等渾邪王到來，內地商人與匈奴人往來貿易，因此被判死罪的有五百餘人。汲黯請求得到武帝接見的機會，並且在未央宮的高門殿內見到了武帝，便對武帝説道：「匈奴進攻扼守邊境通道的要塞，斷絕與中國和親，中國興師討伐他們，傷亡不可勝數，消耗的錢財多達好幾百萬，我淺陋地認為，陛下應當將所俘獲到匈奴人，都作為奴婢賞賜給那些從軍陣亡者的家屬，所得到的財物也應分給他們，用以慰勞天下百姓的辛苦，滿足百姓的心願。現在你既不能做到這一點，當渾邪王率數萬人來投降，您又竭盡府庫儲藏來賞賜，徵發百姓侍奉供養他們，有如供養驕子一樣。老百姓哪會知道買賣長安當地物品而遭致執法官以妄出財物至邊關的罪名加以懲罰呢？陛下既不能從匈奴那兒得到財物來慰勞天下的百姓，反而還憑藉苛細的法令條文誅殺五百多名不習知法令的人，這就是人們所講的『庇護了樹葉而損傷了枝幹』的做法，我私下認為這種做法是不可取的。」武帝聽後默然不語，不答應汲黯的建議，説道：「我很久沒有聽到汲黯的言論了，今天他又亂發議論了。」事後過了幾個月，汲黯因犯小法而應當治罪，但恰逢大赦，僅被革除官職。於是汲黯便隱居於鄉村田園中。

過了幾年，正遇上政府改用五銖錢，平民私自鑄錢成風，楚地更為突出，武帝以為淮陽郡為昔日楚國的交通要道，就召拜汲黯為淮陽太守。汲黯辭謝不肯接受印信。武帝幾次下詔，強制地將印信授給汲黯，最後汲黯只能受命。武帝下詔召見汲黯，汲黯流着淚對武帝說：「我自以為到死也不會再見到陛下，想不到陛下還會重新起用我。我常患病，力不能勝任郡政事務，我希望能任中郎，出入宮禁，好替陛下補過救失，這也是我的心願了。」武帝說道：「你難道嫌棄淮陽這個地方嗎？我不久就會召你回來的。只是因為淮陽的官民不能融洽相處，我只想借重你的威望，你可以在那裏很安閒地躺在牀上治理淮陽。」汲黯告辭上任，到大行李息那兒，對他說：「我被棄謫到外郡，不能參與討論朝廷大事。但御史大夫張湯的機智足以拒絕別人對他的批評，他的詭詐足以掩飾他自己的錯誤，並專門講些媚上取寵、強辯責下的詞句，不肯公正地為天下人說話，一味地迎合君主的意圖。對於君主不想幹的事，順勢詆毀；而對於君主想幹的事，則順勢讚譽。喜歡惹是生非，搬弄法令條文，心懷奸詐以左右皇上的意圖，並利用身邊貪酷的官吏來顯示自己的威嚴。你位列九卿，如果不及早揭露張湯，你也就會和他一起受到同等的刑罰。」李息懼怕張湯，最終還是不敢揭露張湯。汲黯在淮陽處理政務，仍保持和從前一樣的作風，淮陽郡政治清明了。後來張湯果然事敗，武帝知道了汲黯對李息的這番言論後，判了李息的罪。不久汲黯在淮陽太守任內領取諸侯王相的俸祿，七年後去世。

汲黯死後，武帝因他的緣故，委任他的弟弟汲仁做官直到九卿地位，讓他的兒子汲偃也做到了諸侯國丞相的位置。汲黯姑母的兒子司馬安年輕時和汲黯一樣擔任太子洗馬。司馬安心計乖巧，善於做官，他的官位四次達到了九卿，在任河南郡太守時死去。司馬安的兄弟也因他的緣故，官位同時達到二千石級別的有十人。濮陽縣的段宏最初在蓋侯王信手下幹事，在王信的推薦下，段宏的官職也兩次達到九卿的位置。但是濮陽籍在外做官的人都很敬重汲黯的為人，他們的名聲也都在汲黯之下。

鄭當時，字莊，陳縣人。他的父親鄭君曾是項籍手下的將領；項籍死後，不久歸附了漢朝。漢高祖下令所有項籍的舊臣直呼項籍姓名，只有鄭君不肯接受這一命令。漢高祖下詔將那些直呼項籍姓名的人都拜為大夫，而驅逐鄭君。鄭君死在孝文帝時。

鄭當時常以自己喜歡仗俠義而自豪，他曾解救張羽於危難之際，並在梁、楚有很大的名氣。孝景帝時，他擔任太子執事。當時官吏辦公，每五天照例休假，鄭莊常在長安四郊的驛站中安置馬匹，以探望故交好友，訪問拜謝賓客，經常不分晝夜，通宵達旦，唯恐不能周到。鄭莊喜愛黃老學說，他所敬慕的長者，惟恐見不到。他年輕官小，但他所交往的好友都是與他祖父同輩的人，以及一些蜚聲天下的名士。武帝繼位後，鄭莊逐漸升遷為魯國中尉、濟南郡太守、江都國的丞相，到位列九卿而擔任右內史。因為武安侯田蚡、魏其侯竇嬰爭議時的事情，被貶為詹事級別，調任為大農令。

鄭莊任太史時，常告誡自己門下執事的人說：「有客到來時，無論貴賤，不能讓他們滯留門外等候。」不論來客貴賤，他都能執賓主相見的禮節，以高貴的身份禮賢下士。鄭莊為人廉潔，又不治理產業，全靠應得的俸祿和賞賜來供應接待賓客。然而他送給別人的東西，也僅僅是幾個竹製的食器而已。每次上朝的時候，便乘武帝空閒時，向他推薦天下的有名之士。他推薦的賢士及自己的屬吏，對於那些確實能體會他言論的人，他常認為勝過了自己，他從不直呼自己屬吏的姓名，和他們講話時，也唯恐觸傷他們。每當聽到人家講了一句好話，便立即推薦給武帝，唯恐拖延給耽誤了。東方的賢士長者們也因此都敬服地稱讚鄭莊。

鄭莊奉使視察黃河的決口，他向武帝申請給他五天時間收拾行裝。武帝說道：「我聽說『鄭莊出門在外，可以行千里而不自備糧食』，請求收拾行裝又是甚麼原因呢？」然而鄭莊在朝廷時，常隨順迎合他人，從不敢明確地表示自己的態度，說明事情的正確與否。及至晚年，正值漢政府征討匈奴，招撫四夷，國家耗費甚多，錢財匱乏。鄭莊所薦舉的人及他的賓客，有許多在大農令屬下負責運輸的官員，常常虧欠款項。司馬安為淮陽太守，檢舉了這件事，鄭莊也因此受連累而獲罪，贖身為平民。不久，他又臨時兼任丞相長史之職。武帝認為鄭莊年老，便讓他擔任了汝南太守。幾年後，鄭莊便死在汝南太守的任上。

鄭莊、汲黯開始都位居九卿，清廉，操守整肅。這兩個人都在中途罷官居家，且家境貧困，賓客大多離散。等到他們遷居外郡，死後家中沒有剩餘的資產。鄭莊的兄弟子孫因為他的緣故，官位做到二千石的有六七個人。

太史公說：就是像汲黯、鄭莊這樣的賢能之士，在得勢的時候，前來拜訪的賓客十倍於平時，一旦失勢即門庭冷落，更何況一般人呢！下邽縣的翟公曾經說過，當初他任廷尉時，賓客盈門，等到他被免職，他的門前則寂靜得可以設網捕鳥。翟公重新擔任廷尉時，許多賓客又想前往，翟公就在他的門上寫了這樣幾行字：「一死一生，乃知交情。一貧一富，乃知交態。一貴一賤，交情乃見。」汲黯、鄭莊的遭遇，也可以用這句話來形容，真是可悲呀！

遊俠列傳

本篇記載的遊俠，司馬遷認為是「匹夫」之俠，他們的共同特點是：敢於藐視統治者的法網禁令，仗義行俠，鋌而走險，扶危濟困；言必信，行必果，已諾必誠，不愛其軀，不矜其能。他們的行為在社會上造成不容忽視的影響，但是儒、墨等學者們對其事蹟都排擯而不予載錄，以至湮滅而不可考見。對此，司馬遷深感不平，便特地搜集和記錄了漢朝建立以來匹夫之俠的生平事蹟，其中對朱家、劇孟、郭解的記載較為詳細。作為封建時代的史學家，司馬遷在罷黜百家、獨尊儒術的政治氣氛下，能將視線和筆觸投注到社會下層，確實難能可貴。可以說，這是《史記》一書富有人民性的具體例證之一。但需要提及的是，司馬遷也受着階級及歷史的局限，他一方面揭露「竊鉤者誅，竊國者侯，侯之門仁義存」的封建統治現實，另一方面卻又反對盜蹠及盜蹠之俠，而提倡有邃遂退讓君子之風的俠者。實際上不能超越封建統治者提倡的仁義道德的範疇。

韓子曰：「儒以文亂法，而俠以武犯禁。」二者皆譏，而學士多稱於世云。至如以術取宰相卿大夫，輔翼其世主，功名俱著於春秋，固無可言者。及若季次、原憲①，閭巷人也，讀書懷獨行君子之德，義不苟合當世，當世亦笑之。故季次、原憲終身空室蓬戶，褐衣疏食不厭②。死而已四百餘年，而弟子志之不倦。今遊俠，其行雖不軌於正義，然其言必信，其行必果，已諾必誠，不愛其軀，赴士之阨困，既已存亡死生矣，而不矜其能，羞伐其德，蓋亦有足多者焉③。

【注釋】❶季次：孔子弟子，齊人，名公皙哀，字季次。原憲：也是孔子弟子，魯人，字子思。❷疏食：古人把粗糙的食物稱為疏食，或作稷食。❸多：這裏作動詞用，是推重、稱許的意思。

且緩急，人之所時有也。太史公曰：昔者虞舜窘於井廩①，伊尹負於鼎俎②，傅說匿於傅險③，呂尚困於棘津，夷吾桎梏，百里飯牛，仲尼畏匡，菜色陳、蔡。此皆學士所謂有道仁人也，猶然遭此菑④，況以中材而涉亂世之末流乎⑤？其遇害何可勝道哉！

鄙人有言曰：「何知仁義，已饗其利者為有德⑥。」故伯夷醜周，餓死首陽山，而文武不以其故貶王；蹠、蹻暴戾，其徒誦義無窮。由此觀之，「竊鉤者誅，竊國者侯，侯之門仁義存」，非虛言也。

【注釋】❶虞舜窘於井廩（lǐn）：傳說舜的父親瞽叟，偏愛後妻之子象，存心殺害舜，他吩咐舜塗廩（修繕糧倉）、穿井，卻故意放火燒廩、推土下井，欲置舜於死地。但舜都設法逃脫了災禍。廩，糧倉。❷伊尹負於鼎俎（zǔ）：伊尹操持鼎俎，為商湯和五味，供飲食。鼎，烹食用具。俎，割肉的砧板。❸傅說（yuè）：殷王武丁的賢相，本隱匿在傅險地方，從事版築勞作（築牆）。❹菑：同「災」。❺末流：本指河水的下遊，這裏指衰亂時代的不良風氣。❻饗：享受。

今拘學或抱咫尺之義，久孤於世，豈若卑論儕俗①，與世沈浮而取榮名哉！而布衣之徒，設取予然諾，千里誦義，為死不顧世，此亦有所長，非苟而已也。故士窮窘而得委命，此豈非人之所謂賢豪間者邪②？誠使鄉曲之俠，予季次、原憲比權量力，效功於當世，不同日而論矣。要以功見言信，俠客之義又曷可少哉！

古布衣之俠，靡得而聞已。近世延陵、孟嘗、春申、平原、信陵之徒，皆因王者親屬，藉於有土卿相之富厚，招天下賢者，顯名諸侯，不可謂不賢者矣。比如順風而呼，聲非加疾，其勢激也。至如閭巷之俠，修行砥名③，聲施於天下，莫不稱賢，是為難耳，然儒、墨皆排擯不載。自秦以前，匹夫之俠，湮滅不見④，余甚恨之。以余所聞，漢興有朱家、田仲、王公、劇孟、郭解之徒，雖時扞當世之文網⑤，然其私義廉潔退讓，有足稱者。名不虛立，士不虛附。至如朋黨宗強比周，設財役貧，豪暴侵凌孤弱，恣欲自快，遊俠亦醜之。余悲世俗不察其意，而猥以朱家、郭解等令與暴豪之徒同類而共笑之也⑥。

【注釋】❶儕（chái）俗：平庸之輩。儕，等，輩。俗，這裏指平庸。❷間者：即間出者，是間隔一定時期才出現的人才。引申為傑出的人才。❸砥：琢磨，磨礪。❹湮（yīn）：埋沒。❺扞（hàn）：同「捍」，違反、觸犯。❻猥（wěi）：濫，雜。

魯朱家者，與高祖同時。魯人皆以儒教，而朱家用俠聞。所藏活豪士以百數，其餘庸人不可勝言。然終不伐其能，歆其德①，諸所嘗施，唯恐見之。振人不贍②，先從貧賤始。家無餘財，衣不完采③，食不重味④，乘不過軥牛⑤。專趨人之急，甚己之私。既陰脫季布將軍之阸，及布尊貴，終身不見也。自關以東，莫不延頸願交焉。

【注釋】❶歆（xīn）：欣喜，悅服。這裏指自滿，炫耀。❷振：通「賑」，賑濟。❸采：同「彩」。❹重（chóng）味：多種菜餚。❺軥（gōu）牛：挽軥的小牛。軥，車軛兩邊下伸反曲以夾馬頸的部分。

楚田仲以俠聞，喜劍，父事朱家，自以為行弗及。田仲已死，而雒陽有劇孟。周人以商賈為資①，而劇孟以任俠顯諸侯。吳楚反時，條侯為太尉，乘傳車將至河南②，得劇孟，喜曰：「吳、楚舉大事而不求孟，吾知其無能為已矣。」天下騷動，宰相得之若得一敵國云。劇孟行大類朱家，而好博，多少年之戲。然劇孟母死，自遠方送喪蓋千乘。及劇孟死，家無餘十金之財。而符離人王孟亦以俠稱江淮之間。

是時濟南瞯氏、陳周庸亦以豪聞③，景帝聞之，使使盡誅此屬。其後代諸白、梁韓無辟、陽翟薛兄、陝韓孺紛紛復出焉。

【注釋】❶周人：即洛陽人，洛陽原來屬周，故那裏的人也被稱為周人。❷傳（zhuàn）車：驛站裏的車子。❸瞯（xiǎn）：姓。

郭解，軹人也①，字翁伯，善相人者許負外孫也。解父以任俠，孝文時誅死。解為人短小精悍，不飲酒。少時陰賊②，慨不快意，身所殺甚眾。以軀借交報仇③，藏命作姦剽攻④，休乃鑄錢掘冢，固不可勝數。適有天幸，窘急常得脫，若遇赦。及解年長，更折節為儉⑤，以德報怨，厚施而薄望。然其自喜為俠益甚。既已振人之命，不矜其功，其陰賊著於心，卒發於睚眦如故云。而少年慕其行，亦輒為報仇，不使知也。解姊子負解之勢⑥，與人飲，使之嚼⑦。非其任，強必灌之。人怒，拔刀刺殺解姊子，亡去。解姊怒曰：「以翁伯之義，人殺吾子，賊不得。」棄其尸於道，弗葬，欲以辱解。

解使人微知賊處。賊窘自歸，具以實告解。解曰：「公殺之固當，吾兒不直。」遂去其賊⑧，罪其姊子，乃收而葬之。諸公聞之，皆多解之義，益附焉。

【注釋】❶軹（zhǐ）：戰國時魏國的軹邑，漢置縣。地在今河南省濟源東南的軹城鎮。❷陰賊：狠毒。❸交：指朋友。❹藏命：隱藏亡命之徒。作姦：犯法。剽攻：搶掠，劫奪。❺折節為儉：轉變操行，抑制自己。儉，抑制，約束。❻負：依靠。❼嚼：同「釂（jiào）」，喝乾杯中酒。❽去：這裏指放走。

解出入，人皆避之。有一人獨箕踞視之①。解遣人問其名姓。客欲殺之。解曰：「居邑屋至不見敬②，是吾德不修也，彼何罪！」乃陰屬尉史曰③：「是人，吾所急也④，至踐更時脫之⑤。」每至踐更，數過，吏弗求。怪之，問其故，乃解使脫之。箕踞者乃肉袒謝罪。少年聞之，愈益慕解之行。

【注釋】❶箕踞：展開兩足而坐，形像箕，是一種傲慢不恭的坐姿。❷邑屋：指村舍。❸屬：通「囑」，囑託。尉史：縣尉手下的書吏，掌兵役之事。❹急：這裏指熱切、看重。❺踐更：輪流更替地服役。

雒陽人有相仇者，邑中賢豪居間者以十數①，終不聽。客乃見郭解。解夜見仇家，仇家曲聽解②。解乃謂仇家曰：「吾聞雒陽諸公在此間，多不聽者。今子幸而聽解，解奈何乃從他縣奪人邑中賢大夫權乎！」乃夜去，不使人知，曰：「且無用，待我去，令雒陽豪居其間，乃聽之！」

解執恭敬，不敢乘車入其縣廷。之旁郡國，為人請求事，事可出，出之；不可者，各厭其意。然後乃敢嘗酒食。諸公以故嚴重之③，爭為用。邑中少年及旁近縣賢豪，夜半過門常十餘車，請得解客舍養之。

【注釋】❶居間者：從中調停的人。❷曲聽：委屈地聽從，勉強地聽從。❸嚴重：非常敬重。

及徙豪富茂陵也，解家貧，不中訾①。吏恐，不敢不徙。衛將軍為言：「郭解家貧不中徙。」上曰：「布衣權至使將軍為言，此其家不貧。」解家遂徙。諸公送者出千餘萬。軹人楊季主子為縣掾②，舉徙解。解兄子斷楊掾頭。由此，楊氏與郭氏為仇。

解入關，關中賢豪知與不知，聞其聲，爭交驩解③。解為人短小，不飲酒，出未嘗有騎。已又殺楊季主。楊季主家上書，人又殺之闕下④。上聞，乃下吏捕解。解亡，置其母家室夏陽⑤，身至臨晉⑥。臨晉籍少公素不知解，解冒⑦，因求出關。籍少公已出解，解轉入太原，所過輒告主人家。吏逐之，跡至籍少公⑧。少公自殺，口絕⑨。久之，乃得解。窮治所犯，為解所殺，皆在赦前。軹有儒生侍使者坐。客譽郭解，生曰：

「郭解專以姦犯公法，何謂賢！」解客聞，殺此生，斷其舌。吏以此責解，解實不知殺者。殺者亦竟絕，莫知為誰。吏奏解無罪。御史大夫公孫弘議曰：「解布衣為任俠行權，以睚眦殺人⑩，解雖弗知，此罪甚於解殺之。當大逆無道。」遂族郭解翁伯。

【注釋】❶不中（zhòng）訾：不合資產標準。當時家產三百萬即中訾。訾，同「貲」。❷縣掾（yuàn）：縣廷的助理官。❸交驩：交歡，交好，結好。❹闕下：宮闕之下，即皇宮前。❺夏陽：今陝西省韓城南。❻臨晉：在今山西省永濟西。❼冒：假冒他人姓名。❽跡：蹤跡，線索。❾口絕：追導線索的口供斷了。❿睚眦（yá zì）：瞪眼睛，怒目而視。引申為小怨小忿。

自是之後，為俠者極眾，敖而無足數者①。然關中長安樊仲子，槐里趙王孫，長陵高公子，西河郭公仲，太原鹵公孺，臨淮兒長卿，東陽田君孺，雖為俠而逡逡有退讓君子之風②。至若北道姚氏，西道諸杜，南道仇景，東道趙他、羽公子，南陽趙調之徒，此盜蹠居民間者耳，曷足道哉！此乃鄉者朱家之羞也。

太史公曰：吾視郭解，狀貌不及中人，言語不足採者。然天下無賢與不肖，知與不知，皆慕其聲，言俠者皆引以為名。諺曰：「人貌榮名，豈有既乎③！」於戲④！惜哉！

【注釋】❶敖：傲慢。❷逡（qūn）：退讓。❸既：終結，完了。這裏指衰頽。❹於戲：同「嗚呼」。

【翻譯】

韓非子說：「儒生往往用繁文縟禮擾亂國家的法律，而俠士又往往因仗私義鬥武觸犯國家的禁令。」這二者雖然同樣遭到非議和譏笑，但儒學之士還是被後世稱道的多。至於像以權術取得宰相公卿大夫的職位，輔佐當世君主，從而使自己的功名都載於國家史冊上的人們，自然沒有甚麼可說的。至於像季次、原憲，是居家沒有出仕的人，胸懷志節高尚的德操，守正義不與當世濁流苟合，當世的人也譏笑他們。所以季次、原憲只能終身居住在草房破屋裏，衣着簡陋、食物粗疏而感到滿足。他們去世已經四百多年了，但他們的弟子仍然不斷地紀念稱頌他們。今天的遊俠，他們的行為雖然不合常規，然而他們言必信，行必果，已經答應的事情，一定真心實意去辦，不惜自己的生命，為解救士人的急難而奔走，做到了使亡者存、死者生之後，還不願顯揚自己的能力，羞於誇耀自己的恩德，大概任俠的人也有值得推重的地方吧！

況且為難的事情是人人都會時常遇到的。太史公說：從前虞舜曾經被困窘在倉廩和井裏，伊尹曾經負辱操持炊事，傅說曾隱逸埋沒在傅險，呂尚曾經受困於棘津，管仲曾遭囚禁，百里奚曾自賣為奴，為人飼牛，孔子過匡地，幾乎遇害，過陳、蔡，斷糧而面有菜色。這都是學士們所說的有道義的仁人君子，他們尚且遭到這樣的災難，更何況中等才能的人而又碰上動盪的亂世呢？他們所遇到的災害怎麼說得完喲。

俗話說：「怎能辨別仁義喲，只要對自己有利的事物就算是好的。」所以伯夷對周室討伐商紂感到恥辱，不食周粟，餓死在首陽山，但周文王、武王的功德並未因此而貶低；盜蹠、莊兇暴殘忍，但他們的徒眾卻不斷地稱讚他們的義氣。從這樣看來，「偷鉤的人被誅殺，竊國的人得封侯，王侯的家門就有仁義在」，這話說得不假。

如今那些拘守仁義的學士，往往抱住他們所認定的區區道義，長期孤立於世間，怎麼比得上把自己的調門放低些，與世俗的看法一致起來，跟着世俗進退，因而獲取功名呢！而平民百姓，或取，或予，講求信用，說話兌現，不辭千里，倡行道義，勇於獻身，不顧世人非難，這些人也自有他們的長處，而不是任意行事而已。所以士人在困頓窘迫的時候能得到的可寄託自己生命的人，難道不就是人們所說的那種賢能傑出的人物嗎？如果使民間任俠的人與季次、原憲那樣的人來較量智慧，效勞於當時社會，那就不可同日而語了。要是以事功顯現，說話誠信來說，那麼俠客的行義又怎麼可以輕視呢！

古代平民俠士，已不能聽到他們的事蹟了。近代的延陵、孟嘗、春申、平原、信陵等人，都因為是王侯的親屬，憑藉着有封邑和卿相的地位而享有富厚的家資，招納天下賢士，揚名於諸侯，不能說他們不是賢明的人。這就好像順着風而呼喊，聲音並沒有加快，只是風勢把它激蕩傳播罷了。至於説到民間的俠士，他們修養德行磨礪名節，名聲傳揚於天下，天下人沒有不稱説他們賢明的，這才是難於做到的啊。然而儒、墨兩家都摒棄遊俠，不記載他們的事蹟。自秦往上推，平民俠士都湮沒無聞了，我對此深感遺憾。以我自己所聽説的，漢朝建立之後，遊俠之士有朱家、田仲、王公、劇孟、郭解這樣一些人，雖然他們時常干犯當世的法網，然而他們自己的行為都那麼廉潔退讓，有值得稱讚的地方。遊俠的名聲不是憑空樹立的，士人也不是憑空去依附他們。至於説到那些朋黨和強宗豪族互相勾結，掌握大量的資財以役使貧苦的百姓，以豪勢暴力侵凌勢孤力弱的人，放縱私欲，以滿足自己，遊俠也以這種行為為羞恥。對於現在世俗的人不去認真考察遊俠們的思想行為，而亂把朱家、郭解等遊俠之士跟那些橫行不法之徒看作是同類而一起加以譏笑，我感到悲歎！

魯國的朱家，與漢高祖同時。魯地人大都以儒學為教化，而朱家則通過任俠出名。他所藏匿救活的豪傑之士就數以百計，至於平凡的人更是數不勝數了。然而他始終不誇耀自己的能力，不炫耀自己的德行，對那些他曾經施過恩惠的人，他唯恐再見到他們。賑濟人家的困乏，先從貧賤的人開始。而他自己家裏卻沒有多餘的財產，衣着陳舊，吃的也很簡單，乘坐的不過是小牛車。專為人家的急難而奔走，勝過辦自己的私事。曾暗中解脱季布將軍的困厄。等到季布尊貴以後，他終身不見季布。從函谷關以東各地的人，沒有不殷切盼望和他結交的。

楚國的田仲因為任俠而聞名，喜歡劍術，像服侍父輩那樣服侍朱家，自己認為行為比不上朱家。田仲死了以後，洛陽有個劇孟。洛陽人大都靠經商為生，而劇孟卻以任俠揚名於諸侯。吳、楚七國反叛時，條侯周亞夫當太尉，他乘着驛站的車子，在快到河南的地方，得見劇孟，條侯高興地說：「吳、楚七國圖謀大業卻不去尋找劇孟，我料到他們不能成甚麼氣候了。」天下動亂時，宰相得到一個劇孟就像得到一個敵國一樣。劇孟的行為很像朱家，但喜歡賭博，大多是些年輕人的遊戲。然而劇孟的母親死時，從遠方趕來送喪的車子大約有一千輛。到劇孟死的時候，他家裏沒有餘下十金的財產。符離人王孟也以任俠著稱於江淮一帶。

這時，濟南的瞯氏、陳地的周庸也以豪俠聞名，景帝聽說他們後，派人把這些豪俠全部殺掉。這之後，代地的白氏們、梁地的韓無辟、陽翟的薛況、陝地的韓孺陸續又在各地出現。

郭解是軹地人，字翁伯，是會看相的許負的外孫。郭解的父親由於任俠，在漢文帝時被處死。郭解生得短小精悍，不喝酒。年輕時為人狠毒，感到不快意時，就動手殺人，親自殺害的人很多。以身相許為朋友報仇，隱藏逃犯、作奸犯科，搶劫掠奪，此外便鑄私錢，盜掘墳墓，作惡不可勝數。他多遇到上天的保佑，常常在窘急危亡的時候得以脫身，或遇大赦等。到他年歲大了後，轉變操行，檢點自己的行為，以德報怨，給予人家的很豐厚，而對人家的要求卻很少。然而他卻更加以行俠仗義而感到得意。他救人性命以後，不誇耀自己功德，但他的狠毒已成為本性，在一件小事上會像以前那樣突然爆發。而有些年輕人仰慕他的為人，也常常為郭解報仇，而不讓郭解本人知道。郭解姐姐的兒子依仗着郭解的威勢，同別人一起喝酒時，強迫別人把酒喝乾。那人喝不完，便強行灌他。那人火了，拔出刀將郭解姐姐的兒子殺死，然後逃走。郭解的姐姐發怒說：「郭解這麼講義氣，別人殺了我的兒子，而殺人兇手卻抓不到。」便將他的兒子的屍體拋棄路旁，不安葬，想以此來羞辱郭解。郭解派人暗中察訪找到了殺人兇手的住處。兇手為勢所迫，自己投報郭解，並將事實原原本本地告訴了郭解。郭解說：「你殺他是應當的，是我的外甥不對。」於是放了兇手，歸罪他自己的外甥，並且收屍安葬。人們聽說這件事後，都讚美郭解的俠義，更加依附他了。

郭解每次進出，人們都迴避他。唯獨有一人偏偏盤腿坐着看他。郭解派人去問這個人的姓名。門客準備殺這個人。郭解說：「住在鄉里竟至於不受人敬重，這是我的德行不好啊，他有甚麼罪過呢！」於是他暗中囑咐尉史說：「這個人是我所看重的，輪到他服役時，免了他。」因此每到輪流更替服役的時候，屢次放過他，官吏也不追究。這人對此感到很奇怪，問其中的緣故，原來是郭解使他得以免除服役。這個傲慢的人於是向郭解負荊請罪。軹地的年輕人聽説後，更加羨慕郭解的為人。

洛陽人有兩家結仇，當地的賢明豪紳數十人從中進行調解，但這兩家始終不聽勸解。門客於是去見郭解，郭解當夜便去見兩個仇家，仇家勉強聽從了他的調解。郭解便對仇家説：「我聽説洛陽的諸位豪紳從中調解，你們多不聽他們的勸解。現在你們給我面子聽了我的調解，我怎麼能從別縣來奪取本地鄉賢紳士手中的調解權呢！」於是當夜便離開了，不讓別人知道，並對仇家説：「暫且不用我的調解！等我離開後，讓洛陽的豪紳進行調解，你們聽從他們的！」

郭解為人執守恭敬，從不乘車子進入縣衙門。到別的郡、國，為別人幫忙辦事，事情可以解決的就解決；解決不了的，也讓各方滿意。然後他才肯接受別人置辦的酒食。豪紳們因此十分尊重他，爭着替他效勞。當地的年輕人以及附近各縣的豪紳，深夜來叩門拜訪的，常常有十多駕車，請求郭解收他們當門客。

等到政府遷徙豪富人家到茂陵，郭解家貧，不符合豪富的資產標準。當地的官吏懼怕犯令，不敢不將他遷徙。大將軍衛青為此出面説話：「郭解家境貧窮不夠遷徙的資格。」皇上説：「一個平民的權勢竟至於使你這樣的將軍為他説話，那麼他家就一定不貧窮。」於是郭解家便遷徙茂陵。當地送行的人士出資達一千多萬錢。軹地人楊季主的兒子當縣掾，提出要遷徙郭解，為此郭解的姪兒就殺了他的頭。從此楊家和郭家結下了仇怨。

郭解入關以後，關中的賢明豪紳不管是了解他還是不了解他的，聽說他的名聲，都爭着與他交朋友。郭解身材矮小，從不喝酒，他出外也從來沒有坐騎。後來又有人殺死楊季主。楊季主派人上書告郭解，又有人將上書者殺死在宮闕之下。皇帝聽說後，於是派官吏追捕郭解。郭解只得逃走，他將母親妻子兒女安置在夏陽，自己逃到臨晉。臨晉的籍少公素來不認識郭解，郭解假冒姓名，請籍少公放他出關。籍少公將他放出關後，他又轉到太原，在所經過的地方，往往把來蹤去跡告訴接待他的人家。官吏追捕他，根據行蹤線索找到了籍少公，籍少公自殺。行蹤線索斷了。過了很久，才捕得郭解。官吏徹底地追查郭解所犯的罪，被郭解所殺的人，都在大赦以前。軹地有一個儒生陪侍追查郭解的使者。門客稱讚郭解，而儒生說：「郭解專門做奸邪的事觸犯國家的法律，怎麼能稱得上賢明呢！」郭解的門客聽說後，將這個儒生殺了，並割斷他的舌頭。官吏以此來責問郭解，而郭解確實不知兇手是誰。殺人的兇手也終於追查不出來，沒有人知道他是誰。官吏上奏說郭解無罪。御史大夫公孫弘奏議說：「郭解身為平民，行俠耍弄權術，因小怨小恨就殺人，郭解雖然不知道，然而這樣的罪行比他本人殺人還要重。應判大逆不道罪！」於是便下令將郭解族滅了。

從這以後，行俠義的人很多，都很傲慢不足以提及。然而關中長安的樊仲子，槐里的趙王孫，長陵的高公子，西河的郭公仲，太原的鹵公孺，臨淮的兒長卿，東陽的田君孺，雖然行俠義但溫文爾雅有謙讓君子的風格。至於說到北方的姚氏，西方的諸杜，南方的仇景，東方的趙他、羽公子，南陽的趙調等這樣一些人，都是些流落在民間的盜蹠，有甚麼值得稱道的呢！這些都是以往俠士朱家的羞恥。

太史公說：我看那郭解，狀貌比不上一般人，講的話也不足以採用。然而天下無論是賢明的還是愚昧的，了解他的還是不了解他的，都仰慕他的名聲，自稱是遊俠的人都借他的名字為幌子。諺語說：「用榮譽的名聲來裝飾容貌，難道會衰老嗎！」唉，真可惜呀！

滑稽列傳

本篇列傳以「滑稽」為名，共記載了九個人物的事蹟。前三個，即：齊國贅婿淳于髡，楚國樂人優孟，秦國歌舞手優旃，是司馬遷原作。這三個被司馬遷稱為「滑稽」的人物，出身低賤，但說話幽默機智，善用巧喻，旁敲側擊，或以議論時政，或以諷諫人主，或以拯人困危，或以譏惡揚善，充分表現了古代下層人民的聰明智慧以及高超的語言才能。從司馬遷的記載和評價之中，可以看出作者對動輒引經據典，尋章摘句，僵硬死板的陳詞濫調的厭惡，對下層社會的語言大師們隨事譬況，富於哲理的語言表述，由衷地欣賞與佩服，正如其所言：「豈不偉哉！」

其餘六個人物及事蹟，係由西漢末學者褚少孫補作附益於篇內的。雖然都是佳作，傳誦至今，很有影響，但限於本書篇幅，故刪而不錄。

孔子曰：「六藝於治一也①。《禮》以節人，《樂》以發和，《書》以道事，《詩》以達意，《易》以神化，《春秋》以義。」太史公曰：天道恢恢②，豈不大哉！談言微中，亦可以解紛。

【注釋】❶六藝：指下文的《禮》、《樂》、《詩》、《書》、《易》、《春秋》。❷恢恢：廣大無邊的樣子。

淳于髡者①，齊之贅婿也②。長不滿七尺。滑稽多辯，數使諸侯，未嘗屈辱。齊威王之時喜隱③，好為淫樂長夜之飲④，沈湎不治，委政卿大夫。百官荒亂，諸侯並侵，國且危亡，在於旦暮。左右莫敢諫。淳于髡說之以隱曰：「國中有大鳥，止王之庭，三年不蜚又不鳴⑤，王知此鳥何也？」王曰：「此鳥不飛則已，一飛沖天；不鳴則已，一鳴驚人。」於是乃朝諸縣令長七十二人，賞一人，誅一人，奮兵而出。諸侯振驚，皆還齊侵地。威行三十六年。語在《田完世家》中。

【注釋】❶淳于髡（kūn）：淳于，複姓。髡，名。❷贅婿：即上門女婿，秦漢時社會地位很低，為人輕視。❸隱：隱語，不說本意而借別的詞語暗示的話。❹淫：過甚。❺蜚：通「飛」。

威王八年，楚大發兵加齊①。齊王使淳于髡之趙請救兵，齎金百斤②，車馬十駟。淳于髡仰天大笑，冠纓索絕③。王曰：「先生少之乎？」髡曰：「何敢！」王曰：「笑豈有說乎？」髡曰：「今者臣從東方來，見道旁有穰田者④，操一豚蹄，酒一盂，祝曰：『甌窶滿篝⑤，汙邪滿車⑥，五穀蕃熟，穰穰滿家⑦。』臣見其所持者狹而所欲者奢，故笑之。」於是齊威王乃益齎黃金千鎰，白璧十雙，車馬百駟。髡辭而行，至趙。趙王與之精兵十萬，革車千乘⑧。楚聞之，夜引兵而去。

【注釋】❶加齊：加於齊，即侵凌齊境。❷齎（jī）：持、帶。❸索：盡，完全。❹穰（ráng）：向神求福，祈禱消災。❺甌窶（ōu lóu）：高而狹的地方。篝：指盛物的竹籠。❻汙（wū）邪：低田。❼穰穰（ráng）：禾豐盛的樣子。❽革車：古代的重戰車。

威王大說，置酒後宮，召髡賜之酒，問曰：「先生能飲幾何而醉？」對曰：「臣飲一斗亦醉，一石亦醉。」威王曰：「先生飲一斗而醉，惡能飲一石哉！其說可得聞乎？」髡曰：「賜酒大王之前，執法在傍，御史在後，髡恐懼俯伏而飲，不過一斗徑醉矣。若親有嚴客，髡帣韝鞠𦝼①，侍酒於前，時賜餘瀝，奉觴上壽，數起，飲不過二斗徑醉矣。若朋友交遊，久不相見，卒然相睹，歡然道故，私情相語，飲可五六斗徑醉矣。若乃州閭之會，男女雜坐，行酒稽留，六博投壺②，相引為曹，握手無罰，目眙不禁③，前有墮珥，後有遺簪，髡竊樂此，飲可八斗而醉二參。日暮酒闌，合尊促坐，男女同席，履舄交錯④，杯盤狼藉，堂上燭滅，主人留髡而送客，羅襦襟解，微聞薌澤⑤，當此之時，髡心最歡，能飲一石。故曰：酒極則亂，樂極則悲；萬事盡然，言不可極，極之而衰。」以諷諫焉。齊王曰：「善！」乃罷長夜之飲，以髡為諸侯主客。宗室置酒，髡嘗在側。

【注釋】❶卷韝（juàn gōu）：卷上袖子戴上臂套。鞠䐌（jì）：屈腰小跪表示恭敬。❷六博：古代一種賭棋遊戲，共十二子，黑白各半，兩人各執六子相博。投壺：古代流行於士大夫中的一種遊戲，用短棍投入酒壺口，以投中多少決勝負。❸眙（chì）：瞪眼直視。❹履舄（xì）：木底鞋。❺薌：同「香」。澤：濕潤，這裏指汗。

其後百餘年，楚有優孟。

優孟，故楚之樂人也。長八尺。多辯，常以談笑諷諫。楚莊王之時，有所愛馬，衣以文繡，置之華屋之下，席以露牀，啗以棗脯。馬病肥死，使羣臣喪之，欲以棺槨大夫禮葬之。左右爭之，以為不可。王下令曰：「有敢以馬諫者，罪至死。」優孟聞之，入殿門，仰天大哭。王驚而問其故。優孟曰：「馬者王之所愛也，以楚國堂堂之大，何求不得，而以大夫禮葬之，薄。請以人君禮葬之。」王曰：「何如？」對曰：「臣請以雕玉為棺，文梓為椁，楩、楓、豫章為題湊①，發甲卒為穿壙②，老弱負土，齊、趙陪位於前，韓、魏翼衛其後，廟食太牢，奉以萬户之邑。諸侯聞之，皆知大王賤人而貴馬也。」王曰：「寡人之過一至此乎！為之奈何？」優孟曰：「請為大王六畜葬之。以壟灶為椁，銅歷為棺③，齎以薑棗，薦以木蘭，祭以糧稻，衣以火光，葬之於人腹腸。」於是王乃使以馬屬太官，無令天下久聞也。

楚相孫叔敖知其賢人也，善待之。病且死，屬其子曰：「我死，汝必貧困。若往見優孟，言我孫叔敖之子也。」居數年，其子窮困負薪，逢優孟，與言曰：「我，孫叔敖子也。父且死時，屬我貧困往見優孟。」優孟曰：「若無遠有所之。」即為孫叔敖衣冠，抵掌談語④，歲餘，像孫叔敖，楚王及左右不能別也。莊王置酒，優孟前為壽。莊王大驚，以為孫叔敖復生也，欲以為相。優孟曰：「請歸與婦計之，三日而為相。」莊王許之。三日後，優孟復來。王曰：「婦言謂何？」孟曰：「婦言慎無為，楚相不足為也。如孫叔敖之為楚相，盡忠為廉以治楚，楚王得以霸。今死，其子無立錐之地，貧困負薪以自飲食。必如孫叔敖，不如自殺。」因歌曰：「山居耕田苦，難以得食。起而為吏，身貪鄙者餘財，不顧恥辱。身死家室富，又恐受賕枉法，為姦觸大罪，身死而家滅。貪吏安可為也！念為廉吏，奉法守職，竟死不敢為非。廉吏安可為也！楚相孫叔敖持廉至死，方今妻子窮困負薪而食，不足為也！」於是莊王謝優孟，乃召孫叔敖子，封之寢丘四百户，以奉其祀。後十世不絕。此知可以言時矣。

【注釋】❶豫章：一說豫為枕木，章為樟木；一說即樟木。題湊：古代貴族死後，槨室用厚木累積而成，木頭皆內向，稱題湊。❷穿壙（kuàng）：穿，挖掘。壙，墓穴，埋棺材的坑。❸歷：通「鬲（lì）」，古代烹飪用的三腳鍋。❹抵（zhǐ）掌：擊掌。

其後二百餘年，秦有優旃①。

優旃者，秦倡侏儒也。善為笑言，然合於大道。秦始皇時，置酒而天雨，陛楯者皆沾寒②。優旃見而哀之，謂之曰：「汝欲休乎？」陛楯者皆曰：「幸甚！」優旃曰：「我即呼汝，汝疾應曰：『諾。』」居有頃，殿上上壽呼萬歲。優旃臨檻大呼曰：「陛楯郎。」郎曰：「諾。」優旃曰：「汝雖長，何益！幸雨立。我雖短也，幸休居。」於是始皇使陛楯者得半相代。

始皇嘗議欲大苑囿，東至函谷關，西至雍、陳倉。優旃曰：「善。多縱禽獸於其中，寇從東方來，令麋鹿觸之足矣。」始皇以故輟止。

二世立，又欲漆其城。優旃曰：「善。主上雖無言，臣固將請之。漆城雖於百姓愁費，然佳哉！漆城蕩蕩，寇來不能上。即欲就之，易為漆耳，顧難為蔭室③。」於是二世笑之，以其故止。居無何，二世殺死，優旃歸漢，數年而卒。

太史公曰：淳于髡仰天大笑，齊威王橫行。優孟搖頭而歌，負薪者以封。優旃臨檻疾呼，陛楯得以半更。豈不亦偉哉！

【注釋】❶優旃（zhān）：戰國時秦國優人。身材短小，善戲謔笑談。曾諷諫秦始皇修苑囿、秦二世漆城。❷楯（shǔn）：宮殿四面的欄杆，直的叫檻，橫的叫楯。❸蔭室：這裏指用來陰乾漆過器物的房子。

【翻譯】

孔子說：「六藝對於治理國家來說是一致的。《禮》用來節制人的慾望，《樂》用來感發和諧的心情，《書》用來記述歷史事實，《詩》用來表情達意，《易》用來明曉事物變化的奧妙，《春秋》用來闡明大義。」太史公說：自然法則廣大無邊，難道不是包羅萬象的嗎！談笑之間稍微有合乎大道的地方，也可以替人們排憂解紛。

淳于髡是齊國的入贅女婿。身高不到七尺。為人滑稽有口才，多次出使其他諸侯國，從未受過屈辱。齊威王在位的時候喜歡隱語，愛窮奢極樂通宵達旦地飲酒，沉湎酒色，不理政事，將朝政都委託給卿大夫。文武百官也荒廢紊亂，諸侯競相侵略，齊國的危亡，只是旦夕之間的事。齊威王左右親近的大臣都不敢進諫。淳于髡用隱語勸說齊威王道：「我國有一隻大鳥，棲止在王宮的庭上，三年不飛又不鳴叫，大王知道這隻鳥是甚麼樣的鳥嗎？」齊威王說：「這隻鳥不飛則已，一飛沖天；不鳴則已，一鳴驚人。」於是齊威王就朝見了七十二個縣的長官，獎賞了一人，誅殺了一人，奮勇率軍出戰。各諸侯國都很震驚，紛紛交還已侵佔的齊國土地。齊國振威三十六年。這件事記載在《田敬仲完世家》中。

齊威王八年，楚國大舉進兵壓迫齊境。齊威王派淳于髡出使趙國，去請救兵，齊王付給淳于髡一百斤金，十輛四匹馬拉的車子。淳于髡仰天大笑，結帽子的綬帶都笑斷了。齊王說：「先生是嫌它太少了嗎？」淳于髡說：「豈敢！」齊王又問：「你發笑是為甚麼呢？」淳于髡說：「今天我從東邊來，看見路邊有人祈禱田神，他手裏拿着一隻豬蹄，一杯酒，祈求說：『希望高地上的莊稼收滿篝籠，低田裏的穀物裝滿車輛，所種的五穀都茂盛成熟，堆滿我的家院。』我看到他所拿的東西那麼少而所要求的東西又是那麼多，所以我才大笑。」於是齊威王就加給他黃金一千鎰，白璧十對，四匹馬拉的車子一百輛。淳于髡辭別齊王而啟程，到達趙國。趙王給他精兵十萬人，重型戰車一千輛。楚國聽到這消息，當晚就撤軍回去了。

齊威王非常高興，在後宮裏置辦酒宴，召淳于髡去一塊喝酒，齊王賜酒給他，問道：「先生能喝多少酒才醉呢？」淳于髡回答說：「我喝一斗也會醉，一石也會醉。」齊威王說：「先生喝一斗就醉了，怎麼能喝一石呢！其中的理由我能聽聽嗎？」淳于髡回答說：「在大王面前飲酒，執法官在旁邊，御史在後邊，我心裏恐懼，只顧埋頭飲酒，不到一斗就醉了。如果我父親有朋友來家做客，我捲起袖子，鞠躬跪着，在旁邊侍酒，他們不時給我些剩酒，我捧着酒杯向他們進酒，屢次起身應酬，這樣喝不到二斗就會醉了。如果是朋友交遊，久不相見，突然重逢，興致勃勃地追述往事，彼此傾吐衷情，這樣可以喝到五六斗才會醉。如果是鄉里之間的宴會，男女雜坐，彼此勸酒耽擱，進行六博投壺的遊戲，互相招呼，三兩為伴，男女握手不受罰，互相注目也不禁止，有落在地上的耳環，也有掉到地上的髮簪，我私下裏喜歡這種場合，這樣我可以喝到八斗，而醉意卻只有兩三分。日已向晚，宴會將散，把剩餘的酒合盛一樽，大家促膝而坐，男女同坐一個坐席上，靴鞋錯雜，杯盤狼藉，堂上的蠟燭燒盡了，主人留下我而送走客人，解開羅衫衣襟，微微能聞到香汗氣息；在這種時候，我感到最快樂，這樣我能喝到一石。所以說，酒喝過頭了難免失禮，樂極會生悲，世上所有的事情都是這樣。這就是說，做事情不能走向極端，走向極端就會衰敗。」以此來進行諷諫。齊威王說：「講得好！」於是罷除通宵達旦的飲酒，並以淳于髡為接待諸侯賓客的主管官。王室置辦酒宴，淳于髡通常都在旁邊。

淳于髡之後百多年，楚國有優孟。

優孟，是楚國善於歌舞的老藝人，身高八尺。能言善辯，常以談笑的方式對君王進行諷諫。楚莊王在位時，有一匹他所喜愛的馬，給牠穿上錦繡，把牠安置在雕樑畫棟的屋下，睡在設有帷帳的牀上，用棗脯去餵養牠。後來馬由於長得太肥得病死了，莊王命令大臣們為馬服喪，並想用葬大夫的棺槨和禮儀來安葬死馬。左右大臣都反對這樣做，據理力爭。楚莊王下令說：「有敢對葬馬之事進諫的，一律以死罪論處。」優孟聽說後，進入宮殿的大門，仰天大哭。莊王驚異地問他為甚麼哭。優孟說：「馬是大王的珍愛之物，憑楚國地大物博，要甚麼東西而會得不到呢！而只用大夫的禮節來安葬牠，太薄了。請求用葬君王的禮節來安葬牠。」莊王問：「那該如何辦呢？」優孟回答說：「我請求用雕琢的玉石做棺，用雕了花紋的梓木做槨，用上好的楩木、楓木、豫章木做題湊，並差遣甲士為死馬挖掘墓穴，用老弱人丁去背土築墳，令齊、趙等國的使者侍坐在前，韓、魏等國的使者護衛在後，為死馬建立廟宇，用牛、羊、豬三牲來祭祀牠，並封以萬戶之邑給牠守墓。這樣諸侯國聽說後，都知道大王以人為賤而以馬為貴了。」莊王說：「難道我的過錯竟到了這種地步麼！這該怎麼辦才好呢？」優孟說：「請求大王將牠作為六畜來安葬。用土灶做牠的槨，用銅鍋做牠的棺，用薑棗來調味，用木蘭來解膻，用糧食稻穀祭祀牠，用火光作牠的衣服，然後將牠葬入人的肚腸裏。」於是莊王便把馬交給太官，不使天下的人總議論這事。

楚國的宰相孫叔敖知道優孟是賢德的人，很好地對待他。孫叔敖在病重將死的時候，囑咐兒子說：「我死了以後，你肯定會貧困。你去見優孟，就說自己是孫叔敖的兒子。」過了幾年，孫叔敖的兒子果然很貧困，以賣柴為生，遇見優孟，對他說道：「我是孫叔敖的兒子。我父親臨死時，囑咐我在貧困的時候去見優孟。」優孟說：「你不要遠行到別的地方去。」於是優孟穿戴孫叔敖的衣帽，模仿孫叔敖的舉止言談。一年多以後，他學得很像孫叔敖，楚王和左右大臣都不能辨認出來。楚莊王置辦酒宴，優孟前去敬酒。楚王非常驚訝，以為是孫叔敖復活了。楚莊王打算讓優孟擔任相職，優孟回答說：「請讓我先回家與妻子商議一下，三天後再來就相位。」莊王答應了他。三天以後，優孟又來到王宮。楚莊王問道：「你妻子是怎麼說的？」優孟說：「我妻子說千萬不要為相，楚國的相沒有甚麼好當的。譬如孫叔敖的擔任楚相，竭誠盡忠，廉潔奉公來治理楚國，使得楚國得以稱霸諸侯。現在他死了，而他的兒子卻無立錐之地，貧困到了以賣柴糊口的地步。倘若像孫叔敖那樣，還不如自殺。」於是唱道：「居山耕田多辛苦，難以得食物。出仕去當官，貪婪卑鄙的有餘財，全然不顧恥與辱。想要身後家室富，又怕受賄違國法，為官奸詐犯大罪，身遭殺戮家隨滅。貪官怎可為！要想做個清廉吏，遵循王法盡職守，至死不能出差錯。廉吏怎可為！楚相孫叔敖，保持廉潔直到死，到頭來妻窮子困，賣柴以糊口，楚相不可為！」聽完後，楚莊王向優孟致謝，於是召來孫叔敖的兒子，將寢丘的四百戶封給他，用來祭祀孫叔敖。以後十世一直不斷。這種智慧可以說正合時宜了。

優孟之後二百多年，秦國有優旃。

優旃，是秦國一個身材矮小的樂人。善於說笑話，但是都合乎大的道理。秦始皇時，有一次置辦酒宴而碰上下雨，侍候在殿檻外的衛士都被雨淋濕，飽受風寒。優旃看到後很同情他們，對他們說：「你們想休息嗎？」衛士們都說：「非常希望！」優旃說：「我馬上呼叫你們，你們要趕快答應說『有』。」過了一會兒，殿上羣臣進酒高呼萬歲。優旃挨着欄杆大聲叫道：「衛隊郎。」衛士們答道：「有。」優旃說：「你們雖然長得高，有甚麼益處呢！只能在雨中站着。我雖然矮小，卻有幸在這兒休息。」於是秦始皇允許衛士可以分成兩班輪流替換。

秦始皇曾經計議要擴大苑囿，東邊到函谷關，西邊到雍、陳倉。優旃說：「好啊，多養一些飛禽走獸在裏面，如果敵寇從東邊來侵犯，那麼只需派麋鹿去觸撞他們就足夠了。」秦始皇因為優旃諷諫的緣故，於是就放棄了擴大苑囿的打算。

秦二世繼位後，又想漆城牆。優旃說：「好啊，皇上就是不說，我本來也打算這樣做的。漆飾城牆雖然對於老百姓來說會愁怨糜費錢財，然而確實是好事呀！把城牆漆得光光亮亮的，敵人來侵犯時爬也爬不上來。如果要辦成這事，漆飾倒容易，只是難建這麼大的蔭室來陰乾油漆。」秦二世聽後大笑，於是停止了這件事。過了沒有多長時間，秦二世被殺死，優旃歸附漢朝，幾年後去世。

太史公說：淳于髡仰天大笑，齊威王得以稱霸天下。優孟搖着頭而歌唱，使得背柴的人得以受封。優旃挨着檻欄大聲一呼，殿下的衛士得以輪流替換，這難道不也很偉大嗎！